La memoria

971

DELLA STESSA AUTRICE

Una stanza tutta per gli altri
Vita sentimentale di un camionista
Segreta Penelope
Giorni d'amore e inganno
Exit

LE INDAGINI DI PETRA DELICADO

Giorno da cani
Messaggeri dell'oscurità
Morti di carta
Riti di morte
Serpenti nel Paradiso
Un bastimento carico di riso
Il caso del lituano
Nido vuoto
Il silenzio dei chiostri
Gli onori di casa

Alicia Giménez-Bartlett

Dove nessuno ti troverà

Traduzione di
Maria Nicola

Sellerio editore
Palermo

2011 Prima edizione «Il contesto»

2014 Prima edizione «La memoria»

Questo volume è stato stampato su carta Palatina prodotta dalle Cartiere di Fabriano con materie prime provenienti da gestione forestale sostenibile.

Giménez-Bartlett, Alicia <1951>

Dove nessuno ti troverà / Alicia Giménez-Bartlett ; traduzione di Maria Nicola. – Palermo : Sellerio, 2014.
(La memoria ; 971)
Tit. orig.: Donde nadie te encuentre.
EAN 978-88-389-3234-2
I. Nicola, Maria.
863.64 CDD-22 SBN Pal0270781

CIP – *Biblioteca centrale della Regione siciliana «Alberto Bombace»*

Titolo originale: *Donde nadie te encuentre*

Dove nessuno ti troverà

Senza il libro di ricostruzione storica La pastora. Del monte al mito *di José Calvo non avrei potuto scrivere questo romanzo. A lui vanno i miei ringraziamenti e la mia amicizia.*

Prima parte

Barcellona, settembre 1956

Carlos Infante notò con soddisfazione che quella mattina il cielo era sereno e splendeva il sole. Solitamente non gli importava nulla del tempo che faceva. Gli bastava avere un ombrello se pioveva o il suo vecchio giaccone se faceva freddo. Ma quel lunedì era un giorno speciale, o almeno prometteva di esserlo. Nella sua monotona vita, nella monotona vita di tutti gli spagnoli, un semplice appuntamento inaspettato poteva trasformarsi in un evento eccezionale. E lui a mezzogiorno aveva un appuntamento talmente insolito da sembrargli addirittura irreale. Aveva valutato la possibilità che si trattasse dello scherzo di uno dei suoi colleghi giornalisti, oppure di un equivoco, di un malinteso. Eppure no, il timbro postale indicava chiaramente che la lettera veniva da Parigi. La rilesse ancora una volta mentre faceva colazione con una misera tazza di caffè nella sua cucina semibuia:

«Egregio signor Infante, ho letto con enorme interesse il suo articolo del mese scorso sul quotidiano "La Vanguardia". Mi chiamo Lucien Nourissier. Sono medico psichiatra e docente alla Sorbona. Ho voluto concedermi un anno sabbatico per potermi dedicare a un lavoro di ricerca su una particolare tipologia di criminali chiaramente affetta da patologie psichiche. E il personaggio cui lei ha dedicato il suo lavoro mi ha affascinato fin dal primo istante. Conosco la storia del movimento partigiano nel vostro paese, il *maquis* spagnolo, ma non avrei mai immaginato che uno dei suoi membri fosse ancora latitante. Le caratteristiche di questa "Pastora" da lei delineata nel suo scritto sono di enorme interesse per le mie ricerche. Un individuo dalla personalità antisociale, crudele e spietato, dall'identità sessuale incerta, capace di sopravvivere per anni in montagna sottraendosi ai suoi innumerevoli persecutori, al punto da trovarsi ancora oggi a piede libero, rappresenta per me un oggetto di studio irrinunciabile. Desidererei sapere di più su quella donna, riguardo alla quale, ove si eccettui il suo articolo, non credo esista documentazione alcuna...».

Per concludere, il professor Nourissier lo pregava di concedergli un incontro a Barcellona. Non capita tutti i giorni di ricevere una lettera del genere. «Il mito della Pastora», questo era il titolo dell'articolo che aveva tanto colpito il francese. Cosa del resto comprensibile, perché era forse il solo pezzo interessante che avesse scritto per un giornale. Gli articoli che vendeva non trattavano mai temi troppo avvincenti. «Funghi velenosi, questi sconosciuti», «Gli eroi del ring», «Le grandi collezioni di automobili d'epoca». Non poteva permettersi il lusso di affrontare questioni di maggior peso. Si guadagnava da vivere scrivendo, lo stretto indispensabile per vivere. Con «Il mito della Pastora» aveva costeggiato un territorio pericoloso. In tutti i commissariati di Barcellona era affissa la foto segnaletica di quella donna, la sola che di lei si conoscesse. Era un'immagine strana, che colpiva. La mostrava ritratta a mezzobusto, vestita di nero, con un volto duro e angoloso, gli occhi gelidi. Il poliziotto che gli aveva passato il materiale aveva fatto una cosa sorprendente. Aveva preso un foglio di carta e aveva coperto verticalmente una metà di quel volto: la metà visibile apparteneva senza alcun dubbio a una donna. Poi aveva spostato il foglio e coperto l'altra metà; ora quello che si vedeva nella foto era un uomo. Ovviamente, affinché l'articolo superasse il vaglio della censura, lui si era attenuto alla versione ufficiale dei fatti, e aveva caricato le tinte attribuendo alla Pastora gli epiteti di rigore: «donna senz'anima», «essere violento e spietato», «autrice di un numero incalcolabile di atroci delitti», «iena assetata di sangue»... In realtà sapeva ben poco del personaggio. E poco avrebbe potuto raccontare, al di là di quanto pareva avere affascinato il francese. In ogni caso quell'appuntamento prometteva di essere un momento da ricordare nella sua vita miserevole. Aveva un ammiratore straniero! Non erano molti a poter dire altrettanto in quel suo paese chiuso al mondo.

Si preparò con cura. Il suo guardaroba non offriva molto da scegliere, ma almeno si premurò di indossare una camicia pulita, un paio di pantaloni ben stirati. Alle undici uscì e si incamminò senza fretta. Intorno a plaza de Cataluña tutti sembravano muoversi incalzati da un problema da risolvere. Nessuno aveva l'aria di passeggiare per godersi la città. Un'intera folla si spostava da un punto all'altro con la determinazione indifferente dell'abitudine. Infante gettava intorno occhiate sdegnose: impiegati, commercianti, militari, massaie..., prototipi replicati fino alla nausea che si aggiravano come morti in vita. Se non altro lui non apparteneva a nessuna categoria riconoscibile; lui se ne andava per il mondo a modo suo, e basta.

Il luogo convenuto per l'appuntamento era il Café Zurich, all'interno se avesse piovuto, fuori se ci fosse stato bel tempo. Infante scelse un tavolino all'aperto, ma sufficientemente al riparo dagli sguardi dei passanti, allontanò con un ampio gesto della mano i piccioni che assediavano il suo angolo e sedette. Si era portato appresso un giornale, sapendo che non ci si può aspettare grande puntualità da un francese arrivato il giorno stesso da Parigi. Ma sbagliava; erano appena le dodici e cinque quando ebbe la certezza di avere avvistato Nourissier fra la gente. Nessuno se non uno straniero porta un basco inclinato a quel modo sulla fronte, come un attore o una donna. Lo osservò per un momento: era alto, prestante, con i capelli di un biondo tendente al rosso, vestito con abiti troppo pesanti per la stagione. Lo vide fermarsi davanti alla prima fila di tavolini e far scorrere lo sguardo sugli avventori come ipnotizzato. Allora si alzò e gli andò incontro, intercettando la direzione del suo sguardo.

«Professor Nourissier?».

«Carlos Infante, è lei?».

Si strinsero la mano senza sorridere, quasi senza guardarsi in faccia. Come se, ritrovandosi l'uno di fronte all'altro, nessuno dei due fosse troppo sicuro di voler essere lì. Infante rimase stupito della padronanza dello spagnolo di quell'uomo, della sua aria malinconica, dei modi eleganti in contrasto con l'espressione smarrita. Lo vide estrarre un paio d'occhiali da sole e nascondere gli occhi di un celeste chiarissimo.

«Mi scusi, sono un po' accecato da tutta questa luce».

«Come vede questo è un paese felice: i bar sono affollati e il sole splende radioso» ironizzò Infante.

«È vero» mormorò il francese con lo sguardo a terra.

Venne il cameriere e ordinarono due birre. Quando furono serviti si guardarono con un certo imbarazzo. Infante levò il suo boccale e disse:

«Brindiamo a un suo felice soggiorno a Barcellona!».

Bevvero. Infante con la foga di un forsennato. Nourissier con misura, assaporando con calma quel primo sorso. Quindi prese a parlare con una certa precipitazione:

«Signor Infante...».

«Mi chiami Carlos, per favore. Credo che abbiamo su per giù la stessa età. Quanti anni ha lei?».

«Quarantatré».

«Io trentanove. Non c'è poi una gran differenza. Mi scusi, la stavo interrompendo e di sicuro lei sarà molto occupato».

«No, in realtà sono venuto espressamente per vedere lei» disse Nourissier con convinzione. «Volevo farle i miei complimenti per il suo magnifico articolo».

«Ha fatto un viaggio così lungo solo per dei complimenti?».

«Non ha letto la mia lettera?».

«Certo! Quando me l'hanno fatta arrivare dal giornale, sono rimasto stupefatto dalla scoperta di essere conosciuto anche in Francia. E poi ho trovato sorprendente che un illustre professore della Sorbona si interessasse a un tema di portata così locale».

«In psicopatologia non esistono temi di portata locale; tutti gli uomini, di qualunque nazionalità, tendono ad assomigliarsi, anche se la donna che lei descrive è forse unica per le sue caratteristiche. Sono convinto che possa rappresentare un oggetto di studio molto importante per le mie ricerche. La sua inchiesta mi è parsa magnifica, davvero».

Infante lo guardò con un mezzo sorriso che non significava nulla. Bevve un altro sorso deciso. Poi finalmente sorrise con tutti i muscoli della faccia.

«La mia inchiesta è pura spazzatura, mio caro professore, lei lo sa quanto me. Un uomo di scienza non può lasciarsi impressionare da un ammasso di retorica truculenta: "donna senza cuore", "assassina efferata", "mostro della natura"... Non mi sottovaluti, la prego!».

«So benissimo che il linguaggio obbedisce a esigenze di ordine... stilistico, diciamo. E tuttavia mi ha impressionato la quantità di particolari che lei conosce riguardo alla storia, la natura, l'orografia della regione dove quella donna finora si è mossa, e sulla mentalità dei suoi abitanti».

«In questo non c'è nessun mistero. La mia famiglia è originaria di Cálig, un piccolo paese del Maestrazgo. Sono stato molte volte su quelle montagne: il Mestrat, Els Ports... Sono posti bellissimi, selvaggi, ancora sconosciuti. E la famigerata Pastora è ormai una leggenda: l'assassina che la Guardia Civil non è mai riuscita a catturare. Ma se devo essere sincero, dubito che lei possa ricavare qualcosa di utile dal poco che so».

«Stando a quanto lei scrive, quella donna è ancora viva, nascosta da qualche parte su quelle montagne».

«Così dice la gente, e così afferma anche la Guardia Civil, ma sono anni che non commette più alcun reato, nessuno l'ha più vista, nessuno sa dove si nasconda e nemmeno da dove cominciare a cercarla. È assai probabile che ormai il suo cadavere stia marcendo in qualche fosso. In ogni caso, anche se io le fornissi una lista dettagliata di tutte le voci che circolano su di lei, ritiene che le servirebbe per la sua ricerca? Temo proprio di no».

«Non è questo che voglio da lei».

«E allora?».

«Io voglio parlare con La Pastora, incontrarla di persona» dichiarò Nourissier, con appassionata solennità.

Infante sussultò visibilmente, si raddrizzò, strabuzzando gli occhi, e afferrò il braccio del francese:

«Ma è ammattito? Abbassi la voce! Non lo sa dove siamo? Nessuno l'ha informata sul regime politico di questo paese? Qui ci sono orecchi dappertutto!».

«Mi scusi. Non pensavo che...».

«È già impegnato per la cena, questa sera?».

«No. Però permetta che sia io a invitarla».

«Mi aspetti alle nove a Los Caracoles».

Infante prese un tovagliolino di carta e vi tracciò rapidamente una mappa che permettesse di trovare il ristorante. Nourissier lo infilò nel portafogli come un oggetto prezioso. Poi Infante si alzò, e prima di andarsene disse sottovoce:

«Non ho precedenti per reati politici, ma la prudenza non è mai troppa. Mi auguro che lei lo capisca».

Carlos Infante si dileguò nel tumulto di calle Pelayo. Si diresse verso l'università come un automa. Era sconvolto da quelle parole. Non avrebbe mai immaginato che lo sconosciuto che aveva accettato di incontrare fosse completamente pazzo. Sia dal tono della lettera che dall'aspetto gli era parso uno studioso, un uomo di scienza razionale e sensato. E invece no, doveva essere uno squilibrato. La sua pretesa di incontrare La Pastora lo lasciava chiaramente intendere. A meno che... a meno che non fosse un giornalista celato sotto una falsa identità per non destare sospetti. Ci rifletté su. Certo, l'ipotesi che fosse un giornalista rendeva le cose più comprensibili. Non era un professore della Sorbona, ma un reporter di «Le Monde» che pensava di servirsi di lui per pubblicare un servizio sorprendente. In Francia c'era grande interesse per la questione spagnola. E il tema del *maquis*, di quegli ultimi partigiani antifranchisti ancora asserragliati sulle montagne, si sposava perfettamente con l'idea romantica che i francesi hanno della Spagna. Per questo Nourissier parlava così bene la lingua, era semplicemente un giornalista esperto in temi ispanici.

Nella sua sonnambula camminata, Infante era arrivato alla Facoltà di Lettere. Entrò nel chiostro, di cui fece il giro un paio di volte senza smettere di pensare. Sull'onda dell'emozione gli aveva dato un nuovo appuntamento, ma unicamente per potersene liberare quanto prima. Avere a che fare con uno squilibrato poteva solo portare complicazioni, soprattutto in un clima come quello in cui lui si trovava a vivere. Finalmente si sentì sollevato. La prossima mossa era chiara: non si sarebbe presentato a Los Caracoles. Per fortuna il francese non aveva modo di rintracciarlo: nella risposta aveva evitato di scrivere l'indirizzo del mittente. E se fosse andato a cercarlo al giornale, gli avrebbero detto che lui non faceva parte della redazione e non gli avrebbero fornito il suo recapito. Era libero da ogni impegno. «*Adieu, Docteur Nourissier.* Se ne torni pure con la coda fra le gambe nella sua dolce Francia». L'aveva scampata! Per fortuna era sempre stato prudente. Solo la curiosità poteva spingerlo ad andare a cena col francese, ma la curiosità era un lusso che poteva costare molto caro in tempi come quelli.

Erano già le nove e mezzo passate e Infante non era ancora comparso. Quel ritardo gli pareva inconcepibile, anche se sapeva bene che la puntualità non è fra le virtù tipiche del paese. Moriva dalla fame. Abituato a cenare alle otto, il suo stomaco ruggiva un ultimatum. Entrando nel ristorante si era sentito rianimato. La singolarità del locale, la sua forma irregolare e capricciosa, gli improbabili recessi in cui erano stati sistemati i tavoli, lo avevano affascinato. La cucina, che occupava il centro della sala, protetta unicamente da pareti di vetro che gli permettevano di vedere e udire l'indemoniato affaccendarsi di cuochi e camerieri fra ordini e grida, lo aveva piacevolmente colpito. Per un attimo aveva avuto l'impressione che in Spagna il tempo si fosse fermato, e che quel luogo fosse molto simile alle taverne che Lope de Vega amava introdurre nelle sue commedie.

Pregò il cameriere di trovargli un tavolo appartato, non voleva rischiare di scontrarsi un'altra volta con i timori di Infante in fatto di riservatezza, timori che francamente gli parevano piuttosto infondati. Era vero che il regime repressivo di Franco attanagliava il paese, ma dubitava che in una grande città come Barcellona tutti fossero sottoposti a sorveglianza. A meno che il giornalista non gli avesse mentito e pesassero su di lui precedenti giudiziari di natura politica, cosa che avrebbe ostacolato i suoi piani.

Ordinò delle olive che trovò deliziose, ma preferì non bere alcolici, voleva avere i sensi ben desti. A dire la verità Infante non gli aveva fatto una gran bella impressione. Sembrava un soggetto non troppo affidabile, c'era in lui un che di scontroso. A tratti aveva un sorriso cinico e uno sguardo pieno di diffidenza, e nei suoi gesti gli era parso di cogliere un atteggiamento difensivo che denotava insicurezza. Ma forse si stava facendo prendere la mano dalla sua deformazione professionale, analizzando prematuramente un uomo di cui non sapeva nulla e col quale aveva parlato per meno di mezz'ora. In ogni caso lui stesso dimostrava notevole insicurezza nel domandarsi se non fosse stata una stupidaggine cedere all'impulso di venire in Spagna. Era sempre stato impulsivo nelle questioni di lavoro. I suoi maestri avevano cercato di frenare quella sua irruenza, ma lui rimaneva convinto che la passione fosse il motore indispensabile di qualunque ricerca. Soltanto dopo vengono l'impegno, la riflessione, la tenacia, la stabilità che rendono possibile il raggiungimento dell'obiettivo.

Il piattino delle olive era ormai vuoto e nel suo stomaco si era scatenata una vera tempesta. Per la prima volta si rese conto che stava facendo di tutto per non ammettere l'evidenza: Infante non sarebbe venuto. La sola idea che lui intendesse trovare La Pastora era bastata a metterlo in fuga. Aveva fatto male i suoi calcoli: l'interesse di quell'uomo per il personaggio doveva essersi esaurito nel momento stesso in cui aveva consegnato il suo articolo. Non tutti hanno voglia di portare fino in fondo una ricerca. Si sentì invadere dalla desolazione. Tante congetture inutili! Tanto tempo sprecato per arrivare fin lì. Avrebbe dovuto capirlo prima che il suo era un piano insensato. Chiamò il cameriere, lo pregò di portare del vino e il menu. Non poteva andarsene senza ordinare neppure per sé. Stava bevendo il primo bicchiere di vino quando lo vide arrivare.

«A quanto vedo si è perfettamente adattato alle usanze locali» disse Infante sorridendo.

«E lei? È forse un'usanza spagnola presentarsi agli appuntamenti così tardi?».

«No, però ho sentito il bisogno di riflettere, e le confesserò che ero tentato di non venire».

«Però adesso è qui».

«Sì, sono qui, e non ci vedo più dalla fame. Permette che sia io a scegliere la cena?».

Ordinò prosciutto crudo, diverse varietà di salame, funghi in salsa, gamberoni, e un'enorme insalata. Via via che tutto quel ben di Dio arrivava in tavola, si produceva in fiorite spiegazioni sulla cucina spagnola. Nourissier, lottando per non gettarsi voracemente sui piatti, lo guardò preoccupato.

«Non vorrei sembrarle scortese, ma non è l'interesse per la buona tavola a farci incontrare qui».

«Lei ha fretta di entrare in argomento, vero? D'accordo. Spari».

«Voglio che lei mi dica quali probabilità ci sono di trovare La Pastora».

Infante prese tempo prima di rispondere. Succhiò una coda di gambero con delizia, poi disse in tutta semplicità:

«Pochissime, professore, per non dire nessuna. Ci pensi: se la Guardia Civil non è stata capace di scovarla in due anni, non so cosa potrebbe fare lei».

«Non ne ho la minima possibilità, lo so, ma non ho mai pensato di andare a cercarla da solo. L'idea sarebbe che lei mi facesse da guida: lei conosce la gente, conosce i luoghi. Sono convinto che quella donna riceva aiuto da qualche abitante della zona. Se visitassimo i paesi di quelle valli, se lei lasciasse cadere una parola qui, una là...».

«Lei non sa quello che dice. Vuole farmi finire davanti a una corte marziale? Quella donna è stata dichiarata nemico pubblico. È ritenuta colpevole di ventinove omicidi. Ha sentito bene? Ventinove omicidi. Se io lasciassi cadere una parola qui, una là, come dice lei, il giorno dopo avremmo addosso tutta la Guardia Civil».

«Lei saprà come evitare questo rischio».

Infante sospirò. Prese un altro gambero e lo addentò come se volesse fargli del male. Guardò Nourissier con assoluta serietà.

«Lei non ragiona, Lucien. Ha idea di cosa comporterebbe il suo piano? Ci toccherebbe girare tutta la regione per chissà quanto tempo, alloggiare in locande e pensioni modestissime, parlare con gente che non ha voglia di parlare. E come potremmo giustificare la nostra presenza lì? Dicendo che lei cerca La Pastora per psicoanalizzarla?».

«Potremmo inventarci qualcosa. Che sono un antropologo interessato ai costumi locali, un geologo che studia il terreno, qualunque cosa. E lei sarebbe il mio collaboratore sul campo, un collaboratore remunerato per il suo lavoro. Non vedo nulla di sospetto in una simile copertura. Il solo problema è che lei dovrebbe lasciare per qualche tempo la redazione del suo giornale».

«Io non lavoro in redazione. Lavoro per conto mio. Offro inchieste e servizi sui più svariati argomenti e il giornale me li compra. Mi guadagno da vivere così. Perciò non posso permettermi di rimanere a lungo senza scrivere. Questo non è un problema da poco».

«Ma io non ho mai pensato che lei potesse aiutarmi senza ricevere nulla in cambio. Troveremo un accordo che la soddisfi, vedrà».

«Immaginiamo l'eventualità peggiore, che è anche la più probabile: che non troviamo la minima traccia della Pastora».

«Me ne assumo io ogni responsabilità. Anche in tal caso l'indagine mi fornirebbe informazioni preziose per il mio studio».

«C'è ancora una domanda che voglio farle, Lucien: lei non è un giornalista, vero?».

Nourissier si mostrò francamente infastidito. Smise di mangiare, posò la forchetta sul piatto, scosse la testa.

«Lei non ha alcun diritto di mettere in dubbio la mia onestà. Mi chiamo Lucien Nourissier e faccio lo psichiatra. Lavoro da anni sui disturbi di personalità all'origine di comportamenti criminali. Da quando ho letto il suo articolo sulla Pastora sono ossessionato dalla figura di quella donna. È un soggetto che per le sue caratteristiche può essere cruciale nella mia indagine: l'identità sessuale incerta – è uomo, donna, ermafrodito? –, i suoi comportamenti antisociali, l'adesione a una banda armata, la sua capacità di vivere nascosta unita a una particolare disinvoltura nell'uccidere altri esseri umani. Conoscerla da vicino significherebbe molto per me. Questa è tutta la verità e nient'altro che la verità. Se non mi crede, mi costringe a inventare una storia che le sembri più convincente».

«Non si offenda, deve capire che alcune cose non mi tornano ancora».

«Per esempio?».

«Per esempio, com'è arrivata nelle sue mani una copia della "Vanguardia"? E come mai lei parla così bene la mia lingua?».

«Mia madre era spagnola. Mio padre, che era uno psichiatra anche lui, la conobbe durante una vacanza sulla Costa Brava. Si innamorarono e si sposarono. Mia madre poté tornare qui molto di rado, ma non rinunciò mai al suo abbonamento a "La Vanguardia", che per lei rappresentava un legame con il paese d'origine. Molti catalani lo fanno. E alla sua morte, ho continuato a rinnovare l'abbonamento, come una specie di omaggio. Trova così difficile crederlo?».

«No, certo che no».

«Se vuole posso mostrarle il mio passaporto. Lì è specificata la mia professione».

Infante fermò la mano di Nourissier che correva alla tasca interna della giacca. Poi si passò il tovagliolo sulle labbra.

«Lo prende il dessert, professore?».

«Sto aspettando una sua risposta a quello che le propongo».

«Ho bisogno di maturare l'idea».

«Domani pomeriggio riparto per Parigi».

«Venga a fare colazione a casa mia, allora. La aspetto verso le undici. Le lascio l'indirizzo».

Nourissier si lasciò cadere sul letto completamente vestito. Di colpo si sentiva enormemente stanco. Fino a quel momento l'eccitazione del viaggio e la curiosità di conoscere il giornalista l'aveva tenuto in continua tensione. Ora, invece, nella sua stanza d'albergo, gli pareva di sentir cedere ogni muscolo. Gli dolevano le gambe, la nuca. Fece uno sforzo per alzarsi, per andare in bagno, mettersi il pigiama. Doveva dormire. La prima parte del suo piano era attuata, ora non c'era più nulla che dipendesse da lui, poteva solo aspettare la decisione dello spagnolo. Strano soggetto, pensò. Si era rivelato disponibile, era venuto alla cena, mostrando perfino un certo interesse, ma alla fine poteva anche non accettare. Il suo atteggiamento lo sconcertava. Difficile capire da che parte far breccia dentro di lui per persuaderlo. Quali argomenti potevano far leva sulla sua decisione? Motivazioni ideologiche, scientifiche, o puramente economiche? Infante non si era espresso su alcunché, non aveva mostrato interessi o convinzioni, era come un albero: poteva essere scosso dal vento ma rimaneva sempre piantato nello stesso punto. Neppure l'avventura pareva attirarlo. Era stata un'ingenuità da parte sua immaginare tante cose in anticipo, si era lasciato attirare dalla leggenda dello spagnolo ardimentoso e romantico, del don Chisciotte pronto a combattere contro i mulini a vento, a imbarcarsi in folli imprese. Ma ormai era inutile rimuginare, il dado era tratto, e il giorno dopo avrebbe avuto una risposta.

Chiuse gli occhi. Sapeva come pacificare il proprio animo anche nei momenti di maggiore tensione. Sebbene il suo lavoro lo appassionasse, era sempre riuscito a frenare l'impazienza e a trasformarla in uno stato di calma attesa. Purtroppo Évelyne non era con lui. Sua moglie gli mancava, gli mancavano le sue figlie. Loro erano il fulcro della sua vita, uno spazio caldo e rassicurante in cui non penetravano la violenza della malattia mentale, la tristezza dei casi clinici che affrontava ogni giorno. Riaprì gli occhi, pensò di telefonare a casa, ma si rese conto che ormai era tardissimo; gli orari francesi erano ben diversi da quelli spagnoli. Aprì un libro e si impose di leggere, sicuro che presto il sonno sarebbe venuto a salvarlo dall'incertezza.

Il mattino dopo si svegliò vigoroso e ottimista. Sapeva perfettamente dove si trovava e perché. Nella sala da pranzo dell'albergo osservò gli altri ospiti. Nessuno avrebbe detto che quello era un paese uscito da una guerra civile, un paese oppresso da una dittatura sordida e triste. Coppie vestite alla moda, uomini d'affari e qualche turista chiacchieravano mentre facevano colazione dando alla mattina un'aria di normalità. Ripensò a Infante al tavolo del Zurich, che gli intimava allarmato di abbassare la voce. Forse esagerava, o forse era vero che sotto quell'apparenza di normalità scorrevano fiumi sotterranei di repressione e violenza. Ma non era il caso di lasciarsi spaventare. Probabilmente il giornalista voleva solo ingigantire i rischi, ingigantendo così il suo ruolo, oppure cercava di accampare un pretesto per rifiutargli il suo aiuto. Inutile fare nuove congetture, presto si sarebbe tolto ogni dubbio. Finì il suo caffè.

Il taxi lo lasciò davanti a un portone in calle Industria, al termine di un tragitto che gli parve interminabile. Il quartiere non aveva certo il lustro e la distinzione della Barcellona borghese, ma sembrava pieno di vita. La gente lo guardava, il suo aspetto di straniero evidentemente saltava all'occhio. Quando entrò nell'androne buio al numero indicato da Infante, erano le undici precise. I muri delle scale erano scrostati, pieni di graffiti incisi con la punta di qualche oggetto metallico: cuori trafitti da frecce, frasi che attestavano soltanto una presenza – «Pablo è stato qui» – o semplici parole scurrili. Non c'era ascensore. Su ogni pianerottolo una piccola lampadina diffondeva un anemico chiarore. Premette il campanello di Infante, accanto a una porta nera e consunta come una vecchia schiava. C'era odore di verdura bollita, si udiva l'eco di una radio.

«Avanti, *mon cher ami*! Lei è il benvenuto nella mia umile dimora. O sarà più esatto dire nel mio miserabile antro?».

Carlos Infante portava una camicia a quadri logora ma giovanile, che contrastava con la sua figura tendente alla pinguedine e la sua calvizie incipiente. Tuttavia, dopo la prima sensazione positiva, quello che Nourissier vide era un catalogo di decrepitezze. L'appartamento, con i soffitti ingialliti, la carta da parati che si staccava a brandelli dalle pareti, si trovava in uno stato deplorevole. Libri, giornali e riviste si accatastavano lungo i muri del corridoio. Il salone era arredato con mobili vecchi, un divano sfondato e un grosso apparecchio radio. Uno dei vetri della finestra era rotto. Dappertutto c'era polvere, tantissima polvere, bianca e delicata. Sebbene fosse abituato a nascondere le sue emozioni, Nourissier ebbe difficoltà a non mostrarsi sorpreso: in Francia nessun giornalista era costretto a vivere in quelle condizioni. Infante se ne accorse.

«Giurerei che non la entusiasmi troppo lo stile della mia residenza». L'ironia del suo tono si era fatta molto più marcata quella mattina. «Ma la prego di accomodarsi sul divano. Io occuperò questo sgabello, inestimabile eredità dell'inquilino precedente. Posso offrirle qualcosa? Ho finito il caffè, ma può darsi che in cucina riesca ancora a trovare un paio di bustine di tè».

«Ho già fatto colazione, non si preoccupi. L'importante è che parliamo».

«Molto bene, comincerò io. Ho riflettuto attentamente sul lavoro che lei mi propone, visto che di lavoro si tratta e che così dobbiamo considerarlo tanto io quanto lei, e... insomma, mi pare un'impresa di straordinaria difficoltà, come le dicevo. Eppure... eppure una possibilità ci sarebbe, se non di trovare La Pastora, se non altro di ricavare maggiori informazioni su di lei, informazioni di prima mano, non filtrate dalla censura».

«Allora ha deciso di accettare?».

«Non ho ancora finito. Occorreranno almeno tre mesi per una ricerca seria. Conosco la zona, in quanto figlio di un'oriunda del posto, e potrei essere in grado di aiutarla, ma ho bisogno di tempo. Ovviamente dovremo spostarci da un paese all'altro. Sarà necessario noleggiare un'automobile per tutta la durata delle indagini e sostenere le spese per il vitto e l'alloggio. Crede che la sua università sarà disposta a un simile esborso o dovrà provvedere lei stesso?».

«Non pensi al denaro. Lo avrà».

«Bene. Ma tengo a precisare che se allo scadere dei tre mesi lei non sarà riuscito a incontrare La Pastora, la spedizione dovrà ritenersi conclusa. Trattenendoci in montagna più a lungo attireremmo inevitabilmente l'attenzione della Guardia Civil, e questo è un rischio che non sono disposto a correre: sono cittadino di questo paese e qui intendo restare. Quindi, al termine del periodo previsto lei metterà in valigia tutto il materiale che saremo riusciti a raccogliere e se lo porterà in Francia. Le pare che possa funzionare?».

«Mi trova d'accordo su tutto. Parliamo del suo onorario».

«Per cominciare le dirò che se le ho dato appuntamento qui una ragione c'era. Ci tenevo a mostrarle che non vivo nel lusso e che le mie necessità sono reali. Detto questo, la informo che il mio compenso dovrà essere di centocinquantamila pesetas. Me ne consegnerà cinquantamila a titolo d'anticipo, cinquantamila al termine del viaggio, e le altre cinquantamila solo se riusciremo a trovare La Pastora. Spero che possa andarle bene».

Nourissier spalancò gli occhi, si passò una mano sulla faccia, esitò.

«È una grossa somma, lei lo sa. Addirittura eccessiva, a mio modo di vedere».

«È eccessivo anche il progetto che lei mi propone. Nei tre mesi in cui sarò impegnato con lei non potrò fare il mio mestiere, sparirò dalla circolazione, correndo il rischio che i giornali si dimentichino di me. Senza contare che quello che lei mi propone non è un lavoro normale, ma un'impresa altamente pericolosa».

«Non le sto proponendo l'esplorazione di un continente sconosciuto. Si tratterà di soggiornare in luoghi civilizzati, di parlare con gente normale...».

«La Spagna in questo momento non è un paese normale, professore. Qui c'è una dittatura piuttosto sanguinaria, non è necessario che io glielo ricordi. Le zone rurali sono sottoposte alla sorveglianza della Guardia Civil. Vuole che le spieghi quali sono i suoi metodi?».

«Conosco la reputazione della Guardia Civil».

«Pienamente meritata, glielo assicuro. Ma non c'è solo questo. Le zone di Els Ports e del Maestrazgo, dove si tratterà di muoversi, sono dure e inospitali, arretrate, pericolose di per se stesse. La gente, diffidente per natura, è molto spaventata dopo le esperienze degli ultimi anni. Qualcuno potrebbe denunciarci addirittura per fatti immaginari. E i rischi non finiscono qui.

Si è mai soffermato a pensare che stiamo andando alla ricerca di un'assassina? Quella è una donna disperata, che si nasconde sola fra le montagne, perseguitata, armata, e consapevole che la sua vita ha un prezzo. Se qualche abitante della zona la sta aiutando, come lei crede, può benissimo avvertirla della nostra presenza, e dirle che la stiamo cercando. Come crede che reagirebbe? Pensa che ci inviterebbe a prendere il tè nel suo nascondiglio?».

Lo psichiatra, travolto dal discorso di Infante, si guardava le mani ben curate, si massaggiava delicatamente le lunghe dita. Alla fine alzò gli occhi e disse a voce molto bassa:

«D'accordo, avrà quanto chiede. È escluso che io possa farmi elargire questa somma dal dipartimento della mia università, ma dispongo di risorse personali per affrontare le spese. Vuole che firmiamo una scrittura privata?».

Il giornalista scoppiò a ridere e si fermò a guardarlo, divertito.

«Non credo che un documento simile avrebbe un gran valore. Temo che dovremo fidarci l'uno dell'altro. Lei si fida di me, professor Nourissier?».

Il medico lo guardò per un istante, poi dichiarò con tutta calma:

«Non mi fido mai completamente di chi agisce solo per denaro».

«E allora siamo su posizioni diametralmente opposte. Io non mi fido di chi si appassiona troppo per le idee».

«Vedremo di rispettare le distanze».

«Lo spero bene».

«Quando cominciamo?».

«Non prima di un mese. Ho bisogno di tempo per prepararmi, tastare il terreno, cercare contatti, delineare una strategia».

Nourissier estrasse dalla tasca un piccolo calendario, lo consultò.

«Le andrebbe bene il tre ottobre? Arriverò da Parigi il giorno prima».

«Affare fatto. C'è ancora una cosa che voglio domandarle. Se dovessimo trovare La Pastora, una volta che avrà parlato con lei, pensa di denunciarla?».

«No, assolutamente no. Il mio lavoro è analizzare, non giudicare. Ed esigerei che nemmeno lei lo facesse».

«Non si preoccupi. Non ho nessuna intenzione di intervenire nella faccenda. In ogni caso, lei è fortunato a essere francese: qui in Spagna, o giudichi o sei giudicato, non ci sono vie di mezzo. Questo è un paese di giudici e accusati, lo vedrà da sé».

Lo psichiatra si strinse nelle spalle, si alzò e cominciò a infilarsi il suo elegante soprabito grigio. Porse la mano al padrone di casa senza più guardarlo in faccia e si affrettò a uscire. Non sopportava più la vista di una casa in quelle condizioni. Aveva bisogno di aria fresca, di liberarsi da tutta quella polvere che volava ovunque e gli faceva prudere il naso. Era quasi al pianterreno quando udì la voce di Infante che lo chiamava dalla tromba delle scale:

«Lucien, si compri dei pantaloni di fustagno e dei maglioni pesanti. Può fare molto freddo lassù. E anche una giubba col pelo!».

«Una che?».

«Qualsiasi indumento pesante che non sia il magnifico soprabito di cachemire che ha addosso. Non mi pare che sia un capo molto adatto in montagna».

Il francese non rispose. Riprese a scendere con irritazione. Il perenne sarcasmo del suo futuro compagno di viaggio cominciava a dargli sui nervi.

Infante richiuse la porta e sorrise. Gli era bastato vederlo per capire che quel tale era un bambino viziato, un figlio di papà. Aveva calcolato bene la cifra del compenso, avrebbe potuto chiedergli persino di più. In ogni caso, centomila pesetas, con vitto e alloggio pagati per tre mesi, andava più che bene. Sulle altre cinquantamila non ci contava proprio, tanto La Pastora non l'avrebbero trovata. Che razza di fantasia! Quello era un sognatore, un uomo che viveva di chimere, un idealista senza la minima idea di come va il mondo. Ma a lui poco importava che andasse alla ricerca di un'assassina o del Vello d'Oro. Avrebbe fatto il suo lavoro, e una volta presi i soldi, tanti saluti. Evviva la scienza! esclamò fra sé. Poi rimpianse di non avere nemmeno una bottiglia di *anís* per festeggiare quel colpo di fortuna.

Tortosa, 3 ottobre 1956

L'Ebro scorreva impetuoso trascinando con sé rami e detriti, creando al suo passaggio mulinelli terrosi. Il panorama di Tortosa visto dal ponte era spettacolare: le case strette le une alle altre, le montagne vicinissime, il palazzo vescovile che si specchiava nel fiume, il castello moresco sulla collina... Nourissier non poté non rimanere sorpreso da tanta bellezza. Infante sorrise:

«Sì, molto carino. Ma questa è Parigi in confronto ai paesi dove stiamo andando. Appena ci addentreremo nel massiccio di Els Ports, dovremo dire addio alla civiltà. Lì comincia il selvaggio mondo rurale».

Lo psichiatra, a disagio per il ruolo di turista inesperto che la sua guida gli attribuiva, protestò mitemente:

«Non mi ha mai spaventato il mondo rurale».

«La avverto che qui non troverà nulla di simile all'armoniosa campagna francese con le sue belle fattorie e la sua fresca vegetazione. Qui è tutto secco, scosceso, sassoso».

«Stia tranquillo, da piccolo ho fatto lo scout» disse Nourissier mettendosi sullo stesso piano dello spagnolo.

Varcarono il ponte a bordo della giardinetta presa a nolo. Infante rimase in silenzio per non turbare l'ammirata contemplazione del francese. I suoi piani prevedevano una permanenza di un paio di giorni in città, per parlare con la persona che gli avrebbe procurato i contatti, per approvvigionarsi degli alcolici che difficilmente avrebbe trovato nei paesini di montagna.

«Che cosa beve lei di solito, Lucien?».

«Bevo poco».

«Avrei intenzione di comprare qualche bottiglia di buon whisky, e del cognac... Ci aspettano notti lunghe. Siamo in autunno e le giornate si accorciano. Non ci saranno cinema né teatri lassù, e nemmeno giornali o riviste. E non sempre le condizioni atmosferiche ci permetteranno di ascoltare la radio. So di essere un conversatore affascinante, ma forse per animare un po' le serate qualche piccola dose di alcol non sarebbe una cattiva idea. È d'accordo?».

«Mi sono portato dei libri, e avrò i miei appunti su cui lavorare».

«Anch'io ho portato tutti i libri che la bibliotecaria ha voluto concedermi in prestito, sapendo che non li avrei restituiti prima di tre mesi; ma insisto sul fatto che un bicchierino di tanto in tanto non ci farebbe male».

«Un po' di vino locale mi basterà».

«Dio gliene scampi! Il vino di questa terra è più forte dell'alcol da bruciare e ha praticamente lo stesso sapore».

«Non importa, lo assaggerò».

Infante alzò le mani in segno di resa: «Allora non discuto più». Era evidente che non poteva aspettarsi di fraternizzare col suo compagno di viaggio. Meglio, una convivenza troppo stretta crea sempre dei problemi. Comunque lui non avrebbe rinunciato al suo piccolo carico da contrabbandiere, finanziato, naturalmente, dalla cassa della spedizione.

Presero alloggio all'Hotel Siboni, un vecchio albergo art déco che conservava tracce di un lusso passato. Mentre scaricava la giardinetta, Infante si rese conto di quanto più voluminoso ed elegante del suo fosse il bagaglio del francese: una pesante valigia di cuoio e una grande borsa da viaggio coordinata, a fronte del suo zaino di telaccia sdrucita e sbiadita dall'uso. Evidentemente a un francese occorrevano molte più cose per vivere che a un povero spagnolo.

Pranzarono al ristorante dell'albergo. Infante ordinò tutto quello che poté, non era il caso di rinunciare a una delle ultime occasioni di godere della buona tavola che gli si sarebbero presentate. Invece Nourissier fu parco, quasi ascetico: un'insalata verde e una bistecca.

«Nel pomeriggio potrà fare un po' di turismo per la città mentre io preparo un incontro con una persona disposta a darci certe informazioni».

«Che genere di informazioni?».

«Vede, nel '54 le forze partigiane si erano ormai ritirate in Francia. Ufficialmente la guerriglia era terminata. Rimasero due soli partigiani nella regione, o meglio, due disertori che continuarono a operare per conto proprio: La Pastora e il suo compagno Francisco. Ormai erano soli, isolati, disperati. Vivevano di quello che riuscivano a rubacchiare ai contadini. Ma il 2 agosto di quell'anno decisero di rapinare la villa dei Nomen, una ricca famiglia di industriali del riso».

«Ho letto un accenno alla vicenda nel suo articolo».

«Lei ha letto la versione ufficiale. Ora vorrei capire che cosa successe davvero quella notte. Francisco non ne uscì vivo. Ed è da allora che La Pastora è scomparsa. In teoria si nasconde ancora in montagna. Venga con me nella mia stanza, le mostrerò i ritagli di giornale riguardanti quel fatto».

Nourissier cominciò a nutrire una certa preoccupazione. Infante era un giornalista, e come tale poteva interessarsi alla cronaca di quegli episodi. Ma a lui quella storia non diceva nulla. Quello che voleva conoscere era la personalità della Pastora. Eppure non c'era niente da fare, doveva lasciarsi condurre e cercare di farsi un'idea in base ai dati concreti che avrebbe ricavato.

Una volta nella stanza di Infante, vedendo le innumerevoli cartelle che questi aveva portato con sé si tranquillizzò. Se non altro era stato coscienzioso nel lavoro preparatorio.

«Ecco, questi sono gli articoli del giornale di Tarragona da cui ho tratto le notizie. Dia pure un'occhiata. E poi si faccia pure il suo giro per Tortosa. Si diverta mentre io vado a caccia della perfida assassina. Questa città è abbastanza romantica per piacerle».

Nourissier si tese visibilmente.

«Stia attento, Carlos. Non giochi con me. Potrò

sembrarle un imbecille ma non lo sono, e non sono venuto qui in cerca di romanticismo».

«Ma non ci penso nemmeno! Non ho nessuna intenzione di offenderla né di fare dell'ironia. Questo è il mio umorismo, forse un po' particolare per chi non c'è abituato. Le chiedo scusa».

«Va bene, non ha la minima importanza».

«Ci vediamo alle sette alla reception. Le presenterò quella persona e vedremo che cosa avrà da raccontarci. È un cronista locale, lo conosco da anni, merita la più assoluta fiducia. Cercheremo di partire dal momento della scomparsa della Pastora per risalire all'indietro, seguendone i passi. Le pare una linea d'azione sensata?».

Nourissier assentì e si ritirò nella sua stanza rimuginando. Le sue esperienze riguardo alla psiche degli esseri umani lo avevano condotto a pensare di poter comprendere chiunque e di poter convivere pacificamente con chiunque senza problemi. Evidentemente non era così. Si era imbattuto in un tipo evanescente e coriaceo, della cui personalità gli sfuggiva la chiave. Chi era Carlos Infante? Un cinico, un amareggiato, un viveur, uno strano sopravvissuto, ammorbato dall'aria viziata di quel dopoguerra che sembrava paralizzare il paese? Di tutto un poco, ma in lui c'era qualcosa di più, qualcosa di inafferrabile e inquietante. Non sembrava mostrare mai la minima contentezza di sé, né apprezzamento per gli altri. Era difficile avere a che fare con qualcuno che non manifestava alcun moto affettivo. Trattare con Infante era come trovarsi davanti all'impenetrabilità di una pietra, o all'inafferrabilità di un soffio di vento.

Dopo un breve sonno, Nourissier uscì a fare una passeggiata. Se all'arrivo la città gli era parsa pittoresca e luminosa, percorrendone le vie la trovò misteriosa, cupa, di una tristezza grigia. Sentì che da quando aveva lasciato Barcellona le cose avevano cominciato a smarrire i loro contorni, si sentiva condotto attraverso una nebbia che lo inquietava e lo metteva a disagio. La sua condizione di scienziato, di uomo razionale, così come l'abitudine alla vita tranquilla che conduceva a Parigi, non erano l'attrezzatura ideale per affrontare cambiamenti così bruschi. Non si trattava di paura. La clandestinità in cui si sarebbe svolta quella ricerca non gli creava il minimo problema. In fin dei conti lui era cittadino francese e il governo spagnolo non avrebbe avuto alcun vantaggio ad arrestarlo. E anche nell'eventualità che venisse fermato come spia o elemento sovversivo, la diplomazia del suo paese lo avrebbe aiutato. Tutt'al più rischiava l'espulsione dalla Spagna. Quel che davvero lo turbava era doversi muovere in scenari estranei al suo mondo, dipendendo in tutto e per tutto da un'altra persona. Non era abituato a una cosa del genere.

Entrò nella cattedrale. Lo impressionarono il silenzio, il freddo, l'oscurità, l'odore d'incenso. Le chiese gotiche francesi erano spoglie, non facevano ostentazione di ricchezza. Lì invece regnava l'affastellamento: statue di santi, madonne lacrimanti, grandi immagini sanguinolente di martiri, pale d'altare tutte ori, scanni intagliati, arazzi e tovaglie semivelati dalla scarsa illuminazione. Alcune vecchie, la testa coperta da mantiglie nere, pregavano o sonnecchiavano sui banchi di legno. Un sacrestano spazzava il pavimento tossicchiando. Di colpo Nourissier si sentì così oppresso da tanta lugubre solennità che fu colto dall'irresistibile impulso di fuggire. Pensò che le strade gli avrebbero restituito un'impressione di vita e di attività, ma non fu così: erano quasi deserte a quell'ora, e poco illuminate. Quasi non c'erano negozi né bar. Si aveva l'impressione che l'influsso sinistro della cattedrale si estendesse alle vie circostanti. I pochi passanti camminavano rapidi in un silenzio che metteva i brividi. Si udivano solo i loro passi sul selciato. Il calar del buio aveva scacciato l'atmosfera di serena bellezza in cui la città pareva immersa al suo arrivo. Quella passeggiata, invece di distenderlo, gli aveva inoculato una tristezza strana. Sorrise. Forse l'idea del giornalista riguardo alla necessità di bere di tanto in tanto qualcosa di forte non era così sbagliata. In quel momento gli avrebbe volentieri fatto compagnia.

Quando lo rivide in albergo si sentì meglio, finalmente avrebbe potuto parlare con qualcuno, o persino scherzare su quella situazione, ma quando si avvicinò capì che la sua guida non voleva perdere un solo minuto.

«È pronto, Nourissier? Il mio amico ci aspetta fra un quarto d'ora».

Ebbe un tuffo al cuore. Finalmente cominciava la spedizione che aveva tanto atteso. Lasciarono l'albergo camminando a passo svelto. Si addentrarono in un intrico di tenebrose viuzze fino a scovare un bar seminascosto sotto un arco romanico diroccato. Si ritrovarono in una specie di taverna ingombra di immense botti di vino. Vi si sentiva musica trasmessa da una radio. Un uomo li aspettava a uno dei tavoli. I preamboli furono brevi.

«Miguel ritiene di sapere qualcosa di interessante riguardo a quanto accadde subito dopo l'assalto alla masseria dei Nomen».

«Lo sa da fonti sicure?».

L'uomo, ossuto e serio come la morte, si esprimeva a voce bassissima facendo scorrere lo sguardo sul volto di Nourissier senza posarlo da nessuna parte.

«Qui a Tortosa, come nei dintorni, girano molte voci su quella notte. La gente parla di sparatorie, di lotte corpo a corpo, di coltellate...; ma non c'è nulla di credibile in questo. Quel che successe in quella casa non lo sa nessuno, nessuno. Ma le informazioni che ho mi vengono da una persona cui mi sento di poter accordare il massimo credito».

«Dica».

«La mattina dopo l'assalto, la Guardia Civil trovò delle macchie di sangue lungo il muro di cinta della proprietà. Più avanti, in un fosso verso nord, trovarono altro sangue, e anche tracce di vomito. Uno degli agenti si accorse che qualcuno aveva tagliato il ramo di un albero. Alla fine, su un'altura poco distante trovarono il morto. Era il partigiano Francisco, ricercato da anni. Il corpo aveva riportato diverse ferite d'arma da fuoco, tutte tamponate e bendate con molta cura. E anche il fondo dei pantaloni gli era stato legato alle caviglie con una benda, perché non lasciasse tracce di sangue camminando. Lì accanto c'era il bastone ricavato da un ramo che aveva usato come stampella. Gli agenti della Guardia Civil giunsero alla conclusione che La Pastora avesse tentato fino all'ultimo di portare in salvo il ferito. E quando il suo compagno era morto, ne aveva abbandonato il corpo, non senza deporgli l'arma sul petto».

Si fece un silenzio assoluto. Tutti e tre vuotarono il bicchiere di vino. Nourissier rimase assorto, come trasportato in un'altra dimensione. Il cronista di Tortosa si innervosì.

«Può stare sicuro che tutto quanto le ho detto è vero».

Nourissier si riscosse, lo guardò sconcertato.

«Le credo». Fece il gesto di portare la mano al portafogli e disse, quasi in un sussurro: «Mi permetta di ricompensarla per il tempo che le ho fatto perdere».

L'uomo si rivolse a Infante con occhi induriti dalla collera.

«Ma questo qui cosa fa?» gli domandò in catalano.

Infante fermò immediatamente il braccio di Nourissier.

«Non è necessario».

«Non intendevo offenderla».

«Se sono venuto qui è perché Carlos è un amico» disse l'uomo.

«Lo so, e la prego di perdonarmi».

Un'ora più tardi, in albergo, mentre cenavano nella sala da pranzo deserta, Carlos Infante disse di punto in bianco:

«Non provi mai più a pagare nessuno, professore, nessuno. Qui in Spagna saremo anche poveri e arretrati, ma abbiamo il nostro orgoglio, capisce?».

«Mi dispiace. Pensavo di dimostrarmi riconoscente per l'interessamento».

«Qualunque cosa lei pensi, non prenda mai iniziative di questo genere senza consultarmi».

«Lei sa dove ha preso il suo amico quelle informazioni?».

«Sì, lo so, ma non glielo dirò. L'avevo già avvertita che stiamo toccando un tema pericoloso. Meno lei sa, meglio sarà per lei. Non posso rivelarle le fonti dei miei informatori. Lei deve fidarsi ciecamente, altrimenti è meglio che lasciamo perdere. Posso restituirle il denaro che mi ha dato finora».

Nourissier distolse lo sguardo e irrigidì la mandibola, trangugiando la sua voglia di replicare. Emise un breve muggito di assenso. E appena ebbe finito l'unico piatto che aveva ordinato, si alzò da tavola dicendo che si sentiva stanco.

«A che ora si parte domani?» domandò.

«Alle nove. Non è necessario alzarsi all'alba».

«Posso sapere dove andremo o anche questo è chiedere troppo?».

Infante alzò verso di lui un sorriso da un orecchio all'altro:

«Andiamo a La Sénia, un paese piuttosto piccolo. Ci fermeremo lì per qualche giorno. Le basta?».

«Buonanotte» concluse lo psichiatra, e uscì a grandi passi da uomo affrettato.

Una volta in camera, tirò fuori dalla borsa uno dei quaderni nuovi che aveva portato con sé. Sedette al tavolino e scrisse:

«Ascoltata la prima testimonianza riguardante il soggetto. L'episodio narrato la mostra in uno stato di chiara disperazione. Lei e il compagno mettono in atto una rapina. In circostanze talmente rischiose da far supporre che si tratti di un atto suicida. Non va dimenticato che i due si sono separati da un gruppo guerrigliero che dava significato alla loro esistenza, e che ora la loro vita si muove in un'indeterminazione assai poco soddisfacente. Il senso di isolamento, solitudine e inutilità è ai massimi livelli. Le forze dell'ordine li braccano come animali. Il conflitto interiore è scatenato dalla constatazione che tutto ciò per cui hanno lottato è scomparso. Dal punto di vista psichico, ogni loro atto fino a quel momento appare delegittimato, a loro stessi quanto agli occhi del mondo. La decisione di compiere "un'azione" più rischiosa del solito è dettata probabilmente dal desiderio inconscio di essere catturati. Il compagno del soggetto, noto col nome di guerra di Francisco, viene ferito nel corso della rapina in circostanze che non è stato possibile chiarire. La reazione del soggetto consiste nel prestargli soccorso anche a rischio della propria vita. Tenta di medicarlo e di portarlo con sé nella fuga. Questa prima testimonianza non concorda con il ritratto che della donna è stato reso finora, in cui appariva come del tutto incapace di gesti altruistici e di empatia. Quando Francisco muore, lei fugge, ma compie l'atto simbolico di lasciare l'arma sul corpo del caduto. È un segno di omaggio, dimostra il desiderio di restituire al compagno la sua dignità di guerrigliero. Ed è l'atto con cui torna a mettere ordine nel caos che li aveva ridotti entrambi a prede di caccia».

Aveva scritto di getto, senza fermarsi. Posò la penna e si fermò a riflettere, con lo sguardo fisso nella penombra. Quella donna perduta sulle montagne aveva coraggio. Chi ha il cuore oppresso dalla paura non fa quello che lei aveva fatto, non si ferma ad assistere un morente. E adesso, ormai completamente sola, nascosta in quei luoghi lontani dalla civiltà, che cosa stava pensando? Che cosa poteva spingerla a sopravvivere? Che cosa c'era nella sua mente: vere e proprie convinzioni politiche, odio per i nemici, o soltanto idee deliranti? Avrebbe dato qualunque cosa per sapere che cosa era avvenuto la notte dell'assalto a quella casa, e per poter vedere che cosa stesse facendo in quello stesso istante La Pastora. Se lo rimproverò, non poteva permettersi la curiosità di un lettore di giornali alla ricerca di notizie a tinte forti. Doveva tenere presente che il suo era un interesse esclusivamente scientifico, ed evitare di lasciarsi catturare dal fascino romantico del personaggio.

Chiuse il quaderno e si preparò ad andare a letto. Era esausto, solo l'emozione per i fatti di quella giornata poteva tenerlo sveglio a quell'ora.

Non riesco a parlare bene ma mi passerà appena mi sarò abituato. Sono due anni che sto da solo e non so cantare, così sono due anni che non sento la mia voce. E poi cantare è pericoloso anche perché potrebbero sentirmi. I lupi non parlano e non cantano, per questo riescono a vivere da soli in montagna. Io so come vivere in montagna, l'ho sempre saputo. Il brutto è che non posso tenere delle bestie, un cane, un gatto, una pecora. Le bestie sono buone, le persone non sempre. Mi piacerebbe avere dei cani e dei gatti, e anche delle pecore, ma questo va bene per chi ha la terra e una casa, per chi sta sempre nello stesso posto e lavora. Io non sono più così, ma una volta sì, stavo dietro alle bestie e lo sapevo fare bene, tutti i padroni sono stati contenti di me. Star dietro alla roba, anche se non è tua, e dormire sempre nella stessa casa anche se non è tua, aiuta a star bene. Non me lo ricordo nemmeno più, com'era. Una volta da piccolo ho visto delle lenzuola di seta su una rivista, erano ricamate a fiori e brillavano. Mi è venuto da ridere. «I ricchi dormono in lenzuola così» mi aveva detto una bambina. La rivista era di sua madre che faceva la sarta. Per me non c'era differenza, io dormivo nella paglia e teneva caldo. A quei tempi ero picco-

la, ma adesso sono un uomo, lo vede, un uomo vero. Da piccolo non sapevo com'era il mondo, adesso lo so un po' di più, ma mica tanto, so che cosa si deve fare per rimanere vivi. Sono rimasto nascosto per due anni in un posto che non posso dirvi dov'è perché vorrei restarci ancora e non mi fido di nessuno. È un posto che quei fessi della Guardia Civil ci saranno passati davanti mille volte ma non l'hanno mai visto. Parlo male perché mi sono abituato a dire certe parole con i partigiani, prima parlavo bene e se mi scappavano le brutte parole mia madre mi dava una sberla. Non mi piaceva, però sopportavo. Ci sono molte cose che non mi piacciono ma ho fatto in fretta a capire che bisognava sopportare. Quel che dovevo fare lo facevo e basta, se mi piaceva o non mi piaceva non faceva differenza. Stavo dietro alle bestie, e mi sono abituato e allora star dietro alle pecore mi piaceva.

Vi dirò che sono stanco di stare da solo, due anni sono lunghi, anche se ci ho fatto il callo, sono sempre stato da solo e non me ne importava. Solo che poi ho avuto la compagnia con i partigiani. Ma da quando hanno ammazzato Francisco sono di nuovo solo e so che non posso uscire dal posto che vi ho detto. Mi danno la caccia come a una bestia, come a una brutta bestia di quelle che mangiano le pecore, che fanno danni. Ma io non sono un lupo e neanche una volpe e non ho ammazzato nessuno. Sono una persona e sono un uomo! Guardate: porto i pantaloni. Anche se alla peggio mi farebbe lo stesso vivere da donna. Quando li hai tutti dietro a darti la caccia, non te ne importa più. Finisce che non sei né una donna né un uomo: non sei niente, non c'è nessuno che ti aspetta, nes-

suno si preoccupa se stai bene o se stai male. Ma io sì che mi preoccupo. Ho visto morire della gente, ho visto morire delle bestie, e nessuno voleva morire. Ho visto come volevano rimanere vivi ad ogni costo. Anch'io voglio rimanere vivo. Non c'è nessuno ad aspettare che io torni, ma voglio rimanere vivo. Non ho mai avuto nessuno ad aspettarmi, ma voglio rimanere vivo. Ho visto nascere gli agnelli, li ho visti che morivano, e quelli che morivano avevano gli occhi spenti come lumi quando finisce l'olio. Francisco aveva quegli occhi e non ce l'ha fatta più ed è rimasto steso lì sulle pietre. E allora l'ho lasciato. Gli occhi degli agnelli che nascono cercano qualcosa: la tetta della madre, la luce, qualcosa. Gli occhi di quelli che muoiono non cercano niente. Non ho paura di morire ma voglio rimanere vivo.

Come ho fatto a mangiare in questi due anni? Già, il pane! Mi sono dato da fare e non mi è mai mancato. Lo vede che non sono magro come i cani randagi. Non sono andato a scuola ma so cavarmela, sono nato da queste parti, su queste montagne. Rubavo le olive, qualcuna qui, qualcuna là, così i massari non si accorgevano. Le mettevo a seccare e quando dovevo mangiarle ci mettevo un po' d'acqua per farle rinvenire. Ho sempre tenuto sale e farina nella grotta, fin da quando c'era Francisco e andavamo a requisirla nelle masserie. Me ne è rimasta ancora molta. Sì, facevo anche il pane! Sì, non ridete, prima facevo la pasta e la piegavo per bene. Cercavo una pietra grande, di quelle piatte, e sotto ci scavavo una buca dove accendevo il fuoco finché la pietra si scaldava. Ci mettevo su la pasta del pane, la coprivo con una pentola e poi ci but-

tavo sopra un mucchio di cenere. E il pane veniva! Solo che bisognava farlo di notte così il fumo non si vedeva.

E patate, ne avevo quante ne volevo! Andavo dalle parti di Castell de Cabres o di Morella, lì ci sono i campi di patate. Le tirano fuori con l'aratro e le lasciano sul solco tutta la giornata, poi passano a raccoglierle. Io andavo dietro col mio sacco! Facevo il conto, me ne servivano tre al giorno, e andavo avanti bene tutto l'anno. Era questo quel che mangiavo, e la frutta. Fuori Chert c'era una casa che il padrone non ci abitava, e lasciavano i fichi a seccare. Erano buoni. Si trova sempre qualcosa se conosci la zona, e dato che il latte non mi piace... Da piccolo, quando stavo con mia sorella, ne ho bevuto di quel tanto. La carne di maiale e di coniglio la mangio. Il pollo no. Ma la carne mi fa impressione. Non c'è bisogno di mangiare le bestie per star bene. Lei che è un dottore lo sa.

Non mi va di sembrare interessato, però... io vi racconto quello che volete e voi mi date i soldi per uscire di qua. Ci posso stare anche tutta la vita in montagna, ma senza compagnia, sempre a scappare come un cinghiale, non mi ci vedo più, adesso sono stanco. Ho bisogno di soldi per andarmene. Sì, le credo, lo so che lei è un uomo d'onore. Io, anche se non sembra perché sono un solitario, mi faccio subito un'idea di com'è fatta la gente. C'è anche di gente buona, gente che ha compassione degli altri, gente che ogni tanto aiuta. Ce n'era di gente, non tanta, che mi voleva bene, ma prima, quando non ero ancora salito in montagna, anche i bambini piccoli mi volevano bene. Ma poi sono venuti i tempi duri. Sono successe brutte cose. Io ho fatto brutte cose, ma anche gli altri. Era come se la guer-

ra non fosse mai finita, e per me non è finita ancora adesso. È dura. Troppe disgrazie. Ho gli occhi stanchi di vedere disgrazie. Certe volte ho pensato di consegnarmi, facessero pure di me quel che volevano. Poi ci ripensavo. Ma non crediate, ho ancora il mio fucile e ci dormo insieme.

Erano le dieci passate quando finirono di caricare i bagagli nel vano posteriore della giardinetta. Nourissier era irritato da quel ritardo, ma non osò protestare. Cominciava a rendersi conto di quanto dipendesse dalla sua guida. Gli conveniva accettarlo, se non voleva complicare le cose. Era sceso a far colazione alle otto, e poi era rimasto ad aspettare prendendo un caffè dopo l'altro. Annoiato, era andato a sedersi su un divano della reception. Finalmente Infante si era deciso a scendere, in uno stato di assoluta euforia.

«Ho dormito da re!» dichiarò. «E che magnifica colazione ho fatto! In una città come Barcellona ci si dimentica dei sapori di una volta. Ma qui... sembra di ritrovare le sensazioni dell'infanzia. Non è d'accordo?».

«Immagino di sì».

«Lo immagina soltanto? Non si sarà alzato di cattivo umore!».

«No, quando mi sono alzato ero di umore ottimo, ma ne è passato di tempo da allora».

«*Pas de problème!* Adesso partiamo, *mon cher Docteur*. Ma non pensi di andare troppo lontano. Arriveremo in men che non si dica, vedrà. Però prima di lasciare Tortosa dovremmo fare qualche spesuccia».

«Altri liquori?».

«Non esageriamo! Abbiamo preso solo qualcosina per meglio sopportare la cosiddetta... *ruralità.* Comunque non si preoccupi, niente alcol né vizi, si tratta di una banale faccenda di abbigliamento».

«Che cosa le occorre?».

«A me, niente. È lei che ha bisogno di un altro basco».

«Perché, cos'ha il mio che non va?».

«Be', è diverso. Vede, il basco autoctono è meno soffice, meno abbondante, anche, più spelacchiato. Il suo sembra fatto di velluto».

«Senta, Carlos, non credo sia il momento di scherzare».

«Non sto scherzando, amico mio. Lo so che non passeremo inosservati, lei è più alto della media degli spagnoli, ha i capelli che tirano sul rosso, la pelle chiara... Ma se per di più porta un basco che nessuno ha mai visto, la gente ci seguirà per la strada, e non è questo quello che vogliamo, no?».

Nourissier sbuffò, sforzandosi di avere pazienza.

«E va bene. Dove lo troviamo un negozio di cappelli?».

«Un negozio? Su, venga con me».

Raggiunsero a piedi la via del mercato, dove un grande emporio vendeva abbigliamento da lavoro: tute, pantaloni di fustagno, scarpe di corda da contadino, e baschi, tantissimi baschi. Infante si divertiva a vedere il francese storcere il naso per la rozzezza della fattura e dei tessuti. Lo costrinse a provarsi tre baschi di-

versi, ma davanti al quarto Nourissier fu categorico:
«Questo mi va bene. Lo prendo».
Infante si disse che doveva andarci piano, non deriderlo troppo. Se Nourissier avesse reagito male poteva risultarne compromessa la futura convivenza.
Meno di mezz'ora dopo erano in strada. Lo spagnolo viaggiava col finestrino abbassato, respirando a pieni polmoni l'aria asciutta e pulita. Si sarebbe annoiato, in quel viaggio, ma almeno avrebbe ritrovato la terra della sua infanzia: agreste, intatta, isolata dal mondo. L'ideale sarebbe stato che tutto si svolgesse come aveva previsto: qualche settimana in campagna e una bella somma sul suo magro conto in banca. Per una volta la fortuna gli sorrideva.
La prima cosa che fece Nourissier arrivando a La Sénia, fu stupirsi delle minuscole dimensioni del paese.
«Gliel'avevo detto che era poco più di un villaggio» disse Infante. «Ma si trova in un punto strategico. Qui pianteremo il nostro quartier generale, e di qui ci sposteremo dove sarà necessario. Per molti anni La Pastora lavorò in questi paraggi».
«Già. La Pobla de Benifassá. Lei veniva da Vallibona».
«Vedo che il mio articolo lo ha imparato a memoria».
«È dal suo articolo che nasce tutto quanto».
Infante sorrise soddisfatto. Non avrebbe mai immaginato che quell'articolo potesse rivelarsi una miniera per uno studioso. Entrarono nella locanda del paese. Il padrone li squadrò da capo a piedi. Chiesero due stanze, le più grandi.

«E poi sarebbe indispensabile che ci fosse un tavolo. Il signore è un professore che fa degli studi sulla zona e avrà bisogno di lavorare. E anch'io avrò bisogno di scrivere».

Il padrone alzò le spalle e annuì, come se volesse far capire che a lui le loro occupazioni non interessavano. E i suoi occhi, velati d'indifferenza, non parevano dimostrare il contrario.

«Con lo scrittoio ne ho soltanto una, ma nell'altra posso far mettere un tavolo rotondo».

«Andrà benissimo. Fate da mangiare?».

«Solo per cena. Mia moglie ed io lavoriamo in campagna e a mezzogiorno siamo fuori. Potete andare al bar, lì a pranzo cucinano».

Le stanze erano al primo piano di una grossa casa, squadrata come un magazzino. Erano ampie, grandi e quasi vuote. Un letto di legno scuro, un copriletto a fiorami, e poco altro. Almeno dalle finestre entrava molta luce. Nourissier prese per sé quella con lo scrittoio. Al capo opposto del corridoio si sistemò Infante, convinto che la modestia di quell'ambiente avrebbe scontentato il francese. Ma si sbagliava. Un'ora dopo si ritrovarono in strada e Nourissier non fece che rallegrarsi della sua stanza: semplice, monacale, quasi ascetica, il luogo ideale per lavorare.

Fecero una prima passeggiata per il paese semideserto. I bambini dovevano essere a scuola, uomini e donne in campagna. Solo alcuni vecchi sedevano sulla porta delle case.

«È importante che ci vedano» disse Infante. «All'inizio saranno curiosi, ma quando capiranno che non facciamo niente di strano, penseranno ai fatti loro. Potranno circolare delle voci, ma questo non ci riguarda. Verranno a sapere che ci interessiamo alla Pastora, perché non potrò fare a meno di domandare in giro».

«Lei diceva che avremmo corso dei rischi con la Guardia Civil».

«In caso di problemi diremo la verità, soltanto un po' ritoccata: lei è un medico. Generico, non psichiatra. In Spagna i medici godono di grande prestigio, ma non credo che la sua specialità sia molto ben accetta. A chi vorrà sapere di più, risponderà che si interessa alla Pastora da un punto di vista clinico: il suo sesso incerto, il fatto che una donna sia capace di atti efferati... Ovviamente, si guarderà bene dal dire che il suo obiettivo è incontrarla».

All'ora di pranzo entrarono nel bar. Furono guardati con diffidenza, ma nessuno osò rivolgere loro la parola. Chiesero qualcosa da mangiare ed ebbero due piatti di zuppa di bietole e fagioli che a Nourissier piacque moltissimo. Al momento di ordinare il caffè, Infante domandò al padrone:

«Lei sa da che parte si va per il *mas* del Baixot?».

«Quello di zio Tomás?». L'uomo sorrise mentre lo diceva. «Uscite sullo stradone e prendete a destra. A circa quattro chilometri vedrete un viottolo con dei cipressi. In fondo c'è il *mas*. Siete a piedi?».

«Sì, credo che faremo una passeggiata».

«E allora state attenti, perché a zio Tomás non piacciono le visite».

I vecchi sparsi ai vari tavoli, che fino a quel momento non avevano mostrato di accorgersi della loro presenza, risero a quelle parole.

«Staremo attenti, non si preoccupi» disse Infante.

«Sì, e già che ci andate, ditegli che qui dal Galán stiamo aspettando che venga a portarci un po' dei suoi soldi».

In strada li accolse il timido sole che ormai cominciava a calare. Sentirono alzarsi voci e risate dentro il bar.

«La gente di qui dice una cosa e ne pensa un'altra. Sono dei malfidenti».

«In Francia, nei piccoli paesi, è esattamente la stessa cosa».

«Ne dubito, Lucien. Non è necessario che lei sia sempre così gentile».

Nourissier non rispose. Non aveva voglia di parlare. Nella sua mente risuonavano le parole dell'oste. Si domandava perché dovessero fare attenzione con quello zio Tomás. Aveva molte ragioni per essere curioso: come mai andavano laggiù? Che cosa cercava Infante al *mas* del Baixot? Ma preferiva non fare domande per non irritare la sua guida. Si mise a osservare il paesaggio. Era campagna arida, una terra dura e secca punteggiata di vecchi olivi e carrubi dal tronco contorto. Lungo la strada crescevano cespugli di timo e rosmarino selvatico che profumavano l'aria. Gli parvero luoghi di una bellezza strana: disabitati, poco misericordiosi con gli uomini, ma pieni di una loro orgogliosa maestosità.

Trovarono facilmente il viottolo con i cipressi. Si intravedeva in fondo una casa col tetto rossiccio. Via via che avanzavano furono accolti da un coro crescente di latrati, e giungendo sul piazzale di fronte alla casa videro i cani. Erano almeno una quindicina, tutti liberi, di ogni colore, forma e dimensione, tutti impegnati a ringhiare, saltare e sgolarsi per dare l'allarme. Infante si spaventò.

«Ha visto quanti sono? E sono liberi!».

«Non si preoccupi, fanno il loro dovere. Quando ci avvicineremo si sposteranno».

«Lei è esperto anche di cani?».

«Mi piacciono».

«Spero proprio che anche lei piaccia a loro».

Lo psichiatra andò avanti per primo, mentre Infante prudentemente si teneva indietro. Sulla porta comparve un uomo alto e imponente. Oltre i sessant'anni, con i capelli bianchi, corpulento, con l'abito marrone di velluto a coste dei contadini. Infante alzò il braccio in un saluto che voleva essere disinvolto e cordiale.

«Buonasera! Come sta?».

Sperò che il suo accento di Barcellona non suonasse troppo forestiero in quelle terre del sud. Non aveva fatto due passi che il vecchio imbracciò il fucile.

«Fermi là! Cosa volete?» gridò con voce stentorea.

«Siamo amici di suo nipote Miguel Sabater di Tortosa. Veniamo da parte sua e vorremmo parlarle un momento».

Lui non abbassò la carabina. Nourissier bisbigliò:

«È sicuro di non avere sbagliato persona?».

«Non dica una parola».

Un attimo dopo l'uomo si decise ad abbassare l'arma ma rimase a fissarli con sguardo feroce. Restarono dov'erano. I cani ora giravano intorno alle gambe dei nuovi venuti, annusandoli. Infante sorrideva senza troppa convinzione.

«È lei zio Tomás?».

«Cosa volete?» ripeté il vecchio, con voce già meno ostile.

«Mi chiamo Carlos Infante e questo è il dottor Nourissier, un medico francese. Ieri sera suo nipote ci ha detto che potevamo parlare con lei».

Il vecchio gridò qualcosa ai cani, che si ritirarono docilmente. Poi si rivolse ai due con un cenno, scostandosi dalla porta per farli passare. Entrarono in una sala grande, fresca e scarsamente illuminata. Da un lato c'era la stufa. Nel centro, un tavolo con quattro sedie. A un gancio nel muro pendeva un orcio da vino legato con una corda.

«Se venite da parte di Miguel siete i benvenuti. Sedetevi».

Tirò fuori una bottiglia di vino dolce, tre bicchierini. Mise delle paste in un piatto e sedette anche lui. Aveva il volto bruciato dal sole, gli occhi azzurri e vivissimi.

«Non vogliamo disturbare, ce ne andiamo subito» disse Infante.

«Sono vedovo e vivo solo. Sono stati tempi brutti, per questo quando viene gente la ricevo col fucile, ma adesso che siete qui, non c'è fretta. Cosa racconta mio nipote?».

«Sta bene. Ci prega di portarle i suoi saluti. Dice che un giorno di questi verrà a trovarla».

«Non verrà. Sono anni che non si fa vedere. I giovani non vogliono saperne dei paesi, preferiscono la città. Di cosa volevate parlare?».

«Il dottore è un medico famoso che viene dalla Francia, si interessa alla gente di queste terre, alla loro salute, alle condizioni di vita...».

«Cosa volete che vi dica, qui non si fa altro che lavorare, da quando fa chiaro a quando viene buio. Non è vita da uomini, è vita da animali. Io ho settant'anni e non mi sono mai fermato».

«Era più dura quando c'era la guerra, o no?».

Non rispose. Infante misurava le parole come di fronte a una delegazione diplomatica.

«Il dottore ha sentito dire che per i massari gli anni del *maquis* sono stati ancora più brutti della guerra».

Alla parola *maquis* il vecchio saltò come se gli avessero messo del sale su una ferita.

«I partigiani erano tutti dei figli di buona donna! E quelli della Guardia Civil, lo stesso! Io non ho paura di parlare. Quello che dico a voi l'ho detto anche in piazza. Tutti dei figli di buona donna, gli uni e gli altri. Era un tormento per noi massari. Venivano i partigiani e volevano da mangiare, tutto quello che avevi te lo portavano via. Se non glielo davi ti bastonavano, ti davano del traditore. E quando se ne andavano dovevi tenere la bocca chiusa. Poi arrivavano i *civiles* e ti riempivano di bastonate perché non avevi denunciato i partigiani, e se ti era restato qualcosa ci pensavano loro a portartelo via».

«Lei è stato derubato dai partigiani?».

«Più di una volta. Mi hanno portato via le uova delle mie galline, tutti i salumi del maiale di quell'anno, il pane che infornava la mia povera moglie. Poi pagavano facendo i conti a occhio, e scappavano».

«Quindi non rubavano» intervenne Nourissier.

«Ma io non volevo vendere niente! Quella era roba che serviva per tirare avanti. E poi non sono maniere, entrare in casa della gente con la pistola in pugno».

«Ci mancherebbe!» esclamò Infante per calmare le acque.

«Quelli della Guardia Civil non sono da meno, non sa quante me ne dicono perché non sto zitto. Che mi ammazzano i cani, che mi danno fuoco alla casa, che un giorno o l'altro mi sparano e mi buttano in un fosso».

«Ma è terribile!».

«Però non mi fanno niente perché sono vecchio».

«E i partigiani, li conosceva personalmente?».

«Qualcuno del paese era salito su in montagna, ma pochi. Erano quasi tutti di fuori, e fecero un mucchio di canagliate. Al mio amico l'Arbolero di Morella gli ammazzarono la moglie. Un giorno gli entrano in casa e mettono sotto tiro tutta la famiglia. L'Arbolero riesce a scappare e va a chiamare la Guardia Civil. Quando arrivano, parte la sparatoria. Un partigiano ci rimane secco. Ma senta come andò: una delle guardie gli spara, fa cilecca, e allora lo ammazza col calcio del fucile. Gli spacca la testa».

Infante temeva che il francese si spazientisse per le chiacchiere del vecchio, ma guardandolo con la coda dell'occhio lo vide assorto, come catturato da un sentimento fatto di orrore e fascinazione che neppure si preoccupava di nascondere.

«Il partigiano se ne rimane lì col cervello di fuori. Ma dopo un mese i suoi compagni tornano dall'Arbolero. C'era la moglie da sola. Loro entrano e chiedono di suo marito. Lei dice che è in campagna a lavorare. Quello che era il capo le fa: "Bene, allora pagherai tu per lui", e le spara a bruciapelo. Poi lasciano un foglio con su scritto che l'avevano "giustiziata come traditrice della causa della Repubblica". La povera Filomena, cosa ne sapeva lei della Repubblica! Ammazzare a sangue freddo una donna che non ha fatto niente è una cosa che non sta né in cielo né in terra. In tutti i paesi qua intorno si parlò di quell'assassinio, e se fin lì i partigiani erano ben visti perché pagavano quel che prendevano, da quella volta l'amicizia era bell'e che finita».

«Anche quelli di Franco ne hanno fatte di canagliate, no? Ma di questo magari non le va di parlare».

Gli occhi di zio Tomás brillarono di furia. Alzò la voce.

«Vi ho già detto che non ho paura di nessuno, io. Non me lo faccia ripetere due volte».

Senza dare spiegazioni si alzò e uscì dalla stanza. Nourissier, preoccupato, bisbigliò all'orecchio di Infante:

«Non lo irriti, non ci conviene. E poi, lei crede che avrà qualcosa da dire sull'argomento che mi interessa? Mi sembra molto dispersivo».

«Abbia pazienza e lasci fare a me».

Il vecchio tornò con un sorriso malizioso e una bottiglia. La posò sul tavolo con un colpo secco.

«Questa è acquavite, la migliore del mondo. Il vino dolce è per le donne e gli effeminati. Adesso la provate con me».

Riempì tre bicchieri e alzò il suo alla loro salute. Assaporò il primo sorso con uno schiocco di lingua. Prima che il fuoco che sentirono nel petto i due ospiti si fosse placato, continuò:

«E adesso ditemi cosa volete sapere. Sono vecchio ma non sono scemo. Allora?».

Infante si schiarì la gola, colto di sorpresa. Tentò senza troppa fortuna di ritrovare il tono neutro che aveva usato fino a quel momento, e armatosi di coraggio domandò:

«E quello che chiamavano La Pastora, lei l'ha mai conosciuto?».

Il vecchio inchiodò lo sguardo a terra. Respirò forte, riempì di nuovo i bicchieri e lo guardò strizzando leggermente gli occhi.

«Allora non è dei vecchi tempi che stiamo parlando. Quella è ancora viva».

«Lei crede?».

«Per morta non l'hanno data».

Poi rise forte lasciandoli in attesa.

«Ma voi cosa siete? Spie di Franco o qualcosa del genere?».

«Le giuro di no, zio Tomás. Il dottore studia la mente delle persone ed è interessato a quella donna. Gli piacerebbe sapere se era un uomo o una donna, perché non sembra che la cosa sia molto chiara. Ma a noi la politica non interessa. Gli mostri la sua tessera di medico, Lucien».

Nourissier obbedì, estrasse dal portafogli un documento e lo mise fra le mani del contadino. Questi lo guardò a lungo. Poi disse:

«Mi sono quasi dimenticato come si fa a leggere, dopo tanti anni. Tanto, io non lo so dove può essere La Pastora. Quello che so io lo sanno tutti. Che si chiamava Teresa, Teresa Pla Meseguer, ma la chiamavano Teresot perché già da piccola era robusta come un maschio. Avrà più di quarant'anni, adesso. Andava vestita da donna, con la gonna e tutto, e che era femmina sta scritto nel registro della parrocchia di Vallibona, dov'è nata. Non so altro. Adesso alla radio ho sentito che la chiamano "il Terrore del monte Caro", ma qui da noi era Teresot».

«Lei l'ha conosciuta?».

«Qualche volta l'avrò anche vista, ma non ci facevo caso. Era una che guardava le pecore e basta. Per il lavoro niente da dire. Lo dicevano tutti che era una gran lavoratrice, che ci sapeva fare con i bambini delle masserie, che riconosceva le pecore del padrone in mezzo a mille, che aveva la forza di un toro, cose così. Ma non so se al dottore interesserà. Nessuno sa se era uomo o donna. Dicono che quando era nel *maquis* andava vestita da uomo, ma magari si era messa così per farsi prendere con loro».

«Sa com'è sparita?».

«Questo lo sanno tutti. Lei e un altro di quelli del *maquis*, uno che lo chiamavano Francisco, assaltarono la casa dei Nomen, Els Reguers. Quella volta Francisco è morto e di lei non si è più saputo niente. Nessuno l'ha vista dopo quella volta».

Si fece silenzio. Il vecchio versò un altro giro di acquavite. Nourissier tentò un piccolo gesto di rifiuto, che venne ignorato.

«Beva, dottore, che tanto di qualcosa bisogna pur morire».

Vuotarono il bicchiere, e quando già pensavano che zio Tomás si alzasse e li invitasse ad andarsene, lo sentirono aggiungere:

«Francisco era di Castellote, che non è distante da qui. Già suo padre e suo nonno erano di idee rosse, e così la Guardia Civil ogni momento andava da loro e li bastonava, certe legnate da lasciarli mezzi morti. Quando non sopportarono più salirono in montagna. E dopo anche il figlio si fece partigiano. In casa rimasero solo le donne, ma anche loro prendevano legnate. Poi quelli del *somatén** diedero fuoco alla casa. Adesso credo che tirino avanti come possono, malamente, insomma. Se io fossi in voi...».

Lasciò la frase a metà. Infante e Nourissier si guardarono.

«Se lei fosse in noi, cosa farebbe?» insistette il giornalista.

«Soltanto loro possono sapere dov'è adesso. Quelle donne. La Pastora era sempre con Francisco, qualche volta l'avranno vista. Ma con tutte le bastonate che si sono prese, non credo che avranno voglia di raccontarlo».

* Il *somatén* era una milizia locale catalana, composta di civili, che in caso di necessità prestava aiuto alla Guardia Civil. Di origine medievale, e abolito dalla Repubblica, fu ufficialmente ricostituito dal franchismo ed esteso a quasi tutto il territorio spagnolo con il nome di *Somatén armado* nel 1945.

«Lei sa come potremmo arrivare a loro?».

«No. E adesso, per favore, è meglio se ve ne andate, perché quel che vi posso dire l'ho già detto. Non fatemi ripetere le stesse cose».

Il vecchio si alzò. Infante e Nourissier lo seguirono fino alla porta. La luce di fuori rivelò le profonde rughe che solcavano il suo volto. Quando porse loro la mano per salutarli, guardò Nourissier negli occhi.

«Ma voglio dirle una cosa prima che ve ne andiate. Io sono solo un vecchio ignorante e lei è un dottore famoso, ma le do un consiglio e poi lei ne fa quello che vuole. Torni al suo paese, dottore. Questi sono posti dove c'è aria di sangue e di cattiveria. Cosa gliene importa di sapere se La Pastora era uomo o donna? Cosa ci guadagna a immaginarsi che cos'aveva nella testa quella là?».

«Comprendere la sofferenza di un solo essere umano può servire ad aiutarne molti».

Il vecchio scosse la testa.

«Quella delinquente non soffriva, faceva soffrire gli altri. Ma saprà lei quello che fa, dottore».

Poi sparì dentro la casa buia. Infante e Nourissier non avevano fatto un passo che tornò a levarsi il coro furibondo dei cani.

Durante la cena nessuno dei due parve molto propenso a far conversazione. E poi non era consigliabile affrontare l'argomento che stava a cuore a entrambi, visto che la padrona faceva continue sortite dalla cucina per servirli. Infante era meditabondo, Nourissier sembrava preoccupato.

«Non sono riuscito a chiamare Parigi» disse.

«Da queste parti le linee telefoniche funzionano per modo di dire. Le conviene la posta».

«Scrivo spesso a casa, però mi piace sentire la voce di mia moglie di tanto in tanto».

«Lei ha una splendida famiglia, vero Lucien?».

«Non capisco la domanda».

«Intendo dire che lei è un uomo fortunato e vive circondato dagli affetti».

«Immagino che mi si possa definire così».

«Quindi troverà particolarmente crude alcune delle cose che abbiamo sentito oggi: teste spaccate col calcio di un fucile, donne assassinate a sangue freddo...».

«Come psichiatra ho una certa familiarità con il dolore dei miei pazienti».

«Non è la stessa cosa. La malattia può essere terribile, ma qui si tratta di odio, di sete di vendetta, di crudeltà. E tutto fra presunti fratelli, figli della stessa terra».

«Certo, è tremendo, ma le assicuro che sono preparato a sopportarlo».

«Non si è incrinata la sua idea romantica degli ultimi guerriglieri repubblicani?».

«Mi ascolti bene, Carlos. Non vedo che cosa la induca a pensare che io coltivi idee romantiche. E d'ora in avanti le sarei grato se lei non mi attribuisse cose che non ho mai detto».

«Non se la prenda. Dopo cena la invito a bere un cognac al bar del paese».

Il bar rimaneva aperto fino alle dieci. Entrando, ebbero entrambi l'impressione che gli stessi vecchi che avevano visto seduti ai tavoli a mezzogiorno occupassero esattamente gli stessi posti di prima. Un paio di uomini più giovani bevevano al banco, parlando forte. Loro scelsero un angolo appartato. Nourissier tossì quando assaggiò il primo sorso di cognac. Infante scoppiò a ridere.

«Non è precisamente Napoléon, eh, professore?».

«Forte come il demonio. Mi stupisce quanto si beve nel suo paese, molto più di quanto pensassi».

«Si beve per dimenticare; come già ha avuto modo di constatare, noi di cose da dimenticare ne abbiamo parecchie».

«Che cosa pensa di fare adesso? Andare direttamente a Castellote per parlare con quella famiglia?».

Infante sbuffò, buttò giù tutto il cognac in un colpo, tamburellò con le dita sul tavolo.

«Certo, bisognerà parlare con quella gente, ma mi domando come. Mica possiamo presentarci a Castellote e chiedere dove abitano. Se ci muoviamo così la Guardia Civil non tarderà a romperci le scatole».

«Che cosa intende? Non conosco l'espressione».

«Se le dico rompere i coglioni, lo capisce meglio?».

«Credo di sì. In ogni caso, che cosa potrebbero fare per fermarci?».

«Nella peggiore delle ipotesi possono farci il foglio di via e rispedirci a casa: io a Barcellona, lei a Parigi. Se invece non ci considerano abbastanza pericolosi, possono darci fastidio: spiare ogni passo che facciamo o perfino imporci la loro tutela col pretesto della nostra sicurezza. Sarebbe preferibile tenerli alla larga».

«Allora non scopriremo mai dove vivono le parenti di quel Francisco».

«Mi lasci pensare. Stanotte invocherò gli spiriti del whisky affinché mi diano consiglio. Qualcosa mi verrà in mente».

«Ora però torniamo alla pensione, comincio a essere stanco».

Nourissier si alzò, ma Infante, che sedeva rivolto verso la porta, lo prese inaspettatamente per la manica dicendo sottovoce:

«Non adesso. Vada al banco e ordini altri due cognac. Non mi domandi perché, lo faccia».

Capendo che Infante non scherzava, il francese obbedì. Mentre attraversava il locale vide che erano entrati due agenti della Guardia Civil. Questi si avvicinarono anche loro al bancone, diedero la buona sera a tutti e ordinarono un caffè. Quando Nourissier tornò al tavolo con i due bicchieri, Infante lo accolse ridendo scioccamente.

«Ah, magnifico, il bicchiere della staffa!» esclamò a voce altissima. Poi parlò più piano: «Non conviene uscire quando entrano loro, possono avere l'impressione che scappiamo. Se vengono qui, sorrida come se fosse un po' brillo. Lasci parlare me».

In effetti, meno di tre minuti dopo, il più alto dei due, con i galloni d'argento, si avvicinò. Fece un simbolico saluto militare.

«Buonasera, signori, tutto bene?».

«A meraviglia, sergente. Possiamo offrire un cognacchino?».

«Impossibile, sono in servizio».

Infante fu quasi divertito dalla meccanica del dialogo. Attese che il sergente concludesse la chiacchierata.

«Nuovi da queste parti, non è vero?».

«Sì, alloggiamo alla pensione».

«E sono qui per turismo?».

«Lavoro. Questo è il dottor Nourissier, di Parigi, che compie uno studio sulla regione per conto della sua università. Io gli do una mano».

«Una bellissima cosa. Buona permanenza».

E con un cortese cenno del capo il sergente si allontanò.

Infante rimase favorevolmente impressionato: la guardia non aveva neppure voluto sapere quanti giorni pensassero di fermarsi in paese. Di solito l'interrogatorio sotto forma di amabile conversazione durava molto di più, e quasi sempre si concludeva con una richiesta dei documenti. Ma la reazione di Nourissier fu indignata:

«Con quale coraggio si informa dei nostri affari privati? Siamo due cittadini in un locale pubblico, non ha nessun diritto di importunarci!».

«Non ci pensi, Lucien» disse Infante seccato.

«Mi dà semplicemente fastidio, non sono abituato a essere trattato in questo modo».

Lo avrebbe volentieri strangolato. Maledetto francese viziato! Gli piaceva mettersi nei panni di chi soffre ma non concepiva di essere sfiorato dal minimo disagio. Dove credeva di essere, sulla Costa Azzurra?

Le due guardie stavano uscendo.

«Beva, professore, e andiamocene, che stanotte devo partorire una soluzione ai nostri problemi».

Uscirono nella notte, che cominciava a far presagire i freddi autunnali. Non avevano ancora fatto dieci passi che si ritrovarono davanti i due agenti della Guardia Civil. Il sergente sorrise:

«E allora, già finito il cognacchino?».

Il medico era sbalordito. Infante non sapeva come cavarsela.

«Be', sì. Stavamo andando a dormire. In cosa possiamo servirvi?».

Il sergente lo prese per la giacca, lo strattonò con violenza.

«Mi ascolti bene, lei: questo è un posto tranquillo e deve rimanere così».

Nourissier fece per venirgli in soccorso, ma subito l'altro agente lo afferrò da dietro.

«Questo è un posto dove la gente lavora e non vuole fastidi».

Infante taceva. Nourissier si divincolava.

«Non ci piace che due signorini come voi vadano in giro a fare domande, d'accordo? Né sul *maquis* né su altro, è chiaro? Per scrivere fesserie sui giornali non c'è bisogno di disturbare la gente. Per stavolta ve la cavate perché i superiori non vogliono che vi tocchiamo, altrimenti un paio di legnate non ve le levava nessuno».

«Come osa?». Nourissier era furibondo. Infante lo pregò di tacere. Il sergente continuò con le minacce.

«Quindi, cercate di farvi i fatti vostri, perché al minimo scherzo vi presentiamo il conto».

Fece un cenno all'altro agente perché mollasse la presa. Poi entrambi si allontanarono facendo suonare gli stivali sul selciato. Quando ebbero svoltato l'angolo, Infante sputò a terra. Nourissier tremava d'indignazione.

«Ma com'è possibile?».

«Stia zitto, Lucien. Quelli sono delle carogne, ma è andata ancora bene».

«Bene? Posso sapere perché?».

«Lo ha detto quell'imbecille: non sono autorizzati a toccarci. E questa è una buona notizia. Ma mi preoccupa un'altra cosa: secondo lei come l'hanno saputo che ci interessa la lotta partigiana?».

«Il suo amico Miguel avrà parlato».

«Impossibile. Lui ci ha mandati qui. È stato zio Tomás. Come siamo usciti da casa sua è andato a far rapporto in caserma».

«Ma non c'è nessuna logica. Quell'uomo ci ha dato delle informazioni, ha voluto darci dei consigli, ci ha offerto da bere in casa sua!».

«La cultura della delazione è molto radicata in Spagna. Quel che vorrei sapere è se ha raccontato che gli abbiamo chiesto precisamente della Pastora».

«Non capisco. Che cosa può aver spinto quell'uomo a comportarsi così? Perché ci aiuta e poi ci denuncia? Non ha alcun senso!».

«Vuole domandarglielo personalmente?».

«Lo farei con molto piacere».

«Allora domani sarà troppo tardi. Gli facciamo un'altra visita stasera stessa».

Nourissier rimase a bocca aperta.

«Crede che sia prudente?».

«No. Ma non ho intenzione di rimanere qui senza sapere che cosa sanno i *civiles* di noi».

Si misero in marcia in piena notte. Camminavano con la determinazione di un esercito all'attacco, in silenzio. Solo la voce del francese si faceva sentire di tanto in tanto ripetendo le stesse domande:

«Ma perché? Perché?».

La masseria di zio Tomás era illuminata all'esterno da una lampadina tremolante. Fra le ombre, la casa che avevano visitato quel pomeriggio appariva disabitata e spettrale. Infante si avvicinò a un giovane mandorlo e ne staccò un ramo con strepito. I cani si misero ad abbaiare. Lui strappò con violenza un altro ramo e passò il primo al compagno.

«Questo è per i cani. Lo agiti intorno a sé. Non si avvicineranno».

Come c'era da aspettarsi, i cani si radunarono davanti alla porta abbaiando con ferocia. Loro avanzarono ugualmente. I cani insistevano, tenendosi a distanza.

«Zio Tomás!» urlò Infante con una nota da far rabbrividire. «Scenda, che vogliamo parlare con lei!».

Passarono quasi due minuti senza che accadesse nulla, tranne il persistente infuriare dei cani. Alla fine si accese una luce al primo piano. Poco dopo si aprì la porta e zio Tomás comparve, spettinato e mezzo addormentato, in maglietta e mutandoni lunghi. Ingobbito e stordito dal sonno, sembrava molto più vecchio.

«Cosa diavolo volete, siete ammattiti?».

«Faccia star zitti i cani» ordinò Infante.

Lui obbedì, e i cani obbedirono a lui. Poi si grattò la testa.

«Non sono ore per disturbare la gente!» gridò, ritrovando la sua energia.

Nourissier si avvicinò per poterlo vedere bene in faccia. Lo guardò negli occhi.

«Perché? Dica, perché ci ha denunciati? Ci ha accolti in casa sua, è stato gentile, ci ha dato delle informazioni, e poi è andato dalla Guardia Civil. Non è logico, perché l'ha fatto?».

Il vecchio montò in collera:

«È per questo che venite a svegliarmi a quest'ora di notte? Ma andate all'inferno, che domani mi devo alzare presto!».

Infante, senza pronunciare parola, lo prese per un braccio e lo trascinò dentro. Lì lo scaraventò a terra con una forza che nessuno avrebbe immaginato potesse venire da lui. Nourissier tentò di opporsi. Infante lo scostò.

«Basta con le fesserie, vecchio di merda. Non vedevi l'ora di andare a raccontare tutto ai *civiles*, eh?».

«Se non ve ne andate subito, domani ci torno, e dico che siete venuti per rubare».

Infante gli sferrò un calcio nelle costole. Nourissier ebbe un sussulto, come se il calcio lo avesse preso lui. Il vecchio gridò e si contorse.

«Voglio sapere se hai detto che abbiamo parlato della Pastora, che ti abbiamo chiesto di lei!».

Il vecchio cercò di recuperare il respiro. Scuoteva freneticamente la testa. Alla fine balbettò:

«Io non ho detto niente, in nome di Dio, lo giuro! Neanche una parola. Avevo paura. Della Pastora non si parla, eccome se lo so».

«Lo lasci, Carlos, è un vecchio!».

«Giuralo!».

«Lo giuro, lo giuro» si indovinava che diceva fra gli spasmi.

«Ascoltami bene: se scopro che vai alla caserma a dare aria alla bocca, torno e ti ammazzo. Come vedi, la Guardia Civil non ci ha torto un capello. Noi abbiamo carta bianca, capito? Quindi stattene zitto!».

Lo lasciarono a terra, raggomitolato su se stesso, sudato, bianco in volto. Dalla fenditura dei mutandoni era scivolato fuori un vecchio pene rugoso come un verme.

Tornarono alla pensione a passo di marcia. Dopo un lungo silenzio accusatore, Nourissier esplose:

«Ha perso la testa? C'era bisogno di picchiarlo a quel modo? Quello è soltanto un vecchio, per Dio!».

Infante si fermò lungo la strada buia.

«Non avevo mai alzato le mani su nessuno prima d'ora, lo capisce? Mai! Né un vecchio né un giovane, mai. Ma è lei che mi ha ficcato in questa storia, e deve mettersi in testa che non stiamo facendo una passeggiata per le Tuileries. Adesso so quello che volevo sapere e potremo rimetterci al lavoro. Lo zio se ne starà zitto. Questa è una terra dura, Lucien, non sono stato io a deciderlo. Ma se si sapesse in giro che stiamo cercando La Pastora, lei la sua spedizione se la scorda. E non credo abbia voglia di tornarsene in patria domani».

Il francese non rispose. Continuarono a camminare. A un tratto a Infante venne da ridere sentendo il francese che diceva:

«Non gli ha dato neppure la possibilità di rispondermi sulle ragioni per cui ci ha denunciati».

Decisamente quel *dandy* avventuriero non aveva ancora capito niente.

Una volta in camera, Infante cercò di calmarsi. Gli tremavano le mani e aveva un nodo allo stomaco. Aprì la borsa da viaggio dove aveva stipato le bottiglie e ne scelse una di whisky. Si versò un bicchiere. Seduto sul letto, vedeva dalla finestra la chioma di un grande albero. Gli parve stranamente scura, minacciosa. Aveva agito con freddezza, pensando unicamente alla necessità di andare avanti con il piano. Si alzò e finì il whisky in un sorso. Non aveva niente di cui pentirsi. Aveva accettato quel lavoro per soldi e avrebbe fatto qualunque cosa per avere il suo compenso. Era solo al mondo e non doveva rendere conto a nessuno. Al diavolo tutto! Si versò un altro bicchiere di whisky e si impose di pensare a quello che adesso era il suo lavoro.

Se fossero andati a Castellote senza preparare bene il terreno avrebbero avuto ben poche possibilità di riuscita. Non sarebbe stato difficile scoprire dove abitavano i parenti di Francisco, ma dubitava che qualcuno accettasse di incontrarli, tantomeno per parlare della Pastora. La paura era un veleno paralizzante. Serviva un complice, ma un complice fidato, che non li tradisse appena giravano le spalle. Bevve tre sorsi di seguito, l'alcol gli dava lucidità. Serviva una persona in grado di comprendere la natura degli studi di Nourissier e di ritenerli utili, e che al tempo stesso godesse della fiducia di quella disgraziata famiglia. Sì, forse aveva trovato. L'idea pareva ottima e sapeva già quali telefonate fare il mattino dopo. Adesso però gli conveniva dormire, lasciarsi trasportare dalla stanchezza, dimenticare i passi compiuti e non pensare a quelli ancora da compiere.

Nourissier, dal canto suo, si sentiva nauseato. Non aveva mai assistito a una scena atroce come quella di cui il suo aiutante si era reso protagonista poco prima. Eppure lo aveva lasciato fare, e aveva messo assai poca energia nel tentativo di fermare l'aggressione. Infante aveva buoni motivi per dire che la spedizione poteva chiudersi lì se quell'uomo avesse rivelato alle guardie il suo interesse per La Pastora. Ma era proprio necessario usare la violenza contro un vecchio indifeso? Gli pareva di avere abbandonato il mondo normale, la quotidianità di una vita giudiziosa, per inoltrarsi in una landa da incubo dove non vigevano gli stessi valori, le stesse regole di convivenza civile. Ma forse era giusto così. Lui, che tante volte aveva esortato i suoi pazienti a liberarsi dei loro sensi di colpa, ora doveva applicare a se stesso quelle teorie. Gli spiacque di aver rifiutato la bottiglia di whisky che il suo compagno di viaggio gli aveva offerto; buttar giù qualcosa di forte gli avrebbe fatto bene. Osservò la sua stanza. Molte volte nella sua vita aveva desiderato ritirarsi in una cella monacale come quella, semplice e spoglia, priva di comodità, isolata dal mondo. Si sentì già più tranquillo.

Andò al lavandino e si lavò la faccia con l'acqua fredda. Poi tirò fuori la carta da lettera che aveva portato con sé. Scrisse:

«Cara Évelyne, come ogni volta ti ripeto nelle nostre brevi conversazioni telefoniche, io sto bene e non devi preoccuparti di nulla. Questa è la cosa più importante. Al tempo stesso desidero trasmetterti le mie impressioni su questi luoghi. Credo di stare vivendo un'esperienza unica che mai più si ripeterà, per quanto numerosi e insoliti possano essere in futuro i miei viaggi. Questa è una terra strana, selvaggia, spopolata e bella. Ma non pensare alla bellezza dei nostri paesaggi. Qui predominano le rocce, la macchia, gli olivi centenari e i carrubi, che sono molto belli e sembrano alberi orientali. Anche la gente è strana: scontrosa e diffidente al principio, ma cordiale e ospitale quando ti accoglie nella sua casa. Bisogna considerare le grandi sofferenze patite durante la guerra, ancora più atroci di quanto si possa immaginare da fuori. È difficile crederlo, eppure, malgrado il tempo trascorso da allora, qui è come se la guerra non fosse finita e si trascinasse con le sue violenze. Si respira nell'aria un clima d'inquietudine, odio, sospetti; ma ciò che prevale su tutto è la paura. Paura di parlare, paura di intrecciare dei rapporti, paura perfino di pensare.

«Vedo ancora lontano il raggiungimento dei miei scopi. E tuttavia, a contatto con questi luoghi ho cominciato a comprendere molte cose sulla psiche di quella donna. Ho la sensazione che i miei sforzi non siano vani. Ti ringrazio e ti ringrazierò sempre della tua comprensione per il mio lavoro, che ci priva della nostra meravigliosa vita comune. So che la mia idea, che ad altri potrà apparire come una follia, rappresenta per te un passo importante nella mia carriera professionale. Poche donne accetterebbero di buon grado un'assenza prolungata del marito, come tu, con spirito di sacrificio, sai fare. Ma il tempo passa in fretta e tre mesi, forse meno, saranno presto trascorsi.

«Penso molto a te e alle nostre bambine; mi manca il loro odore di acqua di colonia quando la sera do loro una carezza prima che vadano a dormire. E mi manca la tua vicinanza, il bacio che do sui tuoi dolci occhi chiusi, mio amore».

Teresot, Teresot, cos'hai fra le gambe, Teresot? Chi ti ha fatto quel vestito, Teresot, quella sottana lunga lunga, nera nera che ti scende fino ai piedi? Da dove sei saltata fuori, Teresot? Dal secchio del carbone? Da sotto un sasso? Dalla terra del cimitero? Da dove è saltata fuori una bambina come te?

Da piccola ero curiosa anch'io e mi guardavo lì. Come mi vedeva, mia madre mi sgridava. «E smettila! Sei una bambina, una bambina e basta! Ci mancherebbe altro!». Le mie sorelle invece dicevano di peggio: «Maiala, maiala, se ti troviamo un'altra volta a guardarti lì, andiamo a dirlo alla mamma che te le suona, e te le suoneremo anche noi. Ti romperemo la testa col bastone. Ti ammazzeremo come i conigli, Teresa, ti ammazzeremo!».

Teresa, Teresota, Teresot. Come ti chiami? Teresa Pla Meseguer, per servire Dio e lei. Teresot, Teresot. Teresot che salta come un maschio, corre come un maschio, si arrampica come un maschio. E Teresot sono rimasta, ma a me non importava, avevo la forza che le bambine non avevano, nessuna ci provava a suonarmele, come le mie sorelle, perché io le botte che prendevo le rendevo, le altre bambine le buttavo per terra come niente, le facevo pian-

gere subito. Me ne stavo per conto mio e nessuno poteva dirmi che non dovevo correre, che non dovevo andare scalza nel torrente. Nessuno mi diceva di non salire sui muretti, di non inseguire le pecore, di non farle spaventare. Quella era la mia maniera di giocare e mi divertivo. Quand'ero sola in campagna non ero Teresa né Teresot, e stavo bene. Le altre bambine non volevano saperne di giocare con me, avevano paura. Io dicevo: «Venite, venite, che sono una bambina come voi», ma loro niente, scappavano via. I maschi li picchiavo. «Teresot, Teresot, cos'hai fra le gambe? Fa' un po' vedere». I maschi li picchiavo come loro facevano con me: sberle, calci, pugni, gomitate, sgambetti, perfino testate, botte e giù botte, per dritto e per traverso, dove cadeva la mano o il piede faceva lo stesso. Avevo imparato bene come si fa. Mi avevano insegnato le mie sorelle, Antonia e Vicenta. Erano loro che me le suonavano da piccola. Ero piccola, ma loro me le suonavano finché non sentivano più le mani. Si arrabbiavano, se mi comportavo male, se mi comportavo bene si arrabbiavano lo stesso. Solo a vedermi, si arrabbiavano. Eravamo in sette: Vicente, il più grande, e poi José, Joaquín, Antonia, Vicenta, Juan, e ultima io. Tre femmine, ma Antonia e Vicenta mi davano le botte come se non fossi una femmina, come se non fossi la più piccola, come se qualcuno gli avesse detto che dovevano ammazzarmi. «Questa bambina, che disgrazia! Non si sa nemmeno se è maschio o femmina, la gente ride, parla, mormora. Ma da dove è uscita, madre, si può sapere perché questa disgrazia è toccata proprio a noi?». «Zitte! È vostra sorella, state zitte che queste cose non le voglio sentire!». Botte e giù botte e ancora botte. Al principio, piangevo, poi stavo zitta e correvo a nascondermi. Di notte non potevo, perché noi femmine dormivamo tutte insieme in un letto, e tutti i maschi nel pagliaio. Delle volte, in settembre, se faceva bello andavo in cortile e dormivo sui sacchi del grano. Mi piaceva l'odore e mi piaceva star sola a guardare il cielo con tutte le stelle. Anche d'inverno me ne andavo in campagna, delle volte, tanto anche in casa faceva freddo. La masseria della Pallisa era una casa fredda. L'avevano tirata su mio padre e mia madre, coi miei fratelli, pietra su pietra, mattone su mattone. Avevamo qualche albero e l'orto.

Ma mio padre morì che avevo tre anni giusti. Gli cadde addosso un muro. Aveva piovuto ed erano venute giù le pietre e la terra. Mia sorella Antonia era quella che doveva starmi dietro, ma si arrabbiava e mi dava le botte. Poi morì. E morì anche José, poverino, per lui sì che piansi perché mi voleva bene e mi chiamava «codina di lucertola» come si dice qui da noi quando i bambini non stanno mai fermi, e «capretta del monte», tante belle cose mi diceva. Juan... Di Juan ve lo racconto dopo. Datemi un altro po' di cognac, solo un pochino. Della famiglia di mio fratello Vicente non è rimasto più nessuno. Juan alla fine andò in Francia e io volevo sempre andare a stare da lui. La Francia è il posto del mondo dove mi piacerebbe di più stare. Ci sono arrivato vicino, una volta, ma senza documenti lì non ti fanno lavorare. Un giorno andrò in Francia e allora avrò tutto quello che voglio e nessuno mi darà fastidio. Abiterò di nuovo in una casa e dormirò di nuovo in un letto. Anche se non me ne importa poi più tanto dopo tutti gli anni che dormo per terra. Sta' a vedere che quando dormo di nuovo in un letto mi manca la pelle di pecora per coprirmi, e mi manca la luna, e trovarmi già fuori quando mi sveglio la mattina. Ci sono delle cose che mi fanno fin sorridere. Quando nevica, e qui d'inverno nevica tanto, mi alzo e mi lavo la faccia con la neve fresca. È fredda ma mi piace.

Mia madre, poveretta, era una brava donna. Ignorante, come tutti, perché nessuno di noi era andato a scuola e non sapevamo né leggere né scrivere. Una volta da queste parti c'era poca gente che sapeva leggere. A Vallibona solo i ricchi andavano a scuola. Noi da bambini ci mandavano a lavorare presto, che in famiglia le bocche erano tante e tutte mangiavano. Mia madre, poveretta, quando rimase vedova, la figlia più piccola che aveva ero io, di tre anni, e poi tutti gli altri, che erano sei, parecchio più grandi di me, perché a me quando mi ha avuta non mi aspettava. Quand'ero nata mi avevano messo il nome da femmina sul registro della parrocchia, perché si vedeva che non ero normale, e nessuno capiva bene se ero maschio o femmina. «Una femmina almeno non deve andare soldato. Un maschio lo spogliano per la visita, e chissà che vergogna a farsi vedere». Pensava a me, la mia povera madre, si preoccupava per quello che mi poteva capitare. Francisco, tanti anni dopo, una volta che gli avevo raccontato tutte queste cose, mi aveva detto che invece di decidere loro dovevano portarmi da un dottore. Ma che dottore e dottore, se non c'erano i soldi per pagarlo? Tutto sembra più facile, col senno di poi.

Mia madre si preoccupava per me, solo che era rimasta vedova con sette figli, di un uomo che lavorava la terra.

Cosa poteva fare, poveretta? Doveva prendere tutti i lavori che in paese non voleva fare nessuno. La terra non rendeva quasi niente, e la poca che avevamo la coltivavano i miei fratelli. Mia madre dava la calce alle case, ed era brava. E lavava i panni per gli altri, al lavatoio comunale. Non sembra, ma era brutto perché d'inverno con l'acqua fredda le venivano certi geloni nelle mani che se prendeva una tazza le cadeva per terra. Ma non si lamentava mai, era perfino contenta perché le donne delle case ricche venivano a cercarla per lavare le lenzuola. Il lavoro non le mancava. Con questo e con quel poco che veniva su in campagna tiravamo avanti. Delle volte ho visto i miei fratelli bisticciare per il mangiare e mia madre gridava e li picchiava. Avevamo il latte delle pecore, le lenticchie, il pane, e poi rape, cavolfiori, fichi, mele, e anche i cachi quand'era stagione. Io me lo ricordo ancora com'era buono tutto.

Teresot, Teresot, fa' un po' vedere cos'hai fra le gambe. Mi picchiavano, ma io non porto rancore. Star dietro ai bambini è una battaglia, e ancora di più se sei stanca perché lavori sempre. E io non ero una bambina di quelle tutte carine. Ero lunga lunga, nera nera per il sole, con le gambe come quelle di un maschio, e saltavo sui muri e salivo sugli alberi e poi mi buttavo giù e avevo sempre le ginocchia sbucciate e le sottane strappate, ero sempre piena di lividi e graffi dappertutto.

La masseria l'avevano tirata su tutti insieme quando io non ero ancora nata. Magari mio padre fosse morto prima! Questo lo pensavo quando avevo nove dieci anni. Ma non per cattiveria, pensavo solo che così non mi avrebbe conosciuto. Magari mio padre non mi avesse conosciuto! Ecco cosa pensavo. Non mi sono mai ricordato che faccia aveva mio padre, e dire che avrei potuto perché avevo tre anni quand'è morto, ma la faccia non me la ricordavo. Però pensavo che sarebbe stato meglio se non mi avesse visto mai. Perché visto mi aveva visto, pover'uomo, chissà come si vergognava. Le madri prendono tutti i figli come sono, ma i padri si vergognano di quelli che non sono come dovrebbero. Anche se alla fin fine non è cambiato niente, perché dopo una vita passata a lavorare, a farsi la casa pietra su pietra, e a sopportare il caldo d'estate e il freddo d'inverno, che qui di freddo ne fa, gli era caduto addosso un muro e l'aveva schiacciato. E non aveva respirato più. Cose che capitano ai poveri.

Mia madre, che aveva già le mani rovinate dall'acqua fredda e dalla calce, vedeva che le mie sorelle non mi lasciavano stare e voleva che non mi picchiassero più. Andò al mas d'en Tena, *che era brava gente, a chiedere se mi tenevano con loro. «Vi voglio chiedere un favore, se prendete per un po' di tempo Teresa in casa vostra, se no le altre figlie me la ammazzano, me l'hanno già riempita di lividi». Lo so che disse così perché me lo raccontarono quelli del* mas d'en Tena *molto dopo. Vedete quanto mi voleva bene mia madre e quanto si preoccupava per me. Loro dissero di sì e io andai da loro.*

Al principio guardavo i figli piccoli del mas d'en Tena. *Se il più piccolo piangeva me lo portavo per le terrazze e per i campi e subito smetteva. Non mi ricordo cosa gli raccontavo, cosa dicevo perché si consolasse così presto. Avevo dieci anni, e così va' a sapere che cosa gli di-*

cevo a quel bambino. Si chiamava Diego, mi voleva bene. Io avevo pazienza perché ero una bambina anch'io. Tante cose me le ricordo: gli facevo vedere le cavallette, come saltavano, gli prendevo le ghiande e le palline dei cipressi e giocavamo come con le biglie... Quelli del mas *erano contenti. Mi guadagnavo ogni pezzo di pane che mangiavo. Ancora tanti anni dopo, quando mi incontravano, me lo dicevano: «Avevi una mano speciale tu, con le creature». Che cose strane ti fa la vita, che io non potevo avere figli! La vita non c'è nessuno che può capirla, è quella che ti è toccata e non la cambi. Le cose succedono e tu la maggior parte del tempo non ci pensi. Poi se qualcuno ti chiede come mai è andata com'è andata, tu non lo sai e non puoi rispondere.*

Stavo bene al mas d'en Tena. *Al principio mia madre mi mancava, ma poi no. E poi lì non c'erano le mie sorelle e nessuno mi picchiava. Quando ho fatto gli undici anni i padroni del* mas *mi hanno mandata in montagna a star dietro alle pecore. Da quel giorno sono stata pastora per tantissimo tempo, e da pastora ero sempre felice.*

L'indirizzo che aveva avuto era esattamente quello che faceva al caso loro. Nella lista dei medici condotti della zona solo uno era segnalato come simpatizzante della Repubblica, un certo dottor Federico Ramos, ora assegnato a Catí. Dare ai medici con precedenti politici una condotta in paesi dove non avessero legami né rapporti con nessuno era pratica corrente dopo la guerra. I medici servivano, e questa misura permetteva di continuare a servirsi di loro malgrado scontassero una pena.

Nourissier annuiva con gravità alle spiegazioni di Infante. Ma c'era qualcosa nel suo piano che gli pareva un po' azzardato.

«Lei è sicuro che quel medico abbia conosciuto le parenti di Francisco?».

«No, questo non posso saperlo; posso solo sperarlo».

«E quante probabilità crede che ci siano, da uno a cento?».

«Senta, Nourissier, non le ho mai detto che ottenere quello che vuole sarebbe stato facile. Se pensa di vedermi cavar fuori un coniglio dal cappello, si sbaglia di grosso. Si tratta di improvvisare di volta in volta, di procedere per prova ed errore, usando l'immaginazione. Per il momento mi pare che lei non possa lamentarsi».

«No di certo. Il primo dei suoi informatori è corso a denunciarci alla Guardia Civil».

«Pensava forse che sarebbe stata una passeggiata campestre?».

«So bene che non lo è. Se lei non fosse di una suscettibilità fuori del comune capirebbe che la sola cosa che voglio è essere informato».

«Le sue domande mi rendono nervoso».

«E va bene, starò zitto. Non ho intenzione di continuare a discutere con lei».

Non si rivolsero più la parola. Quando furono sulla giardinetta per andare a Catí non si scambiarono altro che asciutte formule di cortesia. A due chilometri da Catí, Infante guardò con la coda dell'occhio il suo compagno e disse:

«Anche col medico, lasci che sia io a parlare. Poi, se questo dottor Ramos accetta di approfondire la conoscenza, entrerà in azione lei. Gli spiegherà che cosa fa a Parigi, gli esporrà il suo progetto. Conviene che lo sommerga di termini clinici, più sono complicati meglio è, non voglio che diffidi. E lo tratti sempre come un illustre collega, anche se è un semplice medico condotto».

«Non pensavo di fare diversamente».

«Non mi aspettavo di meno da lei» rispose il giornalista facendogli il verso.

Il paese era così piccolo che non ebbero difficoltà a trovare l'ambulatorio. Venne ad aprire una donna di una certa età, la quale li informò che il dottore era impegnato con le visite. Infante le porse un biglietto da visita di Nourissier, dicendo che sarebbero tornati più tardi.

Fecero un giro in paese. La gente si voltava a guardarli. Entrarono in un bar, presero un caffè. Infante si immerse in uno dei suoi stati di apparente indifferenza.

«Crede che ci riceverà?» domandò Nourissier piuttosto preoccupato.

«Non ne ho idea. A parte le sue idee politiche, non so niente di lui. Gioca a nostro favore la noia di questo paese. Se non altro rappresentiamo una novità. Ma con i suoi precedenti può sentirsi sorvegliato, o magari lo è già».

«Ma è assurdo sorvegliare un uomo che vive isolato in mezzo alle montagne».

«Era sulle montagne che c'erano i partigiani, se ne ricordi».

Quando tornarono all'ambulatorio il medico aveva ancora un paio di pazienti in attesa, ma sapeva dell'esistenza dei due visitatori.

«Il dottor Ramos dice che vi riceverà. Accomodatevi nella saletta».

Seduti su semplici poltrone di vimini si intrattennero guardando i quadri alle pareti: riproduzioni di impressionisti francesi. Dei fiori di stoffa e un posacenere completavano il modesto arredamento.

Meno di un'ora dopo il dottor Ramos entrò con energia, come se avesse fretta di vederli. Li colse entrambi di sorpresa. Era sulla sessantina, panciuto e non molto alto, con i capelli bianchi accuratamente pettinati all'indietro. I suoi occhi li fissavano vivi dietro un paio di occhiali dalla sottile montatura dorata. Il suo aspetto sarebbe stato normalissimo se non fosse stato per l'abbigliamento: giacca di costoso tweed, elegante camicia bianca, pantaloni impeccabili, cravatta a righe regimental e un paio di scarpe di modello inglese lucidate fino al brillio. Un simile figurino, facilmente immaginabile in un ristorante di Parigi o in un caffè del Paseo de Gracia, risultava del tutto fuori luogo a quell'altitudine.

Federico Ramos non si accorse dello stupore che aveva destato, occupato com'era a stupirsi lui stesso da quando aveva ricevuto il biglietto da visita dell'eminente medico francese. Continuava a guardarli entrambi come se fossero il frutto di un'allucinazione.

«Chi dei due è il professor Nourissier?» domandò prima ancora di salutare. Poi strinse la mano al collega, raggiante di felicità. «Davvero lei è medico?».

«Psichiatra. Insegno alla Sorbona e ho uno studio privato a Parigi. La disciplina di cui mi occupo è la psicopatologia».

«Incredibile, meraviglioso, fenomenale...». Ramos inanellava aggettivi entusiastici come se parlasse da solo.

«Molto onorato, Carlos Infante, giornalista di Barcellona».

Quando Infante parlò, il medico parve tornare sulla terra e strinse la mano anche a lui con estrema cordialità.

«Signori, debbo confessare che non ho la minima idea di quale ragione possa avervi portati nel mio umile studio; ma qualunque essa sia, vi prego di condividere la mia frugalissima cena. Sarà per me un onore avere due commensali illustri come voi».

Infante, divertito dalla retorica di quell'uomo, vi si adeguò in un batter d'occhio:

«Ma caro dottore, non avremmo mai l'ardire di disturbarla né di interferire in modo così intempestivo nelle sue abitudini!».

«Un vostro diniego mi addolorerebbe! Non potete tentarmi e poi deludermi. Ho già dato ordine alla mia fantesca di preparare la cena, e mentre ciò sarà fatto, vi invito a prendere un aperitivo al bar del paese. Certo, non è un locale degno di voi, ma è il solo qui a Catí e, come si dice da noi in Spagna, chi dà quello che ha non resta in debito. Conosceva questo detto, professor Nourissier?».

«Non lo conoscevo ma mi piace».

Il dottore continuò a pontificare nel suo stile infiocchettato mentre passeggiavano per le vie anguste dalle quali il sole si dileguava in fretta.

«Poiché immagino che non ne siate ancora al corrente, sento il dovere di informarvi che purtroppo questa condotta medica è per me una specie di confino. Non entrerò nel merito per non compromettervi, ma devo riconoscere che chi ha voluto punirmi ha fatto le cose a puntino. Questo è l'ultimo angolo della terra dove avrei scelto di vivere. Guardatevi intorno e ditemi se questo è un paese al quale possa adattarsi un uomo come me».

«Com'è il paese lo vediamo, ma non sappiamo che

uomo sia lei» rispose Infante strappando una risata al dottore.

«Non intendo tediarvi con una descrizione dettagliata della mia personalità! Ma vi confesserò che sono un uomo progressista nei costumi e intellettualmente vivace. Qui avverto una drammatica mancanza di stimoli, personali come scientifici, sento la mancanza di una compagnia intelligente; si può dire che io viva come un morto che cammina».

Infante si sforzava di rimanere serio, mentre Nourissier cominciava a sentirsi lievemente stordito da quel profluvio di parole. Sedettero ai tavolini sulla piazza e presero un vermouth guardando il tramonto. Ramos, di nuovo felice, quasi esultante dopo le sue lamentazioni, aspirò a pieni polmoni l'aria fresca della sera.

«Ah, signori! La pace, la tranquillità di un piccolo paese come questo, la carezza sensuale del clima e la bellezza del paesaggio sono i soli piaceri che mi siano ancora consentiti. Ho pregato la mia povera fantesca di fare del suo meglio in cucina. Non è una grande cuoca, ma qui la materia prima è di ottima qualità, un altro piccolo vantaggio».

«Non vorremmo darle tanto disturbo».

«Sta scherzando, illustre collega? La sua visita è per me un'occasione di spezzare l'ignobile isolamento cui sono condannato».

Infante continuava a divertirsi in silenzio dell'affettazione di Ramos.

«Prima della guerra esercitavo la professione di medico a Madrid. Ero un figlio di papà, lo ammetto, ma a poco a poco mi andai costruendo la mia coscienza sociale e politica. E tuttavia l'impegno a favore dei più deboli non mi sottrasse mai alla vita artistica e mondana. Amavo il teatro e l'opera, avevo molte amicizie, mi muovevo in ambienti all'insegna della più audace modernità. E guardatemi ora, sperduto in queste terre disgraziate».

«Trovo che lei abbia un aspetto eccellente, dottore» ironizzò Infante.

«Be', di tanto in tanto vado a Barcellona, a vedere una prima, un film americano... Ne approfitto per comprarmi qualche capo d'abbigliamento, nella misura che mi è concessa dai miei modesti introiti. So bene che in questi paraggi, se pure indossassi un saio francescano il risultato non cambierebbe, e tuttavia avere un aspetto curato mi aiuta a conservare un minimo di amor proprio».

Nourissier non si perdeva un gesto di Ramos. Era affascinato dalla presenza di un simile esemplare in mezzo a quelle montagne. Infante, compiaciuto, incoraggiava la conversazione.

«Le carenze di questo paese dalla fine della guerra sono enormi, amici miei, enormi, e interessano ogni ambito dell'esistenza: materiale, culturale, politico, ma soprattutto morale. Non so quale sia il colore del vostro orientamento, ma io il mio non l'ho mai nascosto: sono profondamente antifascista e anticlericale. La Chiesa è una zavorra pesantissima per la Spagna, credetemi».

Solo alle dieci passate, dopo svariati vermouth, quando ormai il povero Nourissier era sull'orlo dello svenimento, Ramos si alzò orgogliosamente per pagare il conto e, con intonazione musicale, disse:

«Andiamo! Spero che la mia servente sia riuscita ad allestire una cena commestibile».

La casa era semplice, non diversa da altre abitazioni di paese. Entrarono in una piccola sala da pranzo, quella sì ornata da un'infinità di piccoli dettagli leziosi: statuine di efebi disseminate dappertutto, locandine d'opera accuratamente incorniciate e antiche stampe di anatomia umana con i fasci muscolari messi in rilievo a colori vivaci. La tavola, posta al centro della sala, era apparecchiata come per ricevere un ministro: stoviglie filettate d'oro, tovaglia di fiandra, posate d'argento. Un candelabro acceso diffondeva un delicato odore di cera. Gli ospiti si complimentarono per la raffinatezza dell'insieme e il dottore sorrise compiaciuto. La «fantesca» aveva preparato una specie di crema di verdura dall'aspetto poco allettante ma dal sapore delizioso. Quando si fu ritirata in cucina, Infante guardò Ramos negli occhi e, abbassando la voce, domandò:

«Fino a che punto possiamo fidarci della sua domestica, dottore? Vorremmo sottoporle alcune questioni delicate».

Il medico, con gli occhi scintillanti di nuovo interesse, rispose in un sussurro:

«Meglio attendere che se ne sia andata».

Da quel momento in poi, punto dalla curiosità, il padrone di casa impresse un ritmo serrato all'avvicendarsi delle portate. Non appena la domestica ebbe deposto sul tavolo il vassoio con il dolce e il caffè, le disse:

«Puoi andare, María Cinta. Sparecchierai domani».

E finché non udì lo scatto della porta che si richiudeva, tenne un dito davanti alle labbra. Poi spiegò con gran solennità:

«Vi meraviglierete di tanta prudenza, ma viviamo tempi ancora molto difficili e la discrezione è sempre consigliabile».

«Infatti noi contiamo sulla sua discrezione, dottore».

«Avete la mia parola, se questa vi può bastare...».

«Avremo bisogno anche della sua complicità. Il professor Nourissier le esporrà il progetto scientifico che l'ha condotto fin qui e nel quale lei potrebbe avere un ruolo di rilievo».

Lo psichiatra, che aveva sommato ai vermouth dell'aperitivo il vino bevuto durante la cena, si riscosse a fatica dal torpore in cui era immerso. A poco a poco, facendo abbondante uso di terminologia medica, come Infante gli aveva suggerito, andò illustrando il suo progetto. Chiunque avesse seguito attentamente il mutevole volto del dottor Ramos si sarebbe accorto di quanto fossero intensi e variegati i suoi stati d'animo. Passò dalla curiosità all'interesse, dallo sbalordimento alla comprensione, dalla fascinazione alla gravità. Una volta messo al corrente fin nei minimi particolari, si tolse gli occhiali e si passò le mani sulla faccia con aria affranta. Poi, dopo un silenzio profondo, parlò, e in quel momento nessuno dei due interlocutori riconobbe l'uomo con cui aveva cenato. Tutto ciò che pochi minuti prima era frivola leggerezza e disinvoltura, ora si fece pensierosa serietà, che si espresse in questo discorso tormentato:

«La Pastora! Quante volte ho pensato a quella donna! Ventinove omicidi le hanno attribuito. E non saprei dire di quanti si sia resa colpevole, ma neppure mi sentirei di escludere che quel che si racconta su di lei contenga una gran parte di verità. Non solo durante la guerra, ma anche nel dopoguerra sono stati commessi delitti atroci da entrambe le parti. Lo ripeto: da entrambe le parti. Eppure, per quanti misfatti costei abbia commesso, non ho mai creduto del tutto nella crudeltà del personaggio. Io la vedo piuttosto come una vittima della società. Una persona vissuta nella miseria, nella più assoluta ignoranza e solitudine. Il suo sesso indeterminato deve averle attirato canzonature e oltraggi d'ogni genere... Non riesco neppure a immaginare quale tipo di personalità possa avere sviluppato in simili condizioni».

«Dottor Ramos, lei ha mai conosciuto i familiari del partigiano noto come Francisco?» domandò Infante.

«Sì, li ho conosciuti quand'ero a Castellote. Povere donne... hanno patito l'indicibile, e immagino lo stiano ancora patendo. Mi sono adoperato quanto ho potuto per aiutarle. Non che mi fosse permesso di fare molto. È una famiglia politicamente molto segnata».

«Forse, parlando con loro, si riuscirebbe a sapere qualcosa di più sulla Pastora. Francisco fu l'ultimo a rimanere con lei, erano insieme quando è morto».

«Perdereste il vostro tempo. Non vorranno dirvi neppure una parola, non vi riceveranno. È gente che ne ha viste di tutti i colori. Tutti si sono accaniti contro di loro, e adesso immagino che la paura sia la loro sola consigliera».

Infante lo sondò temendo reazioni negative:

«Noi avremmo pensato che magari, andandoci accompagnati da lei..., se è vero che lei conosce quelle donne, che ha cercato di aiutarle..., siamo convinti che soltanto lei possa aprirci quella porta».

«Toglietevelo dalla testa, è troppo pericoloso, e le possibilità di successo sono infinitamente ridotte. Non credo sia una buona idea».

Il giornalista tornò alla carica in termini di cui lui stesso si sorprese:

«Facciamo appello alla sua coscienza repubblicana».

«L'ideale repubblicano in questo momento è un'astrazione. Non ci sarà mai più la Repubblica in Spagna, abbiamo perso, di questo sono fin troppo consapevole. Già i partigiani rappresentavano una speranza senza fondamento, ma ormai non ci resta neppure questo. No, basta con l'idealismo, dobbiamo pensare a sopravvivere!».

Nourissier intervenne in tono conciliante, con voce profonda e serena.

«Dottor Ramos, lei ed io siamo medici, è nostro dovere fare di tutto per liberare l'umanità dalla sofferenza. Questo sì è un ideale irraggiungibile, e tuttavia continuiamo a impegnarci ogni giorno in suo nome. Ogni giorno. Sono convinto che La Pastora presenti un profilo psicopatologico meritevole di studio. Solo conoscendola potrò far sì che altre persone nelle sue condizioni ricevano in futuro cure adeguate e abbiano la possibilità di guarire. In veste di collega, la prego di concedermi la sua inestimabile collaborazione».

Ramos guardò a terra, rimase in silenzio per un lunghissimo minuto. Poi domandò:

«E come potremmo fare perché un incontro simile non desti sospetti?».

«Si tratta di proporre a quelle donne diverse modalità, e lasciare che siano loro a scegliere ciò che ritengono più sicuro...».

«Va bene, verrò con voi a Castellote. Mi rendo conto che la mia presenza può essere determinante. Non ho mai avuto paura e non vedo il motivo di cominciare ad averne ora. Avrete notato che non vi ho neppure chiesto chi vi abbia mandati da me. Non è necessario che io lo sappia. E ora, leviamo i calici. Brindiamo a una buona causa».

Brindarono, e poi brindarono ancora, conversarono dei più vari argomenti, sgranocchiarono dolci tipici e fumarono. Il tempo passò talmente in fretta che quando si decisero ad andarsene erano già le tre del mattino. Fissarono il viaggio a Castellote per due giorni dopo. Poi si salutarono con abbondanza di amichevoli effusioni.

Al ritorno guidò Nourissier. Infante fischiettava tranquillo accanto a lui.

«È stato bravissimo, dottore. A me non sarebbe mai venuta in mente la storia della missione del medico e dell'umanità sofferente».

«È stato facile, perché tutto quello che ho detto lo penso davvero».

«Me lo immaginavo. Questa è la differenza fra lei e me. Lei agisce per convinzione, mentre io...

io faccio le cose così come vengono, vivo tanto per vivere...».

Il francese non rispose. Rimasero in silenzio. Infante cambiò discorso:

«Ci sarebbe un altro problema».

«Quale?».

«La pensione sarà chiusa a quest'ora, e non ho chiesto una chiave. Non pensavo che saremmo rientrati così tardi».

«Ci sarà un campanello per farsi aprire».

«Io non ci proverei, rischiamo di prenderci una secchiata d'acqua in testa».

«E allora, dove dormiremo?».

«Non voleva farsi un'idea di come vive La Pastora? Ebbene, credo che stanotte ne avrà l'occasione».

Si sistemarono in campagna, fuori dal paese, in una radura. Nessuno dei due aveva mai dormito all'aperto. Si distesero come poterono, coprendosi con i giacconi di pelo. La notte era serena, il cielo, stellato. Infante disse da sotto il bavero:

«Così deve aver dormito La Pastora per gran parte della sua vita. Magari anche lei in questo momento si trova sotto questo stesso cielo, vede le stesse cose che vediamo noi».

«Non so se questo pensiero mi consola, la terra è molto dura» rispose Nourissier. Risero.

«In fondo io invidio quella donna, Lucien».

«La invidia?».

«Anche se le danno la caccia ed è costretta a vivere come un animale braccato, almeno è libera».

«E noi non lo siamo?».

«Può darsi che lei lo sia, professore, ma io non mi sento libero. C'è sempre qualcosa dentro di me che mi frena, che mi impedisce di cominciare una nuova vita. I ricordi pesano, e mi pesa il pensiero di quel che avrebbe potuto essere e non è stato».

«Come per esempio?».

«Che ne so! Per esempio i romanzi che credevo di poter scrivere e non scriverò».

«Lei voleva scrivere dei romanzi? Ma è ancora in tempo, se desidera farlo!».

«No, non più. Adesso so che mi manca la stabilità di carattere necessaria, e che mi manca, soprattutto, il talento».

«Io invece sono sicuro che lei di talento ne abbia. L'articolo che ho letto dimostra...».

«Lasciamo perdere. Non sto a dirle queste cose perché lei mi regali una seduta psichiatrica gratuita. E poi, che cosa importa se un tizio senza attitudine scrive o non scrive? Nemmeno io sto a piangerci su. E adesso tocca a lei: mi dica una cosa che le impedisce di essere completamente felice in questa notte stellata».

Lo psichiatra rimase in silenzio. Dopo un momento, sospirò:

«Tante volte penso a Yvette».

«Chi è Yvette?».

«Un amore di gioventù. Non mi fraintenda: sono molto innamorato di mia moglie. Con lei la vita è meravigliosa, mi ha dato due figlie bellissime e non c'è alcuna incomprensione fra noi. Ma Yvette è stata la prima ragazza, era quasi una bambina quando l'ho amata».

«Non la contraccambiava?».

«Al principio sì. Poi mi lasciò per uno dei miei amici. Lei dirà che sono uno stupido a rimpiangere questa sciocchezza, ma non è l'amore deluso a riempirmi di nostalgia. Quello che mi rattrista è il ricordo della nostra innocenza di allora, della pagina bianca che era la nostra vita. I nostri sentimenti erano nuovi e delicati, ignoravamo il male, avevamo una fiducia illimitata nell'avvenire. Nulla di tutto questo tornerà».

Si alzò un vento forte e fresco, preannuncio dell'alba, che trascinava con sé granelli di terra e provocava un rumore appena percettibile in quel silenzio. Infante non rispose. Rimase ad ascoltare mentre le fronde si agitavano frusciando. Guardò il francese. Si era addormentato. Aveva fortuna, quel Nourissier, la storia del suo paese gli permetteva di preoccuparsi della purezza della gioventù, di rimpiangere il primo amore, di ricordare le illusioni perdute. Una gran fortuna.

Mi ero abituata a dormire fuori nelle notti calde. Non tornavo al mas. *Preferivo starmene sotto le piante. La gente mi chiedeva se non avevo paura. Paura di cosa? I cani mi svegliavano se veniva qualcuno. Paura dei fantasmi, dicevano i bambini del* mas. *Fantasmi non ce ne sono. Io lo sapevo anche allora che ci sono solo le cose che si vedono. E poi le pecore mi facevano compagnia. Molto meglio loro dei ragazzini del paese. Non mi dicevano niente e non stavano lì a guardarmi come se avessero visto un mostro o un demonio. Ma quelli che ridevano delle mie sottane lunghe non si azzardavano più, come mi vedevano se ne andavano. «Puzzi di pecora» mi aveva detto uno. «Stai coi fantasmi su in montagna». Erano ignoranti. Puzzavano peggio di me. Io profumavo di rosmarino e di timo, me li sfregavo sulla faccia e sulle mani per avere un buon odore.*

Sapevo a memoria tutti gli agnelli, uno per uno, tutti. Quando una pecora partoriva, io stavo lì vicino, le davo da mangiare. Era bello vedere gli agnelli appena nati mettersi in piedi, fare due passi e cadere. Ridevo da sola, lassù in montagna, sembravo scema. Le bestie erano morbide quando le toccavi, davano caldo. Mi venivano contro le gambe a cercare le carezze. Mi conoscevano dal-

la voce, e io conoscevo loro. Con l'andar del tempo imparavo. Venivano a cercarmi in molti dalle altre masserie. Magari si mescolavano le pecore di un gregge con quelle di un altro, non erano marchiate e nessuno sapeva dire di chi fossero. Mi chiedevano di riconoscerle. Io non mi facevo pregare e andavo. Sapevo tutte le bestie di tutti perché la domenica andavo in giro a vederle. Volevo capire quali erano le più belle per accoppiarle col montone, e fare gli incroci giusti per farle nascere sane. Eccome se li riconoscevo gli agnelli, dal carattere li riconoscevo! E le capre le riconoscevo dagli occhi. Quella ha gli occhi di sua madre che è quella là. Per chi di bestie non ne capisce tutte le pecore sono pecore e le capre sono capre. Per me invece no.

Certe volte un agnello la madre lo rifiutava, lo cacciava via. E allora io prendevo la madre, la legavo, e l'agnellino glielo strofinavo ben bene sul sedere e sulle mammelle, così prendeva il suo odore e lei lo accettava di nuovo e gli dava il latte.

A quindici o sedici anni avevo già la forza di cinque uomini messi insieme, non esagero, andate a chiedere in giro. Non sono mai stato grasso, ed ero una ragazzina magra magra, lunga lunga come un palo. Delle volte c'era da prendere una pecora in spalla, di quelle da mezzo cafís. *Per farvi capire quant'è posso dirvi che dodici* barcellas *fanno un* cafís, *e ogni* barcella *saranno dodici quattordici chili. Prima prendevo la pecora e la sdraiavo con la pancia all'aria, poi la prendevo fra la pancia e le zampe di dietro, e op!, d'un colpo me la buttavo sulla schiena. Veniva perfino gente da altri* mas *a vedere come facevo, per-*

ché tanti giovanotti mica ci riuscivano, e una ragazza che lo faceva era un fenomeno.

Avevo dodici giorni liberi l'anno, quasi sempre di domenica, uno al mese. Mi piacevano tanto quei giorni. Andavo a vedere le bestie, come vi ho detto, correvo per la campagna, intagliavo il legno con un coltellino e facevo i giocattoli per Diego, che non vedeva l'ora di venire con me. Mi buttavo sull'erba se c'era il sole, e mi rotolavo giù per i prati fino a valle. Quello del bar mi dava una latta di sardine, e così io me la portavo su, la mettevo su una roccia e facevo il tirassegno con le pietre. Mi era venuta una buona mira con questo sistema.

La domenica quelli del mas d'en Tena *mi davano un'oncia di cioccolata. Io non volevo finirla subito e allora la mordevo piano piano, finché delle volte mi si scioglieva in mano e me la dovevo succhiare. Nei giorni normali mi portavo il mangiare su in montagna: pane, lardo, olive, riso, due pomodori strofinati con l'aglio... non mi ricordo altro. Sì, mi ricordo che delle volte accendevo il fuoco e mettevo su qualcosa: verdure, rape, un po' di cavolo... Quando facevo la pastora, la fame non l'ho mai fatta, magari freddo sì l'ho avuto, d'inverno, ma non sempre.*

Teresot, Teresot, cos'hai fra le gambe, Teresot? Quando scendevo in paese ricominciavano con questa musica, ma era diverso. Correvo dietro a chi rideva e se lo beccavo lo riempivo di botte. Avevano cominciato a portarmi rispetto perché le davo forte. A stare sempre su in montagna col gregge le mani mi erano venute dure come la pietra. Avevano paura di me, e avevano paura per due mo-

tivi: primo, perché potevo far male davvero se mi prendevano i cinque minuti. E poi perché non andavo tanto in paese, ero sempre su al pascolo, e loro non sapevano che tipo ero, che cosa avevo in testa. Parlavo poco, ho sempre parlato poco. Non avevo niente da dire. Cosa dovevo dire, che le pecore e i cani mi facevano compagnia, che mi piaceva dormire fuori e guardare il cielo? Rischiavo che mi prendevano per matta. Con Diego sì, ci parlavo. Lui mi voleva bene e quando mi vedeva scendere per il sentiero si metteva a correre per venirmi incontro. Anche se si stava facendo grande, voleva sempre stare con me. Mi chiedeva questo e quell'altro e io gli insegnavo. Gli insegnavo quel che sapevo, ma non tutto. Teresa, tu come lo sai che viene a piovere? Devi guardare dove sono le nuvole e da dove tira il vento. Teresa, come fai a dire che il gatto è femmina se non l'hai neanche toccato? Se ha il pelo di tre colori è una gatta, si vede subito. Mi veniva sempre dietro, poverino, e io gli rispondevo sempre e avevo tanta pazienza. Era sveglio e non si dimenticava mai niente di quello che gli insegnavo. Quando si era fatto più grandicello veniva con me in montagna, ma sua madre non voleva che gli insegnassi a star dietro alle pecore, perché non voleva farlo crescere pastore. Lui doveva rimanere al mas *a lavorare, poteva avere di meglio che stare sempre con le bestie.*

Tutto quello che ho imparato sulle bestie me lo porterò nella tomba. Non sapevo né leggere né scrivere, ma di bestie ne sapevo più di tutti, e questo lo sapevano anche gli altri come lo sapevo io.

Il viaggio per Castellote fu ameno. Ramos sedeva davanti, accanto al guidatore. Di lì inondava l'abitacolo, oltre che con gli effluvi dell'acqua di colonia di cui si era cosparso, con divagazioni d'ogni genere sul paesaggio che andavano attraversando. Era un uomo pieno di immaginazione. Visti da lui campi e paesi si trasformavano in luoghi misteriosi, e la gente che vi abitava, in un impenetrabile arcano. Al punto che Infante si domandò se quello strano dottore fosse l'uomo ideale per fare da intermediario con la famiglia di Francisco. Si sarebbe giudiziosamente attenuto agli aspetti pratici della questione o avrebbe complicato le cose con le sue fantasie? Comunque, per stravagante che fosse, il dottor Ramos era la sola risorsa su cui potessero contare. Ma forse si mostrava così estraneo ai luoghi solo per distinguersi dalla gente del posto agli occhi dei forestieri. In quell'ambiente arretrato e povero, ci teneva ad apparire come un uomo di mondo. C'era da sperare che al momento di agire sapesse come comportarsi. Dallo sguardo silenzioso che Nourissier gli rivolgeva, Infante capì che aveva delle riserve. Eppure Ramos viveva nella regione da molto tempo; doveva certo conoscere la mentalità degli abitanti.

Si era deciso che sarebbe stato Ramos, da solo, ad avvicinarsi alla casa dove vivevano le parenti di Francisco. Una volta lì, avrebbe esposto la situazione e avrebbe cercato di persuadere una di quelle donne a incontrare Infante e Nourissier. Di lì in poi il suo compito poteva dirsi concluso; ma sarebbe rimasto presente all'incontro per infondere fiducia alla persona in questione.

Quando lo videro allontanarsi dall'auto con quella sua aria ridicola da damerino di città caddero entrambi nello scoraggiamento.

«Non so cosa farebbe lei, Lucien, ma se io vedessi un tizio come Ramos entrare in casa mia materializzandosi dal nulla, credo che me la darei a gambe».

«Io metterei in fresco una bottiglia di champagne».

Risero, anche se nessuno dei due aveva voglia di ridere. Se si fosse rivelato impossibile entrare in contatto con la famiglia dell'ultimo uomo che era stato accanto alla Pastora, avrebbero perso un'importante opportunità. Per dissipare l'apprensione si diedero a raccogliere mazzi di timo, fumarono una sigaretta, si sdraiarono sull'erba per ricevere il sole sulla faccia. Alla fine rimasero in silenzio. Dopo un'oretta trascorsa così, persero ogni speranza: videro tornare Ramos, solo e compunto. Quando fu a pochi passi da loro, fece dei cenni incomprensibili. Poi disse:

«Calma, signori, calma, è andata bene. La vedova di Francisco è disposta a parlarvi. Ci aspetta in campagna, nel mandorleto. Credo che non sia più sorvegliata, ma se qualcuno dovesse vederci, dirà che siamo venuti per comprare delle mandorle».

«Come ha fatto a convincerla?».

«Si ricordano di me, di quando ero il medico di qui. E poi io so come parlare alle donne».

Salì sulla giardinetta, e ripetendo le indicazioni che aveva ricevuto, li condusse su una collina poco lontana. Attesero, e dopo un po' videro arrivare una donna vestita di nero dalla testa ai piedi. Ossuta, con il volto solcato di rughe e la bocca sdentata, sembrava un'apparizione. Molte volte Nourissier aveva visto la sofferenza negli occhi dei suoi pazienti, ma il dolore di quella donna era diverso: non si traduceva in uno stato di terrore o delirio, ma in un'enorme indifferenza, nell'apatia di chi ha esaurito ogni capacità di soffrire e sperare.

«Chi è il dottore di fuori che vuole parlare con me?».

«Sono io, signora. E le assicuro che tutto quello che mi dirà resterà fra noi».

«Lei vuole che le racconti di mio marito».

«Gli racconti la sua storia, Matilde, le cose come sono successe» intervenne Ramos.

«Tanto ormai la so a memoria, a furia di pensarci. Il padre di mio marito si chiamava Isidro, stava con la Repubblica, e come finì la guerra andò in montagna coi partigiani. Anche mio cognato Miguel andò in montagna. Era costretto perché lo volevano ammazzare. Francisco al principio non stava coi rossi né coi nazionali; ma poi si era fatto rosso, e dato che gli uomini della famiglia erano partigiani, vennero a prenderlo i *civiles* e lo misero in prigione, prima a Castellote e poi a Saragozza. Quando uscì rimase per un po' di tempo a casa con noi, ma ogni tanto venivano le guardie e lo portavano in caserma, lo bastonavano, e tornava sempre mezzo morto. Finché un giorno vennero ed erano così tante, più delle altre volte, che si capiva che venivano per ammazzarlo. Lui era nell'orto a lavorare, non entrò nemmeno in casa; così com'era, salì in montagna.

«Restammo sole, mia madre, i miei figli e io. Le guardie si portarono via tutte le fotografie degli uomini, e non le hanno mai restituite. A loro non piaceva che i nostri uomini fossero in montagna, e allora venivano e ce ne facevano di tutti i colori. Un giorno mi presero il bambino piccolo, che ancora non camminava, e lo fecero volare per aria. Cadde per terra e gridava, e non mi lasciavano tirarlo su. Un'altra volta, che aveva nevicato, me li buttarono giù dal letto tutti e quattro e li misero in fila sull'aia mezzi nudi; li tennero lì più di un'ora per farmeli morire di freddo. Dopo cominciarono a venire a prendere soltanto me e mi portavano in prigione a Saragozza. Mi chiedevano dov'era mio marito e io dicevo la verità, che non lo sapevo. Me ne diedero tante che mi fecero saltare tutti i denti. Guardate, non me ne è rimasto uno». Aprì la bocca e mostrò una spaventosa caverna rossastra. «In carcere mi facevano lavare i pavimenti in ginocchio, con l'acqua gelata. Un giorno alla visita venne mia figlia Lidia, che aveva nove anni. Le guardie la presero a schiaffi e la buttarono giù dalle scale. Anche mia madre e mia suocera venivano a prenderle, delle volte, e le portavano in caserma e le picchiavano.

«Il 14 febbraio del '46, me lo ricorderò sempre, si presentano due del *somatén* e ci fanno uscire di casa tutti quanti. Buttano tutto all'aria, poi escono e appiccano il fuoco. E così la casa è bruciata con tutta la nostra roba dentro. Lì erano nati i miei figli. Ci toccò andare a stare in paese, in due stanze dove non c'era posto nemmeno per mia madre, che dovette prenderla in casa una delle mie sorelle. Ci avevano tolto la terra, e così dovevo andare a lavare le scale e a lavorare nelle campagne degli altri. Mia figlia Lidia andò a servizio a dodici anni. Non avevamo da mangiare. Ogni tanto una vicina mi regalava il pane, ma gli altri avevano paura di aiutarci, perché potevano prendersela con loro. Eravamo come appestati.

«Quando il più piccolo si prese il tifo misero una guardia sulla porta così nessuno poteva venire a portarci da mangiare. Il dottore lo lasciavano entrare, ma lui non ci scriveva niente perché non avevamo i soldi per comprare le medicine. Alla fine il bambino morì. E poi mi morì l'altro figlio, sempre perché non potevo pagare il dottore. Un altro mi era morto di tre anni, quando c'era ancora mio marito in casa. Mio marito l'hanno ammazzato nell'assalto al *mas* dei Nomen. Non mi hanno nemmeno voluto dire dove l'hanno sepolto. Ci sono stati tanti morti, tanti. La storia è tutta qui. Non c'è nient'altro da dire».

Aveva parlato con voce piatta e monocorde, senza interrompersi mai. In nessun momento il racconto di quei fatti spaventosi era stato troncato da un cambiamento di tono, una pausa, un tremito. Tanti morti. Una storia del passato. Nient'altro da dire.

Infante fumava frenetico. Nourissier non riusciva neppure a deglutire. Solo Ramos sembrava uscito più o meno indenne da quell'alluvione di tragedie. Fu lui a dare inizio alle domande.

«Ma lei, Matilde, ha conosciuto La Pastora?».

«Certo che l'ho conosciuta. Era nei partigiani anche lei, come mio marito. Poi hanno disertato e se ne sono andati via insieme. Un paio di volte sono anche venuti qui, quando non c'era troppo pericolo. Mio marito voleva vederci, com'è naturale; anche se rischiava la pelle, veniva appena poteva. La Pastora veniva con lui».

«E com'era?».

«La Pastora? Era un uomo, quand'è venuta qui. Mio marito lo chiamava Pastora, ma quando ho chiesto come si chiamava mi ha detto Florencio. Faceva ridere, quel nome da donna, e gli ho chiesto perché lo chiamavano Pastora. Allora Francisco mi ha detto di non ridere, che nei partigiani, uomo o donna, uno era quello che voleva. A me non importava niente di quello che era, ma vi posso dire che era un uomo fatto e finito, non una donna».

«Si ricorda come si comportava, com'era di carattere?».

«Era riservato, parlava poco. Si capisce che non gli piaceva venire qui da noi, era pericoloso, e diceva tutto il tempo a mio marito che dovevano andare. Era sempre armato, il fucile non lo posava neppure per fare i suoi bisogni. Quando venivano qui lui stava in giro a far la guardia, che non venisse nessuno. Mio marito diceva che sapeva a memoria le montagne, non c'era una pietra, non c'era un sentiero che lui non conosceva».

«E andavano d'accordo loro due?».

«Erano amici. Si capisce, dopo tanti anni in montagna. Francisco diceva che era stato lui a insegnare le idee politiche alla Pastora. Un altro partigiano, uno che lo chiamavano Raúl, che poi l'hanno ammazzato, le aveva insegnato a leggere e scrivere».

«Lei sa che cosa successe durante l'assalto alla casa dei Nomen?».

«Successe che mi hanno ammazzato mio marito, questa è l'unica cosa che so. E se la gente racconta delle storie vuol dire che se le inventa, perché quel che è successo lì dentro non l'ha visto nessuno».

«Lei ha idea di dove si nasconde adesso La Pastora?».

Rimase ferma e zitta, li guardò tutti e tre come se non si fidasse.

«Volete che vi dica dov'è La Pastora? Per questo siete venuti qui? E come vuole che lo sappia? Cosa ne posso sapere io con tutto quello che ho patito? E cosa me ne può importare di dove si nasconde La Pastora adesso?».

Ramos, con un cenno, cedette la parola a Nourissier.

«Vuole domandare qualcos'altro, dottore?».

«Mi scusi, Matilde, le è mai sembrato che La Pastora non stesse bene, che soffrisse?».

La maschera inespressiva della vedova si incrinò per un istante. Lo sguardo che rivolse a Nourissier fu di estrema tristezza:

«Mio marito e La Pastora erano disperati, non sapevano più dove andare. I partigiani si erano sciolti e a casa non potevano tornare. Non avevano niente, non avevano più nessuno. Mangiavano quel che rubavano e dormivano dove capitava. Stavano peggio delle bestie, che hanno sempre qualcuno che le cura e gli dà da mangiare. Erano due disperati».

Abbassò la faccia e fu in quel momento che parve sul punto di mettersi a piangere. Ma non lo fece. Allora Ramos tirò fuori mille pesetas dal portafogli e gliele porse.

«Mi riempia le tasche di mandorle. Tutte quelle che ci stanno».

«Non valgono così tanto».

«Per me sì».

«Anche noi vogliamo delle mandorle» disse Nourissier, aggiungendo altre duemila pesetas a quelle del medico.

La donna entrò in un capanno di pietra e portò fuori un sacco di mandorle. Le infilò a manciate nelle tasche degli uomini. Quando ebbe finito li guardò tutti e tre, con le giacche gonfie, e rise coprendosi la bocca.

«Grazie» disse a voce bassissima, e s'incamminò senza salutare nessuno. Guardarono la sua figura nera allontanarsi lungo il sentiero, la gonna oscillante sulle gambe ossute. Quando non la videro più, Ramos disse:

«Questa intervista mi ha stancato come se avessi portato sulle spalle un quintale di mandorle».

«Lei è stato davvero brillante, caro collega. Nessuno avrebbe potuto far meglio. Ha dimostrato di conoscere non solo questa gente, ma la natura della psiche umana. Mi congratulo, e le esprimo tutta la mia stima e la mia ammirazione».

«Perbacco, professor Nourissier, lei mi lusinga!».

«Pensate di intrattenervi ancora a lungo con i vostri salamelecchi accademici?» domandò Infante sull'orlo dell'indignazione. «Io ho lo stomaco in bocca dopo quello che ho sentito e vorrei soltanto andarmene il prima possibile da qui».

Nourissier lo guardò sorpreso, ma Ramos non batté ciglio.

«È stata senza dubbio una testimonianza agghiacciante».

«Terribile» mormorò il francese.

Non appena risalirono sulla giardinetta e si furono rimessi in strada, Ramos disse:

«In previsione delle tristezze che avremmo dovuto affrontare, ho riempito la mia fiaschetta tascabile di buon cognac. Gradite un sorso?».

Infante quasi gli strappò di mano l'elegante recipiente d'argento. Bevve una lunga sorsata. Passando di mano in mano nel corso del viaggio, il cognac fu presto finito. Giunti a Catí, i due forestieri lasciarono Ramos nei pressi di casa sua.

«Fatevi sentire di tanto in tanto. Chissà che io non riesca a trovare qualche indizio utile per scoprire dove si nasconde La Pastora. In tal caso, non saprei dove trovarvi».

Quando Infante e Nourissier rimasero soli, il silenzio si fece più pesante. Dopo un po', Infante, disinibito dal cognac, rivolse a Nourissier un sorriso amaro.

«È contento, amico Lucien? Crede che la scienza farà grandi passi avanti ora che ha scoperto come è stata tormentata per anni un'intera famiglia di poveracci?».

Lo psichiatra tardò a rispondere. Poi lo fece in tono neutro, pronunciando lentamente ogni frase:

«Certo. Quanto abbiamo udito è di grande interesse per i miei studi. Ora so che quella donna, uomo, o comunque la si voglia chiamare, è vissuta immersa nella sofferenza propria e altrui come un microorganismo in una soluzione di laboratorio».

«Ma vada al diavolo, Nourissier! Questo avrei potuto dirglielo anch'io, senza mettere in piedi tutta la commedia. Non c'era nessun bisogno di tirarsi dietro quella macchietta di Ramos e di andare a seccare una povera donna».

«Basta! Lei non ha il diritto di parlare in questo modo. Lei ha preso a calci un vecchio, ed è coinvolto in quest'impresa solo per denaro. Non credo possa permettersi di fare la morale a nessuno».

«Ha ragione» mormorò il giornalista ricomponendosi di colpo.

Giunti alla pensione, si diedero la buonanotte e si avviarono ciascuno verso la propria stanza. Non appena si fu chiusa la porta alle spalle, Infante mise mano alla sua provvista di whisky. Se ne versò un buon bicchiere e si buttò sul letto. Di sicuro stava diventando matto. Da quando il dolore degli estranei lo riduceva così? Era triste che la vedova di quel Francisco avesse subito tante vessazioni. Era orrendo che durante la guerra fosse morta tanta gente. La Spagna è un paese fratricida. E va bene, l'avrebbe ripetuto come una litania tutte le sere prima di andare a letto, ma questa era la sola penitenza che intendeva accollarsi. Mica l'aveva voluto lui. Che ci si tormentassero pure gli idealisti, i santi e i martiri, lui non era fatto come loro. E, a ben vedere, neppure il buon Nourissier era meglio di lui. Tutti cercano il loro tornaconto, lui, i soldi, e Nourissier una conferma alle teorie idiote che pensava di regalare al mondo. E Ramos? Ramos cercava di soddisfare la sua vanità, voleva brillare a tutti i costi, anche solo per un giorno. Tutti meschini, e lui non era il peggiore.

Si versò un altro bicchiere, e lo bevve d'un fiato. Era stanco, nauseato e di umore infernale. Spense la luce e si addormentò completamente vestito.

Nel frattempo Nourissier si era tolto il soprabito e le scarpe. Aveva dato un lento sguardo alla stanza, e per la prima volta quell'ambiente monacale non gli era stato di conforto. Lo assaliva un senso di solitudine e smarrimento che mai, prima di allora, aveva provato con quell'intensità. Infante ha ragione, si disse, stiamo frugando senza misericordia nel dolore di quella gente, per poi mettere loro in mano una miserabile mancia. Come se la nostra sensibilità fosse anestetizzata, o morta. Lui conosceva le atrocità della guerra, ma la testimonianza che ne aveva avuto quel giorno gliele aveva rese più vive, gliele aveva fatte sentire sulla pelle. Dolore, malvagità, distruzione. L'essere umano non si sottrae mai alla ruota infernale mossa dall'odio. Corse con la mente alle sue bambine, alla sua adorabile famiglia, ma quell'immagine che lo aveva sempre confortato, in quel momento lo turbò. Perché far nascere dei figli in un mondo così terribile, senza pietà né pace? A quali vicende raccapriccianti potevano andare incontro, di quali sofferenze sarebbero stati testimoni o vittime?

Si vide solo, in mezzo a quella stanza, paralizzato da quel sentimento. Doveva reagire, fare uno sforzo per razionalizzare, così come aveva sempre fatto per preservare il suo equilibrio. Se lui poteva dare un contributo al mondo era con lo studio, con l'esercizio della psichiatria, e su questo doveva concentrarsi.

Prese uno dei suoi quaderni e scrisse:

«Una testimone diretta segnala che negli ultimi tempi il soggetto era un uomo. Neppure una volta, nel corso della sua testimonianza, usa espressioni come "era vestita da uomo". Se ne deduce che il suo aspetto maschile doveva essere del tutto convincente. Il compagno del soggetto avrebbe dichiarato che "fra i partigiani, uomo o donna, ciascuno può essere quello che vuole". Ciò pare indicare che l'assunzione dell'identità maschile fosse avvenuta per volontà della stessa Pastora, e non per imposizione o ai fini di essere accolta nella banda partigiana. E induce altresì a supporre che il soggetto fosse stato costretto a vivere come una donna fino al suo arruolamento nell'organizzazione guerrigliera. Per quale motivo? Forse perché i familiari lo avevano ritenuto per qualche ragione necessario o, più probabilmente, perché la malformazione di cui soffriva li aveva indotti ad attribuirle il sesso femminile alla nascita. Questo coinciderebbbe con la versione resa dal testimone noto come "zio Tomás", il quale assicura che il soggetto, per via del suo aspetto mascolino, fosse conosciuto con il nome di Teresot, forma mascolinizzata di Teresa nel dialetto locale. A questo punto sorge spontanea una domanda: a partire da quale momento della sua vita Teresa si accorse di sentirsi uomo? E quali scompensi psicologici può averle procurato l'essere costretta a vivere come una donna? Che tipo di sessualità poteva avere? E in quale misura queste circostanze influivano sul suo equilibrio mentale? Potrebbe aver provato pulsioni omicide per dare sfogo alla sua rabbia? È opportuno considerare che per anni il soggetto si trovò a vivere in un clima di abusi e di violenze generalizzati, circostanza che sconsiglia di tracciarne un profilo fondato unicamente su conflitti di natura sessuale, giacché questi ultimi furono accompagnati e probabilmente aggravati da eventi esterni altrettanto determinanti per il suo sviluppo psichico».

Avrebbe potuto proseguire con una lunga serie di nuove domande al riguardo, ma a nessuna avrebbe saputo dare una risposta se non azzardando delle ipotesi. Ci sarebbe stato tempo anche per questo. E tuttavia cominciava a farsi strada in lui la certezza che se pure non avessero trovato La Pastora, le informazioni che avrebbero raccolto su di lei sarebbero state un bagaglio preziosissimo.

Quando ebbe finito si sentì più sereno. Forse era giunto il momento di scrivere una lettera a sua moglie. E tuttavia, stanco com'era, mancava dell'ispirazione necessaria per infondere amore o tenerezza in poche frasi, quindi decise di prepararsi per andare a dormire.

Nei giorni successivi regnò la tranquillità nel loro rifugio de La Sénia. Nourissier lavorava nella sua stanza e ogni tanto usciva per lunghe ore in campagna per scrivere all'aria aperta. La curiosità e le chiacchiere che al principio la loro presenza aveva suscitato in paese si erano quasi del tutto placate. I forestieri erano «professori» ed erano venuti a studiare qualcosa di quei paesi e quelle montagne, nient'altro. La mattina, oltre a fare le sue frequenti telefonate a Barcellona, Infante usciva in ricognizione nei dintorni. Quando rientrava, il francese evitava di fargli domande. Negli ultimi tempi i rapporti fra loro erano stati piuttosto tesi, e aveva capito che era meglio non contrariarlo.

Pranzavano al bar del paese, cenavano alla pensione. Si avvicinava la metà del mese di ottobre e le giornate cominciavano a farsi più brevi. Entrambi si ritiravano nelle loro stanze molto presto. Poiché in paese non arrivavano i giornali, Infante ascoltava la radio. Si sarebbe detto che fossero due amici in villeggiatura. Se non fosse stato per la nostalgia della moglie e delle sue bambine, Nourissier sarebbe stato perfettamente felice. Gli pareva di essere tornato ai suoi anni di studente, quando nessuna responsabilità pesava ancora sulle sue spalle. E poi, a poco a poco, si stava innamorando di quello strano paesaggio: povero e arido in apparenza, ma pieno di forza e sfumature delicate. Forse non era il posto adatto per portarvi le bambine, ma accarezzava l'idea di tornarci con Évelyne per una vacanza.

Era trascorsa più di una settimana senza alcuna novità, quando una sera a cena Infante annunciò che aveva un'importante novità, ma che ne avrebbe parlato soltanto fuori della pensione. Questo poteva significare una cosa sola, e Nourissier, pur rallegrandosene, provò un certo contraddittorio rammarico per la fine di quella tregua. Decisero di andare al bar. Appena entrati, scoprirono che i due agenti della Guardia Civil erano già lì, a fare la loro ronda prendendo il caffè. Li salutarono da lontano e andarono a sedersi al loro solito tavolo ad angolo, in fondo alla sala. Cinque minuti più tardi il sergente si avvicinò, rivolse loro il consueto accenno di saluto militare e ripeté le sue domande. Erano le stesse che rivolgeva loro ogni volta, incontrandoli in paese, sempre nello stesso esasperante tono di diffidenza e paternalismo. E allora, come va il soggiorno qui da noi? Tutto bene? Il lavoro procede? Nourissier avvertiva un enorme fastidio per quegli interrogatori reiterati; era evidente che sotto una patina di cortesia si celava un intento persecutorio. Infante, meno puntiglioso, lo tranquillizzava dicendo che in fondo godevano di una certa impunità e che quella non era che una messinscena di rito, giusto per non venir meno al regolamento.

Il sergente si era appena allontanato per tornare al bancone, quando Nourissier invitò il suo compagno ad affrontare l'argomento di cui con tanta discrezione voleva parlargli.

«Non posso dire nulla, finché non se ne saranno andati i *civiles*».

«Ma da laggiù non possono sentirci».

«Non importa. È un fatto psicologico».

Infante era certamente un uomo difficile. Soprattutto in momenti come quello. Perché era sempre così irritato? Dopo un quarto d'ora di chiacchiere inconsistenti, finalmente i due agenti salutarono a gran voce gli avventori del bar e uscirono. Nel locale non rimasero che i vecchi del paese impegnati nelle loro partite a domino.

«Potrebbe dirmi cos'è che le dà tanto fastidio?».

«Mi dispiace, sarà una sciocchezza, ma davanti alla Guardia Civil mi era impossibile parlarle del nuovo informatore che ho trovato».

«Perché?».

«Perché il mio informatore appartiene anche lui al corpo della Benemerita». Vedendo la faccia stupefatta del francese, Infante non riuscì a trattenersi dal ridere. «Proprio così. Ma non è tutto, la faccenda è ancora più divertente. Lo sa perché ha deciso di aiutarci?».

«Per denaro».

«No, sarebbe troppo normale. Pensi la cosa più paradossale che le può venire in mente».

«Lasci stare gli indovinelli, per favore».

Il giornalista non la finiva più di ridere. Era così allegro che ordinò un altro cognac. Nourissier attese pazientemente che il barista venisse a servirlo e li lasciasse soli. Rivolse a Infante uno sguardo severo.

«Adesso basta, Carlos, mi racconti».

«Lei conosce il termine catalano *lletraferit*? La traduzione sarebbe "ferito dalle lettere". È un'espressione ironica con cui si allude ai letterati da strapazzo e agli scrittori della domenica. Quella guardia, pensi un po', ha scritto un romanzo di ottocento pagine, e vuole che io lo legga e gli dia un parere. Ovviamente ho accettato, promettendogli di raccomandarlo a qualche editore di Barcellona».

«Non posso crederci».

«Glielo dicevo che questi sono posti strani. Capita di trovarci ogni genere di matti: medici condotti che si credono dei *dandy*, guardie civili che aspirano alla gloria letteraria... Era da un pezzo che non mi divertivo tanto».

«E che cosa ci offre in cambio?».

«Avrebbe trovato dei documenti su una delle ultime imprese di Francisco e della Pastora, prima che tentassero l'assalto ai Nomen. Potrebbe farci parlare con i massari che furono rapinati. Questo ci consentirebbe di sapere qualcosa di più sulla Pastora in azione».

«Interessante. E lei è in grado di assolvere alle sue promesse circa il romanzo?».

«Sta scherzando? Dev'essere un mattone indigeribile, un mucchio di... non mi faccia dire parolacce. Ma a quanto pare il giovanotto ne è molto convinto. Forse sogna di poter lasciare un giorno l'ignobile divisa del corpo, e non vedo perché non approfittarne».

Nourissier annuì, sorrise appena e alla fine disse:

«Le vie del Signore sono infinite».

«Il Signore non è mai passato da queste parti, Lucien, mai».

Da ragazza mi era venuto anche un bel personale: ero alta, magra, con le gambe lunghe. Se avessi avuto dei bei vestiti mi sarebbero stati bene, ma io avevo solo quelle sottane nere, e le camicette, nere anche quelle. Me le facevano che salivano sul collo così il pomo d'Adamo non si vedeva. Anche se mi guardavano, nessuno doveva vedere quel che non aveva nessun bisogno di vedere. Andavo dalla sarta del mio paese, Mercedes de Grilles si chiamava, era nata proprio a Vallibona. Le gonne me le faceva sempre lisce, senza niente, lunghe fino ai piedi. Più avanti, quando lavoravo a La Pobla de Benifassá, andavo a Rossell a farmi fare la roba, e la sarta era una che si chiamava Rosita Cervelló. Una bravissima donna. Quando ci andavo, i bambini di tutta la via mi venivano dietro: «Teresot, Teresot, dove vai Teresot? Vai dalla sarta per farti bella?». Io facevo finta di arrabbiarmi, gridavo e li facevo correre via, almeno gli mettevo paura, visto che di vergogna non ne avevano. Ma a me non importava più quel che dicevano i bambini. I bambini sono bambini! pensavo, e lasciavo correre. Solo che mi divertivo a vederli con la paura addosso. Anche i grandi avevano paura di me. Con Rosita Cervelló ci facevamo tante di quelle risate, perché lei mi raccontava le stupidate che diceva la gente. Non ero più una bambina e mi guardavano in un certo modo anche gli uomini, uomini fatti che avevano paura di me. Una di Canet lo Roig che si faceva fare i vestiti da lei, le aveva detto che suo marito un giorno mi aveva vista su in montagna e a momenti moriva dallo spavento. Così aveva detto: «Con quella gonna nera tutta sporca, la faccia che sporgono le ossa, la voce brusca, che non parla mai, quei capelli lunghi sulla schiena e quel bastone più alto di lei». Morivamo dalle risate, io e la Rosita.

Era difficile farsi i vestiti a quei tempi là. Le sarte dei paesi andavano a comprare la stoffa a La Sénia. E le donne delle masserie scendevano nei paesi a piedi per andare dalla sarta. Quando erano pronti li facevano portare coi muli alle clienti. Tutti andavano a piedi, a quei tempi, e io camminavo più di tutti. Andavo da un paese all'altro di volata, da una masseria all'altra, da una montagna all'altra. Era da quand'ero piccola che andavo per i sentieri.

In casa della sarta c'erano delle bambine che andavano per imparare a cucire. Quando io mi provavo i vestiti volevano sempre guardarmi sotto la gonna. Sempre la stessa musica. Ma la Rosita le sgridava e le cacciava via. Sempre la stessa musica, sapete: «Teresot, Teresot, cos'hai sotto le gonne, Teresot?». Ma ormai, come vi dico, non m'importava più. Gli uomini avevano paura, e le donne e i bambini facevano solo per scherzo. Tanto io lo sapevo già che sarei rimasta sola, che non mi potevo sposare né con un uomo né con una donna, che di figli non ne potevo avere, che ero troppo maschiaccio per avere delle amiche, e amicizia con gli uomini non la potevo fare.

Non mi ci tormentavo. Gli uomini non mi dicevano niente, e nemmeno le donne per farci all'amore. Non avere amici però era brutto.

Amori non ne ho mai avuti e non mi è mai interessato. Solo una volta da ragazzina mi era piaciuta la nonna di una bambina di Vallibona. Aveva le poppe grandi bianche bianche che si vedevano dalla scollatura del vestito. Mi piaceva e mi faceva sentire come una specie di capogiro, ma poi subito me ne sono dimenticato.

Quando vedevo le ragazze della mia età fare le sceme coi giovanotti mi sembrava una cosa strana, mi veniva da ridere, mi sembrava un'asinata dal principio alla fine, e anche i vestiti a fiori tutti colorati che si mettevano addosso la domenica. Io non ne ho mai voluti di vestiti così, solo neri, o al massimo blu, perché per me i colori e i fronzoli erano troppo da donna. Dice se mi sentivo uomo? Dopo, sì, quand'ero più grande, e che tutti mi vedessero come una donna mi faceva star male. Ma a quei tempi, da ragazzina, non ci volevo pensare e non ci pensavo. Io ero io, ed ero fatta com'ero fatta. Mica potevo scegliere. Mica avevo mai scelto niente, da quand'ero nata, nemmeno una piccola cosa. Mai. Potevo forse scegliere il modo com'ero fatta? Dovevo prendermi così com'ero e pace.

A volte dei ragazzi del paese volevano levarsi il gusto di farmi certi scherzi pesanti. Mi ricordo di una volta che avevo un montone, lo tenevo legato perché se andava in mezzo alle pecore me le ingravidava. Passa un ragazzo del paese e me lo slega e si porta via la corda. Da lontano l'avevo visto e sapevo chi era. Allora gli dico a un vicino che passava di lì che se quello non veniva a riportarmi la cor-

da, andavo a cercarlo a casa sua. Venne con la corda, altroché se venne! Ed ebbe anche il coraggio di dirmi che era solo uno scherzo e che esageravo. Io, che ero un metro più alta di lui, gli faccio: «A me questi scherzi non fanno ridere. Un'altra volta che mi fai uno scherzo così non hai il tempo di andare a raccontarlo in giro perché ti spezzo l'osso del collo». Solo a vedere la faccia che ha fatto mi è passata l'arrabbiatura.

Avevano paura perché ero una che stava sempre da sola, perché ero alta e robusta, e perché avevo la faccia mezza da uomo e mezza da donna, ma anche per quella storia di mio fratello Juan che aveva ammazzato uno zio e così tutta la nostra famiglia aveva una brutta fama. Mio fratello lavorava da un nostro zio che aveva una masseria. Faceva il pastore anche lui per quel nostro zio. Aveva un montone che scappava sempre e allora gli aveva legato le zampe per non farlo andare lontano. Ma il montone si era slegato da solo e l'avevano trovato annegato in uno stagno che c'era da quelle parti. Quando viene il giorno della paga, a mio fratello quel mio zio gli toglie le ottanta pesetas che costava il montone. Lui se l'era presa e non aveva lavorato più per lui. Ma dopo un po' di mesi chissà cosa gli era venuto in testa ed era andato lì con una rivoltella che non so dove l'aveva trovata, e a quel mio zio gli ha sparato addosso, e poi l'ha finito a bastonate. Dopo era andato a nascondersi in montagna, ma un bel giorno capita a casa di mia madre, e mia madre chiama il prete, e fra tutti e due l'hanno convinto che doveva andare a costituirsi. Tre anni di prigione si era fatto, e poi durante la guerra era andato con l'esercito rosso e dopo a com-

battere in Germania, e poi fino in Russia, che si fece altri sei anni di carcere per qualcosa che non so se aveva fatto o no. Alla fine andò in Francia e adesso sta ancora lì. È da tanto tempo che mi piacerebbe andare a stare da lui, ma fino adesso non ho mai potuto. Magari un giorno anch'io starò in Francia, la speranza è l'ultima a morire.

Di questa storia che mio fratello aveva ammazzato lo zio l'ho saputo soltanto molto dopo, dalle mie sorelle, che allora ai bambini non si diceva niente. Tanto meno a me che stavo sempre in montagna, sempre in mezzo alle bestie.

Si chiamava Rogelio Sánchez, e li avrebbe aspettati poco fuori Rossell. Quelle assonanze – Rogelio, Rossell – facevano morir dal ridere Infante, e il suo divertimento era al colmo al solo pensiero che un tipo con quel nome avesse fra i suoi doveri quello di combattere «i rossi». Nourissier, molto meno allegro, camminava accanto a lui nella bufera che si era levata quella mattina. Erano entrambi ben coperti, con i loro giacconi foderati di pelo, e muniti di quaderni per prendere appunti. L'incontro doveva avvenire presso una masseria abbandonata.

Lo videro da lontano, in borghese, e a Nourissier parve straordinariamente giovane per essere un agente della Guardia Civil; in pantaloni di velluto a coste e golfone di lana non era molto diverso da un liceale. Era biondo, con gli occhi chiari, e li guardava come esseri venuti da un altro pianeta. Si preoccupò di mettere subito in chiaro la sua posizione:

«Io sono nella Guardia Civil per guadagnarmi da vivere, e non ho niente contro i giornalisti né contro gli stranieri. Mi va bene che vogliano sapere cos'è successo qui, perché di cose ne sono successe tante e molto gravi».

Reggeva fra le mani, dalle unghie sporchette, un enorme manoscritto rilegato. Lo mostrò a Infante:

«Posso darglielo adesso?».

«Dia pure. Lo leggerò con grande interesse».

«Tenga presente che non sono andato a scuola. Mi ha insegnato a leggere e scrivere in casa un fratello di mia madre che era maestro. Ho imparato da piccolo. Quindi se trova qualche errore di ortografia spero sia comprensivo. Gli errori si possono correggere quando si fa il libro, no?».

«Infatti. Di cosa parla il suo romanzo?».

«È la storia di un uomo molto povero e senza famiglia che grazie al suo impegno e al suo coraggio diventa ricco e finisce per avere una gran cultura. Tanto che poi vive come un re, a Parigi».

«Ed è spagnolo?».

«Di Córdoba, come me».

«Mi sembra un tema molto avvincente. Le prometto che lo leggerò dalla prima all'ultima pagina. Ma ora ci racconti, il professore tiene molto a quello che ha da dirci».

«Non voglio prendervi in giro, io so solo delle rapine che Francisco e La Pastora fecero prima dell'assalto alla casa dei Nomen. Conosco dei massari che furono derubati nel '54, soltanto due anni fa. Quei due di assalti ne fecero tanti, anche molto gravi, ma di quelli non ho informazioni. So solo quello che so».

«Forse è il caso di dirle che ci interessano unicamente i casi in cui le vittime hanno avuto modo di conoscere direttamente La Pastora, di parlare con lei».

«Ma certo che quella gente ha parlato con La Pastora. Non so se quello che avranno da dire vi servirà, ma che le hanno parlato, questo è sicuro».

«Qualunque cosa ci servirà».

«Allora andiamo. Dobbiamo arrivare fino a Fontanete, è un po' lontano».

«Abbiamo lasciato la macchina sulla strada».

«Non voglio che mi vedano con voi. Lo so che non stiamo facendo niente di male, ma preferisco non dover dare spiegazioni ai miei superiori».

«Non la vedranno. E suppongo che i massari da cui stiamo andando terranno la bocca chiusa sul nostro incontro».

«A questo ci penso io».

L'agente Rogelio Sánchez li seguì fino alla giardinetta e si accucciò nel vano posteriore, poi si rialzò ingenuamente il colletto per coprirsi la faccia. Nourissier guidava. Infante non si sentiva troppo tranquillo: mentre il ragazzo saliva in auto aveva intravisto una pistola che gli gonfiava la tasca. Questo bifolco è venuto armato, pensò, e incrociò le dita, sperando che lo psichiatra non se ne accorgesse. Durante il tragitto Rogelio si mise a raccontare:

«Gli assalti di Francisco e della Pastora andavano sempre alla stessa maniera: chiedevano soldi, e se il massaro non li aveva gli davano il tempo di andare in paese a cercarli. Quasi nessuno li aveva, perché erano somme piuttosto grosse. Nel frattempo tenevano sotto tiro qualcuno della famiglia. Se il massaro non ritornava all'ora che avevano detto loro o non era riuscito a raccogliere quanto bastava, l'ostaggio doveva essere ucciso. Uno dei due rimaneva con la famiglia, l'altro stava di guardia. Erano sempre armati, sempre».

Il vento, un fortissimo Mistral, faceva sbandare la giardinetta nelle curve. Nourissier guidava deciso. Non parlarono più. Infante, dal canto suo, era un po' spaventato: se lo scrittore in erba pensava di usare la forza per far parlare i testimoni, le cose potevano mettersi male. E chissà come avrebbe reagito Nourissier. La preoccupazione lo sprofondò in una specie di torpore. Ogni volta che la guardia dava indicazioni circa la strada da prendere, aveva come un trasalimento. Poi tornava al suo dormiveglia.

La masseria consisteva di tre case distribuite su due livelli, con campi coltivati tutt'intorno e una vasta aia su un fianco. Il vento alzava polvere e foglie secche in ondate furibonde. Rogelio Sánchez scese dall'auto da solo, entrò nella casa più grande e dopo un minuto tornò.

«Ci stavano aspettando. La madre è andata a chiamare i figli nei campi qui dietro e torna subito. Questi non sono i padroni, sono mezzadri. I padroni non stanno da queste parti. Abbiamo il tempo per una sigaretta».

Fumarono in silenzio. Infante si decise a parlar chiaro:

«Niente violenza, eh, Rogelio? Raccontino pure quello che vogliono, ma con le buone».

La guardia si limitò a esalare una boccata di fumo, subito strappata via dal vento, e scosse la testa. A Nourissier quella raccomandazione fece un pessimo effetto. Dopo pochi istanti, sulla porta comparve un uomo. Doveva avere poco più di cinquant'anni, portava vecchi abiti da lavoro. Fece solo un cenno per far capire che potevano entrare.

Dentro, videro sei bambini e ragazzi di diverse età, tutti in fila accanto alla madre, una donna ossuta e prematuramente invecchiata. La guardia prese la parola, in tono calmo ma autoritario:

«Sapete già che questi signori sono dei dottori e sono venuti qui per sapere com'è andata quella volta dell'assalto di Francisco con La Pastora. Quindi glielo racconterete per filo e per segno, senza saltare niente».

Nourissier si sentì terribilmente a disagio. Avevano fatto irruzione in quella casa senza salutare, senza presentarsi, e sembrava che passassero in rivista quella famiglia tutta sull'attenti.

«Mi chiamo Lucien Nourissier» disse con un sorriso da stupido. «E questo è il mio collega Carlos Infante». Lo guardarono senza nessuna espressione. Allora capì quanto fosse assurdo usare formule di cortesia in quelle circostanze. Ugualmente, aggiunse: «Non è necessario che restiate in piedi. Potete sedervi, se lo desiderate».

«Non ci sono sedie per tutti» disse la madre senza osare alzare la voce. «Se volete posso portare da sedere per voi».

«Non si preoccupi, va bene così».

Rimasero tutti fermi dov'erano. Si fece un silenzio imbarazzante. Si sentiva solo il vento sibilare alle finestre.

«Forza, parlate!» disse Sánchez con asprezza.

L'uomo fece un cenno alla moglie, e lei cominciò il racconto:

«Tutti stavano ad arare con i muli. Era di pomeriggio sul tardi. Io preparavo la cena. La porta era aperta perché era d'estate e faceva bello. Entrarono in due. Due uomini, vestiti con la giacca. Quello che poi ci hanno detto che era La Pastora portava un basco, un basco che gli stava grande. Ci hanno detto anche che era una donna, però noi l'abbiamo vista come un uomo. Era alta, robusta, nessuno poteva dire che era una donna vestita da uomo. Aveva un fucile col calcio molto rovinato. L'altro aveva una mitraglietta e me la puntò quasi in faccia. Mi dissero di sedermi per terra. I miei figli stavano tornando, e come entrava uno, lo facevano sedere per terra. Poi dissero di stare tutti zitti. La Pastora si mise lì sulla porta, né dentro né fuori. Faceva la guardia. Quando sono arrivati tutti, quello con la mitraglietta ha detto che volevano i soldi».

Il marito fece un altro cenno alla moglie, questa volta perché tacesse. Continuò lui. Davano l'impressione di essersi accordati prima del loro arrivo su come procedere nel racconto.

«Volevano diecimila pesetas. Io ho detto che non le avevo. Come, non le hai? mi fanno. Ho spiegato che eravamo tanti, che la terra non era mia e che quel poco che ci davano lo spendevamo in quello che serviva. E così, tira e dài, rimanemmo a parlare fino a notte. Io gli davo del lei, con rispetto. E quell'altro mi dava del tu, e gridava. Quello che poi mi hanno detto che si chiamava Francisco. Alla fine mi fa: "Adesso basta.

Se i soldi non li hai li vai a cercare, qualcuno in paese te li darà. Se ti devono qualcosa ti pagheranno, altrimenti te li fai prestare. Io mi prendo due dei tuoi figli e quando mi porti i soldi nel posto che ti dico io, li libero". Allora prese il maggiore, che è questo qua, e la ragazza. Mia moglie subito salta su: "No, la ragazza no, prendete me, piuttosto". E così quello si prende il maggiore e mia moglie. Diceva che se li denunciavo ai *civiles* non li avrei più rivisti. Cominciava a fare chiaro quando scesi in paese. I soldi li chiesi a mio cognato. Lui mi diede settemila pesetas perché non aveva altro. Gli dissi di andare ad avvertire le guardie dopo un'ora. Mentre andavo nel posto che aveva detto Francisco, lo vedo che mi viene incontro. Non era contento perché erano solo settemila, non diecimila. Diceva che non avevo cercato abbastanza. Gli ho detto che se cercavo di più qualcuno poteva sospettare. Alla fine mia moglie e mio figlio li hanno lasciati venire via con me. E basta, finito lì. Un mese dopo arriva la Guardia Civil con una fotografia di Francisco morto. Volevano sapere se era quello che era venuto da noi».

«Si è dimenticato di dire quel che è successo a me, padre» interloquì la più piccola. Fu allora che la madre riprese il racconto:

«Sì, quel Francisco a un certo punto guarda la bambina e dice: "Io ho una figlia di quest'età. Che peccato, non la rivedrò più finché vivo". Allora mi si ferma il cuore perché ho pensato che magari per la rabbia di non avere più la sua, ci ammazzava la nostra. Ma non le ha fatto niente, l'ha guardata e poi non ha fatto più niente».

Nourissier ascoltava con assoluta concentrazione. Quando si fece silenzio, fu come se tornasse in sé da un sonno. L'agente Sánchez lo incoraggiò a fare altre domande. Nourissier parlò:

«Lei passò un'intera notte in compagnia di quegli uomini, signora. Ci racconti come andò».

La madre lo guardò perplessa. Non sembrava abituata a sentirsi dare del lei e a essere chiamata signora.

«Ci legarono a un albero, me e mio figlio. Si misero a mangiare il pane e il prosciutto che ci avevano preso. Parlavano fra di loro, ma non so cosa dicevano, perché si erano messi un po' più in là. Francisco la mitraglietta l'aveva posata, ma La Pastora teneva il fucile imbracciato tutto il tempo, non lo mollò neppure per mangiare. Stava lì a far la guardia, come un gatto, e appena sentiva un rumore alzava la testa. Per dormire, Francisco legò una gamba di mio figlio alla sua, e a me mi lasciarono stare. La Pastora non dormiva, stava seduta con la schiena dritta. Io la vedevo lì, al buio e posso dire che non ha mai chiuso occhio. Guardava la montagna».

«Com'era quella donna?».

«Faceva paura» rispose subito il marito. «L'altro, Francisco, era quello che dava gli ordini, ma lei faceva paura perché stava zitta e ti guardava negli occhi. Così alta, magra, con la faccia che non si muoveva mai, e sempre col fucile puntato... faceva paura».

«Vi parlò?».

«Giusto quel che serviva: siediti, alzati... nient'altro».

Nourissier capì che non poteva ottenere molto di più da quella gente. Li ringraziò con delicatezza e fece per uscire. Ma prima che i visitatori fossero sulla porta, il figlio maggiore si fece avanti e alzò la voce:

«Ve lo racconto io cos'è successo dopo».

«Sta' zitto» fu l'ordine della madre. Ma lui non le obbedì.

«La mattina che vennero i *civiles*, mio padre lo presero a pesci in faccia, gli dissero di tutto, perché aveva dato i soldi a quei banditi e non era andato subito a denunciarli. Non l'hanno picchiato, ma gli hanno detto di tutto, cose che non si possono ripetere».

Rogelio Sánchez lo guardò con enorme disprezzo:

«E cosa c'entra adesso questa storia, credi forse che ai signori gliene importi qualcosa? È meglio se stai zitto e ascolti tua madre. E adesso vi conviene tenere la bocca chiusa. Se dite a qualcuno che siamo stati qui, la prossima volta mi vedete in divisa. Sapete già cosa vuole dire. Andiamo, signori».

Il sole sull'aia li accecò. Sánchez cercava di scusarsi per l'intromissione del ragazzo.

«Mi dispiace, è gente ignorante, senza educazione».

«Non era necessario trattarli così» rispose seccamente Nourissier.

«Sono queste le sole maniere che capiscono, dottore, sono come bestie. Non sanno né leggere né scrivere, è gente che non è mai uscita da questa valle».

Infante mise una mano sul braccio del francese:

«Lasci stare, Lucien. È meglio che ce ne andiamo».

Nel viaggio di ritorno Sánchez sembrava essersi completamente dimenticato di quella visita. Attaccò a parlare delle poesie di Campoamor, dei romanzi che gli piacevano tanto, soprattutto quelli di Dumas. Ma visto che nessuno gli dava retta lasciò cadere il discorso a poco a poco fino a rimanere in perfetto silenzio. Poi si addormentò. Quando mancava poco al luogo dove si erano dati appuntamento, lo svegliarono. Lui saltò giù dall'auto, tornò a raccomandare a Infante di leggere il suo romanzo, poi scomparve.

«Maledetto cretino!» sbottò il giornalista.

«Ho bisogno di bere qualcosa» annunciò Nourissier.

Arrivati a La Sénia, entrarono nel bar. Infante aveva portato con sé il manoscritto. Lo aprì a caso.

«Senta qui» disse. «"Armando, sicuro di sé, rispose con orgoglio: 'nessuno può dirmi quello che devo fare, lo so già da me. Agirò da quello che sono: un uomo d'onore'"».

Ridacchiò. Nourissier lo guardò severo.

«Quel tale non voglio vederlo mai più».

«Mi spiace, temo che dovremo rivederlo presto. Dice che può portarci in un'altra masseria».

«Si faccia dire dove e ci andiamo noi».

«Senza la sua presenza, non credo che i contadini si lascerebbero convincere a parlare».

«Non si preoccupi, anche noi siamo capaci di offendere e insultare. Anche di prenderli a botte, se c'è bisogno. Lei con le botte ci sa fare, no?».

«Basta! La pianti di fare il bambino che non sa accettare la realtà! Ma non lo sapeva come vanno le cose qui da noi? E allora, non si comporti come se ogni minima cosa ferisse il suo animo sensibile!».

Aveva alzato la voce, e i pochi avventori del bar li stavano guardando. Nourissier non rispose, si alzò in piedi e uscì. Infante non accennò minimamente a seguirlo.

Una volta fuori, lo psichiatra verificò quanto denaro gli fosse rimasto nel portafogli. Salì sulla giardinetta. Non aveva bisogno di essere accompagnato, ricordava perfettamente la strada. Guidando, sentiva montare l'irritazione: lui non aveva mai trattato nessuno a quel modo, né aveva mai permesso che nessuno fosse umiliato in sua presenza. E adesso, quel miserabile agente della Guardia Civil, e persino Infante... Accelerava, alzando una gran nuvola di polvere dalla strada di terra battuta, facendo stridere i pneumatici nelle curve. Col passare delle ore il vento era cresciuto in un uragano. Il sole calante strappava tonalità rossastre alle nubi, ma in quel momento ogni bellezza gli era indifferente, infiammato com'era di collera e ansioso di risarcire quell'ingiustizia.

La sua furia si placò solo quando rivide le tre case in mezzo ai prati. Intorno non c'era anima viva, e la luce declinante disegnava diversamente i profili delle cose, dandogli l'impressione di trovarsi in un altro luogo. Dal comignolo usciva del fumo, insieme all'odore di legna. Ricordò le sere nella sua casa di Parigi, accanto a sua moglie. Avrebbe dato qualunque cosa per essere laggiù. Rimase immobile, accanto all'auto, senza osare avvicinarsi alla porta. Decise di dare una voce, ma non conosceva neppure il nome di quella gente.

«Buonasera!» tentò, e quel saluto gli parve impostato, estraneo, come se non fosse stato lui a gridarlo. «Buonasera, sono il dottor Nourissier!» ripeté.

«Cosa vuole?».

La domanda suonò alle sue spalle. Si voltò, spaventato. Era il figlio maggiore. Serio, lo osservava da una certa distanza.

«Cosa vuole?» chiese di nuovo.

Nourissier si sforzò di sorridere, si avviò verso di lui.

«Stia là» disse il ragazzo, e a Nourissier balenò l'idea che poteva essere armato.

«Mi scusi, non vorrei importunarla, ma questo pomeriggio, quando siamo stati qui, ho visto la sua sorellina... Ebbene, ho pensato che avremmo potuto farle un piccolo regalo; una sciocchezza, poche pesetas perché possa comprarsi qualcosa da parte nostra: qualche dolciume, una bambola...».

Gli era parso un modo elegante di offrire un risarcimento, ma il ragazzo, sulla ventina, robusto, gli occhi accesi come tizzoni, lo guardava con odio. Nourissier tirò fuori il portafogli e prese delle banconote, gliele porse:

«Non è nulla, lo so, ma così forse la bambina non serberà un ricordo così sgradevole di quanto è successo. Li prenda, per favore, glieli dia lei».

Dietro il ragazzo, a un tratto, giunse un'altra voce.

«Cosa succede, Pere?».

La figura del padre si ritagliò sulla porta.

Il figlio, a muso duro, rispose:

«Questo bastardo vuole andare a letto con la bambina, ha portato anche dei soldi per pagarci, guardalo lì».

Nourissier, scosso dall'orrore, si sentì precipitare in un abisso. Aprì la bocca per dire qualcosa ma non gli uscì una parola. Era un incubo, non riusciva a muoversi, a spiegare, a fare qualcosa che potesse apparire logico, normale.

«No, no, la prego...» poté appena balbettare. L'uomo venne verso di lui.

«Cosa diavolo dice?».

«No, ma come può credere...?».

Si sentì spingere da dietro. Cadde a terra in ginocchio. Il ragazzo stava per colpirlo, aveva preso una zappa. Il padre lo tenne indietro:

«Lascialo! Sei matto? Se picchi uno così sei fregato. Prendigli tutto quello che ha!».

Nourissier si rialzò, non permise che lo toccassero. Aprì il portafogli e lo vuotò a terra. Le banconote scesero turbinando, presero a volare via spinte dal vento. Il padre le rincorse, si mise a raccoglierle. Il suo accusatore lo guardò di traverso:

«E adesso vattene, bastardo! Stavolta te la sei cavata, ma la prossima ti giuro che ti ammazzo».

«Pere, vieni qua, dammi una mano, e lascialo andare!».

Il figlio corse a catturare le banconote sparse qua e là. Nourissier guardò quella figura saltellante e sputò. Poi tornò alla macchina e ripartì. Avrebbe potuto perdersi, finire fuori strada, non era in grado di capire dove stesse andando. Non voleva pensare, né ricordare, né sentire. Per un attimo dubitò di se stesso: chi era, cosa ci faceva lì, aveva sputato a terra, quando mai aveva fatto un gesto simile nella sua vita? Ci mise un po' a ritrovare la lucidità e a capire dove fosse. Gli era venuto mal di testa, e appena arrivato alla pensione salì in camera, prese un paio di aspirine e si sdraiò sul letto. Era angosciato, ma non riusciva a definire i sentimenti che lo invadevano: tristezza, collera, umiliazione, vergogna? Lo svegliarono dei colpetti alla porta.

«Lucien, è lì? Se scende per la cena, la aspetto in sala da pranzo».

Rispose confusamente. Si lavò la faccia, bevve dell'acqua e scese. Infante lo ricevette con un sorriso. Era già stata servita la minestra.

«Stava dormendo? Ha fatto bene! Pensi che mi ha già telefonato quel rompiscatole di Rogelio Sánchez. Non perde tempo. Dice che ha un altro testimone. Gli ho chiesto di descrivermi il fatto a grandi linee, lo so che lei non ha nessuna voglia di ritrovarsi in una situazione come quella di oggi. Si tratta di un'altra rapina, nel territorio di Morella. Il massaro sostiene che Francisco e La Pastora gli diedero del "nemico del popolo" e inneggiarono alla Repubblica. Gli sequestrarono le due nipoti e riaverle indietro sane e salve gli costò ventimila pesetas. Dice che La Pastora l'aveva preso a pugni, che aveva una forza bestiale. E che non ha mai alzato la voce, ma aveva due occhi che mettevano terrore. Decida lei se le interessa vedere o no quella gente».

«Meglio di no».

«Cos'ha, non si sente bene?».

«Mi gira un po' la testa».

«Mangi la minestra, le farà bene».

«Non ho appetito».

«Su, mangi, che se si ammala ci tocca tornare a Barcellona! E beva un po' di vino, che la tira su».

Il francese obbedì in silenzio. Portò il cucchiaio alla bocca. Poi bevve un sorso di vino e gli parve di sentirsi meglio. In fondo era grato che Infante si preoccupasse della sua salute. Aveva davvero bisogno di rapporti umani, fraterni. Gli avrebbe volentieri raccontato l'episodio di quel pomeriggio, ma non sarebbe servito a nulla. Quello che contava erano le emozioni, come era passato dalla pietà alla diffidenza, dalla diffidenza alla collera, dalla collera al disprezzo. E come ora disprezzava anche se stesso. Lo agitavano sentimenti che fino ad allora non conosceva, e vederli affiorare dentro di sé non gli era piaciuto. Un deserto di ghiaccio gli attanagliava il cuore. Per questo le chiacchiere di Infante gli parvero un'oasi di pace.

«Insomma, la loro ideologia non l'avevano dimenticata, e si sentivano ancora partigiani. "Nemico del popolo"... Incredibile, non le pare, Lucien? Quei due erano rimasti in montagna da soli, ormai le bande si erano sciolte, non esistevano più. Chissà che solitudine tremenda!».

Nourissier mangiava e annuiva. Quando Infante fece per riempirgli di nuovo il bicchiere, non disse di no.

Nei giorni successivi Nourissier si dedicò a ricopiare i suoi appunti. Lavorava senza alcuna convinzione di essere sulla strada giusta. L'idea che si era fatta della Pastora era ancora molto confusa. Una figura silenziosa, diversa da tutti, la cui sola visione infondeva il terrore. Sembrava un essere imperturbabile, capace di agire con violenza senza battere ciglio. E tuttavia era difficile, forse prematuro, ipotizzare l'origine di quella sua impassibilità: durezza, indifferenza, incapacità di empatia, semplice autodifesa. In linea di principio non pareva avere le caratteristiche di un'assassina; a meno che non si trattasse di una psicopatica, la cui percezione della realtà fosse costantemente alterata dal filtro delle sue costruzioni mentali. Lesse e rilesse i ritagli di giornale che Infante gli aveva fornito. Le frasi con cui veniva descritta, scandalosamente drastiche, erano sempre le stesse: «donna dal cuore di pietra», «mostro assassino», «femmina con istinti da iena», «affetta da una sete patologica di commettere il crimine», «belva senza alcuna pietà per la vita umana». Nulla di tutto ciò poteva minimamente aiutarlo. Quegli articoli erano stati scritti unicamente per vendere più copie, o per compiacere le autorità del regime. Non uno dei cronisti accennava al fatto che fosse vestita da uomo quando compiva le sue imprese. Nessuno tentava un approfondimento psicologico del personaggio. Teresa Pla Meseguer era un'assassina nata, punto e basta.

Si sentiva lievemente scoraggiato. La sola cosa che poteva fare, per il momento, era ricostruire i delitti commessi dalla Pastora, anche se questo non lo aiutava a conoscere meglio la sua personalità. Le vittime la vedevano solo come un bandito, e in simili circostanze era difficile che notassero particolari significativi quanto alla sua vera personalità. Effettivamente aveva sottovalutato le difficoltà di quella ricerca: non si trattava solo di esplorare gli scenari in cui La Pastora era vissuta, ma di immergersi in un ambiente ancora dilaniato dalla guerra. Lì ogni parola era accolta con diffidenza, quando non con paura e odio. Era come avanzare in una foresta impenetrabile. L'incontro con La Pastora stava cominciando anche per lui a diventare una chimera. Ma non avrebbe rinunciato; era deciso ad andare avanti malgrado le tante cose di cui sentiva la mancanza. Non solo aveva nostalgia della famiglia, ma anche delle piccole finezze che avevano sempre punteggiato la sua vita: il colore del tè in una tazza di porcellana, i quadri alle pareti del suo studio, la particolare fragranza del profumo di sua moglie. Ma abbandonare un progetto a metà non era nella sua natura, e non si sarebbe dato per vinto finché un muro troppo alto per essere scalato o troppo solido per essere demolito non si fosse frapposto fra lui e il suo obiettivo.

Nel frattempo Infante si dava da fare al telefono, compiva brevi viaggi nei dintorni alla ricerca di informatori, vagliava le opportunità decidendo quali scartare e quali accogliere. Parlare con i parenti della Pastora era un'ipotesi da escludere, la Guardia Civil sarebbe subito piombata loro addosso. Cominciava a indispettirlo vedersi così sprovvisto di mezzi per penetrare in quel mondo così ermetico. Nei momenti difficili si imponeva un minuto di calma e riflessione. Che cosa gli stava capitando? Da quando prendeva le cose tanto sul serio, al punto da lasciarsi abbattere dalle incertezze di una ricerca che non era la sua? Stava diventando un idiota: la sola cosa di cui doveva preoccuparsi era che

Nourissier lo vedesse lavorare. Se si fosse sentito truffato, sarebbe stato capace di negargli il saldo del compenso, e questo non doveva succedere. Il suo scopo era prendere i soldi. A questo pensiero riusciva a calmarsi e a vedere la questione sotto un'altra luce: lui doveva solo manovrare il meglio possibile i fili di quella storia fino allo scadere del tempo stabilito. Nient'altro.

Non ero più tanto timida come da bambina. Adesso la gente sapeva che non poteva ridere di me, perché come mi faceva qualche brutto scherzo, io rispondevo. Non ci giravo tanto intorno, quindi era meglio per tutti stare alla larga e non darmi fastidio. Per me era facile. Ero venuta alta quasi un metro e ottanta e la forza non mi mancava, ne avevo sempre di più. Però mi piaceva stare con la gente, non tutto il tempo, ma ogni tanto sì. Scendevo ogni anno alla fiera di Rossell, che non era solo una fiera del bestiame ma anche di tante altre cose. Lì vendevano di tutto. C'erano le bancarelle del torrone, del vino, dei liquori, e venditori di frittelle e calderai e ricamatrici che facevano tovaglie e lenzuola, fotografi che ti facevano la foto... Mi piaceva andare in giro a curiosare. A Rossell avevo un'amica, l'Emilia, che aveva quattro figlie. Andavo a trovarla e si parlava. Lei si preoccupava per me e mi dava dei consigli. Tu, Tereseta, non metterti nei guai. Lasciali dire quello che vogliono, ma tu tira dritto. Sei brava come pastora e il lavoro non ti mancherà mai, questo è l'importante. L'importante è avere da mangiare e da dormire, il resto non conta. Se non ti trovi un fidanzato e non ti sposi, tanto meglio così. Tu sei come sei e non c'è bi-

sogno che spieghi niente a nessuno. Lei mi voleva bene e lo capiva che la mia vita non poteva essere quella di una donna normale. Io sapevo che di figli che un giorno mi aiutassero non ne potevo avere, e che da vecchia nessuno si sarebbe occupato di me. Al principio ci pativo, poi me ne sono fatto una ragione. Senza famiglia c'è più libertà. Me ne stavo in montagna, in santa pace, e quando volevo vedere gente scendevo in paese. Alla fiera mi divertivo. Ma siccome ero abituata a stare con le pecore e basta, per stare con le persone avevo bisogno di tirarmi un po' su. Ma bastavano due bicchierini di cognac a levarmi la paura. Allora stavo bene. Parlavo con gli uomini, ridevo. Certe volte capivo che mi prendevano in giro. Teresa, come sei bella oggi! Stai attenta che tutti ti vengono dietro. Io lo vedevo che volevano solo darmi la baia, e se non li tenevo in riga potevano passare la misura. Diventavo sfacciata, rispondevo la prima cosa che mi passava per la testa: «Lo so che i giovanotti mi muoiono dietro, ma attenzione, che chi si avvicina io prendo un'ascia e gli stacco la testa». Loro ridevano come matti, e a me andava bene così. È normale farsi quattro risate nei giorni di festa. Il peggio erano i bambini, come sempre, i bambini che mi inseguivano per strada: «Teresot, Teresot, coi baffi alla militare, sembri proprio un generale». Vi ho già detto che non mi arrabbiavo, ma quando era festa e mi ero bevuta i miei due cognacchini, mi dava fastidio. Perché dovevo sopportare quei bambocci? Che li sopportassero le loro madri! Allora mi prendevano i cinque minuti e partivo come una lippa dietro di loro, e loro scappavano neanche avessero visto il diavolo. I grandi ridevano, a vedere quelle corse. L'E-

milia, la mia amica, diceva che dovevo aver pazienza, che erano bambini e non avevano malizia. Ma io dicevo che la malizia magari non ce l'avevano, ma erano più cattivi della rogna. Altrimenti perché dovevano avercela sempre con me? Perché l'altra gente no? Perché volevano far male, e sapevano che a me bastava quello per farmi male, perché ero diversa dalle altre ragazze.

Tornavo sempre stanca morta dalle fiere, e con l'amaro in bocca di avere perso tempo. Io ci andavo per la compagnia, per stare allegra e ridere con gli altri, ma gli altri quello che volevano era ridere di me. Non so che divertimento ci può essere a ripetere sempre le stesse cose, non c'è niente di più interessante al mondo che capire se uno è uomo o donna? Li maledicevo tutti per un bel pezzo e poi mi addormentavo. Il mattino dopo tutto mi sembrava già meno brutto; passavano i giorni ed ero di nuovo pronta per tornare. E poi mi piaceva andare a casa dell'Emilia, che mi raccontava com'era difficile star dietro a quattro figlie e servire il marito e farlo divertire a letto quando lui ne aveva voglia e lei no. Quello era difficile, ma poi per lei fu più difficile quando rimase vedova a trent'anni. Doveva lavorare come una negra per tirare avanti. Si capisce che nel mondo non ci sono solo quelli che hanno tutto il bello della vita e quelli che hanno tutto il brutto, c'è un po' di questo e un po' di quello e bisogna sopportare quello che ti tocca.

Quella sera Infante tardò a scendere a cena. Nourissier cominciava a preoccuparsi perché le sue ricognizioni nei dintorni non duravano mai così a lungo. Nella sala da pranzo c'era un bel calduccio, in confronto al freddo intenso che cominciava a farsi sentire fuori. Ma finalmente il giornalista entrò, e accettò la tazza di brodo caldo che la padrona proponeva.

«Ho buone notizie» disse.

«Ha trovato La Pastora?».

«Mio Dio, Lucien! Dopo questa domanda qualunque cosa io le dica la deluderà».

«Lasci che questo lo decida io. Racconti».

«Lo sa che qui non è prudente parlare. Più tardi usciamo a prendere qualcosa».

«Con tutta questa prudenza finirò per tornare a Parigi alcolizzato».

Dopo cena si incamminarono verso il bar rialzando i baveri dei giacconi. Occuparono il tavolo ad angolo che stava diventando la loro postazione abituale. Ordinarono due cognac al padrone, che ormai li accoglieva con una certa affabilità. Dopo il primo sorso, lo sguardo interrogativo di Nourissier non concesse più tregua. Infante fu costretto a cominciare.

«Ho beccato un sindaco. Ha delle informazioni» annunciò.

«Un altro amante della letteratura?».

«Ho paura di no. Questa volta bisognerà pagare. Come stiamo a fondi?».

«Di questo non si preoccupi».

«Mi preoccupo se non basteranno per pagare me».

«Basteranno».

«Si vede che lei è ricco di famiglia».

«Le sarei grato se non entrassimo in questioni personali. Che cosa ha da vendere il sindaco?».

«Un altro assalto di Francisco e della Pastora. Le interessa?».

«Tutto mi interessa, ma ho paura che queste storie mi dicano poco sulla personalità del soggetto».

«Dubito di riuscire a trovarle lo psicoanalista della Pastora in modo che lei lo possa intervistare».

«Non mi pare divertente».

«Mi preme solo che si renda conto che faccio tutto il possibile. Per il momento abbiamo accesso a questo tipo di informazioni. So che l'ideale sarebbe poter parlare con i parenti della Pastora, con gli amici, se mai ne ha avuti, ma adesso questo è impensabile».

«Non se la prenda, Carlos. Lei sta lavorando benissimo, gode di tutta la mia fiducia».

«Lo spero. Altrimenti do le dimissioni e me ne torno a Barcellona domani stesso. Sarò anche un semplice mercenario, ma ho la mia dignità».

Il francese lo guardò stupefatto. Non si sarebbe mai abituato alla suscettibilità degli spagnoli.

Il giorno dopo si misero in strada dopo mezzogiorno. Era un pomeriggio soleggiato, ma piuttosto freddo per l'inizio dell'autunno. Le montagne, azzurre in lontananza, brune via via che si facevano vicine, erano ormai per loro il paesaggio abituale. Arrivati a Cálig, lasciarono l'auto e raggiunsero il municipio a piedi. Trovarono ad aspettarli il sindaco in persona, un uomo già anziano, grosso e male in arnese, in abiti da contadino. Con fare scontroso, non strinse loro neppure la mano quando si presentarono. Andò subito al sodo, mostrando loro un documento. Era la copia di un verbale della Guardia Civil. Vi si narrava l'assalto alla masseria di certi Blasco, nei pressi di Castellote. Come fosse giunto nelle sue mani non era cosa che intendesse chiarire. Dovevano leggerlo in sua presenza, impossibile copiarlo o portarlo fuori di lì. Solo per quella lettura chiedeva tremila pesetas. Nourissier accettò, e mise il foglio fra sé e Infante, così da poterlo leggere insieme a lui. Nel frattempo il sindaco non tolse loro gli occhi di dosso.

Capirono subito che quel che vi si diceva era importante. La masseria era situata in un luogo di difficile accesso. I campi di segale che costituivano la proprietà erano circondati da dirupi e montagne. Nella casa abitavano due coppie di coniugi, una anziana, una più giovane, con cinque bambini. Il fatto sorprendente, però, era il movente dell'assalto, né politico né economico.

Si trattava di una vendetta personale. Francisco voleva farla pagare al padrone della masseria perché cinque anni prima l'aveva trattato male. Eppure La Pastora aveva avuto un ruolo determinante nell'operazione. Sempre vestita da uomo, armata del suo vecchio fucile, aveva minacciato con violente grida gli abitanti della casa riuniti in cucina. A quel punto era entrato in azione Francisco. Senza una parola, si era messo a percuotere la vittima, un uomo oltre la sessantina, fino a lasciarlo a terra svenuto, coperto di sangue. La Pastora, che presenziava al pestaggio, continuava a minacciare gli altri, che chiedevano pietà piangendo. Ci fu un momento in cui temettero di essere uccisi. Poi cominciò il saccheggio della casa. Raccolsero abiti, viveri, coperte... Alla fine Francisco pretese una somma di denaro. Si ripeté la solita manovra: non avendo il denaro in casa, l'uomo più giovane sarebbe andato a prenderlo in paese, mentre tutta la famiglia rimaneva in ostaggio. Il tempo concesso era di tre ore. L'uomo, il genero del proprietario, partì, e una volta in paese decise di andare dal sindaco di allora a raccontare l'accaduto. Il sindaco, senza esitare, si rivolse alla Guardia Civil. Il comandante della caserma, con tutti gli uomini disponibili, si era recato in camionetta alla masseria di Perogil, che distava tre chilometri da quella dove i due banditi erano asserragliati. Di lì gli agenti avevano proseguito a piedi. Erano in sette, armati, e si avvicinarono attraverso i campi di segale. Circondarono la casa tenendosi a distanza. Ma La Pastora, accortasi della loro presenza, diede l'allarme e fuggì approfittando del buio, superò la linea d'accerchiamento e si mise a sparare alle spalle degli agenti. In quel momento Francisco uscì dalla casa, gli agenti fecero fuoco, lui contrattaccò con raffiche di mitraglietta e rientrò in casa per fuggire dal cortile posteriore. Lì, un lavorante della masseria, che era rimasto nascosto per tutto il tempo dell'assalto, tentò di fermarlo. Francisco gli sparò, uccidendolo. Poi si arrampicò su un tetto e lanciò due granate. Di lì saltò nel campo di segale dove la sparatoria riprese. Francisco, uscitone miracolosamente, riuscì a raggiungere La Pastora ed entrambi fuggirono in direzione della provincia limitrofa di Castellón, dove probabilmente avevano un nascondiglio. Lungo il cammino abbandonarono zaini e altri oggetti, che vennero ritrovati giorni più tardi. Loro non furono raggiunti. Un *nota bene* in calce al documento precisava: «Se non fosse stato per il tempestivo intervento delle forze dell'ordine, si ha la certezza che il bandito avrebbe ucciso gli ostaggi, tenendo conto dei suoi precedenti criminosi, propri di un sadico o di un malato di mente».

Il sindaco, imperturbabile, domandò se avessero terminato la lettura.

«Crede che potremmo parlare con gli abitanti della masseria?» domandò Infante.

«Hanno venduto e si sono trasferiti. Molti massari lo hanno fatto, erano stanchi di essere presi di mira. Quei bastardi erano ancora in giro».

«Com'è possibile che la Guardia Civil non li abbia presi?».

«La Pastora è come uno stambecco, conosce le montagne e si nasconde in posti che non conosce nessuno. E poi le guardie hanno paura. Lo avete letto: sette agenti contro due uomini soli, ma sapevano che quelli avrebbero ammazzato anche la propria madre pur di aver salva la pelle. No, non volevano rischiare».

«Credevo lei fosse dalla parte delle forze dell'ordine» ironizzò Infante.

«Io sono dalla parte di me stesso. E vi dico una cosa: se vi salta in mente di raccontare a qualcuno che vi ho fatto leggere quel foglio, avrete qualche guaio».

«Ci sta minacciando?». Nourissier cominciava a indignarsi.

«Vi avverto soltanto di quel che potrebbe succedere».

«Io sono un cittadino francese e conto sulla protezione del mio paese».

«Mi piacerebbe sapere come la protegge il suo paese se cade in uno dei precipizi che ci sono qua intorno. Non riuscirebbero nemmeno a trovarla!».

«Come osa?».

Infante intervenne, temendo il peggio.

«Andiamo, Lucien, non dia tanto peso alle parole. Sono convinto che il signor sindaco non abbia voluto offenderci».

«Non ho voluto offendere, però adesso pagatemi. Io la mia parte l'ho fatta».

Nourissier gettò le banconote sulla scrivania. Infante le riunì alla meno peggio e si congedò. Raggiunse Nourissier sulla piazza. Il francese era su tutte le furie.

«Crede che debba finire così? Quell'uomo è un corrotto e ci ha minacciati di morte».

«Sia sensato, Lucien. Quel bifolco ci ha dato quello che volevamo. È questo che conta».

«Mi manda in bestia che un servo del regime se la cavi così dopo avere insultato un cittadino francese!».

«È vero, non ci avevo pensato! Perché non chiama il suo ambasciatore per dire che dopo aver corrotto un funzionario pubblico per una faccenda che sfiora lo spionaggio internazionale, quello si è offeso e gliene ha dette quattro? Sono sicuro che ne sarà molto colpito. Ah, e per me non deve preoccuparsi! Visto che io un ambasciatore non ce l'ho, se mi buttano giù da un precipizio qualcuno mi raccoglierà».

Aveva parlato velocissimo, ma senza il minimo accenno di rabbia. Nourissier lo guardò sgranando gli occhi, poi scoppiò a ridere.

«Mi scusi, mi sono comportato come uno stupido».

«No, si è comportato come una persona normale in un paese normale. Ma questo paese è diverso, lo capisce? Lei è fortunato, perché fra qualche settimana se ne andrà, ma a me tocca rimanere qui tutta la vita».

«Mi dispiace, davvero».

Infante si era fatto serio, ma subito sorrise.

«Neppure noi siamo troppo normali. Pensi un po': due tizi che, in pieno secolo ventesimo, danno la caccia a una brigantessa che non si sa neppure se è donna o uomo».

Il francese rideva come un bambino. Di colpo, respirò a fondo l'aria frizzante.

«Molte volte nell'esercizio della mia professione mi sono domandato che cosa sia normale e che cosa no, chi è pazzo e chi non lo è. Il più delle volte è difficile stabilirlo. Ma lasciamo stare. Guardi che bel pomeriggio, perché non facciamo una passeggiata per approfittarne?».

«Buona idea, ma usciamo da questo paese. Non mi piacerebbe trovarmi di fronte l'intero consiglio comunale. Se quello è il primo cittadino, si immagini gli altri».

Dalle risate quasi non riuscivano a camminare. Salirono sulla giardinetta e ripartirono di ottimo umore.

«Strano, vero?» disse Nourissier. «Leggiamo il resoconto di un fatto spaventoso. E per di più ci ritroviamo a vivere una scena assolutamente sgradevole; e per tutta risposta noi cosa facciamo? Ci viene da ridere, e decidiamo di imbarcarci in una gita campestre».

«Questo si chiama istinto di sopravvivenza».

«È così che lei sopravvive abitualmente?».

«Io sono un cinico, Lucien, o, per meglio dire, lo sono diventato. Nessuno è cinico fin dalla nascita. Fermi la macchina lì, vicino a quella roccia».

Salirono su un poggio da cui si vedeva il mare in lontananza, i vasti oliveti abbarbicati ai pendii e la boscaglia selvaggia e profumata.

«Che pace! Non una casa in vista, non un solo essere umano» esclamò Infante sdraiandosi sull'erba.

«Mi piacerebbe sapere che cos'ha lei contro gli esseri umani, Carlos».

«Tutto, praticamente. Le ricordo che vivo in una grande città».

«Anch'io, ma ancora per poco. Fra un paio d'anni conto di trasferirmi in un ateneo più tranquillo, a Bordeaux, forse, o a Toulouse. Continuerò a fare ricerca, ma potrò risiedere fuori città, in aperta campagna. Le mie figlie sarebbero più felici».

«Le manca la sua famiglia?».

«Enormemente. A volte penso che non ho il diritto di lasciare mia moglie e le bambine per tanto tempo. L'ho fatto perché per me il lavoro è importante quanto la famiglia, la mia seconda passione. E lei? Non ha una fidanzata?».

«Posso chiederle un favore, Nourissier? Visto che ormai siamo in confidenza, vorrei pregarla di cominciare a darmi del tu. Lo so che nel suo paese non si usa, ma per me tutti questi formalismi sono un martirio».

«Ma certo! Avresti dovuto dirlo prima. Però non approfittarne per sottrarti alla mia domanda».

«No, non ho una fidanzata».

«Non ti sei mai innamorato?».

«Sì, qualche volta, ma senza conseguenze pratiche».

«Non ti piacerebbe avere una moglie, dei figli?».

«Tu vivi in un paese libero, non sai come sono le cose qui».

«La politica influisce anche sul matrimonio?».

«Eccome! Qui è il cattolicesimo più bigotto e arretrato a imporre le regole nei rapporti fra le persone. Qui una donna, per sposarsi, cerca un uomo ben sistemato, che possa garantirle una vita rispettabile. E che cosa ho da offrire io? Niente. Sono un giornalista che vive alla giornata, un poveraccio. Se fossi stato un combattente, un vinto della guerra civile, magari. Questo alle donne piace, è romantico. Ma non è il mio caso. Qui le ragazze scappano se vedono uno come me, vigliacco e per giunta povero».

«Sei troppo duro con te stesso».

«Non sono capace di negare la realtà. Purtroppo una delle mie scarse virtù è la concretezza».

«Si può sempre cambiare».

«Cosa mi suggerisci? Di diventare attivista di un antifranchismo che neppure esiste, o di farmi assumere in un giornale di regime e andare a messa la domenica? Ah, no! Io non sto né da una parte né dall'altra; cerco solo di essere un cittadino normale, anche se questo in Spagna è quasi un'utopia».

«Hai ragione. Anche Voltaire diceva che non si può chiedere a un cittadino di essere un eroe per rimanere fedele alle sue idee».

«Voltaire aveva sacrosanta ragione. La conosci quella strofetta spagnola che dice: "*Au revoir, dijo Voltaire tirando su chapeau al aire*"? Bisogna pronunciare malissimo il francese perché faccia rima, ma è davvero un pensiero ispirato. Forza, facciamo a chi arriva primo lassù! L'onore di Spagna contro quello di Francia!».

Balzò in piedi e si mise a correre a spron battuto, con sorpresa dello psichiatra che lo imitò all'istante. Corsero a perdifiato, come se ne andasse della loro vita. Nourissier, che aveva le gambe più lunghe, passò in testa, ma proprio quando stava per raggiungere la meta, Infante lo placcò e lo gettò a terra. Poi tutti e due rotolarono lungo il pendio gridando e ridendo. Nourissier era passato al francese:

«*Tricheur! J'allais gagner!*».

Rimasero sdraiati sull'erba a riprendere fiato, senza smettere di ridere.

«Allora, quale paese ha salvato il suo onore?» domandò Infante ansimando.

«Mi sa che l'onore di entrambi i paesi è gravemente compromesso».

Si fece silenzio. Si alzò una brezza leggera che annunciava il freddo del pomeriggio. Profumava di rosmarino e di timo, di lavanda, di terra. Infante si avvolse nel suo giaccone e disse:

«Ho sonno» e subito si addormentò.

Nourissier sedette con le ginocchia fra le braccia. Ormai sentiva suo quel paesaggio desolato e agreste. Gli venne stranamente da pensare che La Pastora li stesse osservando da uno dei suoi nascondigli segreti. Se così era, probabilmente si domandava che cosa facessero lì e perché avessero l'aria di essere così felici. In effetti, che cosa ci faceva lui, in quelle terre secche e dure? La vita era imprevedibile, singolare, bella, a volte. Tirò fuori il suo quaderno e si mise a scrivere:

«Oggi ho avuto modo di vedere un documento che ritrae il soggetto in un ruolo meno freddo e passivo del solito. Non compie direttamente azioni violente, ma grida, minaccia, pare disposto a uccidere. Viene presentato come una specie di gatto selvatico che si muove agilmente ovunque, capace perfino di vedere al buio. Nell'occasione descritta, lei e il suo compagno, sebbene non disdegnino il furto, chiedono vendetta. È possibile che proprio per questo il soggetto si mostri più aggressivo. Si sarebbe tentati di affermare che le motivazioni primarie e affettive influiscano sulla sua personalità assai più di quelle ideologiche o economiche. Questo punto potrebbe avvalorare la tesi di un'origine psicopatologica del suo comportamento. La possibilità di far male a chi ha fatto del male la eccita fino a strapparle grida, insulti, minacce. Non è lei direttamente a vendicarsi, ma sente i soprusi subiti dall'amico come propri e reagisce visceralmente. Su chi le chiede clemenza, infierisce con raddoppiata crudeltà, come se traesse stimolo dalla sofferenza delle vittime. Un punto in particolare va considerato: a quel tempo si andava consolidando la leggenda che lei e il suo compagno fossero inafferrabili, che la Guardia Civil non potesse nulla contro di loro. Loro ne sono consapevoli, e si fanno forti di questo "prestigio" estremizzando i loro comportamenti. Sono entrambi disperati, ma nel caso del soggetto, che nulla ha da perdere tranne la sua vita, si può pensare a un compiacimento per quel modo irresponsabile di vivere. Se prima del suo ingresso nella banda partigiana La Pastora era costretta a lavorare duramente, ora l'esercizio continuo della libertà e la mancanza di costrizioni, così come il gusto per la facilità degli assalti, possono rappresentare per lei uno stile di vita gratificante. Anche la componente di rischio, di gioco con la morte, e di beffa alle autorità, possono costituire per lei fonte di un eccitamento di cui ha bisogno per vincere la disperazione e l'infelicità profonda che la tormenta».

Anche lui aveva sonno, e si sarebbe volentieri addormentato accanto a Infante, se non lo avesse ritenuto poco prudente. Svegliò il suo compagno:

«Carlos, andiamo. Fra un po' qui si gela».

Raggiunsero la giardinetta in silenzio. A Nourissier parve che il catalano camminasse in stato di sonnambulismo. Quando giunsero in paese, Infante scese dall'auto e salì le scale della pensione prima ancora che Nourissier ne avesse varcato la soglia. Proprio in quel momento, qualcuno fischiò da dietro l'angolo. Il francese si voltò e guardò nella via. Vide venire avanti un giovane, alto e magro, in abito di velluto a coste, calzato di scarpe di corda. Decise che era meglio non alzare la guardia prima del tempo e lo salutò con molta cortesia.

«In cosa posso aiutarla?» domandò.

Il giovane si avvicinò, permettendo a Nourissier di vederlo meglio alla luce del crepuscolo. Era scuro di pelle, con due grandi occhi e un volto dai tratti fini. Portava al collo una vistosa catena d'oro.

«So che cosa state facendo qui» disse il ragazzo.

Nourissier, di nuovo, si sentì come se avesse ricevuto uno schiaffo. Avrebbe mille volte preferito che Infante fosse ancora con lui. In quel momento non gli venne in soccorso alcuna idea.

«Come dice?» domandò stupidamente.

«Lo sai benissimo cosa dico. Andate a raccontare in giro che siete dei dottori, e invece siete venuti a far politica contro Franco».

Era difficile capire, Nourissier era sempre più confuso

«Ma lei chi è?».

«A te questo non interessa. Siete andati a parlare con i parenti di quello là, quello del *maquis*. Le cose che fate sono proibite. E io lo so».

L'aspetto raffinato del ragazzo era solo apparenza. Usava un linguaggio rudimentale e tutto nel suo atteggiamento era offensivo e volgare.

«Non so di cosa lei mi stia parlando. Mi dica che cosa vuole da me o se ne vada».

«Voglio che mi paghi. Sono diecimila pesetas. Se non me le dai, vado a raccontare tutto alla Guardia Civil».

Nourissier era spaventato, non aveva elementi per capire cosa fare. Il ragazzo li aveva visti a Castellote? Ne sapeva abbastanza per denunciarli? Da dove era saltato fuori? Decise di prendere tempo.

«Qui non ho nulla, la cassa la tiene il mio collega, che è appena salito».

«Sì, l'ho visto. E allora?».

«Dovrò andare da lui e spiegargli che cosa desidera».

«Digli che scenda subito coi soldi. Se provate a fare scherzi vado direttamente in caserma. Uomo avvisato mezzo salvato».

La mente di Nourissier lavorava a tutta velocità mentre faceva i gradini a due a due. Bussò piano alla porta di Infante, ma questi non rispose. Girò la maniglia, per fortuna non aveva chiuso a chiave. Infante dormiva tranquillo, avvolto nella trapunta. Nourissier accese la luce, ma non ci fu nessuna reazione. Lo scosse. Infante, con un sobbalzo, si mise a sedere. Vedendo l'espressione sconvolta del francese, si sforzò di ritrovare la lucidità. Nourissier gli spiegò l'accaduto, lui balzò giù dal letto. Aveva indosso un pigiama a righe. Non infilò neppure le pantofole, fece le scale velocissimo, seguito da Nourissier.

Il ragazzo non si era mosso da dov'era, ma vedendo Infante in quella tenuta fece una cosa strana: sorrise.

«Cosa diavolo vuoi?» gli chiese lo spagnolo inferocito.

«Li avete i soldi?».

«Tu cosa sai che possa valere tanto?».

«Siete stati a Castellote da quelle là. L'ho già detto al tuo amico».

«E questo vale diecimila pesetas?».

Il ragazzo si avvicinò. Guardò Infante negli occhi e si passò la lingua sulle labbra:

«A meno che tu non voglia qualcos'altro, però lo sai che costa di più».

Infante lo spinse contro il muro, lo prese per il bavero, e avvicinò la bocca a un centimetro dalla sua faccia:

«Ci vuoi denunciare alla Guardia Civil, eh, carogna? Va' pure, liberissimo di farlo. Poi andrò io a raccontare che sei il mantenuto del medico di Catí, che ci vai a letto per soldi. Lo sai quanto piacciono i finocchi alle guardie. Ti daranno una bella ripassata loro, dopodiché, in galera. È questo che vuoi?».

Il ragazzo, in preda a un improvviso terrore, scuoteva la testa. Infante lo mollò.

«Su, aria adesso! Ti conviene sparire. Intanto penserò io se sia il caso di raccontare al dottor Ramos che sei venuto a disturbarci. Avrai finito di far la bella vita, canaglia».

Il ragazzo corse via e sparì nella notte. Infante si mise a saltellare dal freddo, a piedi nudi sul selciato.

«Maledizione, qui mi prendo una polmonite!».

Risalì le scale, seguito da un attonito Nourissier, che gli domandò, cercando di non alzare la voce:

«Ma come l'hai capito...?».

«Come? Non c'è bisogno di essere Sherlock Holmes. Quella vecchia checca si è confidata col suo principino locale. Ma non gli ha detto granché. Non abbiamo niente da temere. Il ragazzo è già più che pentito di essere venuto fin qui».

Infante aprì la porta della sua stanza. Nourissier, ancora sbalordito, tentò di trattenerlo.

«Ma...».

«L'incidente è chiuso, Lucien. Buonanotte».

«Carlos».

«Cosa c'è?» disse Infante seccato.

«Hai qualcosa contro l'omosessualità?».

«Buon Dio, professore, sono gelato e casco dal sonno. La sola cosa che voglio è dormire, mi sembra fin troppo semplice. È chiedere troppo? Buonanotte».

«Buonanotte» bisbigliò Nourissier, che si avviò verso la sua stanza cercando di ricomporre nella mente tutto ciò che era successo.

Le feste patronali erano un divertimento, ma con la guerra il divertimento era finito. Dicono che si sapeva che arrivava, ma io ero giovane e stavo sempre in montagna con le pecore, e non mi accorgevo di niente. Tanto, che fossero rossi o nazionali, quelli del paese mi avrebbero trattata come avevano sempre fatto: alla maggior parte di loro non importava niente che io fossi al mondo, altri mi guardavano come una bestia rara, pochi erano miei amici. Questo non poteva cambiare. Quello invece che cambiò fu che l'aria grama e la cattiveria che si respirava da tutte le parti uscirono alla luce del sole, come se fossero rimaste nascoste e aspettassero solo di venir fuori. A me tutto questo mi toccò da vicino, si capisce, perché nessuno mi teneva più a lavorare per molto tempo. Dovevo andare da una masseria all'altra. Mi davano quel che potevano, una paga da miseria, e il mangiare. Così tiravo avanti. Avevo lavorato anche per mio fratello José Vicente, con lui ci volevamo bene. Dopo che l'hanno ammazzato ho lavorato ancora per mia cognata, che mi aveva sempre trattata bene. Mio fratello l'hanno ammazzato i rossi. Si era nascosto in montagna per passare nelle truppe di Franco quando arrivavano. Era rimasto lassù un mucchio di tempo. Poi i nazionali erano venuti, si erano concentrati fra Morella e Vallibona per preparare una battaglia grande. E nel mentre che i repubblicani si ritiravano, mio fratello si era sbagliato ed era sceso giù dalla loro parte, così gli spararono. Fu sfortunato, poveraccio, di fortuna non ne aveva mai avuta. Ma in quegli anni sembrava che la sfortuna la regalavano. Piansi di quel tanto, potevo piangere finché volevo, a quei tempi, perché ero una donna. Ma erano tempi che tanta gente piangeva perché prima o poi capitava a tutti che qualcuno, da una parte o dall'altra, ti facesse un brutto scherzo. Se mio fratello fosse vissuto sarebbe stato mio nemico. Che roba! Ma io non ci capivo molto, allora, ho capito di più dopo la guerra, quando ho visto tante cose che facevano spavento e non avrei voluto vedere mai. Delle volte cerco di immaginarmi come sarebbe stata la mia vita se non succedeva tutto quello che è successo, ma non mi viene in mente niente. La vita di ciascuno è com'è. Perché farsi il sangue amaro quando tutto è già abbastanza amaro? Certo che, come dico, ero giovane, e da giovane non ci pensi. E poi non avevo un marito, né un fidanzato né niente, non dovevo preoccuparmi per nessuno. Vivevo libera.

Le truppe di Franco non hanno mai combattuto qui, rischiavano di perdersi su queste montagne. La montagna non è posto per la guerra, ma per la guerriglia, come mi hanno insegnato poi. Ma quel che gridavano i rossi «No pasarán» non servì proprio a niente; i nazionali passarono, eccome se passarono! e fecero tante bestialità. Io ne sentivo tante, vedevo che la gente pativa e aveva paura, la paura era dappertutto. Ma io di paura non ne ho avuta, e vi-

sto che ero una donna non ero andata soldato e non avevo dovuto combattere. Così servivo a quelli che erano rimasti a casa. Quelli che erano nelle retrovie io li aiutavo. Come la volta dei mori del Marocco. Con Franco di mori ce n'erano tanti, facevano i matti, bevevano forte e fumavano hashish. Quelli che vennero qui erano dell'esercito di Galizia, che è dove è nato Franco. E si sapeva che li mandavano davanti alla truppa perché così erano più sorvegliati, i capi li tenevano d'occhio, era gente capace di farne di tutti i colori. Però, sapete, quelli della Galizia, che li comandava il generale Aranda Mata, quando erano da queste parti venivano sempre dietro, erano la retroguardia, e ne combinavano. I massari avevano più paura di loro che della grandine; si organizzavano per fare la guardia alle case e alle donne. Tenevano pronti i bastoni caso mai passassero di lì. Le armi magari le avevano ma non le usavano, perché sapevano che per la religione dei mori se ti ammazzano con uno sparo risusciti in Africa, nella tua terra. E allora le bastonate gli facevano perfino più paura. Son cose della religione, queste, cose dell'ignoranza e della superstizione, una più stupida dell'altra, come mi hanno insegnato i compagni del maquis. *I mori dei fucili non avevano paura, ma delle bastonate sì, perché se ti ammazzavano non risuscitavi più da nessuna parte. E così i massari li prendevano a bastonate e basta. Io sapevo che i mori rovinavano le donne, voglio dire che le violentavano e via discorrendo. Allora un giorno, che lavoravo in casa di mia cognata, successe una cosa che ancora adesso mi vengono i capelli dritti se ci penso. Io ero in casa, quel giorno, non ero salita al pascolo non mi ricordo per fare co-*

sa. E com'è come non è, si presentano in casa due mori in divisa, col muso che faceva paura. Io ero dentro il porcile che lo stavo pulendo, e non mi potevo difendere, e quelli mi danno una spinta e mi buttano per terra. Poi sento che chiudono la porta dal di fuori con la spranga che era lì apposta. Se ne vanno, e dopo sento mia cognata e le altre donne che si mettono a gridare perché in casa di uomini non ce n'erano da quando mio fratello lo avevano ammazzato. Mi venne una disperazione come se mi stessero strizzando lo stomaco. Mi misi a tirar calci alla porta con tutta la forza che avevo, che era tanta, ormai l'avete capito. Calci su calci, finché quella maledetta spranga è saltata e sono uscita da quel porcile. Ve lo potete immaginare il chiasso che facevano i maiali, avevano paura anche loro per tutto quel gridare. E corro dove sento Marieta che gridava e quei disgraziati che ridevano e gridavano anche loro in lingua mora. L'avevano chiusa dentro una stanza per approfittare di lei. Le facevano a pezzi il vestito. La porta era chiusa a chiave, ma ormai io avevo la gamba ben calda e così mi misi a tirar calci anche lì e si aprì subito. Mi bolliva il sangue per la rabbia che avevo in corpo. Ne presi uno e gli diedi un pugno in faccia, lo stesi. Poi l'altro, la stessa cosa. Ad averceli a terra era più facile, li riempivo di calci, nelle costole, nelle palle, dove capitava. Poi presi un bastone e botte da orbi anche con quello. Uno sanguinava dalla bocca, l'altro non si muoveva più. Marieta mi fa: «Smettila, Tereseta, smettila, che se li ammazzi è un guaio». Aspettai che si fossero ripresi e li cacciai via.

«Quando volete divertirvi, tornate pure! Adesso lo sapete come ci piace a noi donne di qui!». Non lo so se ca-

pivano, forse no, ma le botte quelle sì le avevano capite. Marieta piangeva e rideva insieme. Diceva che l'avevo salvata, mi baciava le mani, che erano ancora piene del sangue di quelli là. Il giorno dopo tutti dalle case lì intorno e anche dal paese sono venuti a farmi i complimenti. «Brava, Teresa, brava». Com'è che adesso non sono più Teresot? pensavo io; quando vi conviene, di quello che ho fra le gambe non ve ne importa niente. Ma così stavano le cose. Mia cognata, dopo un po' di anni ho saputo che si era sposata di nuovo e stava a Remolins, un rione di Tortosa. Però poi non ho saputo più niente, di nessuno della famiglia ho saputo più niente. È logico. Adesso loro non vogliono saperne di me, non gli conviene, ma è logico anche questo.

Quando ero coi partigiani ne ho sentite dire tante di quel che era successo quel giorno coi mori. La gente diceva che li avevo ammazzati tutti e due, che li avevo sbudellati, che gli avevo strappato la pelle. Tutte stupidate, ma se devo dire, anche se li ammazzavo non me ne sarebbe importato niente. E poi a me quelle voci facevano comodo. Così mi rispettavano di più e stavano attenti a dirmi qualcosa che non dovevano.

Subito prima della guerra, e anche durante la guerra, dato che non c'erano più le feste patronali, e non era mica il caso di stare tutto il tempo a piangere e a patire, si facevano i balli nelle masserie, li chiamavamo bureos, *ogni volta su un'aia diversa. Ci andavano tutti, si ballava e si beveva. Io ballavo con gli uomini come con le donne. Con gli uomini morivo dal ridere, e facevo ridere loro, anche più di me. Mi ricordo quella volta di Joaquín del Sacristá. Era uno ancora da sposare anche se aveva passato i quarant'anni. Gli piaceva alzare il gomito e non si perdeva nessuno di quei balli. Come lo vedevo, se mi ero già bevuta i miei due bicchierini di cognac, ci mettevamo a ballare stretti stretti ed era meglio delle comiche. Lui mi si buttava addosso e io per finta lo prendevo a sberle... La gente si piegava in due dalle risate, e anche noi, che avevamo tutti voglia di ridere a quei tempi per dimenticare tante disgrazie.*

Però succedeva sempre che qualcuno non sapeva fin dove poteva arrivare. Mi ricordo di un bureo *che doveva essere dei più belli perché c'era tanto da bere, da mangiare e tantissima gente. Il giorno prima arriva Diego tutto agitato, lui era ancora la gioia del mio cuore, il mio bambino preferito. Viene da me e mi fa: «Tereseta, ho sentito in paese che ci sono degli spiritosi che vogliono farti ubriacare per alzarti le gonne tutti insieme e vedere se sei un uomo o una donna». «Non preoccuparti, gioia santa, che lo so io come difendermi». Il giorno dopo, prima di andare lascio passare un bel pezzo finché la festa è già nel pieno. C'erano tutti sull'aia, e allora sono arrivata io. Avevo preso un'ascia, la più grossa che c'era in casa. Vado e mi pianto lì in mezzo. «Buonasera» dico con educazione. Tutti zitti. A un albero lì vicino avevano appeso le giacche e la roba che dava fastidio per ballare. Mi tolgo anch'io il giacchettino, lo appendo lì e poi appendo l'ascia. Poi dico ben forte: «E adesso vediamo se qualcuno vuol darmi fastidio stasera». Non si sentiva una mosca. Poi tutta tranquilla chiedo un bicchiere di vino. La festa ricominciò e nessuno mi diede fastidio quella sera, e quelli che volevano alzarmi le gonne si son tenuti la voglia.*

Il giorno dopo Diego viene a cercarmi al pascolo e mi dice: «Ah, Tereseta, non sai come ho riso ieri. Mi sono dovuto nascondere per non farmi vedere. Si cagavano tutti addosso dalla paura!». E io gli rispondo: «È a scuola che ti insegnano a dire certe parole?». «Io non vado più a scuola, Tereseta!». «Non importa, te lo insegno io se non te lo insegna il maestro. Un ragazzino come te non deve dire le parolacce, deve essere educato e cercare di farsi un'istruzione». Questo è il male, signori, il male della Spagna, che la gente qui non ha istruzione, come dopo mi hanno spiegato i compagni partigiani. Ma cosa potevamo fare noi, se nessuno ci insegnava, cosa potevamo fare?

«Il soggetto è capace di atti di una violenza estrema, di proferire grida e intimidazioni, di percuotere persone indifese, di assistere a gravi episodi di violenza senza provare pietà. È anche capace di uccidere? A parte i delitti che le sono attribuiti, non meno di ventinove omicidi, nel corso delle ricerche condotte fin qui non è stata raccolta alcuna testimonianza diretta di un assassinio. E nemmeno, per ora, alcun dato sulla sua sessualità. A quanto pare soffriva di una malformazione genitale, ma non sappiamo di quale natura. Questo lascia aperti diversi interrogativi. Aveva rapporti sessuali con uomini o con donne? Era un individuo asessuato? La sua malformazione le infliggeva qualche genere di sofferenza psichica? Era forse un uomo intrappolato in un'identità femminile? O una donna che si vendicava dell'impossibilità di diventare madre?».

Nourissier era consapevole che la sessualità della Pastora sarebbe rimasta un punto oscuro. Anche nell'ipotesi che fossero riusciti a incontrarla, ben poco avrebbe potuto trarre da un'intervista. Eppure, sebbene la sua formazione non fosse psicoanalitica, non poteva negare la grande importanza della sfera sessuale nella configurazione del profilo psicologico del soggetto. I testimoni dei suoi ultimi assalti non esitavano a dichiarare che era un uomo, e solo i documenti della Guardia Civil continuavano ad attribuirle un'identità femminile. Teresa Pla Meseguer, questo era il suo nome ufficiale davanti al mondo.

Il francese sospirò profondamente. Se la psichiatria moderna tentava sempre più di allontanarsi dal campo congetturale della diagnosi basata su osservazioni opinabili, e di approfondire le certezze biologiche, la persona che aveva scelto come oggetto del suo studio non poteva essere meno indicata. Intanto, non potendo contare sulla sua presenza, doveva affidarsi esclusivamente a testimonianze di terzi che difficilmente consideravano gli aspetti legati agli stati d'animo e alle reazioni emotive. Era una vera e propria sfida per qualunque professionista della psichiatria: tracciare un ritratto psicologico di qualcuno che stava diventando un mito. Come districare la verità dalle affermazioni ispirate unicamente dalla leggenda e dal mistero che circondava La Pastora? E tuttavia restava dell'idea che quel personaggio era oro puro per i suoi studi. La sua vita tormentata: prima pastora, poi partigiano, poi puro e semplice bandito, la sua identità sessuale discussa, la sua violenza... Tutto ciò aveva senz'altro influito sul suo carattere e lo induceva a formulare numerose ipotesi, da testare fino a farne vere e proprie teorie.

Guardò dalla finestra della sua stanza. Il tempo incerto stendeva sulla campagna un velo grigiastro. Era una di quelle giornate che si definiscono tristi. Se quella donna era ancora nascosta in montagna, potevano avere un senso per lei i mutamenti atmosferici? Si sentiva malinconica con la pioggia, allegra con il sole, inquieta al rombo del tuono?

Qualcuno bussò. Lo stupì udire la voce di Infante, che raramente veniva a disturbarlo mentre lavorava.

«Posso, Lucien?».

Non capitava quasi mai che entrassero l'uno nella stanza dell'altro; non per un accordo esplicito, ma perché entrambi lo ritenevano opportuno per preservare la propria e altrui intimità. Per questo Nourissier rimase per un attimo perplesso e si guardò intorno verificando che la stanza fosse in ordine. Lo era. Disse a Infante che poteva entrare. Spostò i libri che aveva posato sulla seconda sedia e Infante si accomodò. Subito attaccò con grande enfasi:

«Detesto interrompere il tuo lavoro, ma abbiamo un problema. Si tratta nientemeno che del sindaco di La Sénia».

«È un corrotto anche lui?».

«Non lo so, ma so che è un po' troppo cordiale. Stamattina l'ho incontrato casualmente e ci ha tenuto a presentarsi. Sa che siamo ospiti in paese e ci ha esteso un invito. Domani ci sarà una festa sulla plaza Mayor e terrebbe moltissimo alla nostra presenza».

«Non vedo il problema. Questa si chiama ospitalità. Credo che dovremmo accontentarlo».

«Sì, ma a una festa si mangia, si beve, si balla e... si parla! Potrebbero farci un mucchio di domande. Che cosa facciamo qui, perché ci tratteniamo così a lungo in paese, quali mete scegliamo per le nostre gite. Saziare tanta curiosità potrebbe costarci caro».

«E se declinassimo l'invito con una scusa?».

«Sarebbe peggio. Penserebbero che abbiamo qualcosa da nascondere».

«Allora dobbiamo andare, e cercare di tenerci sul vago quando pioveranno le domande».

«Mi vedo già in arresto».

«Non preoccuparti, parlerò col mio ambasciatore e lui intercederà per te».

«Molto cortese da parte tua».

Si guardarono e sorrisero. I rapporti fra loro erano sempre meno tesi, sempre più amichevoli. Nourissier domandò:

«Hai idea di come dovremo vestirci per andare alla festa?».

«In smoking o in frac, *ça va sans dire*!».

«Perfetto, informerò il mio domestico».

Si vestirono come tutti i giorni, solo il francese aggiunse un foulard di seta annodato sotto la camicia che attirò gli sguardi di tutti. La piazza era decorata con ghirlande di carta e lampadine colorate. Lungo un lato erano stati sistemati lunghi tavoli su cui si allineavano brocche di vino in cui galleggiavano pezzi di frutta, vassoi di *pastissets*, focacce salate. Dalla parte opposta, su un piccolo palco, i cinque componenti di un'orchestrina popolare suonavano paso doble e boleri.

Dappertutto c'erano bambini che ballavano tra loro, correvano qua e là rubando dolci dai tavoli e facendosi sgridare dagli adulti. C'erano soprattutto uomini e donne di mezz'età, molti vecchi, e un numero esiguo di giovani. Tutti parlavano a squarciagola, ridevano e guardavano con la coda dell'occhio la coppia di forestieri venuta alla festa.

Il sindaco pronunciò un breve discorso in castigliano, lingua che usava unicamente nelle grandi occasioni, e diede ufficialmente il via alla festa. Tutti ne approfittarono per gettarsi sulle bevande, riempiendo i bicchieri che avevano portato da casa. Infante e Nourissier, non avvertiti della cosa, rimasero a guardarsi scioccamente a mani vuote; ma la padrona della pensione li sorprese porgendo loro due calici che aveva provveduto a portare.

«Grazie infinite, signora, se avessimo saputo ci avremmo pensato noi» disse Nourissier amabilissimo.

«Bevete, che il vino è buono» disse lei senza sorridere.

Esattamente come avevano immaginato, presto il sindaco venne a fare gli onori di casa. Infante presentò Nourissier perché fosse lui a rispondere all'interrogatorio che certamente sarebbe seguito. Poi li lasciò soli e fece un giro per la piazza. Si divertì a vedere le donne che danzavano cerimoniosamente fra loro, attaccò senza pietà i vassoi di *pastissets*, e fu persino invitato a ballare da un gruppo di ragazze che combattevano la timidezza ridendo senza fermarsi. Di tanto in tanto gettava uno sguardo in direzione dello psichiatra e del sindaco, la cui conversazione sembrava procedere senza intoppi. Il vino, addolcito con la frutta matura, cominciava a fare il suo effetto. Si immaginò che anche La Pastora andasse a balli come quello prima di darsi alla macchia; di sicuro in quell'atmosfera senza freni il suo aspetto mascolino doveva attirarle scherzi pesanti. Ma non spettava a lui darsi a quel genere di congetture, piuttosto avrebbe dovuto preoccuparsi di proteggere Nourissier dall'invadenza del sindaco. L'assedio cominciava a durare un po' troppo, era il caso di correre ai ripari. Ma quando si trovò a un passo da loro si accorse che la chiacchierata si era fatta addirittura allegra. A quanto pareva il sindaco stava illustrando certe antiche tradizioni del luogo, e il francese aveva l'aria di divertirsi un mondo. Infante lo trovò buffo, e preferì restare accanto a loro lasciandoli parlare.

Ormai le vettovaglie sui tavoli erano quasi sparite, e alcuni uomini cominciavano ad appendere le tradizionali pignatte a un cavo che attraversava la piazza. Ognuna era ben coperta da un telo e legata con una grossa corda. Il sindaco spiegò al francese di cosa si trattava.

«Dentro ci sono dolciumi, caramelle, ciambelle. Ma una nasconde sempre qualcosa che la gente non si aspetta. Poi i partecipanti al gioco, bendati, prendono un bastone e cercano di colpirle, finché la loro pignatta si rompe. Non è facile, senza vedere niente. E chi rompe una pignatta si tiene quel che c'è dentro».

«Non è pericoloso?» domandò ingenuamente Nourissier. «Così vicini, possono colpirsi l'un l'altro».

«Questo fa parte del divertimento» intervenne Infante con ironia.

Si avvicinarono per seguire meglio il gioco, assordati dalle grida della gente. Non appena qualcuno rompeva una pignatta tutti si fermavano, così che il vincitore potesse raccogliere i suoi trofei. Poi riprendeva il chiasso.

«Ah, vedrete che sorpresa! È proprio nell'ultima» disse il sindaco entusiasta.

«Di sicuro ci sarà dell'acqua!» azzardò Infante.

«L'hanno già fatto altri anni. Ma stavolta l'idea è stata più divertente».

«Che cos'è?» domandò Nourissier incuriosito.

Il sindaco si chinò un poco verso di loro e abbassando la voce disse:

«Un gatto».

«Un gatto di pezza?» tornò a domandare il francese.

«Un gatto vivo! Vedrà con che furia uscirà da là dentro».

Il volto dello psichiatra si contrasse e subito si coprì di un rosso intenso. Non fu possibile far nulla per fermarlo quando si precipitò a grandi falcate in mezzo alla piazza. Lì aprì le braccia e diede in un grido potentissimo:

«Basta, fermatevi, selvaggi!».

La gente ammutolì. I concorrenti sollevarono le bende per vedere che cosa stesse succedendo. Allora Nourissier andò diritto all'ultima pignatta che, alto com'era, non ebbe difficoltà a staccare dal cavo. Tolse la tela che faceva da coperchio, e immediatamente un gatto spaventatissimo e accecato dalle luci ne uscì d'un balzo, soffiando, e partì di corsa come se avesse visto il diavolo. La gente, sconcertata, non sapeva come reagire, finché qualcuno si mise a ridere forte e tutti lo seguirono per puro spirito di imitazione. La musica ripartì e riprese la baraonda generale. C'era chi faceva domande, chi rimaneva attonito a guardare Nourissier che se ne stava assorto, a testa bassa. Infante accorse e lo prese per un braccio.

«Su, andiamocene subito».

«Ma, Carlos, hai visto...? Chi se lo sarebbe immaginato...?» balbettava il francese, sconvolto.

Infante insisteva:

«Muoviti».

«È una cosa che...».

«Sta' zitto e vieni con me».

Lo condusse per un vicolo mentre sulla piazza la festa continuava. Camminavano svelti per le strade strette, vuote e spettrali. Erano quasi arrivati alla pensione quando Nourissier si divincolò e disse:

«Lasciami stare! Questo è un paese di bestie, di bestie feroci! Qui non c'è rispetto per niente e per nessuno! Ho bisogno di bere qualcosa».

«Berrai nella mia stanza. Non mi pare il caso di farci vedere in giro, adesso».

Quando furono in camera sua, Infante prese il bicchiere che usava per lavarsi i denti, lo lavò e vi versò un dito di whisky. Lo porse a Nourissier. Poi riempì il suo e lo vuotò in un sorso.

«E bravo, professore, un colpo da maestro! Se fino adesso eravamo riusciti a starcene qui senza farci troppo notare e senza che nessuno se la prendesse con noi, sei riuscito a mandare tutto all'aria. Siamo famosi, mio caro, soprattutto tu. Mi domando come ti chiameranno in paese d'ora in poi: il salvagatti? il guastafeste? il gattaro?».

«Detesto la crudeltà sugli animali!».

«È un mese che sei qui, a confrontarti con le conseguenze disastrose di una guerra civile, a sentire storie spaventose di violenza, torture, fame e morte, e per cosa ti viene in mente di impietosirti? Per un gatto. Adesso questa me la spieghi perché non la capisco».

«Gli animali sono più indifesi degli uomini. E poi cosa posso farci io se siete finiti in una guerra orrenda?».

«Perfetto, questo è il punto! La nostra guerra orrenda, che siamo andati a cercarci da soli. Questo è quel che si è sempre detto fuori di Spagna: lasciamo che quei barbari si ammazzino tra loro, tanto le loro vite non valgono un soldo!».

«Stai travisando. Io stavo parlando degli animali».

«Certo, con gli animali siamo dei selvaggi: corride tutte le domeniche, lanci di capre vive dal campanile di una chiesa, maiali ammazzati come se fosse una festa... E va bene, siamo un paese di selvaggi. Ma tu sei venuto perché ti attirava proprio questo! Banditi, vendette, case saccheggiate! Ti piace la Spagna tipica e adesso l'hai trovata!».

«Non hai nessun diritto di parlarmi così».

«Sì, ce l'ho, sei in camera mia».

Nourissier posò il bicchiere, si alzò bruscamente e uscì, lasciando la porta aperta dietro di sé. Infante andò a chiuderla sbattendola con violenza e si versò un altro whisky. Al diavolo il francese. Cominciava a essere stufo delle sue contraddizioni, della sua sensibilità da signorina, delle sue convinzioni da uomo civilizzato, della sua aria di superiorità. Quella era un'avventura ridicola e non era difficile intuire come sarebbe finita: un bel giorno Nourissier avrebbe capito che quel che riusciva a scoprire non poteva bastare per il suo lavoro e avrebbe deciso di tornarsene a casa prima della scadenza del termine. Tanto meglio! Tre mesi in sua compagnia sarebbero stati insopportabili.

Lo psichiatra entrò in camera sua completamente costernato. Gli scontri di quel genere lo sconvolgevano fino a farlo sentire male fisicamente. Aveva lottato tutta la vita per creare armonia attorno a sé. Persino il suo lavoro consisteva nel ridare equilibrio alle menti disturbate, e nella sfera personale aveva sempre fatto in modo che ogni gesto, anche il più minuto, contribuisse alla pace e alla serenità. Adorava ascoltare musica classica, dedicarsi al giardinaggio, fare lunghe passeggiate in campagna con le sue figlie, discorrere con sua moglie la sera. Tutto ciò contribuiva al suo benessere interiore, gli dava la forza di pensare, di analizzare adeguatamente i problemi. Ma da quando era arrivato in quel disgraziato paese la sua armonia interiore si era infranta; c'era troppa violenza, troppo odio. L'aria stessa che si respirava riusciva ad alterarlo, a far sì che avesse sempre i nervi a fior di pelle. Peccato, pensò, perché quella terra in se stessa era armonica, aveva conosciuto un suo atavico equilibrio fondato su forze indomabili, viscerali, appassionanti. Ma quello non era il suo mondo, lui non apparteneva a una realtà così violenta. Rivide la scena della lite di poco prima e dovette riconoscere che si era lasciato trasportare. Era stato brutale con Infante, lo aveva offeso senza motivo, preso com'era dal malumore che l'aveva travolto per via di quel gatto. Si sentì stupido e colpevole, sentì che doveva chiedere scusa, cercare di ricomporre il dissidio. Forse, se avesse bussato alla sua porta... ma lo spagnolo era testardo, suscettibile, e lento a dimenticare le offese. Ci avrebbe provato comunque, forse sapeva come fare. Uscì in punta di piedi dalla sua stanza e si avvicinò alla porta di Infante. Invece di bussare, diede in un miagolio felino che risuonò in tutta la pensione. Immediatamente il giornalista aprì, ridendo, e gli fece cenno di entrare:

«Faresti meglio a belare, come le pecore, è un ruolo che ti si addice di più».

«Se lo faccio, me lo offri un altro whisky?».

«Vedremo».

Risero come ragazzi, come i due uomini giovani e pieni di vita che erano in realtà. Sedettero di nuovo, Infante riempì i bicchieri.

«Non ti capisco, Lucien, ti avevo sempre ritenuto un tipo equilibrato; eppure ultimamente vedo che hai dei continui sbalzi d'umore, sei perfino diventato drastico nei giudizi».

«Hai ragione, cosa vuoi che ti dica? Hai ragione. Ci pensavo anch'io poco fa: sto cominciando a perdere tutte le virtù che ero riuscito a costruirmi con sforzo nel corso della mia vita».

«Com'è stata la tua vita? Racconta».

«Tranquilla, immagino. Protetta. I miei genitori si amarono fino alla morte. Ho due sorelle e un fratello, tutti più grandi di me. Nella nostra casa regnava la gioia, il rispetto. Erano premiati lo studio, la calma, la sensibilità artistica. Scelsi la professione di mio padre e lui tutelò i miei studi, i miei primi passi nel lavoro. Mi innamorai di una bella donna, la sposai, ho due figlie deliziose. Sembra troppo bello per essere vero, ma è stato così. Sono stato un uomo fortunato, e le sole esperienze negative dell'esistenza le ho conosciute attraverso i miei pazienti».

«Non cambieresti nulla del tuo passato?».

«Non ho mai pensato che qualcosa potesse essere diverso, ho sempre avuto l'impressione di vivere la sola vita possibile per me. Immagino dipenda dal fatto che non ho mai dovuto fare delle scelte».

«Certo, la scelta comporta il rischio dell'errore».

«Sì, ma forse la possibilità di sbagliare può essere uno stimolo».

«Non ne sono così sicuro. Di tutto quello che racconti, proprio il fatto che tu non abbia dovuto scegliere mi sembra la cosa migliore».

«Perché?».

«Perché quando uno sceglie è come se si facesse una fotografia, e da quel giorno si vede sempre così, come ha deciso di essere».

«Non ti capisco. Ma adesso tocca a te. La tua vita, com'è stata?».

«Chi non ha futuro non ha neppure un passato».

«O forse non ne vuole parlare».

«Una cosa del genere».

Nel silenzio tornò a udirsi la musica che giungeva dalla piazza. Si guardarono e si sorrisero.

«Hai liberato un povero gatto, ma ne avranno trovato un altro. È sempre così».

«Lo so» rispose Nourissier, e un'ombra di tristezza gli velò gli occhi.

Tre giorni dopo l'episodio del gatto comparve alla pensione un giovane che voleva parlare con il dottore francese. Infante era uscito, e Nourissier scese a riceverlo. Non sembrava avere più di venticinque anni.

«Sono di una masseria di Vallibona, mi chiamo Manuel» disse per presentarsi. Poi abbassò la voce. «Ho sentito che lei vuole sapere della Pastora».

«Chi le ha detto questo?».

«Non importa. Sono voci che corrono».

«Lei sa dov'è La Pastora?».

«No, non lo sa nessuno. Ma tre anni fa lei e Francisco sono venuti a rubare in casa mia. Le interessa? Se le interessa glielo racconto, ma non qui. Facciamo una passeggiata».

«Aspetti, vado a prendere il giaccone».

Percorsero le vie di La Sénia fino a uscire dal paese. Si inoltrarono negli oliveti. Giunti a una svolta del viottolo, sedettero su un muricciolo.

«Francisco e La Pastora li ha visti arrivare mio fratello piccolo mentre era al pascolo con le pecore. Allora è salito su una roccia e si è messo a cantare forte. Cantava e cantava, ma io non capivo che stava dando l'allarme, era un bambino, credevo che cantasse e basta. Mi si era rotto un pezzo dell'aratro, e così stavo tornando a casa a cercarne un altro. Ma quei due pensarono che avevo sentito il segnale e che andassi a difendere la casa. Vennero e presero mio fratello, e anche mio padre, che lavorava lì intorno. Io tardavo, e allora dissero a mio padre che se non mi vedevano subito gli avrebbero rotto le costole con un bastone che avevano. Poi lo vidi, quel bastone, era grosso come la gamba di un uomo, ma Francisco lo alzava in aria come niente.

«Quando arrivai, mio padre era già più tranquillo. Loro volevano roba da mangiare, mandarono mio padre a prenderla. Io dovevo andare con loro come ostaggio e dopo mi avrebbero lasciato. Non andammo molto lontano, ma avevo paura perché dove andavamo noi tante volte passavano le guardie, e se passavano proprio in quel momento ci avrebbero sparato prima di capire chi eravamo. La Pastora era vestita da uomo, e a me, che la conoscevo da prima, sembrava impossibile che fosse lei».

«Si ricorda di cosa parlavano Francisco e La Pastora fra di loro?».

«Di politica, di Franco, della guerra... quelle cose lì. Ma poi La Pastora mi guardò bene e si mise a chiedermi della gente di Vallibona, dato che anche lei era di lì».

«Che cosa voleva sapere?».

«Come stavano quelli che conosceva. Se la Rosita aveva avuto il bambino, se quell'altra si era sposata... Le cose che si chiedono quando è tanto che non si torna al paese».

«E chiese anche dei suoi parenti?».

Il giovane ci pensò su.

«No, dei suoi parenti no».

«E che faccia aveva mentre parlava con lei?».

«Questo non glielo so dire. Non era una che faceva vedere quello che pensava, ma fin da ragazza ti guardava con certi occhi che non te li scordavi».

«Le teneva il fucile puntato addosso?».

«No, però non lo mollava neppure per pisciare, scusi la parola. Poi mio padre arrivò col pane, il prosciutto, il vino. Allora lei mi fece assaggiare tutto perché aveva paura che fosse roba avvelenata. Come videro che non mi succedeva niente, si buttarono sul pane come cani affamati. Si vedeva che era tanto che non mangiavano. Dopo ci lasciarono andare».

«Ebbe paura?».

«Sì. L'altro non mi faceva paura, ma La Pastora sì. Sembrava che quando meno me lo aspettavo potesse spararmi. Ancora adesso ho paura che torni e ci faccia qualcosa».

«Pensa che sia viva?».

«Certo che è viva! Tutti la pensano così, non solo io. Quelli hanno fatto un mucchio di assalti e la Guardia Civil stava sempre per prenderli e non li prendeva mai, sparivano. La Pastora è stata in montagna tutta la vita, conosce ogni pietra lassù. Tutti sanno che è nascosta da qualche parte. Verrà un giorno che muore, ma quando sarà la sua ora, perché ammazzarla non la ammazza nessuno».

Nourissier aveva preso nota di tutto. Senza l'aiuto di Infante era riuscito ad avere le risposte che gli occorrevano, ma alla fine del colloquio sentì la mancanza della sua guida, perché solo lui poteva dirgli se fosse il caso di dare del denaro a un testimone. Tastò diplomaticamente il terreno:

«Lei avrà avuto delle spese per venire fin qui».

«Sì, qualcosa sì, mi è costato».

«Allora mi permetta di darle un compenso».

Il ragazzo glielo permise e se ne andò contento della generosità del francese. Tornato in camera, Nourissier si mise a ricopiare con ordine tutte le annotazioni prima che i particolari potessero uscirgli di mente. Era stato un incontro fruttuoso. Un aspetto soprattutto era importante: La Pastora non era un'asociale, era riuscita a integrarsi in una rete di rapporti organizzati. Finora lui stesso si era convinto che il rancore fosse l'unico sentimento che poteva provare quella donna. Una persona nelle sue condizioni, malgrado tutti gli affronti che doveva aver subito in una società così primitiva e violenta, era riuscita a farsi degli amici, non era isolata dal mondo. Forse il suo rancore era rivolto unicamente contro la famiglia d'origine, cui non aveva neppure fatto cenno nella sua richiesta di notizie al giovane ostaggio. Nourissier si strofinò la faccia. Era chiaro che doveva saperne di più sull'ambiente familiare di quella donna. Tutte le informazioni raccolte finora riguardavano la sua attività delittuosa. Se ne potevano trarre indicazioni sul suo comportamento; ma il suo lato umano continuava a rimanere in ombra. E poi le parole dell'ultimo testimone confermavano che La Pastora stava diventando un mito, se già non lo era, per la gente di quelle valli. Tutte le testimonianze risultavano contaminate da idee false, da luoghi comuni: l'invincibile donna bandito, la donna delle montagne che nessuno può catturare. Era indispensabile riuscire a ottenere notizie d'altro tipo, su questioni più domestiche, più personali, che delineassero la donna più che la guerrigliera.

Purtroppo Infante si innervosiva ogni volta che ne sentiva parlare, come accadde anche quel pomeriggio, quando Nourissier lo rese partecipe delle sue conclusioni.

«Lo so, Lucien, lo so. Ma se ci avviciniamo a chi l'ha conosciuta da vicino le difficoltà si moltiplicheranno per mille, e anche i rischi. Per ora la Guardia Civil sembra averci catalogati come soggetti scarsamente pericolosi e ci lascia in pace. Ma cosa succederebbe se sapessero che non ci limitiamo a parlare con le vittime della Pastora, ma avviciniamo i suoi supposti amici? Questo farebbe di noi dei sovversivi, addirittura delle spie. Ti ricordo che quella donna è una ricercata».

«Capisco».

«Per non parlare del muro dell'omertà e della paura. Credi che gli amici o i parenti della Pastora vorrebbero parlare con noi? Ci chiuderebbero la porta in faccia».

«Se è così dobbiamo darci per vinti».

«Non ho detto questo. Se proprio bisogna provarci, ci proveremo. Ma allora dobbiamo fare una cosa: dimenticarci della nostra pacifica vita a La Sénia e trasferirci a Morella. Cercheremo alloggio lì e ci resteremo per un po'. Così saremo più vicini a Vallibona, a La Pobla de Benifassá, i posti dove era ben conosciuta quando ancora non portava il fucile in spalla. Te la senti?».

«Chi deve valutare i rischi sei tu. In fin dei conti La Pastora è la mia ossessione, non la tua».

«Se poi mi trovano in un fosso con una pallottola in testa, regala il mio cadavere alla scienza».

«Se invece trovano me, fa' in modo che la mia salma sia rimpatriata».

«Il brutto sarà se ci sparano a tutti e due».

«E allora resteremo lì; ma non preoccuparti, i fossi fioriscono in primavera».

«Perfetto. Dirò alla padrona che domani ce ne andiamo».

Nourissier salì in camera con il cuore stretto. Scherzando si poteva scacciare la paura, finché si era in due, ma poi veniva il momento della solitudine. All'inizio gli era avvenuto spesso di pensare che quell'avventura fosse tutta una finzione; ma ora sentiva che stava lavorando a qualcosa di reale. Doveva andare avanti, malgrado i rischi, anche se non fosse mai riuscito a trovare quella donna, anche se non fosse riuscito a sapere di lei nulla di più di quanto ormai sapeva. Ma sentiva il peso di quella responsabilità, e gli pareva di vivere in uno stato di alienazione. Era ancora lo stesso uomo che era partito da Parigi soltanto un mese prima? Sembrava che avesse abbandonato la sua mente e perfino il suo corpo da un'altra parte. Come se il suo passato appartenesse a un altro, a qualcuno che conosceva bene ma non era lui. Parlando con Infante aveva usato la parola ossessione. In questo si era trasformato il suo interesse professionale, in un'ossessione contro cui non si prendeva neppure la pena di lottare. Si era costruito una vita nuova e provvisoria nell'occhio di un uragano, e aveva bisogno di esercitare più violenza del vento per sentirsi saldo. Non tralasciava mai di telefonare o di scrivere a casa, ma la sua famiglia gli mancava davvero? In fondo le sue figlie, sua moglie, cominciavano ad apparirgli lontane, estranee alla sua nuova realtà. Ebbe paura, e decise di chiamarle quella sera stessa. Sentire le loro voci lo avrebbe aiutato a ricordare i loro volti, dei quali serbava immagini sempre più confuse. Avrebbe detto a Évelyne che l'amava.

Al telefono, avvertì con stupore che sua moglie sembrava aver percepito il suo stato d'animo.

«Perché non torni, Lucien?» gli chiese con voce angosciata. «Ti sento sempre più lontano, come se ci avessi dimenticate. Ormai devi aver raccolto molti dati su quella donna, non pensi che possano bastare? Torna a casa, Lucien. Lo sai che cerco di non interferire mai nel tuo lavoro, ma questa volta è diverso. Tu non sei mai stato tanto accecato da qualcosa, tanto prigioniero di un'idea, tanto inaccessibile. Lascia stare tutto e torna, per favore».

«Su, non abbandonarti alla nostalgia. Sapevi che sarei rimasto qui fino a Natale. Si tratta solo di pazientare un poco, e poi... saremo di nuovo insieme. Va tutto bene, cara, va tutto bene».

Tornato in camera, guardò le montagne scure dietro i vetri. Aprì la finestra lasciando entrare l'aria fresca della campagna. Per un attimo ebbe la sensazione di aver detto la verità. «Va tutto bene, Lucien» ripeté a se stesso. «Va tutto bene».

Seconda parte

È vero che ai tempi della guerra la gente ne ha passate tante, la fame e tante cose brutte. Io no. Non è che stavo bene, ma almeno ero già abituata a certe cose che gli altri neanche si immaginavano. Dormire fuori, per esempio, mangiare quel che capitava, mai un piatto caldo per giorni. E poi io non ero andato al fronte perché ero donna, e a parte che mi hanno ammazzato un fratello, altri morti non ne ho avuti. Io ero sempre in montagna con le pecore di questa o quell'altra masseria, che tanto cambiare padrone non m'importava perché conoscevo tutto e tutti. Ero dura come una pietra, non dico di no, e non sono mai stata malata, mai una febbre, mai un mal di schiena, e dire che di notte c'era umidità.

Tutti lo sapevamo che un giorno o l'altro la guerra doveva finire, e quando poi è finita c'erano quelli che erano contenti perché aveva vinto Franco, e quelli che non erano contenti perché aveva perso la Repubblica, ma stavano un po' meglio tutti perché c'era la pace. Vi ho già detto che di brutte cose ne ho viste, tutti ne hanno viste, ma là dov'ero io la maggior parte delle bestialità che succedevano le sapevo solo perché le raccontavano. Che c'era la guerra si capiva soprattutto da come piangevano le donne. Piangevano e piangevano e raccontavano le disgrazie che erano successe, le canagliate che avevano fatto a un figlio o a un nipote. Tante piangevano perché gli era morto il marito, un fratello, un parente. Faceva male al cuore sentirle.

Io lavoravo, e non solo da pastora. Filavo la lana e dicevano che ero brava, mi chiamavano un po' qua un po' là, e così guadagnavo qualcosa. Dopo la guerra mi chiamavano anche per far legna, perché bisognava andarla a prendere su in montagna. Il carbone costava caro e si bruciava la legna. Per me non era pesante perché al pascolo avevo tempo per riposare. E poi mi piaceva perché mi ero messa in testa una cosa importante e dovevo risparmiare. Ne ho fatti di sacrifici; nel '44 avevo ventisette anni, e avevo già messo da parte un bel po'. Spendevo poco o niente, un vestito all'anno, non ero vanitosa, e alle feste prendevo solo un bicchiere, dolci e capricci neanche a parlarne. C'era gente che teneva i soldi nel materasso, dicevano che era il posto più sicuro. Per me era più sicuro sotto una pietra, fuori da La Pobla de Benifassá. Lì non li trovava nessuno, anche se si mettevano in cento a cercarli.

E adesso vi dico perché facevo tanti sacrifici. Lo vede questo segno che ho qui? È il segno di un'operazione. Per questo mettevo via i soldi, per pagare il dottore e operarmi. Ero nata col labbro diviso, leporino dicevano i dottori. Era come tagliato, tutto girato, mi faceva la faccia strana. Mi era venuto il complesso. Già non ero tanto bella come donna, mancava solo quel difetto, e per di più che non parlavo bene. Emilia, la mia amica, quella che era rimasta vedova, si era messa a fare la pescivendola, e por-

tava il pesce al dottore di Rossell, che operava questo labbro leporino. L'aveva già fatto a tanti nella valle, e non si vedeva quasi niente. Quando ho avuto i soldi ci sono andata. Si chiamava Sáiz Muñoz, era di Valenza, una brava persona, gli piaceva scherzare. Lui mi dice che va bene, che mi opera, doveva fare un raschiamento e poi cucire così si chiudeva bene. Diceva che poi diventavo bella e bisognava trovarmi lo sposo. Quel giorno c'era lì anche Faustino, dell'Hostalás. Il dottore si volta e fa: «Ecco, questo è proprio lo sposo che ti ci vuole». E Faustino diceva: «No, che io non mi voglio sposare». Sfido, poverino, era più basso di me! Gli facevo paura. Che risate quella volta. Poi il dottore mi ha operata e ha fatto un bel lavoro. Che bel lavoro che ha fatto! Stavo proprio bene. Non da trovare marito, che a me non si è mai avvicinato nessuno in vita mia, nessuno mi ha mai voluta neanche per scherzo. Ma almeno nessuno si accorgeva di quel difetto che avevo avuto e che mi ero fatta operare.

Ero contenta come una Pasqua. Io, che non mi guardavo mai allo specchio, me ne sono comprato uno al mercato e non la finivo più di guardarmi la bocca. Allora mi è venuta voglia di farmi la fotografia per mandarla a mio fratello Juan che stava in Francia. Volevo che fosse orgoglioso di me, che vedesse che ero cambiata e non ero più la bambina brutta che aveva lasciato a Els Ports. Così sono andata giù a Rossell. Mi ero messa un vestito che mi stava bene: nero, con una fibbia nella parte davanti che brillava, tutto elegante. Era venuta anche l'Emilia a scegliere, quando ero andata dalla sarta. E allora mi sono messa quel vestito per andare a Rossell e ho detto all'Emilia che volevo anche andare dalla pettinatrice e farmi la permanente. Non lo sapevo dove andare, perché dalla pettinatrice non c'ero mai stata, e lei mi ha detto di andare dalla Aguideta, cosa le dovevo dire e quanto dovevo pagare. Io non sapevo niente. La Aguideta era piccolina e a momenti non mi parlava. Mi guardava con una faccia che sembrava avesse paura a toccarmi. Sempre la stessa storia! Certe volte mi faceva anche comodo, ma certe volte non era mica facile. «Guarda che non ti mangio mica» veniva voglia di dire.

Però alla fine mi ha fatto la permanente e sono uscita di lì tutta elegante, col vestito nuovo e il labbro operato. Bisogna proprio dire che facevo una gran figura. Così sono andata al mercato e mi sono fatta fare il ritratto. Il sabato dopo, quando sono andata a prenderlo sono rimasta molto contenta, anche il vestito risaltava bene. Mi ero fatta scrivere una lettera per mio fratello, dalla Pepita la d'en Fornell che era andata a scuola. Gli dicevo che di salute stavo bene, che ero contenta, che avevo tanta voglia di vederlo e lo pensavo sempre. E poi gli dicevo dell'operazione, che vedesse com'ero venuta bella nella fotografia. Poi ho messo la fotografia nella busta e l'ho spedita in Francia. Una cosa così non l'avevo mai fatta. Sono cose che si fanno da giovani.

Ero rimasta amica con quel dottore, nessuno mi aveva mai trattata bene come lui, e quando andavo a Rossell passavo sempre a trovarlo. Mi facevo accompagnare dall'Emilia perché mi vergognavo e gli portavo dei piccoli regali: certe matasse di lana che avevo filato, di quella più fine. E stavo attenta a essere sempre in ordine, mica dove-

va pensare che mi aveva operata per niente. Mi uscivano i baffi, e allora me li strappavo, pelo dopo pelo, col dito poggiato contro la lama del coltello. L'Emilia mi voleva bene. Se restavo tutto il giorno da lei non voleva che andassi via da sola col buio e allora mi dava da dormire nel fienile, così stavo ben calda. Una mattina che andava via presto a vendere il pesce, è entrata lì nel fienile e mi ha vista che mi levavo i baffi. Ha fatto finta di niente, e anch'io. Non mi ha detto mai niente. Forse pensava che tanto io ero così e non c'era bisogno di farmi vergognare. Mi voleva bene, l'Emilia, e anche a lei portavo la lana per fare la maglia. Peccato che una così brava donna abbia fatto la vita che ha fatto, vedova tanto presto, con tutti quei figli... Dopo, quando sono andata coi partigiani non le ho mai chiesto niente, per non farle passare dei guai. E se ci penso devo dire che chiedere, quel che si dice chiedere, non ho mai chiesto niente a nessuno. Ti devi arrangiare da te, una volta che hai deciso una cosa. E poi io da sola stavo bene, sarà che ero abituata. Certo, a quei tempi avevo i cani. Erano due, grossi e robusti, e più furbi dei cristiani. Mi venivano dietro dappertutto. Li avevo presi da piccoli, se non li prendevo io li ammazzavano. E non mi sono mai pentita. Certe volte mi sono tolta il pane di bocca per darlo a loro. Un cane ti vede come sei, e non gli importa se sei uomo o donna.

Nourissier fu molto colpito alla vista di Morella: l'imponenza della sua alta rocca, le antiche mura di pietra, il paesaggio che la circondava. Avvicinarsi a Morella era come approdare al cuore di un territorio misterioso. Ma l'inaccessibilità della fortezza lo inquietò, quasi volesse suggerirgli che quello che cercava era inavvicinabile, segreto. L'analogia fra la città chiusa fra le mura e la chiusura dei suoi abitanti non era così fuori luogo, ma Infante non si mostrò disposto a considerarla.

«Fesserie» disse. «Tutte impressioni tue».

Quella zona lui la conosceva molto meno dei luoghi che avevano lasciato, ma certo non lo avrebbe mai ammesso davanti a Nourissier. Tanto più che l'idea di affrontare una nuova tappa lo tirava su di morale. Aveva cominciato a stancarsi dopo tanti giorni passati a La Sénia. Gli piaceva cambiare, se non altro scenografia. Non era mai stato capace di rimanere fermo troppo a lungo, forse per questo era uno scrittore mancato, si diceva. Per approfondire una storia, un argomento, è meglio essere sedentari, saper perseverare, non arrendersi ai passi falsi o alla mancanza di ispirazione. Di romanzi ne aveva cominciati tanti, ogni volta con grande entusiasmo. Ottimista e sicuro che nessuna difficoltà lo avrebbe fermato, si sentiva capace di inventare, di organizzare, di giocare con le parole, di architettare macchine narrative appassionanti. Ma ogni volta, superata la soglia delle cento pagine, il suo slancio veniva meno. Cominciava ad assalirlo la noia, avere sempre a che fare con gli stessi personaggi lo stancava e ciò che aveva scritto fino a quel momento gli appariva di colpo superficiale, ripetitivo, prevedibile. A quel punto cadeva in una sorta di paralisi, e scrivere gli era del tutto impossibile. Era come se la sua immaginazione si fosse prosciugata, come se non avesse più nulla da dire. Le prime volte aveva attribuito quell'inaridimento ai temi che aveva scelto. Forse non erano abbastanza importanti, forse erano già troppo triti per eccitare la sua mente nel modo giusto. Poi aveva pensato che se c'era una qualità che gli mancava per diventare un vero romanziere era la fiducia in se stesso. E a questo, con l'impegno, avrebbe potuto rimediare. Più tardi, però, era giunto a conclusioni più pessimistiche: non era una sola la qualità che gli mancava, erano molte. Non aveva abbastanza inventiva, senso poetico, profondità, spirito di osservazione. In una parola: non aveva talento. Quell'analisi demolitiva della sua vocazione l'aveva condotto al disprezzo di sé. Se non poteva essere uno scrittore, nessun'altra carriera avrebbe mai destato il suo entusiasmo. Certamente non sarebbe stato un buon insegnante, né un buon giornalista. Avrebbe lavorato per tirare avanti, e basta. Una sola cosa sfuggiva al rigore della sua autocritica: se non altro si era reso conto di essere un incapace e aveva avuto il coraggio di ammetterlo. Molti imbecilli incolpano il mondo dei loro fallimenti. E molti scrivono libri che oscillano fra la perfetta idiozia e il plagio, e hanno addirittura il coraggio di vantarsi di quella che chiamano la loro «opera». Gente da commiserare. Lui non era così, non lo sarebbe mai stato. Era meglio vivere con un paio di solide certezze, per quanto amare, che con la testa piena di vane illusioni. E aveva imparato ad applicare questa filosofia a tutti gli ambiti della vita: se non speri in nulla, nulla ti deluderà. Con un po' di allenamento era possibile sviluppare una tale indifferenza nei confronti del mondo da ritrovarsi pressoché al riparo da qualunque dolore. In fondo, lui era orgoglioso di come viveva.

Ma Nourissier sembrava davvero preoccupato.

«Smettila di tormentarti! Che la città ti appaia ermetica, va bene. Ma questo non vuol dire che per noi lo sarà. Il tuo è un atteggiamento molto poco scientifico».

«E invece io temo che quelle mura nascondano molte cose».

«Le aprirò a cannonate affinché possiamo penetrarvi. E se non hai fiducia in me, cerca di averne almeno nella provvidenza».

«Questo sì che sarebbe poco scientifico!».

La pensione era più grande e più confortevole di quella che avevano lasciato. In tutte le stanze c'erano uno scrittoio, una stufa elettrica, robusti mobili di legno e abbondanza di coperte e trapunte. Le finestre davano sui campi che si estendevano sul retro. Nourissier provò una certa malinconia ripensando alla sua casa, ma subito si consolò pensando alla tranquillità che quel luogo gli avrebbe offerto per lavorare.

Una volta sistemati, uscirono a fare una passeggiata sotto i portici della via principale, dove furono oggetto dei primi sguardi curiosi. Ma a Morella c'era molta gente di passaggio: escursionisti, villeggianti, viaggiatori di commercio... Presto quella curiosità avrebbe ceduto all'abitudine.

«Che te ne è parso della signora della pensione?» domandò Infante nel tentativo di cancellare l'espressione cupa sul volto del francese.

«Bene».

«Mi ha promesso che per cena penserà lei a prepararci qualcosa di leggero. Niente sanguinacci o salsicce. E avremo spremuta d'arancia a colazione. Proprio come piace a te, Lucien!».

«Non calarmi nella parte del bambino capriccioso. Un'alimentazione corretta è importante per la salute».

«E l'alimentazione di noi spagnoli ti sembra una barbarie».

«Quella che impera da queste parti, sì».

«Però in Spagna non si cucina col burro, ma con l'olio d'oliva, che è più sano».

«Hai ragione».

«Non hai mai pensato di venire a vivere in Spagna, dal momento che tua madre era di qui?».

«Fu lei a sconsigliarmelo, pur amando il suo paese con tutta l'anima».

«È stata lei a dirti che noi spagnoli siamo crudeli?».

«No, mi diceva che siete rigidi e bigotti. Che pensate sempre alla colpa, al peccato, al destino, alla morte. Che siete tragici. Ed era convinta che fosse un bene essere un po' più frivoli, cercare la felicità in questa vita, godere dei piaceri della natura, della buona tavola, dell'amore».

«Tua madre aveva ragione».

«Eppure diceva che la Spagna è un grande paese per l'arte, l'ironia, la passione».

«Che fortuna avere una madre come la tua! La mia non mi parlava mai di quello che pensava. A dire il vero parlava pochissimo e ogni volta finiva per dirmi la stessa cosa: "Carlos, tu non combinerai mai niente nella vita, vedrai"».

Nourissier, imbarazzato, si sentì tenuto a rimediare: «È evidente che sbagliava».

«È evidente che era una donna saggia, e che aveva ragione. E su questo punto ti prego di non contraddirmi, sarebbe molto scortese da parte tua».

Finita la guerra, io lavoravo sempre con le pecore, come prima. Proprio come prima no, era più difficile guadagnarsi il pane perché molti uomini o erano morti o erano in prigione. Dovevano lavorare le donne, come asine, e loro non avevano la forza per fare tante cose. Io andavo un po' di qua un po' di là, dove mi volevano, sempre dalle parti di Vallibona. Cambiare posto non m'importava e così avevo sempre dove andare. E poi mi prendevano perché ero forte come un uomo. Lo dicevano tutti che come lavoravo io non lavorava nessuno. Tra che mancavano gli uomini e che io potevo fare quel che facevano loro, tutti mi conoscevano ed erano contenti di me. Quello che ho fatto io in quegli anni non ce n'è molti che l'hanno fatto! A parte pascolare le bestie, andavo a far legna, la portavo fino alle masserie. Aravo i campi coi muli, facevo il grano e lo portavo al mulino del Boixar o al mulino dell'Abat, facevo il raccolto delle patate, portavo io sacchi sulle spalle... Nemmeno una bestia lavora tanto senza stancarsi.

Tutto quell'andare da una parte all'altra finì quando mi presero alla masseria El Cabanil, a La Pobla de Benifassá. Lì i padroni erano fratello e sorella, José e María Abel-

lá. Avevano tanta terra, a vigna e a grano. Io davo una mano quando c'era bisogno, però anche lì stavo di più dietro alle pecore. Tutti gli uomini della famiglia erano in prigione perché erano stati coi rossi. Al Cabanil mi presero nel 1944, che avevo ventisette anni. Chiesi il mensile e dodici giorni liberi l'anno, come si usava allora. Con quel che riuscivo a mettere via mi comprai quindici pecore, e la padrona me le lasciava portare al pascolo con le sue. Era una brava donna e mi trattava bene. E poi io da sola tiravo su dei sacchi che di solito ci volevano due uomini. Me li buttavo in spalla e li caricavo sul mulo come niente. E poi ero una donna, e nelle masserie dove c'erano solo donne se prendevano a lavorare un uomo potevano succedere dei guai. La María mi lasciava anche piantare un piccolo orto. Io facevo venir su i cavoli da foraggio, per gli agnelli; e zucche, però ne mettevo poche così venivano grosse. Mi piacevano le cose grandi. Certe zucche giganti. Una volta per caricarne una da portare al mercato c'è voluto un carro, tanto era grossa. Non so perché mi piaceva far venir su certe cose tanto grandi. Magari per far vedere alla gente di cosa ero capace.

I giorni di festa giocavo col bambino che c'era in casa. Me lo mettevo in spalla e trottavo. Erano da sentire gli strilli che faceva, dal tanto che gli piaceva stare insieme a me.

In tutti quegli anni non spendevo niente, facevo sacrifici e risparmiavo, e quello che riuscivo a mettere via lo prestavo. La gente aveva bisogno di soldi, e mi dava dei pagherò, da venti, da quaranta pesetas... Non ho mai avuto problemi, pagavano tutti quand'era ora e io stavo tranquilla.

Ogni tanto venivano i partigiani. Quando ero su in montagna venivano a trovarmi e a farmi compagnia. Non mi facevano paura, nemmeno la prima volta. Sapevo chi erano e perché facevano quel che facevano, lo sentivo dire in paese. A me la politica non interessava, per me quella era gente che stava in montagna e basta, e campava come poteva, ma non mi davano nessun fastidio. Non mi passava per la testa di denunciarli, perché non mi avevano mai fatto niente. A quei tempi ne conoscevo parecchi. Venivano a chiacchierare con me perché erano soli anche loro, e di compagnia c'è sempre bisogno. Così si facevano due parole, si rideva e delle volte mi davano da bere il vino che avevano nell'otre. A poco a poco eravamo diventati abbastanza amici e mi chiedevano se gli facevo il favore di comprare delle cose quando scendevo a La Pobla. Certo che comprare per loro era un rischio, ma loro mi davano dei soldi in cambio del favore. Dicevano che erano partigiani, dell'Agla, che combattevano contro la dittatura di Franco, che il mondo prima o poi avrebbe capito quel che succedeva in Spagna, che Franco doveva cadere, e che quel giorno loro sarebbero stati lì, in prima fila. Mi dicevano che da quel giorno in poi tutto doveva essere diverso, che la gente come me sarebbe stata meglio perché non dovevano più esserci né ricchi né poveri. Tutti sarebbero andati a scuola, e tutti avrebbero saputo leggere e scrivere. Io li lasciavo parlare, ma quel che dicevano mi sembrava molto difficile, quasi impossibile che succedesse. Però se ci pensavi bene capivi che quello che volevano era giusto. Mi sembrava strana anche solo l'idea che una come me poteva leggere e scrivere, però non era nemmeno una cosa dell'altro mondo. A scuola non ero andata, ma tanti che c'erano andati avevano imparato.

Solo nel '48, mi pare, quando le bande partigiane erano già più organizzate, vennero da me una sera nel capanno. Erano in tanti, certi non li avevo mai visti: Valencià, Tío Pito, Andaluz, Ventura, Rubén... Era la prima volta che mi chiedevano una cosa che non era solo far commissioni in paese. «Dacci da cenare, Pastora, che abbiamo fame ed è tanto che non mettiamo nello stomaco niente di caldo». Minestra, uova, un po' di pancetta, era quel che potevo dare, ma loro sono rimasti contenti. Poi però mi hanno minacciata, che se non stavo zitta, che se li denunciavo... A me non è piaciuto per niente. Perché mi minacciavano se erano venuti tante volte e non li avevo mai denunciati? Dovevano saperlo che io non ero il tipo da andare dalle guardie. La settimana dopo vengono di nuovo e mi chiedono di nuovo da cenare. Io non dico niente, perché erano in tanti, anche se quella volta non mi hanno minacciata. Alla fine della cena, però, mi danno un biglietto per Francisco Gisbert, il marito della padrona del Cabanil, che ormai era tornato a casa. Volevano che comprasse riso, pasta, farina e vino. Era tanta roba, e doveva comprare tutto lui. Loro mettevano i soldi. E dovevo dirgli che se non teneva la bocca chiusa sarebbero andati direttamente a casa sua. Io feci quello che volevano loro, diedi il biglietto a Gisbert e lui andò a comprare tutto. Tornarono altre volte, ed era sempre Gisbert a comprare per loro. Ormai erano d'accordo. Ma come poi è finita quella storia ve lo racconto dopo.

Però mentre succedevano queste cose io facevo la solita vita. Non avevo paura, non l'ho mai avuta. Nei giorni di festa andavo ancora al Sindacato, che da quando c'era Franco si chiamava «La Società». Lì c'erano gli altri pastori, i lavoranti... Si giocava a carte, si prendeva un cognac. Mi lasciavano entrare anche se ero una donna.

Alle feste di La Pobla de Benifassá ne combinavo certe che magari se le ricordano ancora adesso. Un giorno, per il gioco della pignatta, mi sono offerta di fare l'asino e Nelo di Setrels mi è montato sulle spalle. Il Nelo era uno che coi muli trascinava i tronchi su in montagna. Uno che gli piaceva ridere e scherzare, come piaceva a me. E così ci bendano tutti e due, lui prende il bastone, me lo carico in spalla e partiamo. La pignatta non la becca al primo colpo, e noi ci riproviamo. La gente si buttava per terra dal ridere a vedere me con le sottane lunghe che facevo avanti e indietro con in groppa quello là. E dài, e dài, la pignatta si rompe, e tutto il paese batteva le mani. A me piaceva così, se ridevano quando volevo io e non quando volevano loro. E mi piaceva se mi guardavano quando volevo io. Una volta alla festa del Boixar ci sono andata tutta vestita di rosso. Io che ero sempre vestita di nero o di blu scuro perché non volevo farmi vedere. Ma quella volta alla festa ci sono andata vestita di rosso, sottana, camicetta, tutto, meno le scarpe, che quelle non ero riuscita a trovarle. Era una fissa che mi era venuta, tanto per fare un po' di cinema e vedere chi era il furbo che provava a dire qualcosa. A quei tempi, questo lo posso dire, mi piaceva provocare, mica sempre, solo ogni tanto, per essere sicura che nessuno aveva il coraggio di farmi uno scherzo che a me non andava. Quella volta al Boixar è venuta su una bella confusione, altroché! La gente correva per ve-

dermi, vestita di rosso, e io tutta tranquilla che era un piacere. Venivano lì e guardavano, la sottana, la camicetta, tutto quanto. E io che facevo: «Cos'ho, il diavolo dipinto in faccia? Non l'avete mai vista una donna vestita di rosso?». E loro: «No, Tereseta, no, non te la prendere, solo che tanto elegante non ti avevamo vista mai, però ti sta bene!». Non una parola di più, non una risatina di quelle che ti fanno venire il voltastomaco. Ormai lo sapevano che con me non c'era tanto da far gli spiritosi. E non è che mi fosse capitato così tanto di menar le mani, ma è più forte la fama delle botte, alle volte.

Mi ricordo di un'altra cosa che vi farà ridere. A quei tempi, alla festa di San Bartomeu del Boixar veniva il prete di La Pobla de Benifassá a dir messa e a dare la benedizione, perché al Boixar la parrocchia non c'era. Veniva a cavallo, con la sottana tirata su per non sporcarsela. E dopo le funzioni rimaneva anche al ballo. Quella volta, in piazza, c'erano tutti che ballavano, meno io e il prete. E dato che mi ero già bevuta un paio di cognac ed ero allegra, mi salta il ticchio e gli dico, al prete: «Don Vicent, cosa ne dice se ci mettiamo a ballare insieme io e lei?». Il prete, che era una brava persona e aveva già i suoi anni, non si arrabbia per niente, anzi, gli viene da ridere. E mi dice: «Mi sa che non faremmo tanto una bella coppia io e te, portiamo la sottana tutti e due». E allora io: «Non si preoccupi su, che io porto anche i pantaloni», e senza stare a pensarci mi alzo il vestito e gli mostro i pantaloni corti che mettevo di sotto, fatti come quelli dei bambini. Non vi dico che cancan venne fuori! Tutti quelli che avevano visto si son piegati in due dal ride-

re, le donne strillavano, battevano le mani. Un gran divertimento, e il povero prete che diceva: «Ahi, Tereseta, tu sei matta da legare!».

E così andava la mia vita. Si può dire che ero felice? Forse no. Ero molto sola. Non avevo niente di quello che tutte le donne volevano: un marito, una casa, dei figli... Io lo sapevo che quelle cose non le potevo avere. Ma a pensarci bene ne avevo tante altre: la salute, il lavoro, dei risparmi, e il rispetto della gente che ormai non rideva più di me. In fondo, stavo bene. Tanto si sa che i poveri non possono chiedere di più. Mi accontentavo, e se c'era una cosa che volevo, forse era imparare a leggere e scrivere. Me l'avevano messa in testa i partigiani, perché se no...

A Morella i bar erano due, e la mattina c'era molta vita nelle strade. Ma Nourissier non si lasciava influenzare dall'ambiente, se ne stava chiuso come al solito nella sua stanza a lavorare. Infante preparava il terreno. Non solo giocava le sue carte, ma metteva in giro la voce che lavorava con uno studioso interessato alle storie dei banditi celebri nella regione. Come scusa poteva andare, e prima o poi qualcuno avrebbe abboccato all'amo. Girando per i bar, le botteghe, il mercato, Infante parlava con la gente.

Il primo risultato non fu esattamente quello che si augurava. Due giorni dopo le sue prime ricognizioni, si presentò alla pensione un certo tenente Álvarez della Guardia Civil che chiese di lui e di Nourissier. Alto, ben piantato, sulla quarantina, rappresentava la massima autorità delle forze dell'ordine in paese. Volle sapere che cosa facessero di preciso, quanto tempo intendessero trattenersi in paese, se gradissero il soggiorno; nulla che a Infante potesse apparire insolito. Eppure non parve molto soddisfatto delle loro spiegazioni. Che gli studi del francese riguardassero il fenomeno del banditismo evidentemente lo insospettiva. Chiese i documenti di entrambi, li esaminò, e nel restituirli disse:

«Mi piacerebbe fare una breve conversazione con voi in caserma».

«Ma certo, siamo a sua disposizione» rispose Infante fingendo di prendere la cosa con tranquillità.

«Ci sono forse dei problemi?» domandò Nourissier in tono glaciale.

«Assolutamente no, signori, ve lo assicuro!».

«Può telefonare all'ambasciata di Francia a Madrid, se avesse qualche dubbio sulla mia identità».

«Non mi fraintenda. Ho detto conversazione, non interrogatorio. E ho detto in caserma perché lì ho il mio ufficio. E poi, quali problemi dovrebbero esserci? Sono soltanto curioso di sapere che cosa ci sia di tanto interessante in questo fenomeno del banditismo come lo chiama lei. Avrei potuto chiedervi di parlarne al bar».

«Mi pare un'ottima idea. Se permette, tenente, saremmo onorati di poterla invitare noi. Che gliene pare se ci vediamo per un aperitivo al bar all'ingresso del paese? La aspettiamo con piacere a mezzogiorno».

Appena il tenente se ne fu andato, Nourissier, perplesso, si rivolse a Infante:

«Non ti capisco».

«Cosa volevi, andare a parlare nel suo ufficio, dove comanda lui? Rifiutare di vederlo? Se non altro abbiamo guadagnato un'ora per metterci d'accordo su quel che conviene dire».

Salirono nella camera di Infante, sedettero sul letto.

Il giornalista si versò da bere, Nourissier preferì non fargli compagnia.

«Che cosa sai del banditismo in Spagna?».

«Niente».

«Tua madre, quand'eri piccolo, non te le raccontava le famose storie di Luis Candelas e del brigante Panchampla?».

«Mai».

«Non facciamoci prendere dal panico. Se ti fa delle domande, tu parlagli della psicologia dei criminali. Io cercherò di intervenire».

«Magari mi bevo qualcosa anch'io».

Andarono all'appuntamento e ben presto capirono che c'era qualcosa sotto. Nourissier snocciolava tutto il suo sapere sulla psiche criminale ma il tenente non lo ascoltava neppure. Certo non era lì perché desiderava ampliare i propri orizzonti culturali. Il tenente Álvarez sospettava di loro. Sembrava quasi che si divertisse a tenerli sulla corda. Ci volle una buona mezz'ora prima che si decidesse a dire la sua:

«Vedo, dottore, che lei è un esperto, e tutto quello che dice mi pare molto interessante. La pregherei solo, quando scriverà il suo libro, di non mettere in cattiva luce la Spagna».

«Nulla di più lontano dalle mie intenzioni».

«Lo so. Ma troppo spesso all'estero noi spagnoli non siamo ben visti. Si dicono tante cose, tante falsità... Per fortuna dalla fine della guerra tutto è cambiato. Grazie al Generalissimo abbiamo ritrovato la pace e la prosperità, e possiamo convivere senza problemi. Quindi ci dà molto fastidio che girino voci tendenziose».

Nourissier rispose perfino a voce più alta del normale, per non mostrarsi in alcun modo intimidito:

«Non capisco che cosa la induca a pensare che io, con le mie ricerche, possa gettare discredito sul governo del suo paese».

«Lei sa bene a cosa mi riferisco. Questa storia del banditismo si presta a ragionamenti sbagliati: l'idea che i banditi rubassero ai ricchi per dare ai poveri, l'impegno della Guardia Civil inteso come repressione...».

Infante provvide a intervenire prima che lo psichiatra potesse rispondere.

«Ma gli studi del professore vertono unicamente su temi di interesse medico, considerano i banditi come casi clinici, a prescindere dalla loro nazionalità».

«Capisco. Ma prendete quello che ho detto come un avvertimento. Lei lo sa che cosa intendo perché è spagnolo. Di dov'è lei?».

«Di Barcellona».

«Ah, una bella provincia! In questo caso non è necessario insistere, sa bene come stanno le cose qui».

«Le assicuro che non ci saranno problemi, tenente, può stare tranquillo».

Álvarez si alzò, fece il saluto militare e uscì con un sorriso di superiorità. Infante posò una mano sul braccio di Nourissier.

«Non dire niente e non muoverti» gli disse. «Adesso ci ordiniamo un'altra birra, ce la beviamo con calma e poi torniamo alla pensione».

«Preferirei fare una passeggiata in campagna, mi sento soffocare».

«Controllati, Lucien. Ci andremo più tardi».

Bevvero in silenzio. La ragazza del bar, molto carina, stava facendo le pulizie con gesti meccanici. Erano gli unici due clienti rimasti. Solo quando ebbero finito di bere se ne andarono. Si avviarono lungo la strada che portava fuori dal paese. La gente li guardava, ma ormai a questo erano abituati.

Quando furono in aperta campagna, Nourissier rivolse la faccia al sole. Era una giornata fredda, e quel poco di calore lo rianimò. Avrebbe voluto cancellare dalla mente l'oppressione di quell'incontro. Lasciò il viottolo sterrato e sedette a terra, l'erba era asciutta.

«L'avrei volentieri ammazzato» disse. «Non avevo mai provato in vita mia l'istinto di uccidere qualcuno, ma questa volta sì. Per fortuna c'eri tu, a inchinarti davanti a quel bastardo».

«Se speri di offendermi con queste tue affermazioni, e vuoi litigare per farti passare il cattivo umore, ti stai sbagliando».

«Scusa».

«Lo sai che l'eroismo non è per me. Quel gran figlio di puttana di Franco può morirsene tranquillo nel suo letto, per quanto mi riguarda».

«Non sopporto queste cose. Mi domando dove sia finito il mio equilibrio emotivo, sento montare dentro di me una violenza che non riconosco come mia. Credi che la Spagna mi abbia reso più passionale?».

«Forse sei sempre stato così, solo che non hai mai avuto modo di accorgertene».

«Ma ci sono stati momenti difficili anche in Francia, durante la guerra: traditori, collaborazionisti... Solo che lì era tutto più chiaro: il nemico veniva da fuori e rappresentava il male. E poi, lì abbiamo vinto noi».

«Poi di colpo ti imbatti nella Pastora e il mondo ti crolla addosso».

«Comincio a domandarmi anch'io se non sia così».

«Questo dimostra che sei sempre stato un'anima candida, vissuta al riparo dalla triste realtà in mezzo alla quale io sono cresciuto. Che ingiustizia! In fondo il tenente ha ragione, sei solo uno straniero viziato che viene a vivere le sue esperienze forti ficcando il naso in un paese che a noi va benissimo così com'è».

«Ritira quello che hai detto, *salaud*!».

Nourissier afferrò le gambe di Infante, che era rimasto in piedi, facendolo cadere. Entrambi rotolarono sull'erba, ridendo e prendendosi a pugni, senza farsi alcun male, sui giacconi pesanti. Continuarono così per un bel pezzo, come bambini, finché la collera e la frustrazione accumulate nelle ultime ore non svaporarono nell'aria gelida e luminosa.

Quella sera, mentre cenavano alla pensione, accompagnati unicamente dal ticchettio del vecchio orologio a muro, Infante alzò gli occhi dal piatto per fissarli in quelli di Nourissier:

«A questo punto l'avrai capito che l'idea di incontrare personalmente La Pastora si fa sempre più inverosimile. Quel tenente ci complicherà la vita più che potrà. Vuoi che lasciamo perdere? Ti libero dal nostro accordo. Forse la scelta più sensata è che tu te ne torni in Francia e non se ne parli più».

«Me l'hai già detto altre volte. Ma ormai ho imparato da te che quando si vive senza speranza l'ultima cosa da fare è perdere la speranza».

«Mi pare logico che da me tu abbia imparato una contraddizione».

«Cominciano a piacermi le contraddizioni».

«E va bene. Qualunque sia il motivo che ti spinge ad andare avanti, andremo avanti. Anche se credo che ci convenga lasciare Morella al più presto. Con quell'Álvarez alle calcagna qui non si può stare tranquilli. Se sei d'accordo, rimaniamo altri due giorni, solo per non dare l'idea che stiamo scappando, e poi ce ne andiamo da un'altra parte. Penserò io dove».

«Come vuoi».

Ma non fu così. Non se ne andarono. Il giorno dopo fece la sua comparsa don Eusebio Santillana, giudice istruttore in pensione, e quel che aveva da offrire valeva bene il rischio di non abbandonare il campo.

Il fatto che vi racconto adesso magari l'avete già sentito. E avrete anche sentito che nessuno sa, e nessuno veramente ha mai saputo, se sono un uomo o una donna. Sono nato malformato, l'ho già detto prima. Non vi faccio vedere, perché ho la mia dignità. Mia madre, vi ho detto anche questo, come mi vide la prima volta pensò che era meglio per me vivere da donna. E da donna ho vissuto per molto tempo, anche se mi sentivo uomo. La gente voleva sempre guardarmi lì, ma nessuno c'è mai riuscito perché sapevo difendermi. «Cos'hai tra le gambe, Pastora, che cos'hai lì?». Però nessuno ha mai visto, mai. Da quando ho avuto l'uso della ragione nessuno si è mai permesso di guardare dove non doveva. Diventavo una bestia, ero capace di mordere, ero capace di strangolare, perfino di ammazzare, ero capace. Ma di morire non ero capace. Mi piaceva troppo la vita ed ero viva anche quel pomeriggio. Me la sono fatta la domanda, quando li ho avuti tutti intorno, mi son detta: «Vale la pena di morire, Teresa?». E mi sono risposta di no, mi conveniva restare viva, starmene in montagna con le mie pecore, vedere l'alba, bermi qualche cognac, ridere alle feste. No, morire no, non valeva la pena. E non mi sono fatta ammazzare.

Era un pomeriggio che faceva molto freddo. Aveva nevicato e c'era neve dappertutto, anche sugli alberi, era tutto bianco, con la poca luce che andava via a quell'ora. Io scendevo giù, le pecore le avevo lasciate al coperto, tanto con la neve non gelavano. Ero rimasta più di quanto dovevo e scendevo in fretta per non farmi prendere dal buio. E a un certo punto li ho visti, lì che mi aspettavano, i civiles *con le mantelle lunghe e due del paese coi berretti fin sugli occhi. Pestavano i piedi per non gelare, gli usciva il fumo dalla bocca tanto faceva freddo. Ridevano, e allora ho capito quello che volevano, ma ho continuato a scendere giù, mica potevo far diversamente.*

Li conoscevo tutti. C'era il tenente Mangas, che era il comandante di Morella, ma lo vedevamo spesso anche da noi perché certe volte di notte si fermava a dormire alla casa del popolo di Vallibona. La gente diceva che era un cagasotto, scusate l'espressione, perché coi partigiani aveva più paura che vergogna. Ma io non lo so se era vero, perché i civiles *erano tutti così. Che se lui aveva più paura degli altri, era tutto da vedere. Quel giorno faceva il galletto, col frustino in mano. Era alto, del tipo come piacciono alle donne. C'erano cinque guardie con lui, certi li conoscevo e certi no, ma tutti erano di Morella. E poi c'erano quelli in borghese, quelli sì che li conoscevo bene, li conoscevano tutti. Erano* somatenes, *due gran figli di puttana, due che giravano armati ed erano sempre pronti a menar le mani. Tutti i* somatenes *erano così, facevano i gradassi e mettevano paura, si vede che con un fucile in mano si sentivano più uomini, e visto che nessuno gliela faceva pagare...*

Voi penserete, strano che sapessi già perché erano lì e cosa volevano. Avevo aiutato i partigiani, potevano essere lì per questo, per arrestarmi. E invece no, loro ridevano, si vedeva la malizia nel modo come ridevano, e quella faccia io lo sapevo cosa voleva dire. Per loro io non ero un nemico, non ero niente, ero ancora meno di niente.

Il primo che parlò fu il tenente Mangas. «Buonasera, Tereseta, da dove vieni a quest'ora e con questo freddo?». «Sono stata su col gregge, come tutti i giorni» gli faccio io. «E adesso te ne vai a casa?». «Sì» gli faccio io. «Noi stavamo facendo una passeggiata, però è stata proprio una fortuna incontrarti, così puoi farci un favore». «Sono qui per servirvi» dico. «Saremmo curiosi di sapere una cosa: se sei un uomo o una donna». «Sono una donna e mi chiamo Teresa. O lei non mi ha chiamata così?». Uno di quelli del paese fa scattare la sicura e mi mette la pistola sotto il mento. «Parlagli con rispetto al tenente!».

E Mangas, tutto gentile: «Lasciala stare, non c'è bisogno di usare la forza. Vero, Tereseta?». Io non rispondevo. E allora gli è andato via il sorriso, e ha detto: «Sta' bene attenta, che scherzi non ne vogliamo. Adesso ti alzi la gonna, ti abbassi le mutande e ci fai vedere che cos'hai lì».

«No, questo non lo faccio» gli ho detto io.

I due somatenes *mi sono venuti addosso, mi tiravano su la gonna. «Su, puttana, faccela vedere, se non vuoi che ti spariamo» gridava uno. «Ma cosa vuoi che ci faccia vedere quella, quella ci ha un cazzo come un caprone». Ridevano. Poi Mangas disse basta. E dopo: «Sta' attenta, che questi sparano davvero. Tanto, quando sei morta, ti carichiamo su un camion e ti buttiamo in un burrone. Vedia-*

mo chi viene a cercarti, poi. Un cane lo cercano, perché ha un padrone, ma tu... nemmeno quello. Comincia a levarti i vestiti, che è un attimo e non ti mangiamo. Dopo te ne vai a casa tranquilla e qui non è successo niente».

Non avevo paura, ma è stato lì che ho pensato se valeva la pena morire, e mi sono detta di no, che volevo restare viva. La morte era a un passo, la vedevo in faccia, ed era brutta. Mi sono slacciata la gonna, è caduta per terra. Sotto avevo le sottane di lana per non prendere freddo. Erano tutti zitti come in chiesa. Ma poi c'erano i pantaloni corti che mettevo sempre. Ho sentito che un po' ridevano, ma non ho detto niente. Non potevo dir niente, non potevo piangere, neanche guardarli in faccia. Mi sono fermata e allora Mangas, calmo, mi fa: «Anche quelli».

E me li sono tolti. Ho sentito il freddo che pungeva. Si sono avvicinati. Oh, ah, parolacce, sempre parolacce. Qualcuno ha detto: «L'avete mai vista una cosa così?». Ma non lo so chi parlava perché non guardavo. È stato il peggio, non sapere dove guardare. A terra no. In alto, al cielo. Sembrava che il tempo non passasse mai, però non volevo pensare. E allora ho dovuto guardare, perché qualcosa di freddo mi toccava. Era quel tenente Mangas, che con la frusta mi alzava lì sotto per vedere meglio. E allora ho stretto i denti per tutta la rabbia che mi montava che a momenti non riuscivo a star ferma. Mi sono messa a tremare forte e loro credevano che era di freddo. Non ridevano più.

«Su, dài, abbiamo visto. Rimettiti tutto che geli. E comportati bene. Non una parola a nessuno, altrimenti torniamo e allora sì che fai una brutta fine» disse Mangas.

Mi vestii, girata di schiena, e me ne andai. Loro rimasero lì, a ridere e a parlare. Quando sono arrivata alla masseria mi sono chiusa nel mio buco. Non riuscivo a respirare. Ho messo la spranga alla porta e ho cominciato a dar calci nel muro. Calci di quelli forti. E poi pugni finché mi sono spellata le mani. Ancora un po' e mi strappavo i capelli. Alla fine mi sono buttata sulla paglia e mi sono messa a piangere. Piangevo tanto che soffocavo. Poi soffocavo un po' meno e poi sono rimasta lì a piangere non so quanto tempo finché mi sono addormentata.

Quando mi sono svegliata avevo gli occhi grossi così, che a momenti non li aprivo più. Me li sono lavati con l'acqua fredda. Poi me ne sono andata. Non ho preso né lardo né pane. Avevo fretta, non volevo vedere nessuno, e poi fame non ne avevo. Volevo solo salire in montagna e stare con le mie bestie, sola e in pace.

Arrivò una mattina mentre facevano colazione. Era un sabato di fiera e la pensione era presa d'assalto da una comitiva chiassosa. Quasi senza chiedere permesso, il nuovo venuto prese una sedia e si accomodò al loro tavolo.

«Sono Eusebio Santillana, sono stato giudice istruttore a Tortosa per molti anni. E adesso mi sono ritirato qui a Morella. Mi piacerebbe parlare con voi».

Nourissier rimase stupefatto, ma Infante capì subito il motivo di un avvicinamento così brusco. Gli sorrise.

«Possiamo offrirle un caffè?».

«No, è meglio a casa mia. Vi invito a cena. Abito in quella che chiamano "*la casa del milagro*", sapete dov'è? C'è una targa sul muro che racconta tutta la storia del famoso miracolo. Un giorno san Vicente Ferrer bussa alla porta proprio all'ora di pranzo. Quelli della casa non avevano niente da dargli, e allora fanno un bello spezzatino del figlio più piccolo e lo mettono in pentola. Però poi, al pranzo, tutti piangevano, e san Vicente vuol sapere come mai. Loro glielo spiegano e lui, impietosito, rimette insieme i pezzi del bambino e lo fa spuntare vivo e sano dalla pentola. Un bel miracolo, ne converrete».

«*Mon Dieu!*» esclamò Nourissier sottovoce.

«Sono storie tipiche di qui. Vi aspetto stasera alle nove».

«Verremo con piacere» disse Infante, e aggiunse: «E non si preoccupi per lo spezzatino, ci basteranno le patate».

Santillana rise con uno strano suono gutturale e si alzò. Era già sulla porta quando tornò sui suoi passi, si chinò su di loro e mormorò:

«State attenti al tenente Álvarez; quello è un gran figlio di puttana».

Si allontanò con un passo baldanzoso che contrastava con la sua figura un po' ingobbita. Nourissier era rimasto a bocca aperta, sembrava avesse visto un folletto.

«E quello, da dove salta fuori?».

«Un volenteroso. Il tam-tam della foresta funziona sempre. Dovrei essere felice di quest'invito, ma ho paura che tutto quel che ne ricaveremo saranno le storie di un pensionato sul banditismo dell'Ottocento. Questa è l'esca che ho gettato, ed è probabile che abbia abboccato a quella».

«Peccato, perché un giudice deve sapere molte cose».

«Chissà, forse potremo tentare qualche domanda su quel che ci interessa, ma bisognerà stare attenti. Non sappiamo da che parte pende. Bisognerà tenersi sul vago e decidere più avanti».

«Sembra un tipo un po' svitato, no?».

«Dicono che il vento che tira da queste parti faccia ammattire la gente».

«Dev'essere vero, comincio a risentirne anch'io».

«*Mon cher Docteur*, se lei avesse scelto di studiare il disturbo mentale eolico ci saremmo risparmiati un mucchio di problemi!».

«Lo avrei fatto senz'altro, se lei ne avesse scritto sui giornali».

Si alzarono da tavola allegri.

In strada splendeva un bel sole autunnale, trasparente e delicato. Sull'angolo sostava un giovane agente della Guardia Civil, che distolse lo sguardo non appena li vide comparire.

«Álvarez deve aver dato ordine di tenerci d'occhio».

«E questo ci impedisce di andare a casa del giudice?».

«No. Il giudice potrà anche sembrarle uno svitato, ma sa benissimo come stanno le cose».

«Forse dovremmo avvertirlo che siamo sorvegliati».

«Non preoccuparti, queste cose il giudice le sa. Se ci ha detto di andare a casa sua, andremo a casa sua».

Rimasero un bel pezzo a osservare la targa del miracolo alla scarsa luce della strada. Era un'immagine composta di mattonelle di ceramica dipinte a colori vivaci che raffigurava il famoso pranzo. Su un vassoio stava ritto il bambino, nudo, e i commensali tutt'intorno mostravano grande stupore con le mani al petto. Da una parte c'era san Vicente, in piedi, con l'abito bianco e nero dei domenicani, nell'atto di compiere il prodigio.

«Che storia macabra» bisbigliò Nourissier all'orecchio di Infante.

«Se un giorno dovessi trovarti a corto di argomenti per le tue ricerche, ricordati di analizzare le storie dei santi spagnoli. Ci troveresti tutte le aberrazioni che può inventarsi l'essere umano».

In quel momento la porta sotto la targa si aprì cogliendoli di sorpresa. Il giudice Santillana li guardò con occhi acquosi da merluzzo.

«Entrate, vi ho visti dalla finestra».

«Ammiravamo la scena del miracolo» si scusò Infante salendo i gradini.

«Superstizioni abominevoli, stupidaggini che i preti si inventano per terrorizzare la gente semplice!» tuonò Santillana precedendoli in direzione della sala da pranzo. Una volta lì, alzò un dito e proclamò in tono apocalittico: «Questo non diventerà mai un paese moderno finché non saranno demolite tutte le chiese, finché l'ultimo monaco non sarà cacciato dal convento, finché tutti i calici non verranno fusi per regalare l'oro ai diseredati!».

I due ospiti si guardarono interdetti. Nourissier tentò di sdrammatizzare:

«Mi pare difficile, la Spagna è sempre stata profondamente cattolica».

Il vecchio giudice lo fulminò con lo sguardo.

«Non c'è bisogno che venga a dirmelo lei, l'ho constatato personalmente. Per quarantacinque anni sono stato sposato con una donna cattolica, apostolica e romana, anche se gagliega! Per quarantacinque anni ho osservato tutti i precetti del cattolicesimo, dal primo all'ultimo: ho sfilato nelle processioni di Pasqua, non ho mangiato carne in Quaresima, sono andato a messa la domenica e nelle feste comandate, ho fatto il presepe a Natale e ho cantato le lodi della Madonna alle feste patronali. Tranne l'ordinazione al sacerdozio, mi sono sciroppato tutti i sacramenti. Due anni fa la mia consorte è passata a miglior vita, questo è sicuro, perché sarà salita in cielo per direttissima, e da allora non ho più messo piede in una chiesa. Basta così, fin lì e non oltre è arrivata la fede di don Eusebio Santillana! Mi sono addirittura rivolto al municipio per farmi togliere dalla porta quell'ignobile targa di san Vicente fra gli antropofagi, ma niente da fare. Per ragioni che potete facilmente intuire non mi hanno dato retta, e per di più da allora sono malvisto dalle autorità».

«Ma perché si è assoggettato per tanto tempo a quelle imposizioni religiose?» domandò Infante mentre accettava il bicchiere di *albariño* che il giudice gli offriva.

«Ero un uomo profondamente innamorato, amico mio, questo è il punto. Nulla mi pesava, pur di veder felice mia moglie. L'aspetto religioso finisce per essere poca cosa, in confronto a tutto quel che ho fatto per lei e di cui non potrò mai perdonarmi, questa è la triste realtà».

Ora il giudice aveva assunto un'espressione tragica. Ma subito scosse la testa come un cane che esce dall'acqua e passò a un tono gioviale:

«Ma adesso mettiamoci a tavola, signori. Ho cucinato io, come faccio sempre quando ho ospiti. La mia domestica è capace di servire certi intrugli che solo lei sa cosa ci mette dentro. Ho preparato dei maccheroni al burro e formaggio, il piatto che mi riesce meglio. A volte sono perfino capace di mettere insieme un *caldo gallego*, ma oggi mi mancano gli ingredienti. Le cime di rapa non si trovano, in questa stagione».

«I suoi maccheroni saranno senz'altro squisiti» dichiarò Infante passando il testimone a Nourissier con uno sguardo.

«Adoro i maccheroni» disse questi precipitosamente.

Santillana si allontanò verso la cucina lasciandoli seduti a tavola. La sala era quasi interamente tappezzata di libri, ma dava nell'insieme un'impressione di trascuratezza. Sembrava che tutto, le pareti, le tende, fosse impregnato di fumo di sigaretta.

Poco dopo il giudice tornò con una zuppiera colma di maccheroni e una bottiglia di vino precariamente trattenuta sotto il braccio. Nourissier scattò in piedi e lo aiutò a deporre il carico sulla tavola. Senza cerimonie, il giudice sedette, servì i suoi ospiti e si gettò sul piatto con la ferocia di chi trascina una fame di giorni.

«Eccellenti!» tentò di complimentarsi Infante, ma il padrone di casa non lo ascoltò neppure, continuava a riempirsi la bocca con assoluta concentrazione.

Impossibile tener dietro alla sua rapidità. Il giudice aveva già finito e i suoi ospiti erano ancora a metà del piatto. Assumendo una posizione da Buddha ridente, si mise a contemplarli tranquillo. Nourissier, imbarazzato, si sentì tenuto a far conversazione.

«Lei è di queste parti, signor giudice?».

«Sì, sono nato qui, i miei genitori avevano molta terra. Da ragazzo andai a Valenza per gli studi, e dopo di allora tornavo solo per Natale. Una volta non si viaggiava come adesso. Poi, quando loro sono morti, ho ereditato questa casa. E con la pensione mi sono ritirato qui. Ho sbagliato, avrei fatto meglio a emigrare nel suo paese, professore. Quando ho saputo di lei, mi è ritornato in mente un mio vecchio sogno, comprare una casetta in un grazioso paesino della Francia e ritirarmi lì».

«È stato il tenente Álvarez a parlarle di noi?».

«No, la notizia mi è arrivata da quel somaro». Li guardò tutti e due, per assicurarsi di essere protagonista della scena, e fermando lo sguardo su Infante, recitò: «“L'aurora stendeva le sue tremule dita riempiendo il cielo di luce rosata. Quell'uomo audace e generoso fremette d'emozione”. Le dice qualcosa?».

«Rogelio Sánchez! Nessun altro può aver scritto una simile sequela di luoghi comuni».

Santillana scoppiò a ridere.

«Indovinato! La penna più fine della Guardia Civil! L'ho conosciuto quando ero ancora in servizio, un paio d'anni fa, e un giorno si è presentato nel mio ufficio col suo scartafaccio. Voleva che lo leggessi e gli dessi un parere. E io gliel'ho dato, eccome. Gli ho detto che mi pareva un polpettone spaventoso e che evidentemente la strada che il Signore aveva tracciato per lui non era quella della letteratura. Se ne andò molto piccato, ma almeno da quel giorno mi lasciò in pace. Fino a una settimana fa, quando è passato di qui, tutto orgoglioso, a dirmi che un giornalista era interessatissimo al suo libro e lo avrebbe dato a un editore di Barcellona. Ma è vero? Lei gli ha promesso una cosa simile?».

«Immagino che lui abbia potuto vederla così» rispose Infante con cautela.

«Le è piaciuta quella porcheria?».

«No, non mi è piaciuta affatto».

«E allora?».

Infante preferì mettere fine a quell'imbarazzante interrogatorio in cui Santillana sembrava prendersi gioco di loro.

«Mi perdoni, signor giudice, lei ci ha invitati a cena perché aveva qualcosa di cui parlarci. Se non le dispiace, preferiremmo conoscere l'argomento prima che si faccia troppo tardi per discuterne con calma».

«La Pastora» sparò il giudice a bruciapelo, e il silenzio li avvolse tutti e tre. Si sentiva solo respirare. Sembrava che nessuno fosse disposto ad aprir bocca per primo. Il vecchio sorrise, mostrando i denti anneriti. Si alzò, e avvicinatosi alla credenza prese una fruttiera che depose sul tavolo. Estrasse dalla tasca uno strano sigaro storto e lo accese con lenti risucchi. Poi, fra fetide boccate di fumo, disse: «Vedo che la cosa vi interessa».

«E io vedo che quel Rogelio non solo è un pessimo scrittore, ma non sa tenere la bocca chiusa».

«È inoffensivo. L'unico a rappresentare un pericolo è il tenente Álvarez, ma Rogelio non è andato da lui con la sua storia, è venuto da me. Siete doppiamente fortunati: non solo io non vi denuncerò, ma posso dirvi parecchie cose su quella donna. Ho istruito il processo sui gravi fatti che determinarono il suo ingresso nelle bande partigiane. Naturalmente tutto deve rimanere nel più assoluto segreto».

«Rogelio Sánchez le avrà detto che il nostro fine è unicamente raccogliere materiale per una ricerca clinica».

«Che cosa vogliate fare delle informazioni che vi darò, non mi interessa».

Infante lo fissò negli occhi.

«In cambio di informazioni, Rogelio voleva che facessi pubblicare il suo romanzo. Altri ci hanno chiesto del denaro. Lei che cosa si aspetta?».

«Assolutamente nulla».

«Questo è insolito».

«Non vi fidate di me?».

«Ci piace sapere quali ragioni muovono gli atti delle persone».

«Diciamo che mi sono visto costretto a collaborare con un regime che non ha nulla a che vedere con la giustizia, e che di questo non mi sento precisamente orgoglioso».

«Cerca una redenzione?».

«La chiami pure come vuole, anche se preferirei un termine meno religioso».

«Una riabilitazione morale».

«Forse questo è un modo migliore per dirlo. Venite domattina alle otto sulla strada per Vallibona. C'è una casa abbandonata sulla destra, la riconoscerete perché sulla facciata è dipinta una grossa meridiana. E fate in modo che il tenente Álvarez non vi segua. Pensate di poterci essere?».

«Ci saremo».

Uscendo dalla casa del miracolo, Nourissier ebbe un accesso di tosse.

«Non resistevo un minuto di più al puzzo di quel sigaro schifoso!».

«Però sei così educato che hai aspettato di essere fuori per tossire».

«All'inizio non me ne sono neppure accorto, ero troppo colpito da quel che diceva. Che impressione ti ha fatto?».

«Vedremo. Che il vecchio voglia farsi perdonare i suoi peccati non significa che abbia qualcosa di interessante da dire».

«Già, vedremo».

Nourissier camminava con energia, sperando che l'aria della notte lo liberasse dall'irritazione causata dal fumo. Di colpo, si fermò in mezzo alla via.

«Santo cielo!» mormorò. «Ho dimenticato di far sapere a mia moglie che ci siamo trasferiti. Chissà quante volte avrà chiamato alla pensione di La Sénia, sarà preoccupatissima. Mi conviene correre! Forse sono ancora in tempo per chiedere la linea».

Infante lo vide sparire nella notte. Rimase solo, a vagare come un'ombra per le strade buie. A un certo punto ebbe la netta sensazione che qualcuno lo seguisse. Si voltò. Un ragazzo, a pochi metri di distanza, si dileguò a tutta velocità. Avrebbe voluto chiamarlo, ma si accorse che poco più avanti un agente della Guardia Civil osservava la scena. Continuò la sua camminata in silenzio, a testa bassa.

Il mattino dopo, Infante fu assalito da un dubbio: e se l'appuntamento col giudice non fosse stato altro che una trappola? In fin dei conti il luogo designato, una casa abbandonata in aperta campagna, non poteva essere più adatto per cogliere qualcuno in atteggiamento sospetto. Era assurdo che Santillana li convocasse in un luogo isolato, fuori dal paese, dal momento che erano stati in casa sua. Se li avesse trovati lì, il tenente Álvarez avrebbe avuto un'ottima scusa per dar loro il foglio di via e liberarsi della loro presenza. Perfino per arrestarli, accusandoli di riunione sovversiva, o di qualunque altro reato di quelli approntati dal regime per liberarsi dei suoi oppositori. Si domandò come avesse potuto ficcarsi in quel pasticcio. Non seppe darsi una risposta, e neppure stabilire una linea d'azione.

Lui e Nourissier partirono poco dopo, a piedi, nella nebbia che non si era ancora alzata. Preferì non rivelare al suo compagno il tarlo che lo rodeva. Trovarono la casa con la meridiana ed entrarono, con la certezza che nessuno li avesse seguiti. Pur essendo abbandonata, la casa si conservava abbastanza bene, il tetto teneva, e poterono sedersi nel vano di una finestra nell'attesa che il giudice arrivasse. Di lì Infante teneva d'occhio la strada. Il francese si stringeva nel giaccone, morto dal freddo. Ma finalmente, arrancando, con dieci minuti di ritardo e il naso rosso, il giudice Santillana comparve.

«Accidentaccio, sono congelato! Ucciderei per un caffè caldo».

Infante non gli lasciò il tempo di perdersi in convenevoli, lo assalì subito con la domanda che gli martellava nella testa:

«Perché ci ha fatto venire fin qui? La Guarda Civil sa benissimo che siamo stati a casa sua. Se ci sono dei rischi, li abbiamo già corsi. E allora perché nascondersi?».

«Non abbia fretta, presto lo vedrà! Si sieda. Vi racconterò tutto e poi torneremo subito a Morella a prendere qualcosa di caldo».

Trascinò nel centro della stanza una cassa di legno abbandonata in un angolo e vi si accomodò. Cominciò a parlare.

«Fui io a istruire il processo sui fatti avvenuti alla masseria El Cabanil. Fu un assedio di tre giorni, al termine del quale la Guardia Civil riuscì a stanare tre partigiani che si erano asserragliati lì. Cercavano un certo Cedacero, un guerrigliero evaso dal carcere. La pattuglia era comandata dal tenente José Mangas, che in precedenza aveva arrestato Francisco Gisbert, il massaro del Cabanil, per collaborazione con le bande. Credo vendesse loro da mangiare. E in seguito all'arresto, il Gisbert fu torturato, poi lo assassinarono. Io stesso ne certificai la morte accidentale, per un colpo partito involontariamente dall'arma di uno degli agenti; ma il corpo riportava diverse ferite di proiettili alla schiena.

«La storia, se la volete sapere, è la seguente: il tenente e i suoi uomini si recano a El Cabanil perché avevano visto uscire fumo dal camino. La casa, da quando il Gisbert era agli arresti, doveva essere disabitata. Ci vanno con Manolete, un partigiano catturato tempo prima che faceva da informatore. Si era nel febbraio del '49, l'inverno più gelido a memoria d'uomo: neve, vento, continue bufere. Quando sono in vista della casa, il tenente Mangas fa indossare a Manolete un tricorno e un mantello della Guardia Civil e gli dice: "Tu, Manolete, che li conosci, vai, vedi se sono loro e gli dici di consegnarsi". Quel povero disgraziato ci va, morto di paura, perché sa che se i suoi compagni sono lì, gli spareranno. Loro sanno benissimo che ha parlato. Si mette davanti alla porta e grida: "Cedacero, vieni fuori, che sono amico tuo. Consegnati, sarà meglio per te". Allora, da un finestrino che c'era sopra la porta, compare la canna di un fucile, si sente gridare il nome di Manolete e un colpo alla testa lo fa secco. Subito dopo, il tenente Mangas dà ordine di circondare la casa e inizia la sparatoria. I partigiani tentano di fuggire dalla parte posteriore, ma il fuoco delle guardie non lo permette. Intanto Mangas chiede rinforzi, che arrivano nel tardo pomeriggio. A sera inoltrata i partigiani tentano il tutto per tutto, lanciano granate e provano nuovamente a fuggire senza riuscirci. Passa la notte. Il giorno dopo le guardie decidono di usare due candelotti di dinamite. La casa prende fuoco e viene giù il tetto. A quel punto uno dei ribelli, gravemente ferito, si consegna. Gli agenti fanno irruzione nella casa e trovano un altro dei partigiani, morto. Si era ucciso col proprio fucile: aveva legato il grilletto con uno spago. La pallottola gli aveva sfondato la scatola cranica entrandogli dalla mandibola. Del terzo uomo non c'era traccia. Ma gli agenti non si danno per vinti; l'indomani, a incendio ormai spento, perlustrano la casa. Appena si avvicinano alla cisterna, partono degli spari. L'uomo è lì dentro, e alla fine si arrende. Issano le armi dal pozzo con una corda, poi tirano fuori lui. È ferito, e nel giro di cinque minuti muore».

Dopo avere raccontato d'un fiato tutta la storia, il giudice rimase muto, come se non avesse più la forza per continuare. Poi si strofinò la faccia con tutte e due le mani, con una specie di frenesia, e in tono più basso continuò:

«I tre morti furono caricati su un mulo. Io ero presente. Al cimitero cavarono una fossa, li buttarono dentro come pupazzi. Allora una delle guardie disse che ci voleva rispetto, perché in fin dei conti erano esseri umani. Nemmeno questo fui capace di dirlo io. Invece Manolete, il delatore, ebbe un funerale dignitoso perché aveva collaborato ed era morto con la divisa della Guardia Civil. Assurdo. Nessuno uscì vivo di lì». Detto questo il giudice si inabissò nei suoi pensieri. Poi guardò l'orologio e, con un sussulto, si alzò. «Scusatemi, torno subito. Quel ragazzo dev'essere lì da un bel pezzo».

Tornò immediatamente, in compagnia di un giovane, che li salutò senza dar segni di sorpresa nel vederli.

«Buongiorno».

Santillana gli mise una mano sulla spalla con fare paterno.

«Siediti dove riesci, Andrés, e racconta a questi signori quello che sai della Pastora».

Il ragazzo però rimase in piedi, e nel tono di chi si è preparato bene il suo discorso, dichiarò:

«Io c'ero quando La Pastora andò in montagna. Ho visto quando le hanno tagliato i capelli e si è vestita da uomo».

Come se fino a quel momento fosse rimasto immerso in un sonno profondo, Nourissier si svegliò, raddrizzò le spalle, aguzzò lo sguardo, come una volpe in caccia.

«Avrò avuto quindici anni, e stavo da una donna che non vi posso dire chi è, ma vi giuro che non è parente mia. Lei ha tagliato i capelli a Teresot, e poi glieli ha pettinati all'indietro, da uomo. C'erano dei vestiti messi da parte per lei, un paio di pantaloni, una camicia e una giacca, tutta roba da uomo. Dopo che le ha tagliato i capelli, le ha dato quei vestiti. Lei li ha presi, è andata in una stanza, e quando è uscita sembrava che fosse un uomo da quando era nata. Nessuno poteva dire che era una donna».

Infante si alzò, si avvicinò al ragazzo:

«Chi altri c'era in quella casa?».

«Uno che era venuto con La Pastora. Sembrava un partigiano».

«Lei ha detto qualcosa?».

«Ha detto che andava in montagna per quello che aveva passato a El Cabanil, per tutti i morti che c'erano stati e perché avevano ammazzato il padrone. Ha detto che le guardie l'avevano trattata peggio di una bestia. Alla fine, le hanno dato uno zaino per metterci le cose e una cintura per i pantaloni».

Nourissier era concentrato, nervoso, meditabondo, come se ciò che il ragazzo sapeva potesse affiorare solo se lui gli avesse rivolto le domande giuste.

«Che cosa faceva La Pastora mentre le tagliavano i capelli?».

«Piangeva».

«Come, piangeva? In che modo?» tentò.

A quella domanda il ragazzo spalancò gli occhi, come se non capisse che cosa si volesse da lui. Ma poi ci pensò su, e disse:

«Piangeva piano, non faceva rumore. Io non me ne ero neanche accorto, ma la donna che le tagliava i capelli le diceva: "Su, non piangere, che è passato". Allora ho guardato. Le cadevano le lacrime e aveva gli occhi rossi. Poi le hanno dato un fazzoletto, e lei si soffiava il naso ma non riusciva a smettere».

«E la donna che le tagliava i capelli, chi era?».

Il ragazzo guardò Santillana angosciato.

«Mi dispiace, professore, ma il ragazzo protegge l'identità di una persona. Gli ho promesso che non avreste fatto domande in questo senso» disse il giudice.

«Va bene. E ti ricordi qualcos'altro?».

«I vestiti che le hanno dato erano neri, di velluto a coste. E mi ricordo che le hanno dato anche un basco. Poi se ne sono andati e non li ho più visti».

«L'uomo che era con lei, diceva qualcosa?».

«Lui è rimasto sempre fuori. Non è entrato in casa».

Si era messo a piovere forte. Una raffica di vento fece battere la pioggia contro l'unico vetro della finestra che era rimasto intero. Il giudice si alzò e cominciò a imprecare forte.

«Accidenti, ci voleva anche questa, piove e io non ho l'ombrello. Arriverò a casa bagnato fino alle ossa».

«Posso andare, don Eusebio?» disse il ragazzo, approfittando di quell'interruzione.

«Va' pure, figliolo. Tanto tu corri veloce e in due salti sei a casa. Io cammino piano».

Il ragazzo salutò con un cenno del capo e uscì. Nourissier ebbe un moto di disappunto vedendolo andar via. Avrebbe voluto domandargli tante altre cose, anche se non sapeva di preciso quali, estrarre dalla sua memoria il maggior numero di immagini per poterle osservare. Era come trovarsi di fronte a un cane che è stato testimone di un crimine e al quale non si può domandare nulla. Il giudice lo riscosse dai suoi pensieri:

«Andate prima voi. Io aspetterò che spiova. Non vorrei buscarmi una polmonite».

«La ringrazio, signor giudice, il racconto di quel ragazzo è stato di un'importanza cruciale. Senza di lei...».

«Andate, e i ringraziamenti teneteli in serbo per un'altra occasione. Se le cose vanno come spero, presto potrò farvi avere qualcosa di più. Ma sarà meglio che non tentiate di mettervi in contatto con me, vi cercherò io».

Rifecero tutta la strada fino in paese sotto la pioggia battente. E, quel che è peggio, camminavano controvento. Infante domandò a Nourissier:

«Che te ne è parso?».

Ma Nourissier non lo sentiva, la sua mente era da tutt'altra parte. Sembrava non accorgersi neppure della pioggia, e se non ci fosse stato lui a guidarlo probabilmente si sarebbe perso.

Quando rientrarono alla pensione, Nourissier sparì senza salutare. Fece le scale di corsa, si liberò del giaccone e sedette subito a scrivere:

«Scoperta importantissima: il soggetto cambia aspetto in coincidenza con il suo ingresso nella lotta partigiana. La trasformazione è segnata da un vero e proprio rituale. Le vengono tagliati i capelli, come a una monaca. È in quell'occasione che lascia gli abiti femminili sostituendoli con quelli maschili. Il cambiamento di vita è completo: non solo abbandona quella che è stata fino a quel momento la sua identità sessuale, ma entra nella lotta clandestina. Le due cose coincidono. L'una era conseguenza dell'altra? Il soggetto entra nella banda partigiana per uscire, una volta per tutte, da un'identità che lo imprigiona? Forse va considerato il concorrere di più ragioni: entra nella banda partigiana perché ha vissuto sulla propria pelle la brutalità del regime. Perché la lotta partigiana le offre la possibilità di entrare a far parte di un nuovo gruppo sociale, disposto ad accoglierla. E poi, certamente, perché si sente uomo e non donna. All'interno dell'organizzazione guerrigliera nessuno l'avrebbe giudicata né avrebbe fatto domande. Perfino il cambiamento del nome sarebbe rientrato in una normale dinamica collettiva, dal momento che tutti i membri delle bande partigiane adottavano un nome di guerra. In questo modo La Pastora si getta definitivamente il passato alle spalle. Forse per una volta può credere che per lei ci sia un futuro.

«Nel corso del rito di passaggio, piange. Il taglio dei capelli rappresenta per lei un evento fortemente traumatico. Si sente uomo, ma è sempre vissuta da donna. Diceva addio a molte cose, ma in primo luogo a se stessa. Ricorda umiliazioni, dolore, solitudine, e al tempo stesso sa che tutto ciò che ricorda, nel male come nel bene, tutto ciò che la configura come essere umano, da quel punto in poi scompare completamente».

Posò la penna e respirò a fondo. Bene, per ora poteva bastare. Più tardi ci avrebbe riflettuto su. Quella era stata una testimonianza preziosa, senza alcun dubbio. Non doveva perdere la speranza di portare a compimento il ritratto di quella donna, o uomo che fosse. Stava cominciando a delineare i contorni dei suoi sentimenti, anche se il quesito principale rimaneva irrisolto: era un'assassina? Soffriva davvero di una patologia che la spingeva alla crudeltà? Era ossessionata da fantasie di morte? Molti interrogativi erano ancora senza risposta, ma non persistevano sempre dei dubbi ogni volta che esprimeva una diagnosi sui suoi pazienti? Sempre, sempre, in psichiatria rimaneva uno spazio in bianco che era impossibile riempire di certezze scientifiche. La mente dell'uomo non si lascia circoscrivere, sezionare, portare alla luce. Non è mai trasparente. E talvolta la cosiddetta malattia mentale non è che la reazione logica a un mondo assurdo, spietato, caotico e brutale.

All'improvviso si ricordò di non aver neppure salutato Infante. Dispiaciuto, guardò l'orologio. In ogni caso l'avrebbe visto fra poco, all'ora di pranzo.

Fare la staffetta per i partigiani mi piaceva. Non solo per i soldi che mi davano, ma anche perché mi trattavano bene, come una persona. Cominciavo a conoscere tutto il gruppo che veniva da quelle parti ed erano brave persone. Si parlava e si rideva. Dicevano che si fidavano di me, ed era vero. Mi davano la lista delle cose che volevano e io la portavo al Cabanil, da Gisbert. Poi loro scendevano a pagare. Al principio era così, dopo hanno cominciato a dare i soldi a me e lo pagavo io. Le risate, quando Gisbert gli dava le scatolette delle razioni per la Guardia Civil. La prima volta i partigiani se la facevano addosso dal ridere. Erano salamini e carne in scatola. Sembrava strano, ma come stavano le cose si sapeva: Gisbert abitava vicino alla casermetta, e loro scambiavano le scatolette con la farina, con le arance, con le verdure dell'orto. E lui le vendeva ai partigiani. Gisbert era il primo a ridere di questa cosa. Diceva: «Su, prendete, non sono mica cattive. Anche se mi sa che a voi faranno venire il mal di pancia». Povero Gisbert, era così un brav'uomo, così lavoratore! Non se lo meritava quello che gli hanno fatto. Dicono che quando l'avevano arrestato lui aveva denunciato tanta gente e per questo ci furono tanti arresti fra i massari di quelle parti. Ma con quello che gli hanno fatto credo che avrei parlato perfino io. Mi viene ancora da piangere quando ci penso, un uomo che non aveva mai fatto male a una mosca, che non aveva ammazzato né rubato. Come si fa a essere così cattivi, senza umanità? Il peggio fu la fine che gli fecero fare. Lo tenevano in caserma a Morella, e un giorno, quando ormai dovevano avergli cavato tutti i nomi che potevano cavargli, lo portarono alla prigione di La Pobla de Benifassá. Lì andò a trovarlo sua madre, povera donna, e lei prima di entrare aveva chiesto alle guardie che cosa volevano fargli. Loro dissero che lo lasciavano libero. La madre entrò tutta contenta, e siccome lo vide che era ridotto male, voleva dirgli qualcosa per farlo contento. A lui piacevano tanto i fagioli, e allora lei gli disse che gliene preparava una bella pignatta per quando tornava a casa. Povera donna! Non poteva fare molto altro per suo figlio. Ma poi lo portarono a El Cabanil in camionetta, volevano farsi dire dov'era una certa cosa, forse un nascondiglio segreto che non si trovava. Insomma, per farla breve, arrivano lì, lui gli fa vedere quello che vogliono loro, poi lo portano fuori e gli dicono: «Va bene, abbiamo finito. Puoi andare». Non aveva fatto dieci passi che gli hanno sparato una raffica di mitra nella schiena. È rimasto lì, Francisco Gisbert, quando ormai credeva di essere libero.

Lo portarono via su un mulo, andavano due guardie davanti e una dietro. Gli pendevano le gambe da sotto la coperta che gli avevano buttato addosso, con le scarpe di corda ai piedi. Me l'hanno detto quelli che l'hanno visto. Il corpo l'hanno dato ai parenti, per il funerale, e quando l'hanno svestito per lavarlo è venuto fuori che gli aveva-

no strappato i testicoli. Proprio così, come ve lo racconto. Io posso essere stato partigiano e bandito, e aver fatto delle cose che non dovevo fare, ma ditemi come si fa, che cosa bisogna avere nella testa per strappare le palle a un uomo. Nemmeno le bestie, nemmeno gli avvoltoi lo farebbero a un uomo vivo.

Come avrete già capito, ormai avevano messo una croce vicino al mio nome, e di sicuro la prossima ero io. Avevo aiutato i partigiani anche più di lui, e le guardie dovevano saperlo.

Carlos el Catalán, che era il comandante di tutta la zona, aveva seguito l'assalto al Cabanil da una collina. Lo sapeva che non era rimasto vivo nessuno. Venne a cercarmi.

«Pastora, cosa conti di fare?».

Io, certe notti che avevamo bevuto vino, gli avevo detto che mi sentivo più uomo che donna. Lui non aveva riso, non si era nemmeno stupito. Mi aveva detto:

«Sono cose che succedono, Pastora, ma in altri paesi non ha importanza, uno è quello che vuole».

«Ma io sono di qui e tutti ridono di me, e vogliono vedere cos'ho tra le gambe, solo mettendogli paura sono riuscita a stare in pace. È dura, Catalán, tutta una vita così».

«Ma tu, sei frocio?».

«No. Gli uomini non mi piacciono, e le donne non ci sono mai andata vicino per quelle cose. E adesso non m'importa più, non so come spiegarlo, è come se me le fossi tolte dalla testa, certe cose, e non volessi più farle tornare. E non ne ho mai parlato con nessuno. Mia madre diceva che ero femmina e femmina sono rimasta, ma dell'uomo ho tutto: la forza, la barba, il modo

di fare, la cattiveria. Però la gente, cosa vuoi, vede malizia dappertutto».

«Perché sono ignoranti, Pastora, perché ai fascisti che hanno vinto la guerra non interessa che la gente impari qualcosa, a loro conviene che tutti restino somari come sono venuti al mondo. Quello che vogliono è che tutto rimanga uguale, che i poveri si rompano la schiena a lavorare, che non sappiano leggere, perché coi libri si fanno le rivoluzioni».

«Ma cosa c'entrano i libri se la gente ride di me?».

«C'entrano, Pastora, c'entrano. Nel partito ti insegnano che le persone, tutte le persone, hanno una dignità e meritano rispetto, e questo si impara sui libri, lì si impara la libertà. E poi ti dico una cosa: in Francia quello che succede a te non avrebbe nessuna importanza. Lì non ha importanza nemmeno se sei frocio, che è tutto dire».

Nessuno mi aveva mai parlato a quel modo, mai. E non ero abituata a sentir parlare per ragionare. La mia vita era lavorare e basta, e anche quando era festa la gente non parlava così tanto, fra che si beveva, si ballava, si giocava a carte...

E così mi sembrava strano che per i partigiani le parole erano importanti, erano cose che ci si credeva. Per questo quando El Catalán, dopo le disgrazie del Cabanil, venne da me e mi disse: «Pastora, cosa conti di fare?», io avevo il cuore stretto, perché quel che c'era da dire quella volta era importante.

«Tu cosa credi che devo fare?».

«Venire con noi, in montagna».

«È molto pericoloso, e tu lo sai».

«E qui cosa vuoi fare, nasconderti come un animale o lasciare che ti ammazzino come Gisbert?».

«Ma io non ho l'idea come l'avete voi. Né quella né un'altra».

«Nella banda ti daremo un'istruzione politica, imparerai a leggere».

A sentire quello mi salì il sangue alla faccia. Veramente mi avrebbero insegnato a leggere?

«Cosa ne dici, Pastora?».

«E io, a cosa vi servo?».

«Tu vali tanto oro quanto pesi, Pastora. Ti ho vista girare per le montagne quando ci portavi la roba, ti muovi bene, vai veloce come il vento in mezzo alla boscaglia. E poi mi hanno detto che conosci questi posti come le tue tasche. Nessuno si orienta come te».

«È vero».

«Di questo noi abbiamo bisogno».

«Ti direi di sì, ma con queste sottane...».

Allora El Catalán mi guardò negli occhi serio come una statua.

«Non ti ho detto che nella guerriglia ciascuno è quello che vuole? Tu ti senti un uomo, Pastora?».

«Sì» gli dissi, e guardai per terra mentre lo dicevo.

«E allora lo sarai. Stasera vieni con me a casa di mia sorella. Lei ti taglierà i capelli e ti darà da vestirti da uomo. E Teresa se ne va a farsi fottere, hai capito? Che si fotta!».

E si mise a ridere forte. Anch'io volevo ridere, e ridevo, sì, non crediate, ma insieme piangevo. Allora El Catalán mi diede delle pacche forti sulla schiena per tirarmi su di morale e mi disse:

«Sta' tranquillo, compagno, che gli uomini non pian-

gono. Lo vedi come fa in fretta la gente a dirti quel che devi e quel che non devi fare?».

Andammo a La Sénia, con mille precauzioni. La sera eravamo già lì ed era vero che la sorella del Catalán ci aspettava. Cinta, si chiamava. Era gentile. Quella notte dormii con lei, siccome ero ancora una donna... Il giorno dopo mi fa: «Vieni». Mi porta in cucina e mi fa sedere su una seggiola bassa. Prende un pettine e le forbici. E mi taglia i capelli, a poco a poco. Io li vedevo cadere per terra e mi veniva da piangere di nuovo. Lei diceva di non preoccuparmi, che veniva bene. Non lo so cosa mi passava per la testa, ma avevo paura, una paura che non so perché mi veniva. Io che fin da piccola avevo sempre dormito da sola, anche in montagna, che avevo tenuto testa a tutti, che avevo ammazzato gli agnelli senza che mi tremasse la mano, quel giorno avevo una paura che non riuscivo a muovermi. Come un uccello caduto dal nido.

Dopo un po' Cinta ha detto che bastava, e mi ha pettinato i capelli all'indietro. Non ha voluto farmi vedere nello specchio perché ero ancora vestita da donna. Mi portò la roba da uomo e mi fece andare di là per non farmi vergognare. E io, nel mentre che mi levavo la roba da donna sentivo che mi veniva ancora più paura. Ma poi piano piano mi sono messa i vestiti da uomo e sono andata di là. Subito mi sono sentita morire, perché come mi hanno vista, loro si sono messi a ridere.

«Di cosa ridete?».

«Ridiamo, perché sembra che sei sempre stato un uomo da quando tua madre ti ha fatto. Guardati». E Carlos mi ha dato uno specchio.

Mi sono guardato. Non sapevo se ridere o se piangere, perché era vero che di Teresa non rimaneva niente. Niente. Ero un uomo, un uomo normale, un uomo dalla punta dei piedi alla punta dei capelli. Mi è venuto da ridere anche a me che non mi potevo più fermare. Ridevano tutti.

«Adesso vedi cosa ne facciamo di Teresot» disse Cinta, e prese tutta la roba che mi ero tolta e la buttò nel camino. Venne su una fiammata che sembrava dovesse andare a fuoco la casa. Poi Cinta portò una bottiglia di cognac, e anche se era mattina, brindammo tutti.

Chiesi un'altra volta lo specchio e mi guardai bene la faccia. Mi passai la mano sulla cicatrice dell'operazione.

«Qui mi faccio crescere due bei baffetti» dissi. I baffi mi erano sempre piaciuti. E così già che c'ero mi vendicavo di tutte le volte che me li ero dovuti strappare.

«Ed è anche vanitoso!».

«Ma solo perché fino a un momento fa ero una donna» dissi, e li feci ridere tutti di nuovo.

«E come ti chiamerai?» chiese El Catalán. «Tereso come nome non c'è».

«Mi chiamerò Florencio. Tante volte ci ho pensato. Florencio Pla Meseguer, suona bene».

«E allora sarai Florencio. E come nome di guerra Durruti, che te ne pare?».

«Mi piace».

«Non se ne parli più. Da questo momento appartieni al settore XXIII *della Agrupación Guerrillera de Levante y Aragón, e io sono il tuo comandante. Benvenuto, compagno».*

Mi abbracciò da uomo a uomo, e quello fu il momento più bello di tutta la mia vita.

Rimanemmo due giorni in quella casa senza uscire. Io avevo paura che venisse la Guardia Civil, ma El Catalán diceva che in quei giorni le guardie avevano molto da fare e gli uomini erano pochi. Vennero invece due della banda, che li chiamavano Valencià e Rubén. Tutti erano molto contenti perché da tre mesi li davano per persi. Erano stati in missione dalle parti di Benifallet e di Xerta, e anche di Rasquera e di Mora la Nueva. Poi Carlos andò via col Valencià, e io partii con quello che chiamavano Rubén. Andammo a Mosqueruela e Fontanete, dove c'era un accampamento con tantissimi compagni che poi sono morti tutti. Rubén me li ha presentati. Io stavo attento a vedere se si accorgevano che ero stato una donna, e loro no, non si accorgevano di niente. Però questa mania non mi passava, finché un giorno andammo alla masseria di Eloy per farci dare da mangiare. Il padrone, Ramón del Mas, mi conosceva benissimo quando ero Teresa. E così, mentre sua moglie ci preparava il pranzo, vado da Ramón e gli faccio: «Ramón, non mi conosci?». E lui ci rimane lì. Mi guarda e mi riguarda e alla fine, ma si vedeva che non era sicuro, mi dice: «Sei Teresa?». E allora mi alzo il baffo, che già i baffi mi erano cresciuti, e gli faccio vedere la cicatrice. E lui: «Veramente sei Teresa?». Sembrava che vedesse un morto scappato dal cimitero. E allora ho capito che nessuno poteva vedermi come la donna che ero stata.

All'accampamento che vi ho detto siamo stati poco tempo. Poi sono andata a Fontanete, lì c'era un altro campo che lo chiamavano del Viejo de Gúdar, e lì successe una cosa molto importante: mi diedero l'arma: un fucile russo, che è questo qui che vedete. Mi ha sempre fatto compagnia come un fratello. Adesso magari lo poso qui, poi vediamo.

Rilesse lentamente la lettera davanti a una tazza di caffè. La conosceva quasi a memoria, ormai. Andare da solo al bar non era nelle sue abitudini, preferiva farlo in compagnia di Infante. Ma non se l'era sentita di leggere la lettera nel chiuso della sua stanza. I rimorsi che sapeva in agguato si sarebbero smorzati in mezzo alla gente, gente che non conosceva ma che gli ricordava che in fondo lui non era diverso dagli altri. Si sentiva colpevole nei confronti di sua moglie, e analizzando a fondo quella sensazione non poteva non riconoscere la profonda disaffezione che le aveva dimostrato negli ultimi tempi. Évelyne era convinta che la lontananza avesse allentato il loro legame, eppure non era così; ad assorbirlo completamente era l'ambiente in cui ora viveva, la terra che lo circondava, le vicende in cui era immerso. Quelle storie truculente di violenza, passione, odio e morte l'avevano come sradicato, trasportato in uno stato d'animo del tutto diverso da quello che lei gli conosceva. Era giunto a considerare la sua vita precedente come superficiale e inutile. Certo, nell'esercizio della sua professione riusciva ad alleviare il dolore di molti. Ma la sofferenza con cui ora si confrontava era molto più ignobile e tragica, era inflitta dall'uomo e si esercitava sull'uomo. L'ingiustizia, l'oppressione, la povertà, l'ignoranza, l'enorme disuguaglianza, insieme a uno strano accanimento del destino, lo colpivano come essere umano, oltre che come medico.

Le lettere di Évelyne gli parlavano di sciocchezze, o almeno così gli pareva. Dalle recriminazioni dei primi tempi era passata a dargli notizie futili col tono spensierato di una ragazzina. La sua intenzione era chiara: pensava, così facendo, di ridargli un equilibrio, di trasmettergli le piccole sensazioni di uno spazio familiare sereno, morbido e accogliente, capace di suscitare in lui la nostalgia che dovrebbe provare chi è in viaggio. Gli descriveva nei minimi particolari ogni piccola novità riguardante la casa: l'acquisto di tende per il soggiorno, la visita di un lucidatore di pavimenti che aveva fatto meraviglie al parquet. Raccontava storielle sugli amici comuni: Charles, sempre così distratto, aveva perso le chiavi della macchina tre volte in un mese; Anne continuava a spendere somme astronomiche per gioielli e vestiti un po' troppo arditi per la sua età.

Tutte quelle inezie, invece di restituirlo alla normalità del suo ambiente, avevano il solo risultato di spazientirlo. Le sue lettere di risposta cominciavano ad assomigliare sempre più a prediche religiose o libelli politici. Come se volesse indottrinare sua moglie sulle invalicabili barriere che isolavano le classi sociali condannate alla miseria intellettuale, sui bambini che crescevano segnati dai risentimenti degli adulti, sul peso del giogo dittatoriale sotto cui viveva la Spagna.

Era probabile che Évelyne, nel ricevere le sue lettere, provasse la stessa irritazione che lui provava per le sue. Vivevano su pianeti diversi e neppure l'aria che respiravano pareva composta degli stessi elementi. Con tutto ciò, doveva pur scrivere una risposta. Si decise a esprimere qualche concetto generale, aggiungendo piccole notazioni sul cibo e sul clima. Si era già messo a scrivere quando un'ombra si proiettò sul foglio. Alzò la testa: era comparso Infante, e aveva un'aria molto divertita.

«Hai già preso anche tu l'infame abitudine spagnola di fare tutto al bar?».

«Siediti, stavo scrivendo a mia moglie».

«Se è così, me ne vado. Non mi piace interferire nelle questioni di famiglia».

Nourissier, deponendo la penna, ordinò al cameriere due caffè.

«Non te ne andare. In fondo è un bene che tu mi abbia interrotto. Non so proprio cosa mettere in questa disgraziata lettera. Évelyne mi racconta un mucchio di incantevoli cosucce sulla casa e le bambine, sull'arredamento e le novità della moda. Sono tentato di risponderle che non posso occuparmi di sciocchezze mentre mi trovo immerso fino al collo nelle tragedie di questo paese».

«Spero proprio che tu non ti azzardi a fare una cosa simile. Questa non è la tua guerra, professore; tu appartieni a un altro mondo, molto più divertente. Fa' quello che sei venuto a fare e dimenticati di quello che hai visto e sentito qui».

«Tu non ti lasci mai impressionare da niente, vero, Carlos?».

«Il solo fatto di essere spagnolo mi rende impermeabile alle tragedie».

«Non mi piace il cinismo, alla lunga finisce per essere noioso. Ci vediamo dopo».

Nourissier si alzò, lasciando intatta la sua seconda tazza di caffè, posò qualche moneta sul tavolo e uscì. Infante lo seguì, ma dovette mettersi a correre per raggiungerlo. Finalmente lo affiancò.

«Mi spiace molto di doverti disturbare, ma ti ricordo che abbiamo appuntamento col giudice Santillana alle quattro, questo pomeriggio».

«Va bene, ci sarò».

«Puoi camminare più adagio, per favore?».

Nourissier si fermò seccato.

«Che cosa vuoi? Lo vedi che non sono dell'umore».

«Che io sia alle tue dipendenze non ti dà il diritto di insultarmi!».

«Perché, dirti che sei cinico ti pare un insulto? Ma se è una parola che sembra fatta apposta per te!».

Infante lo prese per un braccio e lo spinse verso una via laterale, al riparo dagli sguardi dei passanti.

«Volendo, puoi sempre cercare di redimere il tuo passato, come fa il giudice».

«Questo è tutto quello che avevi da dirmi?».

«No, volevo parlarti, ma non ho nessuna intenzione di sopportare le tue villanie». In quel momento Infante si accorse che un agente della Guardia Civil li stava osservando. «E quell'idiota non può smetterla di seguirci? Adesso mi sente!».

Partì furibondo verso l'uomo in divisa. Ma questi immediatamente si allontanò.

«Ehi, aspetta» gridò Infante.

Nourissier lo raggiunse.

«Sei matto? Su, torniamo al bar».

Il suo amico si lasciò condurre controvoglia. Entrarono e ordinò altri due caffè, che il padrone servì con espressione assente.

«Cosa pensavi di fare, ammazzarlo?».

«Ecco, lo vedi? Sei tu che prendi sempre tutto sul drammatico. Volevo solo dimostrarti che non possiamo fare niente contro questo sistema. Capisci? Niente!».

«Scusami. Stavo passando un brutto momento e ho scaricato il mio malumore su di te. Non so come ho potuto parlarti a quel modo».

«E va bene».

«Dico sul serio».

«Va bene, psichiatra, va bene. Ma adesso preoccupiamoci del lavoro».

«È successo qualcosa?».

«Mi sa tanto che non siamo in una bella situazione. Lo vedi che anche la Guardia Civil ci sta alle costole, e che il giudice, pur di lavarsi la coscienza, è pronto a correre qualsiasi rischio».

«Questa è una cosa che riguarda lui».

«E noi. Se lo arrestano per aver sottratto documenti dal tribunale, vorranno sapere cosa intendeva farne, no? Stamattina gli ho domandato perché ci desse le informazioni col contagocce, e lui mi ha risposto che ha bisogno di andare a consultare gli archivi per rinfrescarsi la memoria. Lì lo conoscono tutti. E poi lui, tranquillamente, ci invita a casa sua per parlarne. Alla Guardia Civil anche il più cretino deve aver capito cosa sta combinando. Adesso si tratta di valutare se quello che ha da dirci vale la pena di correre dei rischi. Lui si mette a posto la coscienza raccontandoci i suoi terribili peccati, ma a noi, le sue storie, servono?».

«Il racconto dell'arruolamento della Pastora nella banda è stato fondamentale per me».

«D'accordo. Vedremo cosa ci tira fuori oggi, ma se non è niente di fondamentale, ci conviene far le valigie e andarcene».

«Faremo come credi sia meglio. Sono perdonato per la faccenda di prima?».

«Non so di cosa mi stai parlando. Andiamo, che è ora di pranzo».

Quel pomeriggio il giudice Santillana li ricevette con la massima cordialità. Aveva apparecchiato la tavola con un delicato servizio da tè e un vassoio di pasticcini. Li invitò ad accomodarsi e andò in cucina a prendere il bricco dell'acqua calda. Infante, in ansia, bisbigliò all'orecchio di Nourissier:

«Ogni volta che lo vedo ho paura che ci aspettino delle brutte sorprese».

«Calmati, ti stai comportando da paranoico».

La ricomparsa di Santillana in veste di padrone di casa li costrinse al silenzio.

«Invecchiando, ho scoperto di preferire il tè al caffè. Il caffè mi agita troppo. Poi, la notte, non riesco a prendere sonno. Me ne rimango lì nel letto, ora dopo ora, a sentir battere la campana di quella maledetta chiesa». Versò il tè nelle tazze e domandò in tono mondano: «E allora, come vanno le vostre indagini? Qualche novità?».

«Nessuna» rispose secco il giornalista. E poi: «Il fatto è, signor giudice, che il nostro soggiorno a Morella volge alla fine. Quindi, se lei ha qualcosa da raccontarci sulla Pastora...».

«Capisco. Per voi questo è un lavoro e non avete tempo da perdere. Adesso vi racconto... Vediamo, di cosa dovevo parlarvi? Ah, sì. Lo sapete che la Guardia Civil aveva tentato di organizzare una specie di servizio segreto? L'idea era che alcuni agenti, facendosi passare per ribelli, commettessero canagliate in nome delle bande partigiane, così da minare la fiducia della gente. Il sistema era, come potete capire, piuttosto rozzo, ma poi si andò sofisticando, e questi agenti travestiti da partigiani servivano in realtà per capire quali contadini simpatizzassero con la guerriglia. Li incitavano a esprimersi contro Franco e il regime, e quelli che cadevano in trappola venivano pestati a sangue. Una volta, in una masseria, chiesero al padrone di mettere qualcosa in tavola. Il pover'uomo ammazzò un coniglio. E mentre lo stava spellando, gli chiesero: "Tu cosa faresti se adesso qui davanti a te ci fosse il Generalissimo?". E lui, per ingraziarseli, disse: "Lo prenderei per le orecchie e gli strapperei la pelle, come a questo coniglio". E allora quelli...».

Infante lo interruppe, gelido:
«Ma c'entra La Pastora in questa storia?».
Il giudice reagì come un bambino colto in fallo, e si affannò a dire, quasi scusandosi:
«No, non c'entra, ma aspettate, ora vi mostro dei documenti che ho trovato ieri negli archivi del tribunale. Solo che li ho di là, vado a prenderli».
Non appena si fu allontanato, Nourissier bisbigliò:
«Dovevi proprio essere così scortese?».
«Non siamo venuti fin qui per fraternizzare con gli abitanti».
«Ma siamo in casa sua, siamo suoi ospiti...».
«Non lasciarti incantare, quello è una carogna».
Santillana tornò sfogliando delle carte, gli occhiali sul naso, la fronte aggrottata. Sedette senza rivolgere loro uno sguardo, concentrato sui documenti.
«Vediamo... Dov'era? Ah, eccolo qui. Vi ho trovato delle notizie particolareggiate sulle rappresaglie compiute ai danni dei familiari della Pastora, dopo che lei salì in montagna. Vi interessa?».
«Ci interessa moltissimo» disse lo psichiatra, aprendo il suo bloc-notes. Il giudice sorrise soddisfatto.
«Ebbene: quando si seppe che La Pastora si era unita ai partigiani, i suoi zii furono arrestati per sospetto favoreggiamento. Prima venne fermato lo zio. Andarono a casa sua, perquisirono tutto da cima a fondo e trovarono un fucile da caccia. Ma lui aveva le carte in regola, e da quel lato era inattaccabile. La moglie non stava bene, e un medico aveva sconsigliato la carcerazione, ma due giorni dopo il fermo del marito, venne-

ro a prendere anche lei, la portarono via sdraiata su un materasso. Rimasero tutti e due in camera di sicurezza qui a Morella, e qui furono interrogati. Per spaventarli, fu arrestato anche il figlio maggiore. Ma nessuno di loro diceva dove fosse La Pastora. Ci provarono con la più piccola della famiglia, una bambina di dieci anni. Fu inutile. Si trovarono dei reati da imputare alla coppia, che fu trasferita al carcere di Tarragona. Non ho potuto verificare quanto tempo siano rimasti lì. L'unico risultato di tutta questa operazione fu quel che disse un cognato della Teresa Pla su un episodio tutto sommato irrilevante: una volta dei partigiani erano andati a chiederle di ritirare degli abiti da un sarto di Vinaroz. Questo fu tutto, una delazione inutilizzabile».

«La maltrattarono?» domandò Nourissier.

«Chi? La bambina? No. So che la spaventarono dicendo che non avrebbe più rivisto né madre né padre, ma poi, non avendone ricavato nulla, la lasciarono a casa di una zia. Gli adulti, invece... Dai verbali non risulta, ma immagino che a loro non andò altrettanto bene».

«È orrendo» disse Nourissier. «Lei crede che La Pastora sapesse quanto avveniva alla sua famiglia?».

«Ma certamente. I partigiani si tenevano al corrente di tutto, avevano molti contatti. Specialmente nei primi tempi».

A quel punto Infante interruppe la conversazione.

«La ringraziamo molto di tutto quello che ha fatto per noi, signor giudice, ma adesso dobbiamo proprio salutarla».

«D'accordo. Allora ci vediamo dopodomani».

«Dopodomani? E per cosa?».
«Dopodomani vi parlerò dei fatti più importanti».
«E perché non adesso?».
«Adesso non è il momento».
«Signor giudice, è pericoloso per lei e per noi che il tenente Álvarez sappia dei nostri incontri. E poi noi dovremmo andarcene quanto prima, siamo sorvegliati».
«Domani sera a cena, allora».
«Sarà un piacere» intervenne Nourissier. «Le va bene alla pensione? Sarà nostro ospite; non si mangia affatto male».
«Sarò lì alle nove».
Il francese sapeva che le obiezioni di Infante non si sarebbero fatte attendere. Infatti, appena furono in strada, Infante parlò:
«Ma è assurdo, e a me quello che è assurdo mette sempre dei sospetti. Perché voleva vederci dopodomani?».
«Vorrà raccontarci un fatto che gli pesa sulla coscienza, ma non se la sente e rimanda. È un comportamento che ho riscontrato in molti dei miei pazienti».
«Storie, Lucien! Quel tizio sta tramando qualcosa».
«Che cosa dovrebbe tramare? Ci ha offerto delle rivelazioni preziosissime. Se avesse voluto consegnarci alla giustizia lo avrebbe già fatto».
«Ti sembrano così utili quelle miserie?».
«Molto. Le rappresaglie di cui ci parlava completano il quadro che mi sto facendo di quella donna, chiariscono i motivi delle sue azioni».
«Sei già andato avanti parecchio nel lavoro?».
«Quando arriviamo alla pensione te lo mostro».

«Abbassa la voce. Ecco di nuovo quello là che ci segue».

Passarono in silenzio accanto all'uomo in divisa, che non cercò neppure di dissimulare la sua presenza.

Una volta alla pensione, Nourissier condusse Infante in camera sua. Gli mostrò la gran quantità di pagine già scritte, sottolineate, annotate ai margini.

«Ma queste sono tutte congetture» disse Infante. «Le notizie che abbiamo avuto non permettono di ricavare tanto».

«Il mio lavoro procede sempre per congetture. Nessuno può fare una radiografia alla mente umana».

«Per fortuna! La mia avrebbe un aspetto decisamente sinistro. Ti lascio, credo che adesso andrò a ubriacarmi. Ci vediamo domani».

Al campo mi fecero un po' di addestramento, mi insegnarono a usare il fucile e tutte le cose importanti che dovevo sapere. Mi insegnarono anche che cosa si poteva chiedere ai massari e che cosa no. Potevi dirgli di andare a comprare le cose indispensabili: riso, lenticchie, ceci, fiammiferi, una coperta... Cose che non destavano sospetti. Ma non bisognava mai mandarli a comprare carta per scrivere, matite, torrone per Natale o capricci, perché queste cose i massari non le comprano mai, e in paese si sarebbero accorti subito che stavano facendo la spesa per noi. E poi mi insegnarono come bisognava fare quando si andava in missione. Intanto, un compagno che faceva il barbiere ti tagliava i capelli. Poi il capo controllava se eri ben vestito. Niente scarpe vecchie o camicia sporca. Ci spiegavano che un guerrigliero della Repubblica doveva sempre essere pulito e in ordine. Tutto quello che mandavamo a comprare dovevamo pagarlo, se avevamo i soldi, e amici come prima. Poi, quando andavi in missione, ti davano un sacchetto di zucchero e un pezzo di carne secca. Così potevi andare avanti qualche giorno se qualcosa andava storto.

Per me non era difficile, è più difficile trovare un agnello che ti è finito nel gregge di un altro. In quel primo cam-

po nessuno parlava di insegnarmi a leggere. Questo sì che per me sarebbe stato difficile. Non mi dicevano niente, e non dicevo niente neanch'io perché sapevo che era troppo presto. Prima dovevo far capire che ero in gamba, che non avevo paura e non scappavo davanti alla prima guardia che vedevo.

Mi mettevano qualche giorno in un gruppo e qualche giorno in un altro, mi mandavano in posti diversi, cambiavo sempre compagno... Alla fine Carlos decise che dovevo far parte del gruppo che andava in «missione economica», lui diceva così.

Eravamo in tre: Juan, Valencià ed io. Ci mandarono al mas *del Fondo, che era fuori Morella. Io quella zona la conoscevo pietra a pietra. Ci accampammo non lontano da lì, e da certi punti che sapevo io dovevamo tener d'occhio la masseria per capire che abitudini avevano. Io quella gente la conoscevo, la conoscevo benissimo. Bisognava far passare del tempo anche perché la terra si asciugasse, c'erano stati tanti temporali che era tutto pieno di fango e si camminava male.*

Insomma, una mattina decidiamo di scendere giù. Il figlio del massaro, Jaime, andava in campagna all'alba col lavorante. Lo fermiamo col fucile. Poi Valencià manda il lavorante, Tomás si chiamava, a chiedere al padre di Jaime dodicimila pesetas, e gli dice da dove deve passare quando torna coi soldi. Non c'era bisogno che ci venisse a cercare, gli andavamo incontro noi. Il ragazzo l'abbiamo tenuto come ostaggio, e secondo me sapeva benissimo chi ero perché mi ha guardata un bel po', e forse conosceva anche El Valencià.

Insomma, ci nascondiamo col figlio dei massari e intanto il lavorante va a farci la commissione. Passano due ore, passa mezza giornata, e non si vede nessuno. El Valencià era agitato, e allora dice al ragazzo che se suo padre non manda i soldi lo ammazziamo. Lui piangeva, era vigliacco, chiedeva pietà. Allora El Valencià gli dice: «Adesso ci fai i nomi di tutti quelli che conosci che sono del somatén. Così aggiustiamo i conti». Il ragazzo non ci pensa due volte, tira giù una sfilza di nomi, che fossero parenti o amici non gli importava, gli uscivano dalla bocca come niente, e Juan li scriveva su un foglio. Mi faceva una rabbia che non vi dico perché un uomo non deve piangere, ma diciamo che se anche piange non succede niente, in fondo siamo tutti esseri umani e possiamo avere un brutto momento. Ma la cosa che non si può fare più di tutte è fare la spia. Un uomo deve essere forte e dire: «Io di nomi non ne faccio, neanche se mi obbligate con la forza». E di forza quella volta non ce n'era stato bisogno, non l'abbiamo neanche toccato.

Nel mentre io stavo di guardia per vedere se arrivava il lavorante, e a un certo punto lo vedo, ma dietro c'erano altri quattro che erano di sicuro civiles vestiti da contadini. Li ho scoperti subito, due erano vestiti da donna, volevano far finta che erano le sorelle del ragazzo, ma si vedeva benissimo. Se non la sapevo io la differenza che c'è fra una donna e un uomo travestito! Un altro magari si lasciava fregare, ma io no. E così corro dal Valencià a dirglielo, e intanto Juan guarda dall'altra parte e di là ne arrivavano altri, vestiti da contadini anche loro. Il massaro aveva chiamato le guardie. Allora Valencià mi dice: «Co-

sa pensi, Pastora, ci sarà un modo per scappare da qui?».
«Sì, venite, vi guido io. Ci portiamo anche quello lì?».

Quel vigliacco tremava come una foglia, seduto lì per terra, dovevo tenergli il fucile puntato alla testa perché non gli venisse in mente di gridare. Si era perfino pisciato addosso dalla paura. Allora Valencià dice: «Non vale la pena di far la fatica. Chi ci dà un soldo per uno così? Lascialo andare».

Io avevo una rabbia dentro che la faccia mi bruciava come vicino al fuoco. L'avrei preso volentieri a calci quella carogna, l'avrei ammazzato e l'avrei buttato ai cani. I fifoni mi fanno schifo, e le spie ancora di più. Ho preso una pietra bella grossa e gli ho detto: «Prendi, per il disturbo e per il tempo che abbiamo perso, e perché sei un cagasotto, questa è la tua paga». E gliel'ho tirata in testa, la pietra, più forte che potevo. È caduto come se l'avesse preso un fulmine.

El Valencià mi dice: «Bravo, così si fa!». E l'ha preso a pietrate anche lui. «Più tardi si riprende meglio è, così non racconta da che parte siamo andati».

Juan si preoccupava: «Lasciatelo stare, che ci pigliano! Andiamocene via!».

«Sta' calmo, non c'è da aver paura» rispondo. E intanto El Valencià strappa dei rami per coprirlo con le foglie. Era vivo, il ragazzo, ma se non lo trovavano moriva di freddo di sicuro, o magari dissanguato. Uno così se lo meritava. Poi siamo corsi dalla parte che dicevo io e dopo un po' eravamo in salvo.

Mangiammo carne secca e pane duro. La «missione economica» era fallita, ma non ci importava poi tanto. Io stavo bene, meglio che mai, contento come se avessi be-

vuto due cognac. Se ci fosse stata la musica avrei ballato come quando andavo vestita da donna alle feste patronali. Era stato bello come il cuore mi batteva quando avevo riconosciuto le guardie vestite da donna. Era stato bello tirare una pietrata a quel disgraziato. Non era più come quando passavo i mesi al pascolo. Tutto andava piano con le pecore, era sempre tutto uguale. Ogni giorno uguale all'altro, e lo sapevi e aspettavi che venisse mattina per alzarti, e poi mezzogiorno per mangiare, e poi la sera per dormire..., finiva la primavera e veniva l'estate... Adesso no, adesso ogni giorno era diverso e nessuno poteva dire, nemmeno io potevo dirlo, dove sarei stato, cos'avrei fatto il giorno dopo. Mi veniva da ridere tanto ero contento. Mi piaceva essere partigiano, anche se quella volta non ho detto niente perché la missione era andata male e nessuno doveva essere contento.

Stavamo bevendo quel poco di vino che avevamo quando El Valencià mi guarda in faccia tutto serio e mi fa: «Bravo, compagno Durruti. Ci è andata male, ma non per colpa tua. Queste montagne le conosci come il palmo della tua mano e la paura non sai che cos'è. Bravissimo».

Era la prima volta che mi dicevano che ero bravo. Sentirmi chiamare compagno Durruti faceva un po' ridere, ma non ho riso. Ero orgoglioso, sì, avevo fatto una cosa importante. Chi l'avrebbe detto che quello che sapevo io poteva servire così tanto agli altri? Camminare in montagna, salire e scendere per i torrenti e le forre. Riconoscere da lontano gli uomini vestiti da donna.

Rimanemmo da quelle parti almeno quindici giorni. Di tanto in tanto scendevamo a una masseria e chiedevamo da mangiare. Poi ci ritrovammo coi compagni a La Sénia, dove La Nena, *una donna partigiana più coraggiosa di venti uomini insieme, aveva sempre la tavola pronta per noi.*

Il 16 *luglio facemmo una cosa che non me la dimenticherò mai e che vi racconto perché è quasi da ridere. Eravamo in cinque compagni, così ci chiamavamo sempre fra di noi, compagni, e scendemmo fino allo stradone che va da* Tortosa *a* L'Aldea, *per un'«azione rivoluzionaria», così dicevano loro. Io neanche sapevo cos'era, ma non volevo far brutta figura e non chiedevo niente, aspettavo di vedere da me. Insomma, dopo un po' che eravamo lì passa un carro che veniva da* Tortosa, *noi lo fermiamo e stacchiamo il mulo. Dopo il carro lo mettiamo di traverso in mezzo alla strada. E ogni volta che arrivava una macchina era un divertimento vedere la faccia di quello che guidava, prima vedeva il carro e poi noi, coi fucili e tutte le armi. In poco tempo arrivarono tre macchine e un po' di biciclette. Si fermavano, noi facevamo scendere la gente e ci facevamo dare i soldi che avevano nel portafoglio. Uno portava un orologio d'oro e gli abbiamo preso anche quello. Poi li spingevamo da una parte, tutti in un gruppo, e io li controllavo col fucile perché non gli venisse la brutta idea di scappare. Alla fine saranno stati una quarantina con gli occhi di fuori per lo spavento che non sapevano come andava a finire. Uno che aveva una bella macchina, dentro il baule gli abbiamo trovato un fucile da caccia a due canne, nuovo nuovo, e anche quello l'abbiamo requisito per la rivoluzione. C'era da ridere a vedere la faccia che facevano. Quando il capo della missione ha deciso che dovevamo andar via perché era pericoloso, ha fat-*

to una cosa che non mi aspettavo. Ha detto a Francisco, che era quello che ne sapeva di più di politica, di fargli un comizio, che io non sapevo cos'era e così quella volta l'ho capito. Francisco, parlando forte e chiaro, si è messo a dire a quelli là che Franco aveva i giorni contati e tutti dovevano organizzarsi politicamente ed entrare nel Partito comunista. Proprio così. Poi ha gridato: «Via la Repubblica! Viva la Spagna libera! Morte a Franco, morte al fascismo internazionale!». Noi rispondevamo «Viva!» o «Morte!», secondo come bisognava. Poi Francisco tirò fuori dal tascapane dei volantini di propaganda e li distribuì a tutti quelli che io tenevo sotto tiro.

Alla fine il capo ha fatto buttare della benzina su due macchine e gli ha dato fuoco. Poi ha dato ordine di ritirarci, e quelli sono rimasti lì a cagarsi sotto, se mi permettete l'espressione.

Da quando lo conoscevo Francisco mi era sembrato un uomo coraggioso e con lui mi intendevo bene, ma da quel giorno mi è piaciuto anche di più per il sangue freddo che aveva avuto e come aveva detto seriamente tutte quelle cose. La mattina dopo gliel'ho detto: «Se non ti avessi visto parlare così bene a quelli là, così calmo e tranquillo, io non ci avrei mai creduto che eri capace».

Lui mi guarda e con un sorriso mi fa: «Ogni tanto noi due dovremmo passare un po' di tempo insieme, perché vedo che di pagnotte ne devi mangiare ancora tante».

E così fu. Lui mi insegnava le idee comuniste che erano sempre cose sulla giustizia e l'uguaglianza dei lavoratori e lo sfruttamento dei padroni. E delle volte mi diceva: «Ma a te, tutto questo che ti dico, ti sembra giusto o sbagliato? Perché ti vedo che ascolti, ascolti sempre e non dici neanche be'».

A me sembrava giusto. Che gli uomini sono tutti uguali e la terra è di chi la lavora e nessuno deve farti lavorare come un mulo per quattro soldi, sono tutte cose molto belle e giuste. Il fatto è che non sapevo di che mondo mi stava parlando, perché nei posti che avevo visto io non era mai stato così.

Un giorno che mi aveva parlato più del solito delle idee comuniste, Francisco mi fa: «Adesso bisogna che cominci a passarti qualche libretto di quelli che abbiamo qua così te lo leggi e te lo studi un po'». Sono diventato rosso fino alle orecchie perché credevo che El Catalán gli avesse detto che non sapevo leggere. Allora glielo dico: «Io non so leggere, Francisco. Non sono mai andato a scuola».

Lui ci rimane un po', che si vedeva che era dispiaciuto, poi mi chiede: «Mai, neanche alla prima elementare?».

«Io sono sempre stata dietro alle bestie».

«Lo vedi, Pastora? Tu sei un esempio di quello che ti dico sempre: uno sfruttato, ecco cosa sei».

Alla fine, che a sentir tante prediche su quello che ero e non ero, e tutte le domande che mi faceva, mi ero già un po' stufato, gli dico:

«Su, Francisco, non c'è da fare tante storie. Non so leggere, quindi i libri che mi vuoi dare saranno anche belli ma non ne ho bisogno. Te li puoi tenere».

E allora lui mi mette una mano sulla spalla e mi dice:

«Sta' tranquillo, compagno, non importa. Rubén ti insegnerà a leggere e scrivere. Alla fine ne saprai più tu di

un maestro di scuola. Lui ha pazienza e l'ha già fatto con altri. Vedrai che è facile».

El Catalán si era dimenticato di dirlo, che non sapevo leggere, e si capisce, perché lui era il capo di tutto il settore e di cose da pensare ne aveva tante. Ma poi Francisco parlò con Rubén e quando non c'era da lavorare facevamo la lezione. Io imparavo, sì, e il giorno che ho saputo tutte le lettere mi è venuto quasi da piangere tanto ero contento. Cose del passato, quando piangevo per tutto, quand'ero una donna. E così mi sono ricordato che non dovevo piangere e mi sono tenuto. Pensando a questo mi viene in mente che Rubén un giorno mi aveva detto:

«Non ti ricordi mai di quando eri una donna, Pastora? Non ti voglio offendere, ma mi interessa. Com'era vivere così?».

«Delle volte mi sembrava normale, delle volte no. Però ero quasi sempre solo, e allora se ero uomo o donna non cambiava niente, ero io e basta».

Era un bravo ragazzo, Rubén, più tranquillo di Francisco. Francisco era più duro della pietra. In quel periodo, erano i primi d'agosto, andarono lui e quello che lo chiamavano Il Nonno di nome di guerra, alla masseria di Val de Fortún. Francisco e il padrone di quella masseria, un certo José García, erano nemici politici da tanto tempo, da prima ancora che Francisco salisse in montagna. Francisco voleva vendicarsi, e così è andato a casa di quello là e l'ha ammazzato, lui e il figlio.

Ma anche Rubén era una testa calda. In un'azione per ammazzare la guardia che aveva assassinato Gisbert, il padrone del Cabanil, era così agitato che sparò a un'altra guar-

dia che non c'entrava niente. Era un'azione pericolosa, erano scesi fino a Rossell, fin nella piazza erano arrivati. Poi a Rubén gli dispiaceva di aver sbagliato uomo, aveva come un rimorso, ma i compagni dicevano che una guardia era una guardia, che non c'è una guardia buona se non è una guardia morta. Poteva succedere, capita a tutti di sbagliare. Ma il brutto fu quel che dopo successe a noi a Benifallet.

Io e El Valencià, con un compagno che noi chiamavamo Barbero perché era lui che ci tagliava i capelli prima di andare in missione, quella volta dovevamo entrare alla masseria Xalamera perché ci avevano detto che lì c'erano soldi e viveri. Prima ci siamo appostati intorno a vedere che dentro non ci fosse nessuno. Dicevano che la casa era disabitata e così sembrava. Alla fine andiamo, e come ci avviciniamo cominciano a piovere spari dal cielo che sembrava una pioggia di fuoco. Ci buttiamo a terra, ci mettiamo a sparare anche noi verso la casa, perché facevano fuoco da lì. Io mi arrangio per scappare e arrivare nel posto dove avevamo deciso di trovarci. Subito dopo vedo arrivare El Valencià. E giù maledizioni contro i civiles, *perché sembrava fatto apposta, come se ci stessero aspettando. Passa un po' di tempo e Barbero non si vede. Aspetta e aspetta e poi Valencià mi dice: «Andiamocene a La Sénia, va', che quelle carogne ce l'hanno ammazzato e non possiamo neanche andarlo a raccogliere».*

A La Sénia c'erano Carlos el Catalán, Rubén, Lucas e Nano. Gli raccontiamo che Barbero era caduto in un attacco della Guardia Civil, che ci aspettava alla Xalamera. Allora Carlos, serio, si volta verso Rubén e poi

Nano e dice: «Ecco la paga per la guardia che avete fatto fuori».

Io non capivo, ma loro si sono messi a discutere e a far la voce grossa. E poi sento Rubén che grida:

«Cretini, siete dei cretini, volevate entrare nella masseria che usavamo noi come punto d'appoggio. Abbiamo ammazzato Barbero per colpa vostra».

Allora ho capito. Valencià, che il carattere ce l'aveva brutto, è diventato una bestia. «E voi, perché non avete dato l'altolà, perché non avete nemmeno guardato con chi avevate a che fare?».

«Avevamo l'ordine di sparare, porco mondo, o non sai neanche questo?».

El Catalán l'ha fatto star zitto: «Zitti, porca di una puttana! Qui non siete al bar. Siamo in guerra e certe cose possono capitare. Però ve lo dico ben chiaro: chi ne combina ancora una del genere, non la passa liscia. Faccio rapporto ai superiori. Mi sono spiegato?».

Siamo rimasti tutti con la bocca chiusa. El Catalán ci guardava con quegli occhi che aveva, seri, duri. Poi ha parlato di nuovo:

«Mi secca ancora di più che il cadavere del compagno lo raccoglierà la Guardia Civil, e non gli porteranno il rispetto che si merita. Quindi, facciamo almeno un minuto di silenzio alla sua memoria, perché era un bravo combattente e un buon compagno, e faceva sempre il suo dovere. Che la terra ti sia lieve, compagno Eufemio Bolós, Barbero».

E allora abbiamo abbassato la testa. Ma El Catalán guarda me e mi fa:

«E tu, Durruti, perché cazzo non te lo levi il basco, non ho parlato anche a te?».

Io non mi ero accorto che gli altri si erano tolti il berretto. Non lo sapevo cosa si faceva nel minuto di silenzio, non l'avevo mai visto fare prima, e così mi sono levato il basco e sono rimasto zitto come se quello che era morto fossi io.

Ma prima che succedesse questo devo dire che per me quelli erano bei tempi. Imparavo sempre di più delle cose dei partigiani, e insegnavo ai compagni tutti i sentieri e tutti i posti che loro non sapevano, e nel mentre Rubén mi insegnava a leggere. Era così un bravo ragazzo Rubén, così giovane e già così coraggioso.

Fecero colazione senza quasi rivolgersi la parola. Ma il disaccordo che pesava su di loro non poteva non affiorare. Bevuta l'ultima tazza di caffè, Infante disse con una certa solennità:

«Oggi è l'ultimo giorno qui. Puoi cominciare a dire addio all'illustre città di Morella».

«Dipende da cosa ci racconterà il giudice».

«Infatti. Se dipendesse da me faremmo le valigie in questo preciso istante, e chi s'è visto s'è visto».

«Tu puoi cominciare ad andare se vuoi, ti sistemi dove hai deciso che alloggeremo e io ti raggiungo appena ho finito».

«È una possibilità, ci penserò. E fino a stasera, che cosa intendi fare?».

«Lavorare».

«Va bene. Invece io, che non so dove posare le mie povere ossa, credo che andrò a fare una passeggiata in campagna».

Infante uscì e s'incamminò lungo la strada che usciva dal paese. Sentiva il bisogno di stare solo, di pensare. Era ancora in tempo per andarsene, per tornarsene a Barcellona. Guardò il panorama campestre, senz'altro limite che le montagne. Era bello, chi poteva negarlo? Ma lui non poteva concedersi il lusso di contemplare il paesaggio. Era in pericolo e lo sapeva. La sua vita poteva cambiare da un momento all'altro. La sua vita miserabile, la sua vita piena di macigni che pesavano come il legno della Croce. Furono gli olivi centenari a fargli venire in mente quell'immagine, come se dialogassero con lui. Un'immagine religiosa: in un oliveto Cristo aveva sudato sangue la notte prima di essere tratto in arresto. Andava incontro al suo destino, ma anche lui soffriva. Il coraggio non è non avere paura, ma avercela e andare avanti lo stesso. Suo padre diceva sempre che le religioni non sono altro che fandonie. Certo, ma sono un buon repertorio di immagini, dove pescare quando se ne ha bisogno. Cristo era lì, sotto gli olivi, terrorizzato all'idea del dolore fisico, all'idea di morire. Giuda lo aveva tradito. C'è sempre un traditore, che poi alla fine si pente, si flagella, si impicca. Non c'è mai lieto fine per i traditori. Non sono mai un esempio, non sono decorativi, non muovono al perdono. Sono la feccia dell'umanità. Poteva lasciare Nourissier lì da solo? Abbandonarlo? Il francese gli era simpatico. All'inizio gli era sembrato un tipo con la puzza sotto il naso, uno che arriva dalla sua vita civilizzata con la certezza di avere in tasca la verità. Col tempo aveva cambiato idea. Nourissier era un brav'uomo, un essere strano nella sua innocenza, come se la realtà non lo avesse contaminato. E poi gli piaceva il suo senso dell'umorismo, quella leggera malinconia che aleggiava sempre intorno a lui, la sua capacità di mettersi nei panni degli altri. In fondo era un generoso, ed era gentile con tutti. Forse la vita non lo aveva messo alla prova come aveva fatto con lui, ma cosa importava? Contano solo le azioni di un uomo, e quelle di Nourissier brillavano come pietre preziose. Le sue no, le sue macchiavano le mani come pezzi di carbone.

Strappò un ramoscello che cominciava a ingiallire e lo annusò, sapeva d'autunno. Quella terra selvaggia e vera, sconosciuta e minacciosa come il futuro, gli piaceva ogni giorno di più; quando tutto fosse finito forse avrebbe preso una decisione simile a quella del giudice: ritirarsi a vivere lì. Avrebbe preso in affitto una casetta e vi avrebbe vissuto da solo, finalmente in pace.

Sedette in un prato, aspirò l'aria. Dove sarebbero andati, ora? Quale sarebbe stata la prossima tappa? Di certo era meglio allontanarsi dalle montagne, scendere in pianura. Rimanere troppo vicini a Vallibona era pericoloso. Avrebbero potuto sistemarsi a Santa Bárbara, lì non avrebbero avuto problemi. Se aveva sperato che Nourissier rinunciasse al suo progetto, adesso era chiaro che non sarebbe stato così. Sarebbero andati avanti, insieme. Avrebbe giocato fino in fondo il gioco della verità, affrontandone le conseguenze. Il tepore del sole lo fece sentire meglio. Si sdraiò su un fianco, si addormentò.

Si svegliò intorpidito, intirizzito dal freddo. Trasalì per un fruscio fra i cespugli. Distinse una figura quasi immobile.

«Chi va là?» gridò.

Un ragazzo, scuotendo i rami, se la svignò di corsa. I ragazzi sono curiosi, pensò. Eppure quella curiosità che in genere non lo preoccupava, ora lo opprimeva. L'angoscia che lo tormentava all'inizio di quella passeggiata riprese il sopravvento. Sì, bisognava andar via, e subito. Come loro si erano accorti che la Guardia Civil li sorvegliava, così doveva essersene accorta la gente del posto. Erano diventati individui sospetti. Quei ragazzi che sembravano sempre in agguato, all'improvviso potevano avere una reazione imprevedibile e brutale. Poco prima, mentre dormiva, chiunque avrebbe potuto aggredirlo con assoluta impunità. In posti come quello la distanza fra la vita e la morte è piccola. E se qualcuno li avesse uccisi, i loro corpi sarebbero finiti chissà dove, nel fondo irraggiungibile di qualche precipizio. Sarebbero letteralmente scomparsi. Rabbrividì e decise di rientrare.

Alle otto e mezzo Nourissier scese in sala da pranzo. Ordinò una birra e andò a sedersi al solito posto. La padrona, già avvertita che aspettavano un ospite, aveva apparecchiato il tavolo per tre. Guardò la gente che entrava e usciva. Lo stupiva l'affollamento di quella sera, ne chiese il motivo. Erano cacciatori venuti per i cinghiali. Tanto meglio, nella confusione avrebbero potuto parlare con più libertà. Venti minuti dopo, Infante comparve. Pareva avesse bevuto.

«Ti senti bene?» gli chiese.

«No, ho solo riflettuto un po'».

«Riflettuto e basta?».

«Senza un paio di bicchieri, lo sai che non riesco a riflettere».

«E sei giunto a qualche conclusione?».

«Sì, che dobbiamo andarcene da Morella».

«Per questo non avevi bisogno di ubriacarti; è un'eternità che lo dici».

«Chi ti ha detto che sono ubriaco?».

«Lasciamo stare, Carlos. Solo non capisco come mai ogni volta che qualcuno mi racconta qualcosa di veramente importante, il tuo primo pensiero è scappare».

«Ho dimenticato le sigarette in camera, torno subito».

Era il suo modo di dire che preferiva non discutere, e Nourissier non lo disapprovava. Cinque minuti dopo comparve il giudice, in abiti da città, impeccabile come se si disponesse a esercitare il suo ruolo di magistrato. I cacciatori si voltarono a guardarlo, ma lui non vi badò. Nello stringergli la mano, Nourissier, che si era alzato in piedi per riceverlo, si accorse con sorpresa che puzzava distintamente di alcol. Pareva che per più d'uno quello fosse stato un pomeriggio gravido di tentazioni etiliche, ampiamente soddisfatte.

«È solo, professore?» domandò il giudice.

«Il mio collega arriva subito».

Come se lo avesse sentito, Carlos Infante sopraggiunse in quel momento.

«Che piacere rivederla, signor giudice».

Nourissier si accorse che si era lavato la faccia e ravviato i capelli, e che grazie a queste operazioni aveva un'aria molto più presentabile.

La cena ebbe inizio con una squisita zuppa tradizionale al timo, alla quale seguì un agnello al forno con patate. Il vino rosso che accompagnava il menu era aspro e forte, tanto che Nourissier lo assaggiò appena. Ma evidentemente i suoi commensali ritenevano di non avere ancora raggiunto il tasso alcolico ottimale, e continuavano a versarsi da bere l'un l'altro.

Per concludere si deliziarono con una finissima crema catalana. Il giudice aveva l'aria di essere più che alticcio. La padrona si avvicinò e chiese con un mezzo sorriso se per il caffè non preferissero passare nella saletta in fondo. «Il giudice starà molto più comodo di là, su una bella sedia a dondolo. Lo dico nel caso si sentisse stanco».

La saletta così cerimoniosamente offerta non veniva aperta quasi mai, e vi stagnava un'aria gelida, cosa che a Nourissier non parve del tutto controproducente. Forse il freddo sarebbe servito a snebbiare le menti dei due bevitori. E probabilmente funzionò, perché Infante, non appena il giudice si fu seduto sulla tanto decantata sedia a dondolo, lo mise alle strette:

«Signor giudice, credo che ora dovrebbe cominciare a raccontarci quello che ha in serbo per noi. Non vorremmo fare troppo tardi».

La padrona entrò e depose il vassoio con caffè e cognac su un tavolino. Se ne andò subito e richiuse la porta dietro di sé. Infante guardava il giudice con insistente fissità. Il giudice, che continuava a perdersi in chiacchiere mentre attendeva il momento di ricominciare a bere, si ritrovò a parlare da solo. Il silenzio che lo circondava era tale che si rese conto lui stesso di non poter più rinviare il suo racconto. Ma tentò un ultimo sotterfugio:

«Forse non è il momento adatto, dopo una cena così copiosa. Non potremmo rivederci domani?».

Infante batté una manata sul tavolo che fece tintinnare tazze e cucchiaini.

«La pianti con le sciocchezze, Santillana! Dica quello che ha da dire e facciamola finita con questa farsa!».

Nourissier, imbarazzato nel veder trattare a quel modo un uomo anziano, fu sul punto di intervenire. Ma si trattenne. Forse era meglio lasciar fare a Infante. Santillana, lo sguardo a terra, balbettava frasi sconnesse. Poi, di colpo, si coprì il viso con le mani e si mise a piangere. Infante, inflessibile, strinse il pugno. Stava per gridare. Allora Nourissier gli fece segno di tacere e si rivolse al giudice con voce pacata:

«Cosa c'è, Eusebio, si sente tormentato dai ricordi?».

Il vecchio, senza alzare la faccia rigata di lacrime, annuì.

«Mi tormentano ogni giorno, ogni notte, ogni minuto della mia vita. Sono un miserabile, un essere vergognoso, e non merito il titolo di giudice». Dopo un silenzio afflitto, si riprese, e parlò con perfetta lucidità, come se non avesse bevuto neppure un bicchiere.

«Olivier Herrera era nato in Francia, figlio di spagnoli, ed era venuto qui per arruolarsi nell'esercito repubblicano. Sposò una ragazza di Alcalá de Xivert. Alla fine della guerra fu condannato a vent'anni, ma uscì con l'amnistia del '43, non essendosi macchiato di delitti di sangue. Tempo dopo la Guardia Civil venne a sapere, attraverso le delazioni di alcune persone tratte in arresto, che alla sua masseria veniva dato aiuto alla guerriglia. La casa fu messa sotto sorveglianza, e quando fu chiaro che l'Herrera dava ospitalità a tre partigiani, venne formata una squadra di diverse guardie, due commissari di polizia e alcuni civili volontari. L'operazione era a carico del comandante Hernández de los Ríos, di Morella. Fu per questo che toccò a me istruire il processo».

Tacque. Guardò a terra. La voce di Nourissier suonò tranquilla:

«Successe qualcosa di orribile e lei fu costretto ad assistervi? Qualcosa che la tormenta? Mi dica. È passato molto tempo, erano circostanze estreme, e non c'è nulla che non si possa dire. Parlare le farà bene».

«I tre partigiani erano nella casa, ma l'Herrera era andato in paese in bicicletta a comprare dei viveri che potessero portare con sé. Le guardie, appostate di fronte alla masseria, mandarono avanti una donna, una di quelli che avevano parlato. Lei gridò ai partigiani di consegnarsi, che ormai erano circondati e non avevano scampo. Loro gettarono una granata e tentarono di fuggire approfittando dell'esplosione. Furono mitragliati sul posto. Erano due».

Infante era così preso dal racconto del giudice, che quando questi faceva una pausa doveva mordersi la lingua per non incitarlo a continuare.

«Rimaneva il terzo, "Deseado" era il suo nome di guerra. Aveva solo diciott'anni. Tentò di uscire dalla porta di dietro, ma si accorse che sparavano anche da lì. Allora annunciò da una finestra del primo piano la sua intenzione di consegnarsi e buttò di sotto le armi. Il comandante, che voleva prenderlo vivo, entrò nella casa. Quando lo vide da in cima alle scale, il ragazzo fece esplodere una bomba a mano. Saltarono in aria tutti e due».

«È terribile» disse Nourissier.

«L'Olivier Herrera non era tornato. Lo aspettarono sul viottolo che portava al podere. Tornava con una damigiana d'olio, del pane. Me lo raccontò sua moglie quello che era successo. Lo fecero scendere dalla bicicletta e lo caricarono su un camion per portarlo a casa. Lì, in presenza di sua moglie, incinta all'ultimo mese e con un bambino piccolo in braccio, gli chiesero i nomi dei partigiani che aiutava. Lui aprì la bocca soltanto per salvare sua moglie: disse che lei non sapeva niente, che era un'incapace e nei suoi contatti con i partigiani gli era solo di disturbo. Le guardie, vedendo che i nomi non venivano fuori, presero a picchiarlo col calcio dei fucili. Prima ai piedi, poi alle gambe. E più taceva, più le percosse salivano. Gliene diedero da tutte le parti, gli ruppero le ossa. Alla fine, ormai convinti che non avrebbero cavato nulla, lo spinsero contro un muro. La moglie si allontanò portando con sé il bambino. Sentì le raffiche di mitraglietta, e poi uno sparo: il colpo di grazia. Erano sposati da tre anni. Lo vide portare via morto insieme ai tre partigiani. Il comandante lo avvolsero in una coperta e lo caricarono su un'ambulanza. Quando tutti se ne furono andati, la donna trovò le scarpe di suo marito sopra una gabbia delle galline. Pensò che le guardie gliele avessero fatte togliere. Solo settimane dopo seppe che uno di loro andava in giro a dire che...».

Al giudice si spezzò la voce. Cercò di riprendere il racconto ma non ci riuscì. Abbassò la testa. Nourissier gli mise una mano sulla spalla, gli sussurrò:

«Si calmi, Eusebio, per favore».

Il giudice si mise a singhiozzare apertamente, senza coprirsi gli occhi. Aveva la faccia rossa, solcata di lacrime e muco. Il mento gli tremava. Ritrovò la voce, ora acuta e insicura:

«Diceva che era stato suo marito a chiedere di potersi togliere le scarpe. "Non sono vecchie" aveva detto. "Magari a mio figlio andranno bene quando sarà grande". Questo fu tutto. Pensate, fu tutto». Il giudice si fermò, e il suo sguardo ebbe un lampo di furia. Le parole che seguirono furono pronunciate a gran voce: «Lo sapete che cosa scrissi io negli atti? Volete saperlo? Scrissi: "Olivier Herrera, favoreggiatore e complice dei banditi, tentò di darsi alla fuga quando stava per essere fermato dalle forze dell'ordine. Essendo armato, dovette essere abbattuto con un colpo d'arma da fuoco". Punto. Questa è la versione che accreditai. Questi sono i fatti che rimarranno registrati a causa della mia vigliaccheria. Ma il cadavere io l'avevo visto, distrutto dalle botte, crivellato di colpi. Me lo vedo davanti giorno dopo giorno, notte dopo notte».

Nourissier lo prese per un braccio. Disse molto lentamente:

«Si calmi, giudice, la prego».

Il vecchio cavò dal taschino un fazzoletto ben stirato e si soffiò il naso rumorosamente. Allora Infante si avvicinò con fare minaccioso e disse, quasi gridando:

«E La Pastora, si può sapere cosa c'entra La Pastora in questa triste storia?».

L'interpellato balzò in piedi pieno di collera, e guardando dritto negli occhi il giornalista gli sibilò con odio infinito:

«Ma lasciami in pace tu con la tua Pastora del diavolo, figlio di puttana!».

E con una forza che nessuno avrebbe sospettato, uscì dalla saletta rovesciando due sedie. Nourissier e Infante lo seguirono e lo videro varcare la porta della pensione a passo comicamente deciso e insieme barcollante. La padrona si avvicinò scuotendo la testa.

«Anche stasera ha un po' esagerato, il signor giudice».

In quel momento Santillana si fermò in mezzo alla strada e gridò:

«Assassini! Morte a Franco e ai suoi seguaci! Morte alla Guardia Civil!».

Nourissier, allarmato, fece per andargli dietro, ma la padrona cortesemente lo fermò.

«Lasci stare, non succede niente. Non è la prima volta. Nessuno gli bada, neanche le guardie».

Allora fu Infante a muoversi. Lo psichiatra glielo impedì.

«Ma si può sapere dove vai?».

«Lasciami!».

«Carlos, che cosa vuoi fare?».

Infante lo guardò con stizza, scostò la mano che lo tratteneva.

«Sono stufo di questa storia, lo capisci? Stufo marcio! Voglio soltanto andare a prendere un po' d'aria, è abbastanza chiaro?».

Si precipitò fuori nella notte. La padrona si rivolse a Nourissier dicendo saggiamente:

«Vada a dormire, dottore; non vale la pena di uscire con questo freddo. È normale che il suo amico la prenda così. Il giudice riesce a mandare fuori dai gangheri chiunque quando si riduce a quel modo. Poverino, da quando è mancata la moglie non ci sta più con la testa. Si capisce, erano sposati da tanti anni».

Nourissier annuì con tristezza, diede ascolto al consiglio della signora e salì in camera.

Intanto Infante, che nella sua fuga precipitosa non aveva neppure preso la giacca, decideva di fare ugualmente una camminata, nella speranza che il freddo lo aiutasse a spegnere l'indignazione. Quel vecchio insopportabile non solo li aveva costretti a correre dei rischi, ma a perder inutilmente il loro tempo. Lui l'aveva capito subito, e questo lo mandava ancora più in bestia. Santillana si era servito di loro per alleggerirsi la coscienza. E per di più, il paternalismo di Nourissier gli aveva permesso di vomitare i suoi peccati neanche si trovasse davanti al confessore. Di questo passo non sarebbero mai arrivati da nessuna parte. Che senso aveva stare ad ascoltare tutte quelle storie piene di sentimentalismo fasullo e crudeltà? Con l'indicibile fatica che aveva fatto per lasciarsi alle spalle tutte le porcherie del dopoguerra, adesso, come in un incubo, sembrava che le sventure di quell'odioso paese si ostinassero a raggiungerlo. E il principale responsabile di quella rivisitazione del dolore era Nourissier. Giocava a fare l'entomologo delle miserie altrui, felice di poter avvicinare la sua lente ai meravigliosi esemplari di disgrazia che quella terra gli serviva su un vassoio.

Quando giunse in vista del bar, si accorse che era già chiuso. Si era messo a piovere, la cosa migliore era tornare alla pensione e attingere alle sue riserve personali. Quella breve passeggiata, se non altro gli era servita per calmarsi. Era quasi arrivato, quando un'ombra gli si parò davanti.

«Buonasera» disse, facendo il saluto militare. Era il tenente Álvarez. «Tutto a posto?».

Infante lo guardò senza nascondere la sua irritazione. La sola vista della guardia gli aveva fatto tornare il malumore.

«Tutto bene, tenente» biascicò. Intravide il sorriso di quell'individuo, che gli arrivò come uno sputo in faccia. «A proposito...» aggiunse. «Non c'è bisogno che ci faccia seguire. Il dottore è inoffensivo, e non stiamo facendo niente di male. A meno che la Guardia Civil di Morella non abbia altro modo per tenere occupati i suoi uomini».

Senza una parola, senza lasciar prevedere le sue intenzioni, Álvarez si avvicinò, alzò il braccio come un automa e gli sferrò un pugno brutale sul naso. Infante si piegò di lato, proteggendosi il volto. Poi, la rabbia, come una scossa elettrica, lo fece balzare su. Ma il tenente aveva alzato la guardia.

«Se mi tocchi ti ammazzo, Infante. Testuale, ti ficco una pallottola in fronte, e tanti saluti».

Aveva portato la mano alla pistola. Infante sputò sangue sul selciato. Il tenente continuò:

«Voglio che tu e il tuo dottorino vi togliate immediatamente dai piedi. Domani non vi voglio più vedere».

«E di cosa possiamo essere accusati?».

«Basta quello che si è visto in giro. Le vostre risatine, toccatine e battaglie corpo a corpo in camporella. Quelli come voi qui non ci devono stare. E poi lo sai benissimo che c'è ben altro. Quindi... aria! Tu te ne torni a Barcellona, e il castigamatti lo rispedisci al suo paese. Non giocare col fuoco, Infante, che non dura. Ah, dimenticavo: il giudice, lasciatelo in pace, che ha già abbastanza guai per conto suo. E adesso buonanotte, caro signore, e buon proseguimento».

Girò le spalle e se ne andò. I suoi passi risuonarono per la via deserta, bagnata dalla pioggia. Infante si toccò la faccia, il dolore al naso era fortissimo.

«Bastardo» bisbigliò.

Ma in fondo era sollevato. A parte la frustrazione di non poter fare a botte, restituendo colpo su colpo, sentiva quasi come un privilegio l'aver ricevuto un pugno da quel rappresentante della legge. Gli venne da ridere. Si accorse che il sangue gli gocciolava sulla camicia. Doveva rientrare subito alla pensione.

Tutti erano andati a dormire. Percorse il corridoio buio in punta di piedi. Da sotto la porta di Nourissier filtrava ancora della luce. Entrò in camera e si guardò allo specchio: aveva la faccia tumefatta e sporca di sangue. Si lavò con l'acqua fredda. Poi bevve un bicchiere di whisky in un colpo solo. Riempì di nuovo il bicchiere e sedette sul letto. Non giocare col fuoco, Infante, che non dura. Bevve lentamente, con calma. Aveva bisogno di pensare.

Il mattino dopo, appena sveglio, sentì un dolore diffuso al volto. Aveva difficoltà a respirare. Si alzò e andò a guardarsi allo specchio. Il naso gli si era orribilmente gonfiato e l'ematoma si era esteso allo zigomo destro, che adesso era quasi viola. Non gli andava di scendere in sala da pranzo in quelle condizioni. Come poteva spiegare una cosa simile a Nourissier? Se gli avesse detto la verità, quello era capace di far scoppiare una mezza rivoluzione: avrebbe chiamato la sua famosa ambasciata, o si sarebbe precipitato in caserma per protestare. Ma come nasconderglielo? Anche a volersi inventare la storia di un incidente, o di una rissa, lui non ci avrebbe mai creduto. Decise di raccontare solo una parte della verità, quella che aveva dato a intendere Álvarez nelle sue minacce. In ogni caso, l'importante era sparire il prima possibile di lì.

Sedette per primo al tavolo della colazione. La padrona non mostrò di far caso al suo aspetto. Si limitò a versargli il caffè e a posare il pane tostato sul tavolo. Poi scese Nourissier, fresco e perfettamente rasato, che gli diede meccanicamente il buongiorno. Ma non appena posò lo sguardo su di lui, strabuzzò gli occhi, li fissò sul suo naso.

«E questo cosa significa?» domandò con voce isterica.

«Niente, una sciocchezza».

Nourissier si alzò di scatto. Era furibondo.

«Cosa ti è successo?».

«Siediti».

«Neanche per sogno. Prima mi devi dire chi ti ha conciato così».

«O ti siedi o me ne vado, non sto scherzando».

Nourissier obbedì. La padrona si avvicinò e gli servì il suo caffè. Guardava Infante con la coda dell'occhio, pareva preoccupata. Quando se ne fu andata, Nourissier tornò sull'argomento:

«È stato uno di quelli che ci seguivano?».

«Ho avuto un onore più grande. È stato Álvarez in persona».

«E com'è successo?».

«Se te lo racconto, ridi».

«Ne dubito».

«Non devi preoccuparti, non sospetta nulla di quello che stiamo facendo qui. Quell'imbecille è convinto che... che siamo omosessuali! Anche se lui non ha usato esattamente questo termine. Qualcuno deve averci visti giocare quella mattina in campagna e ne ha tratto le sue conclusioni. Álvarez vuole solo che ce ne andiamo».

«E invece io vado da lui. Ci sono un paio di cose che devo dirgli».

«Non se ne parla! Quello che faremo è andarcene subito da questo maledetto posto».

«Mi rifiuto categoricamente. Nessun cittadino francese fugge davanti alla barbarie».

«Tieniti pure il tuo orgoglio di cittadino francese, ma ricordati che io sono il cittadino spagnolo che si prende le botte. Andiamocene, Lucien, stiamo mettendo a rischio tutto quello che abbiamo fatto finora. Siamo ragionevoli, per una volta».

La padrona tornò col bricco del caffè. Riempì di nuovo le tazze, e abbassò la voce per dire:

«Il giudice Santillana l'ha portato via un'ambulanza stamattina».

«Come?».

«È all'ospedale di Tortosa».

«Cosa gli è successo?».

«Dicono che ieri notte ha avuto un incidente in motocicletta».

«Ma è ridicolo!».

«In effetti il giudice ha una vecchia motocicletta nella rimessa di casa sua, però...».

«Però cosa?».

«Non saprei dirvi, però tutte le volte che il giudice la tirava fuori per fare un giro, il motore faceva un tale chiasso che immediatamente lo sapeva tutto il paese. Stanotte sono rimasta in piedi fino a tardi a risistemare la cucina e la moto non l'ho sentita. E poi era da tanto che non la usava».

Lo psichiatra si passò le mani sulla faccia.

«Ha saputo come sta?».

«No, non so niente. Dovreste andarvene, signori, non è bello avere il tenente Álvarez per nemico».

Ciò detto, si ritirò con la stessa calma con cui era venuta. Nourissier guardò Infante:

«Mi sento in colpa».

«Vado a fare le valigie. Prepara le tue e paga la padrona, le dobbiamo l'ultima settimana».

Questa volta non ci furono obiezioni. Meno di mezz'ora dopo erano entrambi sulla giardinetta, con i bagagli ben sistemati dietro.

«Si va a Tortosa, naturalmente».

«È meglio che proseguiamo per la nostra strada, Lucien».

«Facciamo un salto all'ospedale, vediamo come sta il giudice e poi ce ne andiamo dove vuoi tu. Non potrei mai perdonarmi se non lo facessi, capisci?».

Infante annuì, non disse nulla; mise in moto e partirono.

A leggere imparavo in fretta. Così diceva Rubén. Io non lo so se imparavo più in fretta o più adagio di altri, però mi piaceva. Era bello capire quello che c'era scritto sui cartelli e pensare che una volta non indovinavo neppure cosa volevano dire. Mi insegnava lo stampatello. Diceva che voleva insegnarmi anche il corsivo, ma più avanti, perché non avevamo tanto tempo. Dopo però quel tempo non l'abbiamo avuto, quindi ancora adesso non so leggere la scrittura in corsivo ed è quasi sicuro che non imparerò mai, anche se, chissà, non si può mai dire. La cosa più difficile era scrivere. Mi agitavo, mi sudava la mano, mi venivano perfino i crampi. Rubén diceva: «Sta' calmo, non agitarti». E io mi agitavo lo stesso. Specialmente quando vedevo il pasticcio che mi era venuto. Rubén mi diceva: «Però, non è mica male!». Me lo diceva per farmi coraggio, perché era un bravo ragazzo che come lui non ce n'erano tanti. E aveva fegato, eccome se ce l'aveva. L'avevo visto in azione, la volta che aveva ammazzato quella guardia. Con un sangue freddo! E me ne avevano raccontate tante che erano successe prima e io non sapevo. Per esempio che c'era anche lui quando avevano fatto fuori due caporali, e la volta che avevano bruciato il treno di Val-

detorno, un sabotaggio, dicevano loro, e all'assalto al furgone postale Alcorisa-Cantavieja, e a un mucchio di altre azioni che adesso non mi ricordo. Basta dire che aveva solo diciott'anni ed era capo del settore. Maneggiava le armi come se le avesse avute in mano da quand'era nato. Era sveglio, e nobile, e aveva una gran cultura. Leggeva sempre e scriveva anche un diario con tutto quello che facevamo e tutte le cose importanti che succedevano. Io stavo con la bocca aperta a guardarlo, messo lì a scrivere e scrivere sul suo quadernetto, tranquillo, come se niente fosse. Però tutto quello che sapeva l'aveva imparato da solo, mi avevano detto che a scuola nemmeno lui c'era andato.

Un giorno mi aveva raccontato che la vita faceva da piccolo e mi ha fatto pena. Veramente noi nella banda non potevamo dire dov'eravamo nati. Ma di quelli che erano di lì sapevamo tutti chi erano, gli altri, i castigliani, no. Lui dei regolamenti se ne infischiava e mi aveva detto che era di Burgos. Suo padre faceva il calderaio, era venuto da queste parti non so per che motivo. Sua madre era morta di malattia che lui era piccolo. Il padre girava i paesi e aggiustava le pentole rotte, i paioli. Rubén, a sei o sette anni, se lo portava dietro. Dava più botte a lui che ai paioli che aggiustava. Lo chiamavano Cuenquero, per quel lavoro che faceva, aggiustando le conche di rame. Un giorno che era con Rubén alla masseria di Torre el Catre, si era messo a picchiarlo davanti alla padrona, e lei aveva avuto compassione. Gli aveva detto che se lo teneva solo per picchiarlo tanto valeva che lo lasciava lì, che ci pensava lei a dargli da mangiare. A Cuenquero non gli pareva vero di liberarsi del bambino e di risparmiare i soldi per il mangiare e i quattro stracci che gli dava. E così per un po' Rubén era cresciuto lì. Poi però avevano cominciato a tenerlo altre massare lì intorno, perché la padrona di Torre el Catre non ce la faceva, e così lui stava un po' qua un po' là, dormiva nei pagliai, viveva della carità e faceva i lavoretti che poteva. Il padre non l'aveva mai rivoluto indietro. Fino a quindici anni. Allora aveva conosciuto dei compagni partigiani ed era andato via con loro. Senza salutare nessuno, così mi aveva detto, tanto non rimaneva mai in una casa troppo tempo e nessuno si sarebbe accorto che mancava. Poveretto, così solo! Io ne so qualcosa, però io avevo le mie pecore, il mio lavoro... Non so, mi sembra che avevo di più, e invece quel ragazzo... Mi ero affezionato. Lui non mi chiamava mai Pastora, sempre Durruti, perché la banda era come la sua famiglia, e gli piaceva far le cose come si deve.

Rubén. Il giorno che ho letto tutto un pezzo di un libro senza sbagliarmi si è messo a saltare che sembrava un matto. Certo, come ragazzo era molto serio, però aveva voglia di far festa. «Dobbiamo brindare, Durruti!». Andò a prendere del vino e lo versò nei bicchieri. Brindammo alla mia salute: «A tutti i libri che leggerà il compagno Durruti che finalmente è diventato un uomo istruito!». Io per ridere gli davo dei pugni e gli dicevo di star zitto, ma era bello sentirlo dire quelle cose. Ero contento, se l'avessero saputo quelli che mi conoscevano prima, nessuno ci avrebbe creduto. «Teresot sa leggere? E chi gli ha insegnato?». Però non potevano saperlo, perché nessuno sarebbe andato a dirglielo. Ma non importava, perché il mio maestro era contento, e anch'io. Rubén saltava con la botti-

glia in mano: «Viva la cultura democratica, abbasso l'oppressione!». Come un bambino, era lui, sembra impossibile che quattro giorni dopo avesse addosso quel peso di avere ammazzato la guardia sbagliata. Non l'aveva fatto apposta, ma la colpa era sua, e alla fine pagò. Una guardia di meno, disse El Catalán. Il brutto fu che pochi giorni dopo il morto era Rubén. Non ci potevo credere.

Lo ammazzarono a Ejulve, vicino alla masseria dov'era cresciuto quando suo padre lo abbandonò. C'erano lui e il Nano. Avevano l'ordine di mettersi in contatto col settore XVII. *Si erano fermati lì per farsi dare da mangiare. Ce lo raccontò il Nano quando tornò. I padroni l'avevano riconosciuto, Rubén, si erano salutati. Dicevano: «Ma come ti è venuto in mente di venire a metterci nei guai dopo tutto quello che abbiamo fatto per te». Il pane e il prosciutto glielo diedero lo stesso, perché loro volevano solo da mangiare. Però andando via Rubén li aveva avvertiti: «Non dite a nessuno che siamo stati qui». Allora un ragazzo su per giù della sua età si era messo a gridare: «Bella idea venire a comprometterci. Lo sai che dobbiamo fare denuncia se vengono i partigiani. Questa è stata casa tua, siamo come fratelli». Rubén non ebbe paura, né fratelli né niente, lui ne aveva passate tante anche se era giovane. Disse il Nano che gli aveva risposto: «Se andate a fare denuncia, mi vedete tornare, e allora potete star sicuri che vi ammazzo». Lui era fatto così, sapeva il fatto suo, come un uomo. Ma li denunciarono, perché a loro non importava un fico secco che era cresciuto lì. Per loro poteva essere venuto su in una grotta o all'altro capo del mondo. Le guardie andarono in quella casa, quando loro non c'e-*

rano più. E quella notte si fermarono lì intorno, non per cercarli, per riposare. Dormirono in una masseria di Ejulve. All'alba, il caporale esce a fare i suoi bisogni in campagna, e nella nebbia vede uno che raccoglie mandorle. Siccome era disarmato, va a chiamare gli altri, poi lo circondano e lo ammazzano senza dire né ai né bai. Così diceva il Nano, *che aveva visto tutto.* Rubén, *poverino, si era accorto che volevano ammazzarlo e aveva chiesto aiuto, perché l'arma non ce l'aveva, l'aveva posata, ma il* Nano *era su in collina e non aveva fatto in tempo a scendere. Aveva visto come gli sparavano e poi portavano via lo* Sten *che era rimasto posato su un muretto, questo era stato lo sbaglio. Gli sbagli si pagano, sempre, diceva* El Catalán, *e le istruzioni bisogna seguirle alla lettera. Aveva ragione.*

Il Nano *tornò sei giorni dopo. Non era riuscito a trovare quelli dell'altro settore perché chi sapeva dov'erano i punti d'appoggio era* Rubén. *Era distrutto dalla morte del ragazzo, e quando ce lo raccontò piangeva. Tutti eravamo col cuore stretto. A me venne una rabbia, una rabbia, che ho preso a pugni il tronco di un albero finché mi è uscito il sangue. Allora* Carlos el Catalán *si è messo a urlare: «Siete dei dilettanti!» diceva. «Quando si è fuori dal campo, l'arma non bisogna posarla mai, mai!».*

«Il ragazzo aveva fame ed è andato a raccogliere un po' di mandorle. Sarà stato su quell'albero non più di cinque minuti» protestava il Nano.

«Me ne frego della fame! E adesso guarda, ha finito di aver fame per sempre, tanto i morti non mangiano».

Secondo me anche lui era arrabbiato perché non poteva piangere, perché era il capo, ma si vedeva che ne ave-

va voglia, lo guardavo bene e aveva gli occhi lucidi. Era morto Rubén! Nessuno poteva starsene lì come se non fosse niente. Poi El Catalán se la prese col Nano:

«E tu, perché diavolo non sapevi dov'erano i punti d'appoggio?».

«Ma perché chi lo sapeva era lui, maledizione!».

«Fenomenale! Così adesso abbiamo perso un uomo, e anche sei giorni di tempo. Domani te ne torni giù e vedi di metterti in contatto con l'altro settore, capito? Ti accompagna Lucas».

«Rubén doveva avere addosso il diario che scriveva» dico io.

Carlos el Catalán si batte una mano sulla fronte. «È vero! E lì segnava i nomi di quelli che collaboravano con noi. Quest'imprudenza la pagheranno in tanti. Porca miseria, Rubén, porca miseria, in che guai ci hai messi, compagno! Via! Via! Andatevene via tutti, che non voglio più vedervi!».

Non l'avevo mai visto così arrabbiato. Me ne andai nel mio angolo, mi buttai addosso una coperta, ma non chiusi occhio per tutta la notte. Non avrei più imparato a scrivere. E poi era chiaro che di lì si usciva vivi in pochi. Un bel giorno sarebbe toccato a me. Se almeno, prima di quel giorno, avessi potuto farne fuori qualcuno: il tenente Mangas, quel figlio di puttana che aveva ammazzato Gisbert del Cabanil, quello che gli aveva strappato i coglioni, quello che aveva sparato a Rubén. E se non loro, degli altri, che alla fin fine era lo stesso.

Di occasioni non ne mancavano. In una sortita che facemmo poco dopo ci circondò la Guardia Civil che si mi-

se a spararci addosso. Non ci presero, ma ci disperdemmo, ciascuno per conto suo. I civiles spuntavano da tutte le parti come l'erba grama, così dicevamo in quel periodo. Ce n'erano sempre di più.

Fu allora che Carlos el Catalán lo chiamarono quelli del partito dalla Francia. Prima di andarsene l'ultimo ordine che ci diede fu di trasferire il campo a Las Salinas, fra Canet lo Roig e il Barranco de Vallibona. In tre facemmo il viaggio. Portammo un quintale di riso, mezzo quintale di pasta, salumi, cioccolato, vestiti e coperte... Ho lavorato nella mia vita, ma come in quei giorni, mai.

In quel campo eravamo in tanti, certi venivano dalla Francia. Il capo, che chiamavamo José María, era il segretario del direttivo. Dicevano che non bastavamo più per tenere in piedi il settore XXIII. Non lo so, tutta quella cosa dei settori e dei capi e dei viaggi che facevano a me non importava e non ci capivo niente. Io facevo quello che mi dicevano. Il nuovo capo José María ci riunì tutti una sera e disse che adesso quelli del partito, in Francia, volevano che facessimo più propaganda, e meno azioni di guerriglia, meno sabotaggi. Questi erano gli ordini. Tutti pensavamo che era anche una bella idea, ma distribuire volantini in giro per le montagne non era mica facile.

Fino alla fine di gennaio rimanemmo in cinque a Las Salinas. Gran parte dei viveri era stato diviso fra i vari gruppi, e il magazzino si stava svuotando. Per questo ci mandarono, me e Valencià, ad approvvigionarci alla masseria di Pla en Jover, a Canet. Lì eravamo sempre andati a comprare da mangiare, da prima che montassimo il campo. E lì mi successe la cosa più balorda che mi è mai capitata.

Può anche far ridere, se ve lo racconto, ma poi non ci fu proprio niente da ridere, per come andò a finire.

Alla masseria di Pla En Jover era tanto che andavano gli uomini delle bande. Si può dire da quando si era formata l'organizzazione. Era in un buon posto, vicino al paese. E avevano tanto di tutto: riso, grano, olio, lardo, prosciutti... I compagni andavano lì e compravano a prezzi speciali. Le padrone erano due sorelle sposate, che abitavano in due case della masseria, con i mariti e i figli. Ma il fatto è, me lo spiegarono prima di andare, che quelle due andavano a letto con chi voleva. Io dicevo: «Ma no, mi volete prendere in giro! Com'è possibile che facciano così con i mariti in casa?». E allora mi spiegarono che era vero, che i mariti erano d'accordo anche loro. Bisognava pagare qualcosa, perché ricchi non erano, ma se pagavi e ti comportavi bene non dicevano niente. Potevi sceglierti una delle due. Che era vero si vedeva dai figli che avevano: tre o quattro erano di uomini delle bande: di Miguel Serrano, del Cinctorrá, di Cano e del Conill de Ares. Io ridevo, perché non ci credevo. Va be', per farla breve quel giorno noi partiamo tranquilli, io e Valencià, coi soldi e la lista del necessario. Arriviamo senza problemi e loro ci ricevono benissimo, ci portano nei magazzini. Lì guardiamo e contiamo quel che serviva, che di roba da prendere ce n'era tanta.

Poi ci invitano a cena, c'era una bella casseruola di riso, con la carne e tutto, che aveva preparato una delle donne. Intanto mi guardavo intorno e c'erano davvero tanti bambini che giocavano dentro casa e in cortile, ma non voleva dir niente, perché potevano essere figli dei mariti, non dei compagni partigiani. Loro sembravano due donne normali, come tutte le massare che avevo visto, senza niente di speciale. Cenavamo tranquilli, si parlava di cose della campagna, delle guardie, che a Canet ce n'erano sempre di più. Alla fine, tirano fuori perfino dei pastissets *e il vino dolce. Eravamo lì a tavola tutti quanti in allegria, quando, davanti ai mariti, una delle due dice:*

«Be', e adesso decidete chi volete per salire in camera, o se una sola, o una per ciascuno, dipende da voi».

Noi facciamo finta di non capire. Ma quella mi guarda in faccia e mi dice:

«E tu, non ti piace andare con le donne?».

Io guardo Valencià, che faceva il distratto. Mi sono messo a ridere, ma poi ho visto che se l'erano presa, e allora non sono più stato zitto. Non volevo passare per cretino.

«Adesso non mi va di andare con nessuna, e se mi piacciono le donne o no è una cosa che a te non interessa».

«Ma chi credi di essere? Più bello degli altri, o cosa?».

Anche il marito, non so se era il suo o era il cognato, mi guarda storto e dice:

«Sì, quello fa il signore, o si crede che le donne gli vanno dietro per forza».

L'altra guarda Valencià:

«E nemmeno tu hai bisogno di quello che piace agli uomini?».

Io non lo sapevo cosa rispondeva, pensavo che magari salvava la situazione, ma neanche Valencià aveva voglia di far festa, tanto che le fa:

«Sentite, lasciateci in pace, noi due, che siamo venuti a comprare e non a fottere. O è diventato obbligatorio?».

Venne su un putiferio. A momenti ci insultavano, parlavano tutti insieme, dicevano che ci davamo delle arie, che era mancanza di rispetto. Io stavo zitto come un morto, ma Valencià se la prendeva ancora di più. Siccome capivo che poteva finir male, mi alzai e feci segno al compagno di andarcene. Pensavamo di rimanere a dormire nel pagliaio, ma visto come si erano messe le cose, era meglio scappare via subito.

«E va bene, tanti saluti, ma qui non ci tornate più. Se non siamo abbastanza per voi, in questa casa per voi non c'è niente. Ditelo al vostro capo che non vi vogliamo più vedere, che ne mandi degli altri, e speriamo che siano uomini, almeno».

Ce ne scappammo al buio. Dormimmo in campagna, tanto qualunque posto era meglio della casa di quelle matte. Valencià non ci poteva credere, e siccome per lui l'ideologia era la cosa più importante, non la finiva più di dirmi:

«Hai visto, Pastora? Hai visto com'è ridotto il popolo? Gente senza morale, senza dignità, che per due soldi ti vendono la moglie e anche la madre, se ce l'hanno. Davanti ai figli che hanno fatto col primo che capita. Per questo noi combattiamo, lo capisci? Perché gli esseri umani non devono essere costretti a vivere come gli animali, che non distinguono una cosa dall'altra».

«Va bene, Valencià, ma lascia stare. Se la sono presa perché non sono piaciute, e basta. Non c'è da fare di ogni problema una montagna. Il brutto è il freddo che prenderemo stanotte».

Un freddo del diavolo, e noi con una coperta sola, tanto che a me cosa me ne importava del popolo e della sua dignità? Alla fin fine tanti nostri compagni con quelle donne c'erano andati. Meno male che fra la roba che avevamo comprato c'era del vino, e sturammo una bottiglia per resistere. Ce la scolammo tutta e poi ci veniva da ridere di quello che era successo. Non sapevamo se dirlo ai compagni. Di sicuro ci avrebbero presi in giro, ci avrebbero dato dei finocchi, ci avrebbero detto di tutto. Che ci eravamo fatti mettere i piedi in testa da due puttane. C'era da sfotterci per un pezzo.

Ma non era una cosa da ridere, come dicevo prima, e alla fine la voglia di ridere ci passò. Come scherzo, fu molto pesante. Quelle matte se l'erano presa così tanto che come fece chiaro mandarono ad avvisare la Guardia Civil. Dissero che avevamo rubato, che li avevamo minacciati. Ne venne fuori un'operazione delle guardie per farci sparire, tanto che dovemmo smontare il campo di Las Salinas.

Ci trasferimmo in un campo più piccolo, vicino alle sorgenti del Río Cervol, e lì noi del settore XXIII *ricevemmo l'ordine di incorporarci al settore* XVII. *Partirono tutti con Valencià, meno Saturnino e io, che restammo dalle parti di La Sénia e di Santa Bárbara. Il nostro compito era passare per i punti d'appoggio che aveva disposto Fabregat. Ci finirono i viveri. Mangiavamo quel che trovavamo. C'era da pensare che ci avessero abbandonati, ma alla fine Francisco e Tomás vennero a prenderci.*

Non portavano buone notizie. Erano morti in tanti e tutti erano demoralizzati. La Guardia Civil aveva dato l'assalto all'accampamento generale e si era portata via armi, soldi, documenti importanti. Ci dissero che Valencià e Lucas erano caduti. Mi si gelò il sangue quando lo seppi. Mi ricordai della notte che avevamo dormito fuori, Valencià ed io, delle risate dopo quella bottiglia. Mi tornarono gli stessi pensieri di quando avevano ammazzato Rubén: qui non rimane vivo nessuno, pensavo. Questa è una vita che finisce prima di quando ti tocca. Nessuno di noi diverrà vecchio. Magari il proletariato sì che la trova la dignità e la libertà. Magari fra un po' di anni tutti avranno gli stessi diritti e non ci saranno più padroni e sfruttatori, ma di sicuro noi che siamo in montagna quel giorno non lo vedremo. Saremo tutti morti, con un colpo in testa o alla schiena, tutti buttati in fosse comuni o giù per un burrone. Non serve a niente ricordarsi dei compagni e degli eroi, perché tanto chi se li ricorda nel giro di niente sarà morto anche lui. Alla fine non ci sarà più nessuno a ricordarsi di noi che ci siamo giocati la vita, di noi che saltiamo come capre di pietra in pietra, di noi che dormiamo sotto le stelle e rischiamo la pelle ogni giorno. A queste cose pensavo, anche se non le dicevo, e mi spaventavo solo a pensarle ed ero triste.

Fecero tappa in un paese fuori Tortosa e lasciarono passare la giornata. Era meglio arrivare verso sera, quando la loro presenza all'ospedale avrebbe dato meno nell'occhio. Erano entrambi molto abbattuti e non avevano voglia di parlare. Con tutti i loro averi sulla macchina, e la sensazione di non sapere dove andare, sembravano vagabondi senza una meta.

Alle sei di sera parve loro il momento giusto per rimettersi in strada. Entrati a Tortosa si fermarono e scesero dall'auto. Si fecero dire da un passante dove fosse l'ospedale e vi si diressero a piedi, in un silenzio teso che alla fine fu Infante a spezzare:

«D'ora in poi a guidare le operazioni sei tu».

Era il suo modo di ricordare a Nourissier che quello che stavano facendo non lo trovava d'accordo.

Nourissier non rispose. Ma fu lui, varcato il portone dell'ospedale, a fermare un'infermiera per domandare del giudice.

«Siete parenti?» fu la prevedibile domanda.

«Amici».

«Aspettate qui».

L'infermiera, alta e ben piantata come un ussaro, si allontanò lungo il corridoio a passo marziale.

«Adesso torna con due agenti della Guardia Civil» disse Infante.

«In questo caso, preparati a correre».

«Tu sei matto, professore».

L'infermiera tornò accompagnata, ma da una bella donna sulla quarantina.

«La signora è la nipote del paziente. Solo lei può autorizzarvi a vederlo».

La cosa li colse del tutto impreparati. Nourissier non aveva idea di come comportarsi. Con una certa confusione si presentò, e presentò Infante alla signora, disse che erano amici del giudice. Poiché l'infermiera era rimasta ad ascoltare, la nipote li invitò con un cenno a uscire in strada. Nourissier si preoccupò per il freddo.

«Non farebbe meglio a prendere il cappotto?» domandò.

«È questione di un minuto. Mio zio non ha amici, deve trattarsi di un errore».

Nourissier non badò al tono poco amichevole di quell'esordio, e partì con una sfilza di domande senza dare spiegazioni.

«Come sta suo zio? Si riprenderà? Si sa che cosa gli è successo?».

La diffidenza era così marcata sul volto di quella donna che pareva un tratto della sua fisionomia. Nourissier cercò di spiegare, per tranquillizzarla.

«Eravamo a Morella per un breve soggiorno e abbiamo fatto amicizia con suo zio. Ci hanno detto che ha avuto un incidente e siamo passati a vedere come sta. Questo è tutto».

«Capisco» disse lei asciutta. «Sta meglio, ma ha tre costole rotte, e questo non è poco per un uomo della sua età».

«Ma com'è avvenuto l'incidente?».

Lei li guardò e sorrise sprezzante. Si voltò e fece per tornare dentro.

«Buonasera, signori. Dirò a mio zio che vi siete interessati a lui».

Nourissier la prese per un braccio.

«Aspetti, per favore».

«Mi lasci! Ma chi siete, che cosa volete?».

«Ho detto la verità. Sono psichiatra e conduco uno studio sulla salute mentale degli abitanti della zona. Suo zio mi è stato di grande aiuto».

«In che senso?».

«Ci ha raccontato alcuni fatti della guerra».

«Adesso capisco. Mio zio è stato aggredito, gli hanno rotto le costole a bastonate. Non c'è stato nessun incidente, quello compare sul verbale. E adesso lei mi ha spiegato il perché».

«La prego, ci permetta almeno di essere d'aiuto. Più avanti c'è un bar. Possiamo offrirle un caffè? La prego di accettare».

La donna ci pensò su, lasciò vagare i suoi begli occhi tristi nell'aria umida. Guardò verso l'androne dell'ospedale.

«Vado a prendere il cappotto» disse. «Aspettatemi al bar».

Finché non videro entrare la sua figura snella in quell'antro piuttosto sordido, credettero entrambi che non sarebbe venuta; eppure in quel breve intervallo la donna pareva aver raccolto forza e decisione. Si sedette accanto a loro, ordinò un bicchiere di vino e prese la parola per prima.

«Quindi mio zio vi ha parlato della guerra».

«Vagamente».

A quella risposta lei si tese, e una furia inaspettata le indurì gli occhi e la voce. Batté una mano sul tavolo, con un colpo lieve ma deciso.

«No, vagamente, no. Gli hanno rotto tre costole, quindi voglio sapere esattamente che cosa vi ha raccontato».

«Ci ha parlato di alcuni episodi della guerriglia partigiana di cui si era dovuto occupare come magistrato».

«Quali?».

Nourissier tergiversò, ma Infante lo interruppe. Andò al sodo:

«La Pastora. Cercavamo informazioni sulla Pastora, e suo zio ce le ha fornite. Gli studi del mio amico riguardano quella persona».

«Adesso capisco perché l'hanno pestato. Dovete essere matti tutti e due».

«Non creda. Le informazioni che ci ha dato erano irrilevanti. Non è stata colpa nostra se l'hanno aggredito. Ieri notte suo zio aveva bevuto troppo, è uscito in strada gridando contro Franco».

«Lo so. Era da un po' che se le cercava». Bevve il suo vino in un sorso. Cambiò tono: «Mi chiamo María

José. Facevo la maestra, ma adesso non più. Ho una piccola cartoleria che mi permette di tirare avanti».

Nourissier, più tranquillo, si affrettò a esprimerle tutte le sue premure:

«Quando suo zio starà meglio, gli dica che siamo stati qui. E gli dica che siamo molto dispiaciuti per quello che è successo, che la Guardia Civil ci ha espulsi da Morella, e che non avremmo mai immaginato potesse finire così. Gli assicuri che non lo dimenticheremo mai, che abbiamo in grande stima la sua amicizia».

Lei annuiva, distratta, come sonnambula. Tutto in lei faceva pensare che la sua mente si trovasse da un'altra parte.

«La Pastora, avete detto». Abbassò la voce. «Lo sapete che da queste parti è diventata un mito? La gente dice che è la sola partigiana che sia riuscita a sopravvivere. Dicono che è ancora viva».

«Lo sappiamo».

«Mio zio vi ha detto qualcosa di interessante su di lei?».

«Niente di conclusivo».

«Logico. Lui non ne sa quasi niente. Semmai sono io a saperne qualcosa».

A quelle parole i due uomini rimasero immobili. Non seppero che cosa rispondere. Lei continuò come se nulla fosse.

«Pensate di fermarvi qui a Tortosa?».

«Dipende da quello che potrà offrirci la città» disse Infante.

María José sorrise. Era bionda, occhi grandi, corpo armonioso. Eppure non era curata nell'aspetto. Gli abiti le stavano grandi, le scarpe erano piene di polvere.

«Non vi conviene restare qui. Andate a Santa Bárbara. C'è un piccolo albergo sulla strada, lo troverete, è l'unico del paese. Telefonerò per farvi dare due stanze. Per me lo faranno, anche se a quest'ora è un po' tardi. Io resto qui fino a domattina per assistere mio zio, e poi vi raggiungo. Parleremo. Se vi interessa, naturalmente».

«Certo che ci interessa!» esclamò Nourissier. «Suo zio deve essere felice di avere una nipote come lei».

La donna rise.

«Mio zio è sempre stato un po' egoista, e l'egoismo peggiora con l'età. Ma non posso lamentarmi: mi ha designata sua unica erede».

Si alzò, si avviò verso l'uscita. Nourissier la seguì. Solo Infante era rimasto seduto.

«Non vieni, Carlos?».

Lui scosse la testa. Nourissier tornò indietro.

«Trattieni la signora. Non abbiamo ancora finito di parlare».

Lei tornò al tavolo senza chiedere spiegazioni, ma si vedeva che era seccata. Si lasciò cadere sulla sedia come un sacco.

«Mi dispiace, María José, però deve capire che la sicurezza del professor Nourissier in Spagna dipende da me. Non diffido di lei, ma per me è importante capire i motivi per cui una persona fa quello che fa».

«E allora?».

«Voglio sapere quali sono i suoi. Perché vuole darci delle informazioni?».

«Mi pare evidente. Per vendicare il male che è stato fatto a mio zio».

«Posso dirle che non le credo?».

Lei rise di una risata amara.

«Posso dirle che lei è intelligente?».

«Il giusto per sopravvivere».

«E se non avessi voglia di parlargliene?».

«Allora è meglio che lasciamo perdere. Dispongo di altre fonti per ottenere informazioni».

«Molto bene. In questo caso mi ordini un cognac. E due anche per voi, non ho intenzione di bere da sola».

Quando ebbe il bicchiere davanti, prese a farlo girare, formando un mulinello nel liquore. Vi fissò lo sguardo e i tratti del suo viso si indurirono. Bevve il cognac in un solo sorso, rabbrividì.

«I miei motivi sono molto semplici, e anche molto personali. Per questo non ho ritenuto opportuno esporveli. Ma non importa. Tanto in questa città non sono un segreto per nessuno. Mio marito ha fatto parte del *somatén*. Per diversi anni. Questo mi ha permesso di essere al corrente di molte cose che non tutti conoscono».

«Quello che voglio sapere è perché è disposta a parlarne con noi».

«Non faccia l'autoritario con me. Sono stanca di essere trattata dall'alto in basso. Mio marito era del *somatén* e questo gli ha dato dei vantaggi: adesso è governatore civile della provincia di Castellón. E poi, non è più mio marito».

«Vi siete separati?».

«Mi ha lasciata».

«Mi dispiace».

«Non se ne dispiaccia. Magari lei avrebbe fatto lo stesso. Adesso sta con una ragazza di trent'anni e pare che vadano d'accordissimo».

«Caspita, credevo che gli uomini di regime fossero di una moralità inattaccabile!».

Lei rise, sarcastica, cercò inutilmente nel bicchiere un'ultima goccia di cognac.

«Ci sono altri particolari intimi che volete approfondire?»

«Mi dispiace, non intendevo...». Infante cercò di scusarsi.

«Non mi importa nulla di che cosa intendeva, così come non mi importa nulla delle vostre ricerche. Mi interessa togliermi una piccola soddisfazione personale e voi me ne date l'opportunità. Soltanto questo».

«Adesso è tutto più chiaro».

«Allora io me ne andrei. Rimanete pure seduti, per carità! Finite il vostro bicchiere e fate pure tutti i vostri commenti. A domani».

«Si ricorderà di portare a suo zio i nostri saluti?».

«Statene certi. Gli basterà sapere che siete stati qui per sentirsi subito meglio».

Uscì con un sorriso beffardo. Infante e Nourissier si guardarono. Infante sospirò.

«Un po' amareggiata, non ti pare?».

«Di un'amarezza feroce».

«Eppure benedico mille volte la sorte che ce l'ha fatta incontrare. Sembra davvero che Dio sia dalla nostra parte, adesso. Proprio quando pareva che fossimo arrivati in fondo alla strada, di colpo si apre una nuova prospettiva...».

«Mio caro amico, è piuttosto come se fossimo noi la mano di Dio. Grazie al nostro intervento il giudice Santillana ha trovato il castigo che cercava, e quella donna forse potrà togliersi una spina dal cuore».

«Verissimo. Per non parlare di tutti quelli che hanno passato dei bei momenti parlando con noi, e di quelli che ci hanno guadagnato qualche soldo! Il solo a rimanerci male sarà il povero Rogelio, il letterato. Neppure il Padreterno sarebbe capace di trovargli un editore!».

Nourissier rideva ancora quando uscirono. L'umidità e il freddo della strada non arrivarono a dissipare la sua allegria.

«Ti ringrazio di avermi fatto ridere; è il solo modo di reggere un'esperienza simile».

«Noi spagnoli siamo esperti in umorismo palliativo, ci trasmettiamo il segreto di generazione in generazione».

Giunti alla giardinetta, sotto una lieve pioggerella che aveva cominciato a cadere, Infante diede uno sguardo ai bagagli sistemati nel vano posteriore.

«Ti rendi conto?» disse. «Siamo come due vagabondi. Non abbiamo ancora un letto sicuro per stanotte e tutti i nostri averi sono contenuti in questa bagnarola».

«So già che avrò nostalgia di questo quando tornerò in Francia».

«Me ne stupirei, mio caro signor borghese».

«Tu non sei mai stato alle cene di Natale con i miei parenti e con quelli di mia moglie, non sei stato agli interminabili consigli di facoltà, non...».

Infante lo interruppe, serio:

«Vorresti cambiare vita?».

Nourissier rimase interdetto, abbassò gli occhi, sorrise con una certa tristezza.

«A volte ho la sensazione che nella mia vita non ci sia nulla che io abbia davvero scelto. Non mi sono mai ribellato alla realtà, questo è un fatto».

«E perché avresti dovuto ribellarti se tutto quello che hai ti va benissimo?».

«In realtà non lo so, non me lo sono mai domandato seriamente, non ho mai messo in questione nulla. Tutti i valori, l'amore, l'onestà, la rispettabilità, la dedizione alla famiglia e ai figli..., tutti i principi che danno forma a una vita, mi sono stati imposti dal mio ambiente. Imposti forse non è la parola giusta; mi sono stati dati, piuttosto».

«Non mi sembrano doni da disprezzare».

«Certo che no! Ma io non ho mai mosso un passo in una direzione che non fosse già segnata. E questo può essere angosciante, quando ci pensi a una certa età».

«Tutti siamo limitati dalle circostanze».

«Tu sei stato più libero di me».

«Non credere» disse Infante, col volto scuro. Ma si cavò d'impaccio dicendo: «E poi basta considerare i risultati. Tu hai un mucchio di gente che ti vuole bene. Io, tutt'al più potrei rimediare al disastro comprandomi un cane».

«Ma la verità, la verità vera che ti schiaccia, la scopri quando capisci che non hai bisogno dell'amore di nessuno, che in questo sta la tua libertà, e che se continui a far parte di un nucleo d'affetti è solo perché sai che gli altri hanno bisogno di te».

Infante sentì che un pericolo indefinibile sorvolava la conversazione. Scoppiò in una risata estemporanea:

«Dobbiamo proprio essere matti. E quella donna l'ha capito subito. Ormai è notte, piove, non abbiamo dove posare le nostre povere ossa e la sola cosa che riusciamo a fare è discettare sui massimi sistemi. Andiamo!».

Fecero rotta verso Santa Bárbara. Il riscaldamento dell'auto e il silenzio, rotto soltanto dal ronzio del motore, rischiavano di farli addormentare. Lo psichiatra si riscosse con una domanda:

«Quanti giorni rimarremo a Santa Bárbara?».

«Almeno tre o quattro».

«Te lo chiedo perché devo farlo sapere a mia moglie. Si preoccupa da morire quando telefona e non mi trova. In fondo è comprensibile, non credi?».

«Ma certo, certo che lo è».

Trovarono i proprietari dell'albergo ad aspettarli. Era una coppia di mezz'età.

«María José ci ha raccomandato di prepararvi due stanze che non diano sulla strada, così potrete riposare».

«Dove trovo un telefono? Devo fare una chiamata a Parigi» disse Nourissier.

«In fondo al corridoio. Venga, glielo mostro».

Nella sua stanza, Infante aprì i bagagli, tirò fuori la sua riserva di alcolici e scelse una bottiglia di gin ancora sigillata. Se ne riempì un buon bicchiere. Lo guardò contro la luce della rachitica lampadina. «Ah, caro il mio professore; lei dell'amore non ha bisogno, ma corre a chiamare la mogliettina prima che possa preoccuparsi!». Fosse stato anche lui così ligio al dovere. Inutile trovare scuse, anche lui l'aveva sempre saputo qual era il suo dovere. Sorrise stancamente. Pensare, analizzare, porsi delle domande sugli imperativi del destino, saper accettare le circostanze della vita, soppesare, dire di no, avere coraggio..., la paura, la solitudine... Sospirò. La sua vita era stata un disastro, e lui era un miserabile. Eppure aveva imparato a sopportarsi, a vivere come se il protagonista della sua vita fosse un altro, sapendo benissimo che quel precario equilibrio poteva andare all'aria in qualunque momento. E allora neppure il più piccolo frammento di quell'incastellatura sarebbe rimasto in piedi, tutto sarebbe crollato. «Alla tua salute, Carlos Infante!» mormorò fra sé, e vuotò il bicchiere fino all'ultima goccia.

Dopo tutti quei morti, Francisco era rimasto il solo amico di cui potevo fidarmi veramente. Avevamo parlato tanto insieme, soprattutto lui. E anch'io gli avevo raccontato della mia vita, di come mi ero sentito quando mi vestivo da donna, e di come mi accontentavo e di come a forza di star solo ero riuscito a essere abbastanza felice. Lui della sua vita non raccontava poi tanto, ma mi parlava delle idee del proletariato e del comunismo e mi insegnava tutto quello che so adesso. È vero che negli ultimi tempi che vi dicevo, quando eravamo tutti demoralizzati per come andavano le cose, si parlava sempre meno di politica. Francisco non si lamentava mai, questo è vero, ma se prima non si lasciava scappare l'occasione di darci lezione di idee rosse ogni momento, adesso stava sempre zitto. Forse un po' se lo immaginava quello che stava per succedere.

Nel marzo del '50 arrivò un gruppo di sette compagni dalla Francia con gli ultimi ordini dei capi del partito. Venne con loro José Gros, il suo nome di guerra era Antonio el Catalán, ma nessuno lo chiamava così. Gros era un pezzo grosso e veniva a sostituire certi capi settore con altri che avevano scelto. Anche Francisco, che era segretario politico del gruppo, fu sostituito. Gros diceva che bisognava cominciare a fare le cose in un'altra maniera, con più sicurezza. Che non dovevano cadere altri uomini. E poi voleva mettere un po' d'ordine nei settori perché eravamo allo sbando, e ognuno faceva di testa sua. Gros andava per le montagne col suo gruppo, però quando cercava un capo settore per dargli ordini o sentire come andavano le cose non lo trovava mai, era come perso senza saper cosa fare.

Alla fine convocò una riunione generale dei capi in un posto sicuro, vicino a un torrente così l'acqua non mancava. Lì fece una gran sorpresa a tutti, disse una cosa che non se la aspettava nessuno. Disse che il tempo della guerriglia era finito. Il partito dava ordine di ritirarsi, e tutti noi che eravamo in montagna dovevamo passare il confine a poco a poco. Nel frattempo le azioni erano sospese, perché troppi compagni erano morti. Mi raccontarono che erano rimasti tutti di sasso, perché dire che ci ritiravamo e che la lotta era finita era come dire che avevamo perso per sempre, che aveva vinto Franco. In tanti non dormirono quella notte, tanti piangevano, ma siccome non era una cosa da fare dall'oggi al domani, si pensava che magari col tempo avrebbero cambiato idea.

Quel Gros e quelli che venivano dalla Francia arrivarono nel nostro settore che era giugno. Il nostro comandante di allora era Militar Rubio, e lui ci disse che quelli della Francia venivano a organizzare le cose, ma anche a farla pagare a quelli che non rispettavano il regolamento. I compagni erano sottosopra e avevano i loro motivi, perché appena Gros è arrivato, c'è stato il primo scontro con Militar Rubio. Gros era venuto a dire che Santiago

Carrillo gli aveva dato ordine di assumere il comando dell'Agla, che voleva dire tutte le forze partigiane del Levante e dell'Aragona, perché ormai gli uomini del partito che comandavano le bande erano morti. Invece Militar Rubio diceva che noi eravamo tutti vivi e che lui il comando non lo lasciava perché noi seguivamo lui. Ed era vero. Allora Gros abbassò la cresta perché capiva che poteva combinare un guaio, che una cosa è mettersi a dare ordini chiusi dentro un ufficio, e un'altra stare in montagna e dire a degli uomini che ne hanno già viste di tutti i colori di fare cose che non hanno voglia di fare.

Bene, per farla breve, il grande capo e i suoi rimangono al campo per qualche giorno. E una di quelle notti, senza farsi sentire, Francisco viene a svegliarmi e mi fa:

«Svegliati, Pastora, ma non parlare forte, niente chiasso».

Io mi tiro su, con gli occhi che non volevano aprirsi, e mi vedo Francisco, tutto agitato, che si faceva scrocchiare le dita una dopo l'altra. Si siede vicino a me e mi guarda con gli occhi di fuori che sembrava diventato matto.

«Ascolta bene quello che ti dico perché riguarda anche te. Prima sono venuti a svegliarmi perché Militar Rubio e il capo della Francia volevano parlare con me. Erano di là, seduti seri uno vicino all'altro e allora ho capito che volevano farmi una specie di processo. Quel tale, il Gros, che neanche ci conosce, dice che secondo loro, magari senza volerlo, ho passato delle informazioni alla Guardia Civil tramite le massare di Las Morenas. Secondo loro i civiles sapevano sempre in quanti uscivamo di pattuglia, e questo era impossibile se nessuno faceva delle soffiate».

«Però tu...».

«Ascoltami bene, Pastora, e sta' zitto che la faccenda è molto grave. Dopo Gros mi ha detto che non ci crede che ho passato delle informazioni al nemico e che si fida moltissimo di me. Però poi prende delle carte, e mi spiega che proprio per dimostrarmi tutta la fiducia che ha in me, mi dà una missione speciale. Che io e te dobbiamo portare certi documenti al settore XXIII, *consegnarli a Eduardo e tornare. Io gli dico che va bene, lo facciamo, ma allora lui mi tira fuori che quando saremo tornati dovrà interrogarci sulla morte del compagno Ricardo in quell'azione. Te ne ricordi, no?».*

Certo che me ne ricordavo, il compagno Ricardo l'aveva ammazzato la Guardia Civil in una missione. Dicevano che l'avevamo abbandonato, lui e il suo gruppo, che non gli avevamo fatto da guida fino al settore che cercavano, e così erano andati per conto loro e le guardie li avevano assaliti di sorpresa. Lui l'avevano colpito, e i suoi avevano fatto al si salvi chi può, ognuno per la sua strada. E così anche questo era un errore che ricadeva sulle nostre teste. Militar Rubio, il nostro capo, non aveva voluto metterci becco, ma fin da subito ci aveva detto che più avanti le cose dovevano essere chiarite, che bisognava vedere di chi era stata la responsabilità. Francisco aveva sempre avuto paura che la colpa la dessero a lui, e quella notte ancora di più. Anche a me potevano dare la colpa, perché ero io che facevo sempre da guida e insegnavo i sentieri... Però vi posso assicurare che noi non avevamo colpa di niente, perché... Ma adesso questo non c'entra. Vi stavo dicendo di quella notte tanto importante, quando Francisco era venuto a svegliarmi.

Alla fine di tutta la storia mi chiede: «E tu cosa dici, Pastora?».

«Io? Cosa vuoi che ti dica?».

«Se ne sono sentite tante da quando sono arrivati i compagni dalla Francia. Gente che la mandano in missione e non torna più... Hai sentito anche tu che Gros hanno cercato di ammazzarlo mettendogli una bomba nella tenda. E sono stati dei compagni! Quello è una brutta bestia e nessuno lo può vedere».

«Sì, però noi, cosa possiamo farci? Se ci ordina di portare quelle carte bisognerà portarle, no? E se quando torniamo ci fanno delle domande sulla storia del compagno Ricardo, bisognerà rispondere».

«Io me ne vado, caro mio, perché mi puzza che hanno in mente un brutto scherzo e che da quella missione non torno indietro vivo».

«Ma questa è diserzione! Me l'hai detto anche tu mille volte che disertare è la cosa più brutta che esiste».

«E chi se ne frega. Lo vedi che stanno smantellando il movimento guerrigliero, che vogliono mandare tutto a rotoli! E cosa ci aspetta, poi, ammesso che torniamo indietro vivi? Un processo per una cosa che è successa un mucchio di tempo fa, a noi che non c'entriamo niente, solo perché loro hanno bisogno di trovare dei colpevoli. Guarda che fine facciamo, dopo tanto combattere! Andiamocene e che vadano al diavolo».

«E dove andiamo?».

«Faremo i partigiani per conto nostro, tu ed io. Sappiamo dove sono i depositi di viveri e da mangiare non ci mancherà. Poi vedremo di arrangiarci».

Rimasi lì a pensarci su senza dire niente. Volevo ragionare ma i pensieri mi andavano ciascuno per conto suo e non riuscivo a fermarli. Disertare non mi piaceva per niente, avevo sempre sentito dire che disertavano i vigliacchi, e io vigliacco non lo ero stato mai. Ma Francisco aveva ragione: fare un processo a noi come a dei delinquenti? E perché? Io non avevo tradito nessuno e il compagno Ricardo a momenti non lo conoscevo. E poi, se anche non succedeva niente e poi ci mandavano in Francia, io non avevo documenti e non ne potevo avere perché ormai ero un uomo. Cosa dovevo fare, ridiventare donna? E come potevo arrangiarmi fuori da queste montagne? Sapevo solo pascolare le pecore. Forse non era tanto una cattiva idea andare via con Francisco. Dopo, si sarebbe visto. Ma la cosa più importante era che Francisco era il solo amico che avevo, non mi era rimasto più nessuno. Quelli che avevo avuto, i compagni che mi volevano bene, erano tutti morti. Allora gli dissi di sì, che poteva contare su di me, che andavo con lui. Se ho fatto bene o no, non lo so ancora. Quelli come me non hanno mai molti posti dove andare, non possono neanche decidere cosa vogliono fare nella vita. Io non avevo mai avuto nessuno, per me ogni giorno cominciava la mattina e finiva quando andava giù il sole.

Il giorno dopo ci preparammo per la missione che ci avevano dato. Era il 7 di ottobre del 1950. Francisco mi disse di ricordarmi bene quel giorno perché era molto importante nella storia della nostra vita. Avevamo come staffetta Tomás, che ci aspettava in un punto d'appoggio. «Fra un po' siamo qui» gli aveva detto Francisco andan-

do via, e io avevo tenuto la bocca chiusa. Poi ci mettemmo in cammino. Superammo il letto del torrente che portava al settore XXIII. *Francisco andava così in fretta che quasi non ce la facevo, e dire che ero sempre stato più veloce di lui. Dovevo gridare: «E fermati, tanto non c'è nessuno che ci insegue!». E lui mi diceva: «Cammina, Pastora, cammina, che ormai non ci possiamo più fermare!». Non lo capivo ancora cosa voleva dire, ma vedevo che era pazzo di rabbia, e preferivo star zitto. Dopo quel giorno furono tante le volte che camminammo così, tutti e due zitti, soli per le montagne, correndo come se avessimo dietro i cani.*

Santa Bárbara non aveva le bellezze storiche di Morella né il fascino agreste di La Sénia; era soltanto un paesotto che si stendeva lungo una strada centrale. Ma come tutti i paesi da quelle parti, era vicinissimo alle montagne, che incombevano con la loro grandezza. Due passi dalle ultime case bastavano per trovarsi in aperta campagna. Scendendo al pianterreno, quel mattino, Infante e Nourissier scoprirono che l'albergo non serviva la colazione. Non aveva neppure la cucina. Il proprietario indicò loro un bar dove potevano consumare i pasti e li informò che María José aveva già telefonato. Sarebbe arrivata verso mezzogiorno.

Percorsero l'interminabile via solitaria, fra case basse con le porte chiuse. Non c'era altro. Novembre aveva portato con sé un freddo intenso che si faceva sentire soprattutto a quell'ora del mattino.

«In Francia nelle vie dei paesi c'è odore di pane fresco fin dall'alba» disse a un tratto Nourissier.

Infante lo guardò di traverso. Aveva tutti i sintomi del doposbronza e pochissima voglia di parlare. Si limitò a grugnire. La sera prima aveva bevuto per più di tre ore. E la mancanza di un caffè accentuava lo spaesamento che provava ogni mattina da quando quell'avventura era cominciata. Dove sono? si domandava. Che cosa ci faccio qui? Perché diavolo sono venuto in un posto simile? Continuava a ripetersi queste domande guardando le facciate mute. Chissà dove si era nascosta la gente. In campagna? Chiusa dentro casa? Non era normale che non si vedesse un'anima alle nove del mattino, non un bambino, non una donna con la sporta della spesa, non un vecchio. Come Nourissier, anche lui aveva sentito una trafittura di nostalgia. Barcellona era una città stremata e triste per quel dopoguerra che non finiva mai, ma a ogni ora le strade fervevano di vita: operai, massaie, studenti, gente che entrava e usciva dai negozi, dai cinema e dai teatri... E tuttavia nel suo caso la nostalgia non aveva alcun senso; la sua vita era paragonabile a quella di un fantasma. Non aveva famiglia né amici, i suoi soli legami col mondo erano rappresentati dagli articoli che scriveva per i giornali. I suoi rapporti con le donne erano sporadici, spesso mercenari. Niente in quella città gli apparteneva, non c'era niente di cui potesse sentire la mancanza, nessuno lo aspettava né stava in pena per lui. Se Nourissier aveva buoni motivi per rimpiangere il pane caldo, lui non aveva da rimpiangere nulla. Inutile mettere a confronto due vite che non avevano nulla in comune. E anche le esperienze che facevano insieme erano le stesse solo in apparenza, avevano un senso ben diverso per l'uno e per l'altro. Che avessero udito le stesse parole e assistito alle stesse scene, non significava che le loro menti si fossero sfiorate, neppure per un secondo. A lui la violenza, l'orrore, l'ostilità e la morte non avrebbero mai fatto lo stesso effetto che facevano al francese. Troppe cose li dividevano. O almeno così gli pareva quella mattina, mentre percorrevano insieme quella strada inospitale e chilometrica, fredda e solitaria, un'autentica allegoria della vita.

Il bar era grande, malandato, ammobiliato con tavolini di marmo e vecchie sedie di legno. La sola decorazione alle pareti erano calendari agricoli e pubblicità di concimi: «*Abonad con Nitrato de Chile*». Negli angoli si accatastavano cassette d'acqua di soda, e una grande stufa di ghisa riscaldava l'ambiente. Come proveniente da un mondo più felice, una ragazza bella e giovane venne a servirli sorridendo:

«Finalmente qualcuno che ha un'aria allegra» disse Nourissier non appena la ragazza tornò al banco.

«Allora sarà meglio che le stiamo lontani, potremmo contagiarla».

«Non dire così, mi fai sentire in colpa».

«Ti passerà».

Nourissier se l'era presa, ma Infante non ci badò. Lui poteva anche sentirsi in colpa, ma avanzava in linea retta verso i suoi obiettivi qualunque cosa capitasse. Forse la sua era la determinazione dello scienziato, ma poteva anche essere quella del figlio di papà, ostinato in ogni suo capriccio. Osservò la ragazza che li aveva serviti domandandosi quante possibilità avesse di costruirsi un futuro migliore, di conoscere un mondo diverso, di evolversi, di vivere. Ben poche, forse nessuna. Sarebbe rimasta lì, a servire caffè ai vecchi del paese, a pelare patate, a lavare e rilavare pavimenti. Eppure per molta gente la felicità era proprio questo: affondare in una routine che mette al riparo da qualunque dolore. Il pericolo più grande, nella vita, è avere delle aspirazioni, farsi delle illusioni, credere di meritare qualcosa per il solo fatto che si è vivi.

María José arrivò a mezzogiorno in punto. Una radio dava l'ora dell'Angelus quando la videro comparire, vestita con più eleganza del giorno prima. Si era dipinta le labbra di un rosso vivo, che intensificava la durezza del suo volto. Li salutò senza un sorriso.

«Dove preferisce che parliamo?» le domandò Infante.

«Ho portato qualcosa da mangiare» disse lei, mostrando una cesta. «Possiamo andare in campagna».

«Perfetto, un picnic era quello che ci voleva!».

Nourissier avvertì le frecce di sarcasmo che si incrociavano nell'aria. Si incamminarono. Vista da fuori la scena poteva sembrare idilliaca: due uomini e una donna in partenza per una scampagnata in una giornata autunnale piena di sole. Ma era assurda in quelle circostanze; non sapevano neppure se di María José potessero fidarsi, e nessuno di loro aveva in animo di divertirsi. Camminarono per più di un'ora. Il sole era caldo come in primavera. Si fermarono in un mandorleto, fra alberi spogli e mal curati. Nel mezzo c'era un capanno in pietra, che la donna aprì con una chiave che aveva nella borsetta.

«Questa terra è mia» disse. «Una volta dava mandorle grosse e bellissime; adesso è tutto in abbandono».

Tirò fuori delle vecchie sedie impagliate, un tavolino zoppo. Poi vi stese sopra un giornale ed estrasse dalla cesta vari pacchettini: pollo freddo, *tortilla* di patate e dei pomodori che tagliò a metà.

«Ho fame» disse, mordendo una coscia di pollo con furia canina. Poi aggiunse: «Servitevi! Non voglio avere l'impressione di aver cucinato per niente».

Obbedirono, e a ogni boccone il loro appetito cresceva invece di placarsi. Avevano quasi finito, quando María José disse all'improvviso:

«La Pastora è viva. Non è una leggenda. Posso garantirvi che è vero».

Nourissier smise di masticare. Gli occhi gli brillavano.

«Dov'è?» domandò con l'ansia di un bambino che non tenta neppure di frenare l'impazienza.

María José si mise a ridere.

«E crede che io lo sappia? Non lo sa nessuno! Però posso dirvi che mio marito ha fatto parte di molte squadre che si sono date da fare per cercarla. Erano come battute di caccia, segrete, perché nessuno aveva voglia di esporsi al ridicolo di un fallimento. Non sono mai riusciti a trovarla, mai, e a ogni nuovo insuccesso la gente dei paesi prima o poi veniva a saperlo, e si spargeva la voce. Così il mito cresceva. C'è chi pensa che sia un mostro, altri la vedono come una specie di eroina, ma tutti sono d'accordo sul fatto che nessuno riuscirà a catturarla finché rimane su in montagna. La Benemerita non ci fa una bella figura, e nemmeno il regime, è evidente».

«E questo cosa prova?» obiettò Infante.
«Non prova nulla. Ma so che la conclusione a cui sono arrivati è che c'è e si nasconde».
«A quando risalgono le sue informazioni?».
«Le ultime sono recentissime».
«Posso chiederle come le ha avute? Mi è parso di capire che lei non vive più con suo marito».
«Ha capito benissimo, ma adesso cerchi di capire un'altra cosa: non ho nessuna intenzione di dirle da dove prendo le mie informazioni».
«In ogni caso a noi servono».
«E potrei anche dirvi di più».
«Che cosa?».
«La zona dove la Guardia Civil ritiene che se ne stia nascosta».
«Avanti, la ascoltiamo».
«Mi dispiace, ma questa è un'informazione che ha un prezzo».
Prese la parola Nourissier. Infante pareva troppo sorpreso dalla piega che aveva preso la conversazione.
«Possiamo giungere a un accordo. Suggerisca lei una cifra».
«Non mi interessa il denaro. Ho bisogno di un favore».
«Di che cosa si tratta?».
La donna estrasse dalla borsetta una busta chiusa e la mostrò con un sorriso.
«Voglio che lei, professore, consegni questa lettera a mio marito. E che lasci intendere, con il suo atteggiamento, di essere il mio amante».

«Io?» domandò Nourissier, con una voce che suonò così acuta da risultare comica.

Lei aprì la busta, dispiegò un foglio scritto a mano.

«Può leggerla, se vuole. Non c'è niente di compromettente, niente che per lei possa rappresentare un pericolo. È una lettera in cui dico che lo perdono. Mento, naturalmente. Voglio che quel presuntuoso creda che ho un altro uomo, che mi sono rifatta una vita. Voglio che la smetta di mandarmi del denaro come se mi facesse l'elemosina. Voglio che la smetta di compatirmi, questo è quello che voglio».

«Ma perché proprio io?».

«Lei è la persona ideale: non è spagnolo, nessuno da queste parti la conosce, e poi... insomma, è un bell'uomo».

Infante si lasciò sfuggire un risolino. Nourissier era addirittura arrossito. Poi espose una serie di ragionamenti intesi a dimostrare l'assurdità di quel piano. Ma le sue magnifiche doti persuasive nulla poterono contro la cocciutaggine di María José.

«Mi dispiace, non intendo cedere. Deciderà lei che cosa fare. Ma se volete avere una minima possibilità di trovare La Pastora, vi occorre sapere dove si nasconde. E su questo la Guardia Civil ha le idee chiare».

A quel punto fu Infante a intervenire:

«Affare fatto. Il professore consegnerà quella lettera e reciterà la parte di primo amoroso».

«Ma, Carlos!».

«Non si preoccupi, sarà semplicissimo. Non pretendo che lei mi ami davvero, soltanto che finga».

Nourissier rinunciò a protestare, anche se di tanto in tanto lanciava sguardi pieni di rimprovero a Infante. María José parve subito più tranquilla. Distese le gambe e scosse via le briciole dalla gonna. Si accese una sigaretta, abbassò le palpebre e aspirò il fumo con voluttà.

«Come si sta bene qui! Prima che gli uomini avvelenassero l'aria con le loro guerre, questi posti erano i più belli del mondo. Niente tornerà più come prima. Ormai per me queste montagne hanno perso ogni incanto, non hanno più anima. C'è stato troppo sangue. Non so che idea romantica si sia fatto lei della Pastora, professore, ma le assicuro che era una belva. Io l'ho visto il risultato di uno dei suoi saccheggi. Ero con mio marito. Vuole che glielo racconti o preferisce tenersi i suoi sogni?».

«Ho paura che lei si sia fatta un'idea sbagliata. Io cerco solo la verità. Comunque dica quello che ha da dire».

«Successe in una masseria di Vallibona. La Pastora e il suo compare l'avevano messa a ferro e fuoco. E lo sa con che bottino? Vestiti vecchi, un paio di prosciutti e venticinque pesetas. Punto. Gli abitanti della casa dissero che in realtà volevano solo vendicarsi. A quanto pare il padrone della masseria era un cugino della Pastora, uno che quand'era ragazzina l'aveva presa in giro per il suo aspetto maschile. Lei non glielo aveva perdonato. Gli avevano legato la moglie e il figlio a una gamba del letto. Poi La Pastora in persona, con un bastone, l'aveva pestato. Un pestaggio brutale, disumano, esagerato. Io lo vidi com'era ridotto quel poveraccio. Basta dire che è rimasto invalido. Non può più lavorare. Fu un'impresa davvero gloriosa della sua guerrigliera. Che ne dice?».

«Cosa crede che potrei dirne?».

Infante interruppe quei discorsi che cominciavano a preoccuparlo.

«Sarà meglio che andiamo al sodo. Come pensa che dovremo mettere in pratica il suo piano?».

«Sarà domani stesso» disse lei rivolta a Nourissier. «Il professore raggiungerà Castellón in macchina. Come le dicevo, mio marito adesso vive lì. Il signor Infante la aspetterà da me, a Tortosa. Quando avrà finito ci raggiungerà e mi racconterà com'è andata. Dopodiché vi informerò sul nascondiglio di quella donna. Siete d'accordo?».

«Sì» si affrettò a rispondere Infante, temendo il silenzio reticente di Nourissier.

Rientrarono camminando svelti, senza parlarsi. Quando furono in paese, María José mormorò appena un saluto e si allontanò. Loro decisero di rientrare in albergo e di ritirarsi ciascuno nella propria stanza, per rivedersi solo all'ora di cena. Una decisione dettata soprattutto dalla prudenza: Infante voleva risparmiarsi le possibili recriminazioni di Nourissier, e questi non era certo delle proprie reazioni, confuso e furente com'era per l'impegno che aveva preso.

A cena, seduti l'uno di fronte all'altro a un tavolino del bar, capirono che il silenzio aveva forse sfumato il dissidio, ma non l'aveva risolto. Infante era sul chi vive, Nourissier, di pessimo umore. Malgrado ciò speravano entrambi di non arrivare a un confronto.

«Hai lavorato, questo pomeriggio?» fu la domanda

di Infante per condurre la conversazione su un terreno neutrale.

«Ho preso qualche appunto, e ho buttato giù qualche riflessione sull'episodio della vendetta che ci è stato raccontato oggi».

«A quanto pare la personalità della Pastora non era molto lineare».

«Se così non fosse non sarei qui».

«Direi che non sei troppo contento».

«E diresti bene. Detesto l'idea di prestarmi a questa pagliacciata. Sono un medico, non un buffone».

«Non ho voluto io che le cose andassero così».

«Ma neppure ti ho sentito contestare le pretese di quella donna, non hai neppure tentato di proporre un'altra soluzione».

«Lo sai qual è il vero motivo della tua collera, Lucien? Se fossi stato scelto io per portare quella lettera, non avresti fatto la minima obiezione. E invece, che l'eminente professore debba piegarsi a una simile assurdità ti pare lesivo per il tuo orgoglio».

«Davvero pensi questo?».

Il volto di Nourissier si era irrigidito. Infante fece marcia indietro.

«No, penso solo che sei un patetico francese pieno di boria come lo siete tutti».

Nourissier sorrise e mormorò una serie di parole nella sua lingua che Infante non riuscì a capire.

«Che cos'hai detto?».

«Che sei solo un patetico spagnolo pieno d'orgoglio e di diffidenza come lo siete tutti».

Anche Infante sorrise. Avevano scongiurato il temporale che si profilava. Infante, provocatorio come sempre, decise di continuare lo scherzo.

«Fossi in te, io mi preoccuperei. L'ex marito potrebbe essere geloso. Quello è stato *somatén* anche dopo la guerra. Avrà di certo delle armi in casa».

«Credi che dovrò fuggire per i tetti come nei film di Rocambole? Non ho notizia che a Sigmund Freud sia mai toccata un'esperienza simile».

«Freud non possedeva il tuo spirito avventuroso».

«Su questo hai ragione».

Usciti dal bar con l'intenzione di fare una passeggiata, furono ben presto dissuasi dal freddo umido della sera e dallo squallore di quell'unica via male illuminata. Decisero di rientrare in albergo dove almeno avrebbero potuto scaldarsi con un bicchiere di cognac.

Eravamo liberi, è vero. Non dovevamo rendere conto a nessuno e nessuno ci diceva cosa fare. Però io non avevo idea di dove andare, e nemmeno di cosa era meglio fare. Come le passi le giornate quando non hai un capo e neppure un lavoro? Ma Francisco lui sì che aveva testa, e se stavo con lui non mi sarebbe mancato niente. La prima cosa che facemmo fu salire dalle parti di Ejulve dove c'erano dei depositi di viveri. Li cambiammo di posto, caso mai tornassero a cercarli. Adesso era roba nostra. I primi tempi mi sembrava strano, non dico di no, fare tutto per nostro conto e a nostro beneficio. Ci avevano talmente ripetuto che se eravamo in montagna era in nome dei contadini, del comunismo, della libertà della Spagna, che fare come volevamo noi, sembrava una brutta cosa. Però poi ho pensato che la mia vita doveva andare avanti, come prima di entrare nei partigiani, che dovevo dimenticare gli ultimi tempi e pensare di nuovo da donna. Ma non era facile, non so se mi faccio capire, io non ero più una donna, ero un uomo, ricercato dalla Guardia Civil, un bandito. Non potevo fare la vita tranquilla di prima con le pecore, non potevo scendere a ballare nei paesi alle feste patronali, né lavorare per le masserie un po' qui un po' là e mettere da parte qualcosa. Niente, non potevo far niente. «Il passato è passato» mi disse un giorno Francisco. «Ficcatelo bene in testa. Non faremo mai più le cose che facevamo prima. Non so se per noi c'è un futuro, forse no. Quello che abbiamo è il presente, e questo vuol dire che ci tocca lottare per mangiare, per non aver freddo e soprattutto per non farci prendere, perché se ci prendono, ci salutiamo il passato, il presente e il futuro tutti insieme». Sì, aveva sempre parlato molto bene, Francisco, aveva una bella parlantina, come si dice, ma non era facile nemmeno per lui. Anzi. Io il passato me lo potevo salutare, tanto l'unica cosa che avevo lasciato erano le pecore, ma per lui il passato era la famiglia, i figli, e cominciava a capirlo che non li avrebbe rivisti mai più. Né la moglie né i figli né la mamma, niente, come se fossero morti o, peggio ancora, come se fosse morto lui.

I primi tempi che eravamo da soli, Francisco faceva ancora tutto come se fossimo nella banda. Per esempio, si ricordava di quando dovevamo far pagare una multa ai massari di La Moreta, a Villaroya de los Pinares, e quando eravamo stati lì ci avevano dato solo ottomila pesetas. Quella volta aveva promesso che certo un giorno sarebbe tornato a prendere le altre quarantamila che ci dovevano. Allora pensò che era il momento e ci andammo. Quello era il giorno, anche se erano passati degli anni. Io non sapevo come sarebbe andata, e se Francisco avrebbe fatto come sempre o in maniera diversa. Però andammo lì una sera, e lui fece come sempre. Disse che in nome della guerriglia veniva a prendersi il nostro, e parlò addirittura della rivoluzione e tutto il resto. Ci andò bene, per-

ché il padrone giurava e spergiurava che non avevano niente, che erano in un brutto momento e che nemmeno ce la facevano a dar da mangiare a tutta la famiglia. Bastava guardarsi in giro per capire che era vero, sembrava un prato dopo che c'è passato un gregge. E allora Francisco disse che capiva, che era un essere umano anche lui e gli condonava il debito, ma che in compenso ci dessero riso, lardo, pane e qualche bottiglia di vino. Ci cavammo abbastanza da mangiare per un po'. Non eravamo contenti, ma almeno ci toglievamo la fame. Tornammo verso Ejulve. Francisco non mi spiegò perché, ma dopo un paio di giorni cominciò a parlare di scendere a Castellote per andare a trovare i suoi. Come vi dicevo, non era mica tanto facile per lui dimenticarsi del passato. Era sempre triste, nervoso, sembrava lo capisse solo allora che disertare era una cosa che si pagava cara, forse più di quel che aveva pensato all'inizio. Perché se restavamo nella banda magari ci avrebbero evacuati in Francia e della sua famiglia non avrebbe più saputo niente, ma andando così per conto nostro, che fine avremmo fatto? E poi non potevamo neanche pensare di scendere a Castellote, men che meno di vedere i suoi parenti. Lì doveva essere tutto pieno di guardie, era pericoloso. Rimanemmo in giro per il Val de la Bona, dormendo dove capitava. Finché un giorno gli dico:

«Francisco, mi sa che dobbiamo dimenticarcelo di vedere i tuoi, non ce la faremo mai con tutte le guardie che ci sono in giro. Pensa che se ci prendono, noi finiamo dritti nella fossa, ma ai tuoi chissà cosa faranno. Lasciamo stare, per adesso, torneremo più avanti».

Lui guardava per terra, capiva che era vero ma non voleva dirmelo, come se si aspettasse che succedesse qualcosa, così, di colpo, qualcosa che gli aprisse le porte di casa sua. Alla fine, tutto rosso in faccia, si mise a dar calci a una pietra, e mi disse: «Sì, torneremo più avanti».

A me faceva pena, perché si vedeva che diceva di sì, ma in fondo sapeva che un «più avanti» per noi non c'era. Quando ce ne andammo di lì lui non si girò indietro a guardare.

Decidemmo di andare alla masseria di La Caseta dels Bous, a Castell de Cabres, un posto ripidissimo in montagna, perché Francisco sapeva che lì il padrone era di quelli che aiutavano i civiles *e denunciava tutti. Mi domandavo se di nuovo avrebbe detto che era della banda, e infatti fece proprio così, si vede che ci aveva fatto l'abitudine. Arrivammo lì e lui disse al padrone: «Ci manda il capo della Agrupación de Levante. Sappiamo che lei non è altro che un fascista e collabora con le forze repressive». Quello là, che era già abbastanza anziano, si vede che non aveva paura di niente, perché subito gli risponde: «E allora, cosa vuole che faccia? Io alle guardie gli do quel che mi chiedono, o vuole che me le metta contro? Non sono mica contento, sa? Ogni tre settimane si fanno portare in caserma un carico di legna e una pecora. Ma non creda che fanno così solo con me, lo fanno con tutti i massari, tutti. E come gli gira vengono qui a ficcare il naso dappertutto per vedere se nascondo dei partigiani; e già che ci sono si prendono tutto il pane e il formaggio che trovano e se lo portano via. Quindi non mi dica che sono un fascista, che tra voi e quelli là state rovinando la vita alla gente che pensa solo a lavorare».*

Francisco ci restò di sasso, non se la aspettava una risposta così. «Si tenga pure la sua roba, tanto noi non siamo venuti a chiedere la carità, ma la giustizia! Ci rivedremo un'altra volta».

Io non capivo cosa poteva succedere, e perché ce ne andavamo a mani vuote. Lo capii dopo, quando rimanemmo sulle montagne lì intorno e Francisco aprì un pacchetto di quelli dell'Agrupación che avevamo nello zaino. Erano volantini del partito. Aspettammo che venisse buio, tornammo giù alla casa e li buttammo da tutte le parti, dappertutto, finché non ce ne rimase neanche uno. «Adesso vediamo come lo spiega questo alle guardie, quella carogna».

Francisco era sempre più rabbioso ogni giorno che passava. Non aveva più l'allegria dei primi tempi, quando eravamo appena scappati, quando diceva che finalmente avevamo la libertà. Adesso dopo un po' che ce ne stavamo in pace, subito cominciava ad agitarsi. Pensava che dovevamo entrare in azione per farci dare soldi o viveri, anche se avevamo ancora della roba da parte e qualche peseta nel tascapane. Io mi dicevo che lui senza le azioni non era contento. Primo, perché era quello che aveva sempre fatto, e poi perché se rimaneva con le mani in mano aveva più tempo per pensare alla famiglia e a cosa poteva succedere a noi.

E così gli viene in mente di assaltare la masseria di Torre el Catre, dalle parti di La Ginebrosa. Eravamo nel '50, a novembre. Quella volta mi dice:

«Lo sai perché dobbiamo farlo adesso e non fra un po'?».

«No, perché?».

«Perché adesso è un anno esatto che i fascisti hanno ammazzato il compagno Rubén. Te ne ricordi?».

«Certo che me ne ricordo. Come posso non ricordarmene? Ma tu dicevi che era un'azione economica e non una vendetta...».

«Può essere tutte e due le cose, no?».

«Già, però adesso non siamo più dell'Agrupación, e vendicarsi per un fatto che è successo quando eravamo con loro...».

«Un momento, un momento, non confondiamo le cose. Noi due formiamo la Banda Indipendente partigiana, hai capito? Non siamo rapinatori, non siamo ladri, e nemmeno due disgraziati allo sbando. Sono stato chiaro?».

«Sì» rispondo, ma sottovoce perché quella storia della Banda Indipendente era la prima volta che la sentivo, e non avevo capito bene cosa voleva dire. Come potevamo essere ancora partigiani se non avevamo più compagni, se nessuno ci dava ordini, se neppure sapevamo cosa stava capitando agli altri?

«E poi, Florencio, non sarebbe male se tu ti tagliassi i capelli e ti mettessi dei vestiti decenti, lo sai che bisogna essere presentabili quando si va in missione. Da un po' di tempo in qua sei conciato da far spavento».

«È che non me ne viene voglia, lo sai che ci tengo meno di te a queste cose!».

Io non mi sistemai e lui non ne parlò più. È vero che quel giorno, quando fummo pronti per scendere a Torre el Catre, mi diede un'occhiata dalla testa ai piedi con una faccia...! Però non era il mio capo, nella Banda Indipendente non c'erano capi, e se non gli piaceva come andavo in giro vestito gli conveniva star zitto. Lui bisogna dire che era molto più ben messo di me, con un vestito di velluto a coste che teneva da conto e che era di buona qualità.

Arrivammo alla masseria verso le sei e mezzo, armati come sempre: Francisco con la mitraglietta Sten e io col fucile, che era vecchio ma l'avevo ingrassato come si deve. Stava venendo buio e quelli della masseria erano quasi tutti dentro, oppure fuori, vicino alla porta. «Fermi tutti!» gridò Francisco, e li facemmo entrare dentro. C'era il padre, già anziano, la figlia e suo marito, con due figli ragazzini. Uno di quattordici, l'altro di dieci anni.

«Manca qualcuno della famiglia? Qualche pastore, qualche lavorante? Altri figli?» gli fa Francisco.

«Il più grande è fuori, in campagna. La figlia è in paese e oggi non viene» risponde il genero.

Esco a cercare il figlio che manca mentre Francisco li tiene tutti sotto tiro. Lo trovo subito, legava il mulo, era un ragazzo sui quindici o sedici anni.

«Ehi, tu, vieni qua!» gli faccio, e lui viene. Ma quando è a due passi dalla porta, lo vedo che di nascosto allunga la mano su un coltello che c'era lì, in cima a un mucchio di barbabietole. Glielo faccio mollare con un ceffone al braccio, poi gli do uno scappellotto.

«Entra e finiscila! Chi ti credi di essere, bamboccio?».

Francisco mi chiede cosa succede e io glielo dico. Lui diventa una furia:

«Andiamo bene! Adesso anche i mocciosi vogliono fare gli eroi. Non lo vedete che siamo armati, imbecilli che non siete altro? Rispetto, è quello che dovete avere!».

Per di più in quel momento il vecchio, che non capiva niente, ci fa:

«Ma se noi siamo sempre stati dalla parte del somatén *e della Guardia Civil! Perché ci trattate così?».*

Il ragazzino più piccolo lo prende per un braccio:
«Stia zitto, nonno! Non lo vede che sono del maquis*?».*
A me veniva quasi da ridere, ma Francisco dava fuori di matto, si mette a gridare, c'era da tapparsi le orecchie tanto gridava.
«Zitti! Tutti zitti, porca puttana! Cosa credete, che stiamo scherzando? Qui lo scherzo finisce male! E adesso tirate fuori subito cinquantamila pesetas».
Il padre di famiglia fa un passo avanti:
«Qui non abbiamo soldi, lo giuro sulla testa dei miei figli. Nella casa in paese qualcosa ci sarà, non così tanto».
«Bene, e allora ci va tua moglie a prenderli. Poi vediamo di studiare il posto dove ce li porta domani alle tre. Intanto tu e tuo figlio vi prendiamo in ostaggio» e indicò il mezzano, che non aveva aperto bocca. «E se tua moglie domattina non si fa vedere... lo sapete già, ne avrete due di meno in famiglia».
La donna, morta di paura, si mette a piangere. Francisco le dice di star zitta e di andare a prendere due corde per legare suo marito e suo figlio, che li portavamo via con noi. Ma in un amen il ragazzo più grande, quello che prima aveva cercato di prendere il coltello, si mette a fare il servizievole:
«Le porto io, so dove sono».
Ed esce di corsa, mentre noi restiamo lì dov'eravamo, ma io ho un presentimento e vado alla finestra. Lo vedo che scappa via come una lepre, e allora gli vado dietro. Francisco gridava:
«Prendilo, prendilo, Pastora, e portalo qui!».
Mi butto a correre come non ho mai corso in vita mia, allungando le gambe più che potevo, mi immaginavo di

essere un cane per correre di più, per stirare le gambe come fanno loro. Stavo per raggiungerlo, e lo sentivo respirare, sembrava stesse per morire, ma mica moriva, quel disgraziato, era giovane e aveva imparato a correre per la campagna come facevo io alla sua età. Non una pietra, non un cespuglio, non una buca, dove un altro sarebbe finito lungo disteso, lo fermava. A un certo punto ho capito che ormai ero troppo lontano e chi lo prendeva più. Mi sono fermato io. Mi faceva male il cuore tanto batteva forte. Mi sono buttato a terra in ginocchio, non ce la facevo più. Maledetto bamboccio! Dovevo immaginarmelo quando l'avevo visto allungare la mano su quel coltello, che quel maledetto era un osso duro. E adesso lo sapevamo già dove andava, ad avvertire la Guardia Civil, e dato che non sapevamo se c'era in giro una pattuglia, non avevamo tempo da perdere. Tornai alla masseria di volata.

Francisco era ancora lì col mitra spianato contro tutta la famiglia. Mi vede entrare e la faccia gli diventa verde:

«E il ragazzo?».

«Mi è scappato. Ci conviene andarcene prima che le guardie ci siano addosso».

«Ostia!» dice lui. «Porca di una puttana boia, che un ragazzino ci freghi così è davvero troppo! Mettetevi tutti lì!» grida alla famiglia.

Mi avvicino, lo tocco sul braccio:

«Ma cosa vuoi fare?».

Non capiva più niente, come non fosse lui, come se la rabbia lo mangiasse dentro.

«Anche i bambini, tutti contro il muro!».

La madre si mette a piangere, a invocare i santi e la Vergine santissima. Allora Francisco, la voce secca, rauca, come un generale che parla ai suoi soldati, dice:

«Nel giorno di oggi, novembre 1950, vendichiamo la morte del compagno José González López, nome di guerra Rubén, assassinato dai fascisti un anno fa».

Non dice nient'altro e si mette a sparare raffiche di mitra su tutti loro. Il rumore era fortissimo, non eravamo all'aperto. Saltavano pezzi di muro. E noi lì a guardare quelli che cadevano nel fumo e nell'odore degli spari. Credevo che Francisco andasse a vedere se era rimasto qualcuno vivo per dargli il colpo di grazia, e invece no. Diede uno sguardo da dov'era e disse a voce bassa:

«Fatto. E adesso andiamocene di qui».

Uscimmo dalla casa guardandoci intorno, ma era ancora presto perché venissero a cercarci. Ci mettemmo a camminare, abbastanza in fretta, ma senza correre. Io, che gli andavo dietro, lo guardavo e lui non si è voltato neanche una volta. Solo lui lo sapeva quel che c'era in quel momento nella sua testa, io non lo so ancora adesso. Pensavo: se questa è la vendetta per la morte di Rubén, va bene così. Dopo un bel pezzo che camminavamo, ci fermiamo per mangiare. Non ci parlavamo, solo il giusto: «Passami il coltello, dammi il pane». Masticavamo e mandavamo giù. A un certo punto Francisco mi fa:

«Io non ce l'ho più una famiglia, capisci? È come se i miei fossero morti tutti, perché non posso vederli. Lo sai o no?».

«Sì, lo so».

«Ecco».

Aspettava che dicessi qualcosa per prendersela con me, ma io me ne guardavo bene. E sì che potevo dirgliene! Non avevo mai visto nessuno ammazzare vecchi e bambini, e non mi era piaciuto. Poi, dopo quello che era successo, di sicuro i civiles *li avremmo avuti tutti addosso. Lo sapevo io come lo sapeva lui. Guardie dappertutto, anche sotto le pietre. Ma dirglielo solo per prenderci a botte non serviva. Anzi, se cominciavamo così, tutto andava a farsi benedire. E noi non volevamo questo, noi volevamo sopravvivere.*

Poi lui tirò fuori una bottiglia di grappa che ci eravamo portati e me la passò. Prima di bere la alzai per brindare:

«Al compagno Rubén!».

Allora sembrò più tranquillo, sorrise perfino.

«A Rubén, che la sua morte è stata vendicata!».

Gli parve anche più bella quella mattina. Si era sistemata per bene, come se dovesse occupare il posto d'onore al tavolo della vendetta. Portava un vestito di maglina azzurro che le fasciava le gambe a ogni passo, e aveva sottolineato le palpebre con una sottile linea nera. Di colpo Infante la trovò interessante, con uno sguardo sibillino e cospiratore, come un'imperatrice romana. Che cosa ci faceva lì, in quella piccola città di provincia, una donna come quella, abbandonata a una triste sorte? Così profonda era stata la passione per suo marito? Grandi passioni di provincia, grandi tragedie in scenari minuscoli. L'essere umano racchiude in sé immensità che trasporta sempre con sé, non riesce a minimizzarle o a farle sparire a comando. Per tutta la vita si trascina dietro quel mastodontico volume fino a rimetterci la pelle per lo sforzo. Forse María José sarebbe riuscita ad alleviare la sua umiliazione con un giochetto innocuo; ma il risentimento le avrebbe impedito per sempre di guadagnarsi qualunque tipo di libertà. Infante strinse i pugni, lo conosceva bene lui, quel tipo di paralisi.

Erano le undici del mattino e Nourissier era già partito per assolvere alla sua rocambolesca promessa. Infante non aveva neppure tentato di scherzarci su, perché l'umore del francese quella mattina rasentava la collera. La parte che gli toccava non era delle più dignitose, tanto meno per un uomo di estrazione alto borghese e di costumi moderati. Ma Infante si rifiutava di compatirlo, chi si imbarca in imprese dall'esito incerto deve sapere che possono aspettarlo delle sorprese. In fondo, era divertente: quell'avventura poco consueta avrebbe fatto bene al professore, un grammo di follia aiuta sempre a respirare. Quando l'aveva visto stendere la mano per prendere la lettera di María José con la faccia di chi è pronto a sacrificarsi per la patria, aveva dovuto fare uno sforzo per non ridere. Non appena rimasero soli, lei disse:

«Non si preoccupi per il suo amico, non c'è niente da temere. Mio marito è il tipo d'uomo che si sfoga solo sui più deboli. Davanti al dottore preferirà star zitto, poi mi telefonerà, forse verrà addirittura a cercarmi. Mi chiederà se sono ammattita, se non mi preoccupo della mia reputazione... Allora ci sarà da divertirsi».

«Suo marito è...».

«Mio marito è un fascista, e non mi fa piacere parlarne».

«Lei è di idee diverse?».

«Io non ho idee politiche. Questo è un paese disgraziato, dove o ti ammazzano o muori tu da solo per lo schifo».

«È esattamente quello che penso io».

«Anche lei non sta né da una parte né dall'altra?».

«Non sto nemmeno dalla mia parte».

María José sorrise. Infante pensò che quando le sparivano le ombre dalla faccia poteva essere davvero carina.

«Andiamo. Facciamo una passeggiata. Le mostrerò la mia libreria».

«Mi stupisce che lei abbia una libreria».

«Non pensi che sia una meraviglia. Vendo soprattutto libri scolastici, quaderni, materiale di cancelleria, tanto per guadagnarmi da vivere. Nel retro ho sistemato un divano e un fornello, giusto per farmi il caffè... Lì mi sento tranquilla, è il mio rifugio».

Passeggiarono per la città, andarono al mercato, camminarono sulla sponda del fiume, visitarono le navate buie della cattedrale. Lei era tranquilla, sembrava quasi felice. La smorfia amara era scomparsa dalla sua bocca. In fondo, era ancora perfettamente in tempo per rifarsi una vita, dimenticare quell'abbandono, lasciar perdere tutte le meschinità e le vendette che aveva ordito spinta dal dolore. Avrebbe dovuto lasciare quella città stagnante, che la costringeva a vivere serrata in un corsetto impossibile da allentare. Ma non glielo avrebbe certo detto lui, che era la persona meno indicata per dare consigli.

Salirono a piedi fino al castello arabo della Zuda. Era devastato, disseminato di bottiglie rotte ed escrementi. Però da lassù il panorama della città e delle montagne era impressionante. Rimasero in silenzio a contemplarlo. Dopo un po' lei disse:

«Da qualche parte, fra quelle montagne azzurre, c'è la vostra Pastora. Ma perché interessa tanto al professore?».

«Gli interessa la sua psiche criminale».

«Che stupidaggine. Non troverà niente di interessante in quella testa. Tutt'al più fame e miseria».

«Avrà dei sentimenti come tutti quanti».

«Istinti e poco di più. E lei, Infante, che cosa c'entra in questa storia? Anche a lei interessa la psiche degli assassini?».

«Il professore mi paga e io lo accompagno. Guadagnare qualcosa mi interessa più della psiche di chiunque».

Lei rise sottovoce, lo guardò dritto negli occhi.

«Noi due ci intendiamo perché siamo tutti e due cani bastonati. Mi sbaglio?».

«Io sono un cane affamato. Quando si mangia?».

Ridiscesero e ripercorsero un labirinto di stradine fino alla libreria. Allora María José aprì gli scuri di legno, spinse la porta a vetri e accese la luce. Comparve un piccolo locale ingombro di scaffali carichi di libri, quaderni e altro materiale scolastico. Infante si guardò intorno: c'erano abbecedari, qualche libro di cucina, collane di classici per le scuole e libri per bambini. La donna colse la delusione nei suoi occhi.

«Poca letteratura, vero? Non la prendevo in giro. Ma c'è il retro, venga».

Scostò una tenda dietro la quale si nascondeva una saletta, piccola ma confortevole. Qualcuno aveva apparecchiato un tavolo rotondo e acceso una stufa.

«Sorpresa! Dietro quella porta trova anche un piccolo bagno dove può darsi una rinfrescata, se vuole. Io nel frattempo scaldo il baccalà. Le piace il baccalà?».

«Certo».

«Me ne rallegro, perché non c'è nient'altro».

Mise in tavola anche una bottiglia di vino rosso, che Infante stappò. Si misero a mangiare con l'appetito pungente che la lunga passeggiata aveva risvegliato.

«Lo zio mi ha detto che lei fa il giornalista».

«Mi piacerebbe scrivere romanzi, ma non ho abbastanza talento».

«Di scrittori senza talento ce ne sono a bizzeffe! Io vendo libri pessimi».

«Non mi va di prendermi in giro da solo. Di tutte le sciocchezze che può commettere un uomo, quella è la peggiore».

«A me vengono in mente sciocchezze ben più gravi».

«Per esempio?».

«Per esempio innamorarsi».

«Sì, anche quella non scherza».

«Lei è sposato?».

«Non posso permettermelo economicamente».

«E se potesse permetterselo?».

«Troppa fatica: innamorarsi, sposarsi, rendere felice la persona amata, fare di tutto per andare d'accordo... È più facile stare soli».

«Più facile e più piacevole. Io non sono mai stata in pace come adesso. Quando facevo la moglie non pensavo ad altro che a rendere la vita più facile a mio marito. Adesso penso solo a me stessa».

«Ma allora, se sta così bene, perché vuole vendicarsi?».

«Ogni cosa deve avere un principio e una fine. Mio marito ha messo fine al nostro matrimonio scappandosene con un'altra. Io il punto finale non l'ho ancora messo. Per me è ancora tutto in sospeso. Le donne per bene si rassegnano, io non sono per bene».

«A me la gente per bene non piace. Forse per questo mi piaci tu».

Si guardarono negli occhi. Lui le aveva dato del tu. Lei fece per alzarsi, tranquilla.

«Prendo una bottiglia di cognac e ci beviamo ancora un bicchierino».

«Io non ho bisogno di incoraggiamenti per quello che sto per fare».

«Giochi forte».

«Dipende dalla compagna di giochi».

«E allora hai incontrato quella giusta per la partita».

Infante si alzò, fece il giro del tavolo, le diede un bacio profondo sulla bocca. Si attardarono nel bacio, entrambi ansanti. Si spostarono allacciati fino a lasciarsi cadere sul divano e subito ciascuno si sbarazzò degli abiti. Poi fecero l'amore con una precipitazione e una foga che nessuno dei due solo un minuto prima avrebbe presagito. Quando ebbero finito, non si addormentarono, si sciolsero dall'abbraccio e si staccarono, così che i loro corpi neppure si sfiorassero. Infante disse:

«Non credevo che avessi architettato una vendetta così completa».

«Pensa pure quello che vuoi, però ti posso assicurare che questo aspetto non lo avevo previsto. Lo sai da quanto tempo non andavo a letto con un uomo?».

«Forse tu non sai da quanto tempo non andavo a letto io con una donna».

Risero tutti e due con un sentimento che aveva molto in comune con la complicità. Allora lui la prese per un braccio, le parlò guardandola dritto in faccia:

«Perché non te ne vai da questa città? Tu te ne devi andare, devi concederti un'opportunità, devi cominciare un'altra vita!».

«Sarebbe inutile. Ciascuno ha la propria croce da portare, ormai siamo talmente abituati che se non ne sentiamo il peso sulle spalle è come se ci mancasse qualcosa».

Poi guardò l'orologio ed esclamò tutta allegra: «Le cinque meno un quarto, la mia commessa sarà qui tra poco!».

«E Lucien ci starà già aspettando!».

Saltarono sugli abiti sparsi a terra e nella fretta di rivestirsi si scambiarono indumenti per sbaglio, inciamparono, si impigliarono in fibbie e bottoni. Lei rideva come una bambina. Probabilmente era passato più tempo dall'ultima volta che aveva riso così che da quando era stata con un uomo. Finalmente uscirono dal negozio e corsero all'impazzata.

Nourissier li aspettava seduto in auto, davanti alla casa di María José. Scese e li salutò con volto funereo, li guardò riprendersi dalla corsa, ansanti, con le facce accese.

«Scusi per il ritardo. Volevo mostrare a Carlos la mia libreria e non ci siamo resi conto dell'ora».

«Non ha importanza» disse lui, e guardò a terra.

«Saliamo da me, la prego».

María José aprì la porta e li fece accomodare in sala.

«Torno fra un istante. Vi faccio un caffè».

Infante e Nourissier rimasero soli. Infante sorrideva, ma Nourissier evitava il suo sguardo.

«Tutto a posto, Lucien?».

«Come previsto».

Seguì un silenzio imbarazzante. Nourissier prese una rivista da una poltrona e si mise a sfogliarla. María José tornò, con le guance ancora rosee e di splendido umore.

«Forza, professore! Ci racconti tutto dal principio».

«Suo zio sta meglio?».

«Sì, l'hanno dimesso. Adesso è a casa».

«Me ne rallegro molto».

«Lasciamo stare i formalismi. Mi dia del tu. Ti spiace cominciare il tuo rapporto?».

Nourissier, serissimo, non faceva nulla per nascondere il suo malumore. Parlò controvoglia, con voce monotona:

«Il tuo ex marito mi ha ricevuto dopo avermi fatto fare un'ora di anticamera. Gli ho detto che ero amico tuo e gli ho consegnato la lettera».

«E lui come ha reagito?».

«L'ha letta davanti a me, poi l'ha gettata sulla scrivania e mi ha fatto alcune domande».

«Che tipo di domande?».

«Chi ero, che lavoro facevo, come ci eravamo conosciuti. Ovviamente gli ho raccontato delle storie. Gli ho detto che mi trovavo in vacanza da queste parti e che ero entrato per caso nella tua libreria».

«Ti ha creduto?».

«Probabilmente sì. Poi ha voluto sapere quando sarei rientrato nel mio paese e se in futuro pensassi di stabilirmi in Spagna».

«Magnifico!» esclamò lei, divertita. «E tu cosa hai risposto?».

«Che sarei rimasto in Spagna ancora per un po' e che ancora non avevamo fatto piani per il futuro. La risposta non deve essergli piaciuta troppo perché mi ha fatto capire che l'incontro era finito. In pratica mi ha chiesto di andarmene».

«Era arrabbiato?».

«Era seccato, sì».

«Non potresti essere un po' più esplicito? Uno psichiatra dovrebbe saper leggere gli stati d'animo sulla faccia delle persone».

«Ti ho già detto l'essenziale: all'inizio era sorpreso, poi ha voluto capire meglio, e alla fine sembrava parecchio infastidito. Questo è tutto».

«E non c'è nessun particolare che...?».

«Basta, non so cos'altro dirti. Ho fatto quello che mi hai chiesto, ma non intendo riferirti particolari morbosi. Adesso tocca a te assolvere alla tua parte dell'accordo».

Lei sorrise, annuì più volte e andò in un'altra stanza. Tornò con una cartina, la dispiegò davanti a loro.

«Avvicinatevi. Questa è una mappa topografica della zona di Els Ports. Me la sono procurata perché poteste vedere il territorio in tutti i particolari». Prese una matita dalla punta spessa e tracciò un triangolo sotto gli occhi stupefatti dei due. «Qui, da qualche parte fra Morella, San Pedro e San Mateo, deve trovarsi La Pastora».

«C'è da fidarsi di questa informazione?».

«Assolutamente».

«È recente?».

«Di tre mesi fa. C'ero anch'io quando mio marito l'ha saputo. Appena lui è uscito dal suo ufficio ne ho approfittato per dare un'occhiata al documento. Fonti dirette della Guardia Civil».

«Sembra che la provvidenza ti abbia messo in mano tutte le armi per vendicarti» disse Infante.

Lei rise.

«Se vi pescano e fate il mio nome, io nego tutto. Vi consiglio di alloggiare a Chert. Di lì potrete fare tutte le vostre escursioni. E poi c'è una pensione niente male. Dubito che incontrerete quella donna, ma se non altro è stato divertente conoscervi».

Nourissier si alzò in piedi. Tese una mano rigida alla donna.

«Ora dobbiamo andare. Grazie per il caffè».

Infante le sorrise e basta. Lei si avvicinò e gli diede un rapido bacio. Poi i due uomini scesero le scale senza guardarsi l'un l'altro. Lei li guardava da dietro la porta socchiusa.

In auto rimasero in silenzio. Solo dopo vari chilometri Infante parlò:

«Non stai bene? Ti vedo silenzioso».

«Sono solo un po' stanco».

«È stato così terribile?».

«Non è stato come le ho raccontato».

«Lo immaginavo».

«Era un tipo volgare, molto aggressivo. Quando gli ho dato la lettera stava per buttarmi fuori a calci. Non l'ha nemmeno letta, l'ha gettata direttamente nel cestino. "Di quello che fa o non fa María José, io me ne frego". Queste sono state le sue parole».

«Mi immaginavo anche questo».

«È stata un'esperienza sgradevolissima».

«Lo capisco».

«Lo capisci, però non hai fatto niente per risparmiarmela».

«Questa non è la mia guerra, è la tua».

«Ma io ti pago perché tu mi aiuti a vincerla».

«E quale clausola del contratto prevede che io debba sempre tirarti fuori dai guai?».

«Questo non era un guaio, era una cosa immorale».

«Via, non è così immorale recitare una piccola commedia».

«Una commedia ridicola nella quale ho sostenuto una parte grottesca. Ma è logico che tu non mi capisca quando ti parlo di morale. Sei andato a letto con quella donna, vero?».

«Sì, e allora? Il fatto che tu mi paghi non ti dà il diritto di controllare la mia vita privata».

«No, infatti non intendo controllarla, ma posso esprimere la mia opinione su quello che vedo. E sai che cosa vedo? Che da quando sono arrivato in questo paese non ho ancora incontrato una sola persona dotata del minimo senso morale. Siete capaci di qualsiasi cosa: vendette, rancori, inganni, delazioni, crudeltà...

Non mi stupisce affatto che sia successo quello che è successo».

Infante fermò la macchina. Lo guardò. Aprì la portiera e scese. Scese anche Nourissier.

«Benissimo, signor predicatore, se hai ancora in serbo dei sermoni ti consiglio di trovarti un pulpito. Sono andato a letto con quella donna perché ne avevo voglia, hai capito? Perché era un mucchio di tempo che non mi facevo una scopata» disse Infante con calma.

Nourissier divenne rosso in faccia, strinse i denti e gli diede un pugno in faccia. Infante fece due passi indietro, portò una mano all'angolo della bocca per fermare il filo di sanguc chc aveva cominciato a scivolargli giù, e sibilò:

«Torniamo in macchina, che non c'è più molto».

«Vado a piedi» disse Nourissier, e scomparve nel buio dietro la prima curva.

Infante non fece nulla per fermarlo. Risalì in macchina e partì. Appena arrivato a Santa Bárbara, salì in camera a farsi una doccia. Sotto il getto d'acqua calda chiuse gli occhi e rimase a lungo immobile. Poi si vestì, si versò un dito di gin e lo bevve a piccoli sorsi. Lo invase una stanchezza terribile. Non aveva più forze. Nell'istante stesso in cui si stese sul letto si addormentò. Fu svegliato da una raffica di colpi imperiosi alla porta. Imprecò fra i denti.

«Apri, Carlos, per favore!».

Si alzò. Andò ad aprire. Nourissier, lì fuori, lo guardava con aria afflitta.

«Carlos, per favore, perdonami. Mi dispiace immensamente. Non so cosa mi sia preso, davvero, non riesco a capirlo».

«Lascia perdere. Non ha importanza».

«Come posso lasciar perdere? Le cose che ho detto, quel pugno... Ti ho fatto male?».

«Meno del tenente Álvarez».

«Sono inorridito. È stato come se una forza estranea avesse avuto il sopravvento su di me. Ho agito spinto da un istinto primitivo».

«Sarà l'influsso del paese».

«Non dire così, te ne prego. Io non ho mai pensato una cosa simile».

«Calmati. In fondo è bello constatare che non sei così perfetto».

«Mi vergogno. Usciamo. Andiamo a cena».

«No, stasera sono troppo stanco».

«Non puoi lasciarmi solo con questo peso sulla coscienza».

«E va bene, entra. Prendi il bicchiere del dentifricio e serviti».

Nourissier andò nel bagno a lavare il bicchiere. Infante tornò a sedersi sul letto. Di lì il francese continuò a dire quanto fosse dispiaciuto. Venne a sedersi anche lui e parlò di come da un po' di tempo si sentisse estraneo a se stesso, chiese ancora scusa, volle ancora spiegare. Ascoltandolo in silenzio, Infante si addormentò. Allora Nourissier tacque e rimase a guardarlo per qualche minuto. Poi uscì richiudendo piano la porta per non svegliarlo. Non aveva finito il suo bicchiere, ma sapeva che l'angoscia che lo attanagliava non si sarebbe sciolta con l'alcol, e neppure con la telefonata serale a sua moglie.

Dalle colline li vedevamo passare. Quanti erano non si poteva dire, ma erano tanti. Andavano da un paese all'altro in camionetta, si fermavano alle masserie, chiedevano a questo e a quello... Ci cercavano, come cani, io lo sapevo già da prima ma non pensavo fosse così brutta. Francisco non diceva niente, sembrava addirittura che gli piacesse aver alzato tutto quel polverone. Facevamo finta di non accorgercene, tanto avevamo abbastanza da mangiare e l'importante era riuscire ad andarcene di lì a poco a poco, senza aver fretta e facendo molta attenzione. Camminavamo di notte. Io conoscevo i sentieri e le scorciatoie. Di giorno stavamo nascosti, a mangiare e a riposare. Non parlavamo quasi, lui non parlava più molto, ma io sapevo che la famiglia non se la toglieva dalla testa, i bambini, sua madre, pensava sempre a quello. Quando c'era da stare attenti a tutto quel che facevamo per paura delle guardie, almeno non ci pensava tanto, e sembrava anche più tranquillo. Io, a vedere tutte quelle pattuglie che ci cercavano, cominciavo a dare di matto, se devo essere sincero, ma non aprivo bocca perché tanto non serviva. Chi la fa, l'aspetti. Tutto lì. Solo che stavolta per quello che avevamo fatto dovevamo aspettarcene parecchie. Non ca-

pivo più niente, sapevo che se ci trovavano era questione di vita o di morte: o noi, o loro.

Non ci volle molto per fare la prova. Una notte, che ci eravamo fermati a riposare sulla Sierra de Monegrell, vicino a Torre de Arcas, stavamo aprendo gli zaini per montare il campo, quando sentiamo delle voci nel bosco. Ci guardiamo, e Francisco mi fa segno di prendere l'arma. Non ce n'era bisogno, avevo già il colpo in canna e mi ero buttato per terra dietro una roccia. Lui fa lo stesso con la sua mitraglietta. Si vedevano delle ombre, ma non si capiva bene perché non c'era la luna. Il brutto è che avevamo già cominciato ad accendere il fuoco, e non riuscivamo a spegnerlo tutto. Vedevano da lontano le braci, e venivano dritti verso di noi. Quand'erano lì vicini, Francisco si mette a sparare, e io con lui. Non potevamo aspettare che ci fossero addosso perché non sapevamo quanti erano. E neppure li avevamo presi di sorpresa, loro sparavano a tutto andare. La montagna era come una polveriera, e anche se eravamo all'aperto l'odore di polvere da sparo riempiva l'aria. Di colpo, sento un lamento corto e basso, come di un animale.

«Ti hanno preso?».

Francisco dice sì, ma non smette di smitragliare con lo Sten. Io intanto pensavo in fretta a come potevamo tirarci via di lì, e mi viene in mente un posto dove non ci avrebbero seguiti.

«Via, via!» gli grido.

«Non voglio lasciare qui tutta la roba».

«Lascia stare la roba, ne troveremo dell'altra! Ce la fai a camminare?».

«Mi hanno preso a una spalla».

«Allora tira di qua, a sinistra, vai avanti tu, io ti copro».

Prendo lo zaino e gli vado dietro. Mi sono sentito meglio a vederlo correre senza fermarsi. Ogni tanto mi voltavo e sparavo, e i colpi non dovevano andare tanto fuori strada perché non ci seguivano più. Quando ormai era meglio non sparare per non far capire da che parte eravamo andati, abbiamo stretto il passo e non ci siamo più fermati fino all'alba. Quella volta l'avevamo fatta franca.

Appena ci fu luce riuscimmo a vedere la ferita. Non sembrava una cosa grave perché la pallottola non era rimasta dentro, ma bisognava medicarla. L'alcol lo avevo io nel mio zaino, ma il resto dei medicinali era nello zaino di Francisco. E ogni volta che gli buttavo un po' d'alcol nella ferita, lui vedeva le stelle. Ma non si lamentava, questo no. Quando fu buio di nuovo accesi un fuoco e ci mettemmo lì a scaldarci. Allora Francisco si mise a parlare:

«Pastora, lo vedi come stanno le cose, siamo messi male perché mi verrà un'infezione senza le medicine. Io credo che dovremmo andare a Castellote, qualcuno dei miei parenti mi curerà».

«Ma, Francisco! Di nuovo con questa storia? Se lo facciamo ci roviniamo noi e roviniamo loro».

«Cosa credi, Pastora? Non dico mica che andiamo a casa mia. Nel Val de la Bona ci sono dei capanni dei pastori dove non ci va nessuno. Possiamo metterci lì. Poi tu scendi ad avvisare i miei. Lì le guardie non ci cercheranno di sicuro, crederanno che siamo da tutt'altra parte. Però, se hai paura...».

«Ma che paura e paura! Figurati se ho paura io, a me che me ne importa! Se è questo quello che vuoi, lo facciamo».

E così andammo lì. Nel Val de la Bona ci infilammo in un ovile, che di lì si scendeva a casa di Francisco. Nessuno ci aveva visti e di guardie non ce n'era l'ombra. Lì dormimmo, anzi, dormì lui perché io la notte la passai con la testa che mi ciondolava e il fucile imbracciato. Appena fece chiaro lo lasciai solo e scesi giù fino a casa sua, tenendo gli occhi ben aperti e correndo di cespuglio in cespuglio, caso mai ci fosse qualcuno in giro. In casa c'era solo sua madre, che quando mi vede per poco non muore dallo spavento. Io le spiego tutto e lei mi dice che le guardie è da un po' che non si fanno vedere. Così ero già un po' più tranquillo. Prendiamo della roba da mangiare, bende, tutto quel che c'era di medicine in casa, e andiamo su.

E dopo la lasciai entrare sola perché magari si vergognavano se c'ero io, a farsi vedere che si abbracciavano, e tutto il resto. Io stavo di guardia fuori dalla porta. Li sentivo piangere tutti e due, era normale dopo quello che era successo e tutto il tempo che non si vedevano, povera donna. Non sapeva nemmeno se suo figlio era vivo. E allora mi venne in mente che da quando ero uomo non avevo più pianto, io che da donna piangevo sempre. O era stato un miracolo oppure tanta voglia di piangere non ne avevo più avuta.

Siamo rimasti lì qualche giorno finché la ferita di Francisco non si è chiusa, e poi dovevamo andar via, perché di più era pericoloso. Se sua madre andava in paese a fare la spesa anche per noi, a qualcuno poteva venire in mente che c'era sotto qualcosa. Quand'è venuto il momento di andar via quella poveretta piangeva così tanto che alla fine non so come faceva ad avere ancora delle lacrime, ma

Francisco no. Forse voleva essere forte, perché sua madre non soffrisse tanto. Le disse:

«Non si preoccupi, madre, vedrà che presto si sistema tutto e potrò stare sempre a casa».

Ma da come si guardavano si capiva che lo sapevano tutti e due che non era vero niente.

Ci mettemmo in cammino.

«Prendiamo per Beceite, tu cosa dici, Pastora?».

«Bene, quei posti li conosco».

«E che posti ci sono che non conosci, che sei peggio di una capra, tu?».

Rideva forte, e io credo che rideva per non piangere. Poi fu di nuovo come prima, e bestemmiava ogni volta che pensava a tutta la roba che avevamo perso per colpa di quella sparatoria con la Guardia Civil. Non si scordava di quello che aveva messo dentro quello zaino. Ripeteva l'elenco come i preti quando recitano le litanie: gli occhiali, le munizioni, i medicinali, il vestito buono, un paio di scarpe di corda, due paia di calzini quasi nuovi, le lamette da barba, una pelle d'agnello, un pezzo di sapone, mezzo chilo di sale, un litro d'olio, due latte di salamini, tre tavolette di cioccolato, due chili di fagioli, un pacco di volantini...

«Tutto questo ti portavi dietro?».

«E anche quello che non ti dico perché non me lo ricordo più!».

«E tua nonna nella bara, non te la portavi, Francisco?».

Rise di gusto, io volevo solo quello, vederlo ridere di nuovo.

«Non ti sopporto, Pastora. Tua madre quando ti ha partorito si è tolta un bel peso. Cammina, su. Vediamo se ades-

so ci rifacciamo con una bella missione economica da qualche parte».

Ci provammo, una volta, a Las Parras de Castellote, in una masseria che la chiamavano La Terraza. Era gente che Francisco conosceva, lui diceva che facevano la spia, però non avevano un soldo e né Francisco né io avevamo più voglia di ammazzare nessuno, così li riempimmo di botte e non ci cavammo altro che una coperta, una casseruola d'alluminio, sei chili di farina, uno di pancetta e una forma di pane. Con quello poteva bastare. Ci riprovammo in un'altra casa, vicino agli stagni di Santolea. Vado prima io, trovo uno che dà da bere ai cavalli alla fontana, ma prima che potessi dirgli due parole, se ne arriva sua moglie, con una bambina piccola, mi vede da lontano e scappa via gridando neanche avesse visto il diavolo con le corna. Era così spaventata che ha mollato la bambina da sola. A Francisco, che era lì a mezza costa a controllare dall'alto, gli è venuto da ridere che non la finiva più. Poi mi fa un fischio, per dirmi di lasciarli in pace, e ce ne andiamo via a mani vuote. Dopo mi prendeva in giro:

«Lo vedi, Pastora, che la gente ha paura di te perché sei peggio del mal di denti e più brutto di un cane».

Ridevamo, ridevamo, sì. Ma se le azioni non riuscivano, i soldi e il mangiare finivano presto. Passammo da Zorita e da Castell de Cabres senza tirar su niente. Meno male che ci andò bene a La Caseta dels Bous, dove ci conoscevano. Quella volta ci ricavammo dodicimila pesetas, un prosciutto, pane e una forma di formaggio. Era qualcosa. Ripartimmo di buon passo per Peñarroya de Tastavins, che di lì si faceva più in fretta ed era più sicuro.

Alla fine arrivammo al massiccio di Beceite, ma non eravamo ancora lì che ci prende una nevicata di quelle che coprono tutto. Francisco guarda gli alberi e mi fa:

«Guarda che bello, sembra la figura di un libro. Fra dieci giorni è Natale, Pastora».

Dopo i primi due giorni a Chert, Infante giunse alla conclusione definitiva che tutti i paesi della zona erano identici e, in linea di principio, poco interessanti. Invece Nourissier sembrava trovarvi ogni giorno nuovi incanti. Ormai sapeva di essersi innamorato di quelle terre, che lo affascinavano e al tempo stesso gli incutevano un timore quasi reverenziale. Sapeva di trovarsi in un luogo pieno di mistero, un mistero che quella sua indagine non sarebbe mai giunta a penetrare fino in fondo.

Entrambi trovarono accogliente la nuova pensione. Situata poco fuori del paese, era circondata da un grande giardino dove, fra galline becchettanti, se ne stava accucciato un cane che li salutava ogni volta muovendo pigramente la coda.

I giorni precedenti, pieni di tensione e imprevisti, avevano lasciato in loro un grande senso di spossatezza. Per un po' vegetarono in perfetta tranquillità, e come il francese non si preoccupava di domandare al suo compagno quali piani avesse, così questi non si premurava di pensare ai prossimi passi da muovere. Si sarebbe detto che entrambi avessero deciso di attendere che il Signore facesse trovare loro la soluzione senza che facessero niente, così come nutre gli uccelli del cielo e veste i gigli del campo. Un piacevole trantran si era presto stabilito nelle loro vite: facevano una lunga passeggiata dopo colazione, pranzavano alla tavola della pensione, e poi ciascuno si ritirava in camera sua. Nourissier lavorava mentre Infante leggeva, beveva e cercava di guadagnarsi la confidenza della gente del posto. Non era un obiettivo facile, a ogni ora il bar del paese era popolato dagli stessi vecchi che non sembravano né vivi né morti, e la padrona della pensione aveva svariati figli e molti nipoti, che non le lasciavano certo il tempo per dilungarsi in chiacchiere.

La prima domenica che trascorsero lì, settimo giorno di quel ritiro, il Signore parve finalmente pensare a loro. Pioveva fin dalla notte precedente, con tale intensità che la terra si era trasformata in un magma fangoso e ruscellante, che aveva reso quasi intransitabili le strade. Alle dieci di sera, quando la cena stava per essere servita, alla pensione comparve per la prima volta un altro ospite. Era un giovane poco più che ventenne, dai modi educati e dall'aspetto angelico. Arrivò zuppo, carico di un enorme sacco da marinaio, e nel vederli ebbe una reazione insolita nella gente di campagna: sorrise. La padrona lo accolse facendo un gran chiasso e lo pregò di sedersi al loro tavolo.

«Se non avete niente in contrario» aggiunse, forse un po' in ritardo.

Il ragazzo si asciugò come poté, e non appena fu servito si lanciò sul suo piatto senza dire una parola. Parlò poco più tardi, davanti alle sardine alla piastra che arrivarono per secondo.

«Scusate se non vi ho salutati, ma avevo una tale fame che credevo di svenire. Mi chiamo Joaquín Cuevas e sono il maestro del paese. Questo è il mio primo incarico».

Quando Infante fece le debite presentazioni, il maestro parve felice di apprendere che l'altro commensale era francese.

«*Comment allez-vous, Monsieur Nourissier? Enchanté de faire votre connaissance*».

La sua pronuncia era così approssimativa, e il suo procedere così stentato che Nourissier si affrettò a dire che parlava spagnolo.

«Adoro il francese, anche se non lo padroneggio bene. Purtroppo in Spagna lo studio delle lingue lascia sempre a desiderare, sembra che qui solo le materie scientifiche siano importanti. Posso domandare che cosa vi ha portati a Chert?».

Vedersi interpellati in modo così diretto e cortese li rassicurò. Come sempre quando intavolavano una conversazione con uno sconosciuto, fu Infante a tenere le redini.

«Il mio amico è psichiatra. Sta scrivendo un libro e io sono un po' la sua guida locale».

«Che tipo di libro?».

«Un saggio intorno alla psicologia della gente di campagna» rispose Nourissier, imbarazzato come ogni volta che si vedeva costretto a mentire.

«Molto interessante! E io che fino a un momento fa credevo di essere capitato male!».

Infante alzò un sopracciglio interrogativo.

Il giovane si affrettò a precisare:

«Sapete, da quando sono arrivato in paese abito in una camera ammobiliata presso una famiglia di qui. Una soffitta modestissima, che oggi con la pioggia si è quasi allagata. Al punto che sono stato costretto a trasferirmi qui».

«Un bell'inconveniente».

«Così pensavo, ma ora che so che ci siete voi, le cose cambiano. Se non vi spiace, siederò al vostro tavolo altre volte. Chissà che io non possa essere d'aiuto al professore. I miei alunni vengono da tutte le masserie dei dintorni; sono una costante fonte di notizie d'ogni genere sulla regione».

«Potrebbe esserci utilissimo» disse Infante.

«Quanti alunni ha in classe?» domandò Nourissier.

«Venticinque».

«Di che età?».

«Un po' di tutte le età, qui non c'è che una classe unica. Questa è una scuoletta di campagna, professore, ma io me la cavo abbastanza bene. L'importante è che imparino qualcosa».

Continuò diffondendosi con entusiasmo nell'esposizione dei fatti suoi: disse che era di León, che sarebbe rimasto a Chert un altro anno e poi finalmente avrebbe avuto il trasferimento e sarebbe tornato a casa, che aveva cinque fratelli e una fidanzata con la quale progettava di sposarsi... Finito di cenare, Nourissier, un po' stanco di tutte quelle chiacchiere, si alzò, annunciando che desiderava ritirarsi. Gli altri due lo seguirono su per le scale, chiudendo così la serata. Ma quando furono di sopra, Infante invitò Nourissier a bere qualcosa in camera sua.

«Con piacere! Però assicurati che quel ragazzo non ci abbia seguiti per unirsi a noi».

«È un po' invadente, lo so, ma credo che potrà esserci utile. Forse l'idea di usare i suoi alunni come fonte di informazione non è così malvagia».

«Ti fidi di lui?».

«Tu no?».

«Potrebbe essere una spia franchista».

«Dubito che i servizi di spionaggio siano arrivati a un tale livello di raffinatezza».

«Speriamo».

«In ogni caso tu fra un mese te ne torni a Parigi. Se non vogliamo accontentarci dei risultati ottenuti finora, dobbiamo pur correre qualche rischio».

«Se la cosa non ti preoccupa...».

«Hai paura?».

«A volte penso che l'unica cosa di cui ho paura è tornare a Parigi».

«Tutti abbiamo paura di tornare alla realtà quando ce ne siamo staccati per un po'. Le abitudini quotidiane ci sostengono, ma ci appaiono detestabili quando le guardiamo da fuori».

«Credo che per me sia qualcosa di più. Quello che ho visto e sentito in Spagna in qualche modo mi ha cambiato».

«Non ci pensare. Ti basterà passare qualche giorno a casa tua perché tutto questo cominci a sembrarti lontano. Dopo un anno avrai l'impressione di averlo sognato. E nel giro di tre o quattro anni te ne rimarrà un ricordo vago, come se nulla di quanto è accaduto qui fosse successo veramente a te».

«Sarà, ma ormai mi sono abituato a vivere alla giornata. Non sappiamo dove saremo domani, chi incontreremo, che cosa faremo. Non mi ero mai trovato in una simile situazione, e devo riconoscere che mi piace».

«Be', detto così sembra una cosa terribile».

«Terribile? Ma è meraviglioso! Per tutta la vita mi sono sforzato di adeguarmi a ciò che ci si attendeva da me. Ho sempre fatto le scelte più razionali, più proficue. Invece adesso mi pare di essere guidato da una sorta di istinto animale che mi fa sentire vivo, all'erta, quasi felice».

«Rimani in Spagna».

«Ci ho pensato».

«Posso domandarti se hai qualche problema con tua moglie?».

«Mia moglie non ne può più di questa storia. Non fa che chiedermi di tornare, di abbandonare le ricerche. Adesso più che mai è convinta che questa follia, come lei la definisce, obbedisca a un mio desiderio di avventura più che al mio impegno scientifico».

«Stai attento, Lucien, il matrimonio è un meccanismo delicato e va maneggiato con cura».

«È curioso che uno scapolo incallito la pensi così».

«Proprio perché ne sono convinto sono uno scapolo incallito».

Nourissier si lasciò sfuggire una risata secca e scosse la testa.

«Vorrei sapere chi mi ha costretto ad andare in giro per il mondo con un cinico come te. Su, offrimi un altro bicchiere».

«Se ti ubriachi la responsabilità è tutta tua».

«Stasera mi sento un irresponsabile, Carlos».

«Allora hai raggiunto lo stato ideale. Beviamo».

Infante si accese una sigaretta e versò un altro whisky all'amico. Continuarono a bere e a divagare fino a notte fonda. E a quel punto lo spagnolo poté constatare che il francese cominciava a reggere l'alcol quasi quanto lui.

Io non l'avevo mai fatto il Natale. Mia madre diceva che quelle erano cose da ricchi e da preti. Ma quando eravamo piccoli, ogni anno, alla vigilia, ci preparava una cosa molto buona, l'unico dolce che potevamo avere. Prendeva dei fichi secchi, ci metteva dentro un gheriglio di noce e poi ci metteva sopra il miele. Erano così buoni che li mangiavamo due alla volta! Anche quando stavo da solo, alla vigilia me li preparavo, e ci bevevo sopra un bicchiere di moscatel. *Era il mio modo di far festa. Il giorno dopo magari salivo su in montagna a guardare le pecore, per me le feste erano giorni come gli altri e l'unica cosa diversa erano i fichi secchi con le noci e il miele.*

Quella volta al massiccio di Beceite, con tutta quella neve intorno e la tormenta che si alzava di notte, capimmo che l'inverno sarebbe stato duro. Io non mi preoccupavo perché ci eravamo sistemati bene, in una casa abbandonata che aveva ancora il tetto in ordine. Il camino tirava che era una meraviglia, e c'era della paglia asciutta che ci serviva per dormire. Non avevamo freddo. Cos'altro potevamo chiedere? Ma veniva il Natale, e Francisco era sempre più mogio. Si lamentava di tutto: della neve, del vento, del mangiare che era sempre lo stes-

so... Un pomeriggio mi tira fuori che gli mancava il Natale in casa sua. Io non lo capivo, dato che lui non era uno di chiesa.

«Sì» mi fa lui, «ma la sera della vigilia si stava insieme, c'erano i canti di Natale dei bambini, si mangiavano i dolci che faceva mia madre, si ballava... Non eravamo di chiesa, no, ma alla famiglia ci tenevamo, ci piaceva ridere e scherzare, e adesso guarda un po' che panorama: io e te qui da soli come due bestie rintanate. Ah, la vita, Pastora, cosa ti fa la vita! E tutto per colpa di Franco e di quei figli di puttana dei fascisti!».

Aveva gli occhi lucidi. Si disperava, poveraccio. Ma così non andava, perché la vita è quella che è e nessuno può farci niente. Non lo so cosa si aspettava, io queste cose le sapevo da quando ero nato.

Allora cercai un modo per tirarlo su. Scesi a caccia verso i prati e presi un coniglio. La sera della vigilia lo misi in pentola, con olio, sale, un mazzetto di timo e rosmarino, a cuocere adagio. Ce lo mangiammo e ci leccammo le dita! E poi Francisco, che ne sapeva una più del diavolo, aveva tenuto da parte una bottiglia di liquore d'anice. Ne aveva lasciate di cose per la strada, ma altrettante se ne portava ancora appresso. Aveva voglia di sbronzarsi, e anch'io, però non potevo. Se no poi dormivamo tutti e due uno di quei sonni che non ti svegliano neanche le cannonate, e se venivano le guardie finivamo come il coniglio che avevo messo in pentola.

E Francisco:

«Bevi, Pastora, bevi, che tanto stanotte non vengono a cercarci».

Ma io non mi fidavo, lo assaggiai e basta e rimasi contento lo stesso. E poi a me il liquore d'anice mi ha sempre lasciato la bocca troppo dolce e preferisco mille volte il cognac.

A Natale la Guardia Civil non si fece vedere, aveva ragione Francisco, ma una sera dei primi di gennaio, mentre ci scaldavamo un po' prima di metterci a dormire, sentiamo delle voci. Non ci abbiamo messo un minuto a prendere le armi e a metterci a sparare. Era la Guardia Civil. Qualche farabutto doveva essere andato a raccontare che dal camino della casa usciva fumo. Io lo sapevo che correvamo questo rischio, ma cosa potevamo fare? Crepare di freddo? Quelli sparavano e gridavano che dovevamo arrenderci, ma noi eravamo più veloci di quel che credevano. Francisco aveva già messo mano al sacco delle munizioni e lanciò una granata che scoppiò in mezzo a loro. Smisero di far fuoco, dovevamo approfittarne per andarcene, io glielo dicevo a Francisco, ma lui niente, come se avesse preso gusto alla battaglia.

«Ancora una, gliene buttiamo ancora una, così capiscono che non abbiamo fretta».

E lancia un'altra granata. Allora sì che mi passa la voglia di scherzare e lo prendo per un braccio per tirarlo via di lì. Prendemmo i viveri, quello che potevamo, e ci buttammo su per le fratte dietro la casa. Io conoscevo un canalone che salendo di lì non ci avrebbero trovati. Sentivamo gli spari giù in basso, sempre più lontani, le granate non dovevano aver fatto un gran danno, ma almeno eravamo riusciti a scamparla. Poi camminammo e camminammo fino a non farcela più. Allora mi fermai e dissi che co-

sì non si poteva andare avanti: faceva freddo, non avevamo quasi niente da mangiare e i civiles *erano dappertutto. Non vedevamo la fine dell'inverno se continuavamo così. Se non ci ammazzavano loro come cani, morivamo noi per conto nostro. Allora Francisco ci pensò su e mi chiese cosa ne pensavo se andavamo alla masseria Llobrec, a Pauls. Lì avevano già aiutato dei compagni. Francisco diceva che se li pagavamo, loro ci nascondevano e ci davano da mangiare. Allora gli dissi di sì, perché non sapevo cos'altro si poteva fare.*

Arrivarci non era facile, la strada era lunga ed era una fatica, sempre con la paura di trovarci davanti le guardie. Dato che non avevamo più niente, toccava fare dei colpi dove capitava. Francisco delle volte diceva ai massari che era una multa delle bande, oppure che sequestravamo uno della famiglia perché era un fascista..., ma andava sempre abbastanza male perché nessuno aveva soldi in casa, e molti erano andati a stare in paese perché non ne potevano più di prendersi bastonate dagli uni e dagli altri. E neppure noi avevamo la stessa forza di prima, e nemmeno il tempo, e nemmeno i compagni ad aiutarci. Andavamo alla disperata. Ma almeno ci si cavava qualcosa da mangiare: pane e un pezzo di pancetta qui, carne secca e una bottiglia d'olio là... come vi dico, solo da mangiare.

Finalmente arrivammo alla masseria Llobrec. Di lì erano passati Valencià, e anche Carlos el Catalán... Era stato un buon punto d'appoggio, ma adesso non sapevamo come stavano le cose.

I padroni erano due, padre e figlio, che tutti e due di nome facevano José Salvador, e poi c'erano le mogli. Fran-

cisco chiese da cenare e se accettavano di diventare il nostro punto d'appoggio.

«Per carità!» dice il figlio. «Qualcosa da mangiare non si nega a nessuno, ma sono tempi brutti e di partigiani non se ne vedono più, invece di guardie... il paese è pieno, a parte che vanno da un paese all'altro con le camionette, e quelli non li conti neanche più... È dura, è dura, ve lo dico io».

Allora Francisco tira fuori cinquecento pesetas, che saranno state le ultime che avevamo, e gli fa:

«Ti paghiamo la cena, e quello che avanza lo usi per comprarci da mangiare. Dimmi un posto dove possiamo dormire stanotte, che non sia in casa».

Quello come vede i soldi cambia faccia, e si mette a parlare in un'altra maniera:

«Aspettate, che mia madre vi fa una frittata di sei uova con le patate e la pancetta. Poi andate fuori. Più su trovate un capanno, lì è riparato e c'è anche della legna. Se poi mi dite quel che vi serve, domani vado in paese e ve lo porto».

Io mi ricordavo di tante cose mica belle che avevo sentito di quel José Salvador figlio, ma non era il momento di farla tanto lunga, e così sono stato zitto. Mangiammo bene e dormimmo da re, e il giorno dopo il figlio viene su dal paese con tutto quello che avevamo chiesto. Ma la cosa più bella di tutte era che neanche per un momento ci era venuta la paura di veder comparire la Guardia Civil. Però un problema c'era, ed era che non avevamo più un soldo, e quella gente non poteva tenerci lì e riempirci la pancia per niente. Allora Francisco decise che dovevamo parlare col padre e col figlio per metterci d'accordo, e glielo disse.

Quella sera ci mettemmo intorno al tavolo. Solo che sembrava che i Salvador avessero già chiaro in testa quello che volevano, come se fossero stati tutto il giorno a pensarci su. Il figlio parlava sempre lui, e questo già mi faceva pensar male. Spiegò che lui sapeva di certe masserie dove c'erano dei soldi da rubare. Disse proprio così: rubare. E poteva dirci anche in che momento era meglio andare a fare il colpo. Lui poi si teneva il venti per cento di quello che riuscivamo a portare a casa. A Francisco il venti sembrava troppo, ma era così o niente.

Quella notte, mentre lui si fumava una sigaretta sul paglione, decido di parlargli:

«Francisco, questa storia a me non piace. Non mi fido di quei due. Ci ho pensato e ripensato, e mi è tornato in mente cosa mi avevano detto del figlio. Hai presente il lavorante che avevamo sequestrato alla masseria Almeleral e che poi abbiamo dovuto lasciarlo andare? Be', io ci avevo parlato quella notte, mentre tu dormivi, e lui mi raccontava di una certa fidanzata che aveva, e mi diceva che il padre di quella fidanzata lo conosceva bene il Salvador, Salvador figlio, e sapeva per certo che era andato a rubare in un negozio di Pauls, con una pistola».

«Va bene, ma a noi cosa interessa?».

«Francisco, a noi interessa, perché quello è un ladro! Non hai sentito cos'ha detto? Rubare! Io non ho mai rubato niente in vita mia. Perché una cosa è andare a chiedere soldi alla gente come partigiani, in nome della rivoluzione, e un'altra farsi dare dei soldi per spartirli con un ladro e diventare complici suoi».

Francisco, che era sdraiato, si tirò su a sedere, spense la cicca e mi disse:

«Senti, Pastora, non lo vedi come siamo ridotti? Siamo fregati, lo sai? Ma fregati per davvero: siamo soli, con la Guardia Civil sempre alle costole, senza un soldo, senza saper dove andare. Adesso siamo nemici di tutti: dei partigiani come dei civiles. *Non possiamo scegliere, non possiamo. E se aspettiamo che la guerriglia abbatta il franchismo, stiamo freschi. Le hai sentite anche tu le notizie che ci ha dato Salvador: li stanno ammazzando tutti, i compagni. Tu che parli sempre di sopravvivere, adesso te lo dico io cosa ti devi mettere in testa: che se non ci svegliamo in fretta moriremo come bestie affamate, e se non moriamo da soli, ci ammazzeranno».*

«Già. Lo so come siamo ridotti, lo so. Però in montagna ci sono molti modi per sopravvivere».

«Come le bestie! E io sono un uomo civile. Ma non darti pensiero, Pastora, che se quello che ti preoccupa sono le parole, al primo colpo che facciamo griderò "Viva la rivoluzione proletaria!". Se serve per farti stare più tranquillo...».

Non mi convinceva mica quel discorso, ma non dissi più niente. Francisco aveva sempre dentro quella rabbia che gli usciva fin dagli occhi, e a me conveniva star zitto.

Restammo lì, e facevamo delle sortite a Horta de San Joan, a Bot, a Gandesa. Dopo tante parole, di colpi grossi non ne veniva fuori nessuno. Io pensavo che alla fine quello che avevo detto a Francisco del Salvador figlio aveva fatto presa, e nemmeno lui si fidava tanto. Un giorno il Salvador ci parla di sequestrare la sorella di un massaro che stava vicino a Pauls, perché secondo lui se ne po-

tevano cavare più di centomila pesetas. Ma Francisco gli dice che era pericoloso e che se proprio ci teneva poteva farlo da solo.

L'8 settembre attraversammo l'Ebro su una barca che trovammo abbandonata. Dalle parti di Tortosa mangiammo quel che c'era negli orti, più che altro pomodori, che quelli si mangiano crudi. Di tanto in tanto entravamo nelle masserie, ma solo a chiedere del pane. Francisco, magari lo faceva per me, va' a sapere, o perché si vergognava, raccontava sempre che eravamo partigiani, che dovevano aiutarci «nella lotta contro il regime». Proprio così diceva.

Quando ci siamo stancati, decidemmo di tornare alla masseria Llobrec, e passammo di nuovo il fiume all'altezza di Miravet. Ci fermammo a Corbera, perché all'andata eravamo stati a casa di certi ferraioli che Francisco conosceva. Cenammo con loro, e mentre si mangiava Antonio il ferraiolo ci spiega che potevamo fare un colpo a un magazzino d'uva che c'era da quelle parti, perché nel giorno di paga c'erano sempre molti soldi in cassa per quelli che ci lavoravano.

«E tu cosa ne ricavi, Antonio?» chiese Francisco.

«La parte che mi date».

«Accidenti a voi del popolo lavoratore, vi siete messi in testa di approfittarvi dei partigiani!».

«Ma se voi di partigiani non avete più neanche il nome! A me non me la racconti, Francisco».

«Lasciamo perdere questa storia, Antonio, i colpi noi non li facciamo per farci pelare. Meglio essere tutti poveri ma amici, no?».

«Già, hai ragione» rispose lui, ma secondo me se l'era attaccata al dito.

Così, quando andammo nel pagliaio per dormire, io il fucile non lo mollai, e come avevo fatto tante altre volte, rimasi sempre con un occhio aperto. Francisco no, Francisco dormiva della grossa, tranquillo e contento come una Pasqua. Be', saranno state le cinque del mattino quando sento dei rumori. Allora gli tiro un calcio per svegliarlo, e subito gridano da fuori:

«Guardia Civil, arrendetevi!».

Più veloce del vento, Francisco spara una raffica di mitra dalla porta e scappiamo di corsa. Anche le guardie sparavano, ma si erano dovute riparare. E corri, e voltati, e spara, e corri; una raffica lui, due spari io, li tenevamo a distanza, tanto che dopo un po', che per fortuna avevo preso il sentiero giusto, avevano smesso di seguirci. Ma non ci fermammo finché il sole non era alto. Francisco sacramentava perché non c'era stato il tempo di ammazzare il ferraiolo.

«Porca di una puttana, Pastora, quella carogna ci ha venduti! Ma ti giuro sulla testa di mia madre che da quello ci torno e lo riempio di piombo a costo di farmi ammazzare».

Non c'era nemmeno da pensarlo, di vendicarsi, ma lanciare maledizioni gli faceva bene. Ci eravamo salvati per un pelo, e solo perché i civiles *avevano più paura di noi e non si arrischiavano, altrimenti... Finché avevamo le armi, e ci muovevamo nei posti che conoscevamo, era poco ma sicuro che la facevamo franca, a meno che non ci tradissero di nuovo e non ci pescassero in un posto dove non si poteva scappare.*

E così ricominciammo di nuovo a girare. Andammo dalle parti di Tortosa, di La Sénia, di La Pobla de Benifassá. Venne novembre e faceva freddo, ma Francisco era agitato e non voleva mai fermarsi da nessuna parte. Diceva che con tante guardie dappertutto era pericoloso stare fermi. Ma io vedevo che le provviste calavano, e anche le nostre forze.

«Fermiamoci in uno dei punti d'appoggio, che magari c'è ancora qualcosa che possiamo prendere» dicevo io, che non capivo tutto quel camminare e camminare senza andare in nessun posto.

«Cosa vuoi, che ci becchino? I compagni che non hanno ammazzato li avranno interrogati fino a ridurli in fin di vita, e ormai sapranno tutti i punti d'appoggio della zona. No, non se ne parla nemmeno».

«Però se continuiamo così, in fin di vita ci arriviamo noi, Francisco. Adesso che vengono i mesi duri dobbiamo fermarci a riposare, e ripararci dalle gelate. Perché non ce ne andiamo in montagna dove io so di una grotta dove staremo bene?».

Voi mi scuserete, ma dov'è questa grotta non ve lo posso dire, non perché di voi non mi fido, ma per la sicurezza di tutti, perché lì è dove sto adesso.

«E che cosa mangeremo, zuppa di timo e pane tutte le sere?» mi fa lui.

«Prima di salire fin lassù facciamo un paio di colpi dalle parti di Morella e prendiamo tutto quel che ci serve per sistemarci».

Alla fine mi diede ragione. Forse era stata l'idea di entrare di nuovo in azione che l'aveva convinto. Quand'era nervoso aveva ancora più voglia di attaccar briga. Il primo colpo fu alla masseria Estret de Portes, a la Pobleta de Alcolea. Lì ci abitavano due donne da sole, quindi era facile. Quello che trovammo non sembrava granché, ma poteva bastare: tre chili di pasta, dieci forme di pane e nove chili di pancetta. Poi frugammo dappertutto e prendemmo cinque camicie, un paio di pantaloni, una giacca e un maglione, una catena d'orologio, una vera d'argento e una coperta quasi nuova. Stavamo già andando via, quando Francisco si ricordò che c'era ancora una stanza dove non aveva guardato. Salì a vedere e tornò con undicimila pesetas che erano nel comodino da notte. «Sei un fenomeno!» gli dissi. Allora mi accorsi che quelle donne ci guardavano e mi pentii di aver detto quella cosa davanti a loro. Erano due donne, in fin dei conti, e non più tanto giovani, e quando andammo via le sentii che piangevano.

Salimmo alla grotta e ci mettemmo a sistemarla da poterci stare abbastanza bene. Lì nessuno poteva trovarci, come avrete capito anche voi. E dire che di guardie ne mandavano parecchie a cercarci. Una volta vedemmo due pattuglie giù nella strada. Noi andavamo per un sentiero e loro non ci vedevano, ma noi sì che le vedevamo.

Francisco adesso era più contento, però non del tutto. Diceva che con le provviste che avevamo non passavamo l'inverno neanche per scherzo, e anche se avevamo dei soldi, andare a comprare era pericoloso. E così mi obbligò a dirgli di qualche masseria dove si poteva andare a fare una visita. Così diceva lui. Mi venne in mente la masseria di Candeales. Arrivammo lì il 27 novembre, alle otto di sera. Erano marito e moglie, da soli, e anche abbastanza vec-

chi. Di soldi ci dissero subito che non ce n'erano, e doveva essere la pura verità perché la casa era povera, molto malandata. Fatto sta che non potevamo far altro che prendere dei viveri, e se è per quello non ci andò neanche male: dodici forme di pane, due chili di pancetta, uno di carne secca, farina e... tre bottiglie di cognac per tirarci su di tanto in tanto. Stavamo già andando via tutti contenti quando sento che nel cortile c'è qualcuno. Do l'altolà e viene fuori che era un ragazzo, forse il figlio, che si mette a gridare come una gallina spennata, certe grida che bucavano le orecchie. Francisco si butta il fagotto sulle spalle e ridendo mi fa: «Preparati a correre!». Anch'io prendo il mio e partiamo come due capre su per la montagna. Ridevamo di quel tanto che non riuscivamo nemmeno a camminare.

Restammo nella grotta per tutto dicembre, in santa pace e al caldo, perché lì si poteva accendere il fuoco senza pericolo. Io stavo bene, alla fin fine in montagna ci avevo passato tutta la vita, e anche senza le pecore da guardare non mi annoio, e non mi dà fastidio stare da solo. Francisco però non la prendeva tanto bene. Girava e girava lì intorno come in gabbia. Oppure se ne stava fermo immobile per giorni come fosse morto. Una volta lo vidi che tirava sassi a una roccia neanche volesse farle male. Io no, io camminavo, andavo a far legna, e se c'era il sole mi sedevo tranquillo, oppure facevo le cose che servivano per vivere; accendevo il fuoco, friggevo la pancetta, raccoglievo le erbe per dare gusto alla zuppa, mettevo le coperte fuori a prendere aria, lavavo i panni, scaldavo l'acqua per lavarsi e farsi la barba. Non mi bastava il tempo per tutto! E di notte dormivo come un ghiro. E poi con lui potevo chiacchierare, o bere un bicchierino di cognac, o giocare a carte con un vecchio mazzo che avevamo. Stavo bene, meglio di com'ero stato tante volte.

Però venne il mese di gennaio del '52 e non c'era quasi più niente da mangiare. Francisco sembrava quasi contento. Diceva che aveva bisogno di «un po' di attività», così diceva, e io sapevo quel che voleva dire. Fatto sta che il giorno 9 scendemmo a Castell de Cabres, fino a una masseria che conoscevo che si chiamava Gabino. A Francisco andava bene, tanto lui di quei paesi non ne sapeva come me.

Facemmo come al solito. Alle sette di sera entrammo nella casa con le armi. Restai di guardia sulla porta, ma tutto era tranquillo. Dentro c'erano i massari, chi erano non me lo ricordavo, però di sicuro li avevo già visti quando stavo da quelle parti. Dopo un po' sento Francisco che grida, certe grida da far venire i capelli dritti. Entro, vedo il massaro e Francisco che mi dice:

«Questa carogna non vuole collaborare. Tienilo d'occhio che intanto do una sistemata alla casa».

Io quello me lo ricordavo bene, si chiamava Juan. Veniva da me a comprare la legna quand'ero Teresa. Era veramente una carogna. Gli portavo la legna dentro il cortile e lui ogni volta mi guardava in un modo, con un sorriso, ma non con tutta la bocca che si vedeva che dentro rideva di me. Tutte le volte, sempre la stessa storia, mi guardava come se per lui fossi meno di un cane.

Lo tengo sotto tiro e non dico una parola, ma lo guardo in faccia tutto il tempo. Lui mi fa:

«Di' al tuo amico che è inutile far la fatica di cercare, tanto in questa casa non c'è niente».

Non gli rispondo. E intanto sento Francisco che faceva volare i piatti e spostava i mobili. Chissà che disastro combinava.

Dopo un po' se ne arriva con un fagotto di roba da mangiare e una doppietta.

«E così non c'era niente, eh, brutto disgraziato?». Si volta e mi fa: «Tu va' a fare un giro fuori, a vedere se è tutto tranquillo».

Era tutto tranquillo e tornai dentro. E allora vedo che la massara stava facendo una frittata grande così, e Francisco rideva:

«Le uova ce le portiamo via già cotte, che oggi non ci va di lavorare».

Poi lei mette la frittata in una pietanziera di latta, di quelle che si portano in campagna, e Francisco mi fa segno di andare. Allora parlo io:

«No, manca ancora una cosa».

Avevo visto nel camino certi bei legni lunghi, che dovevano essere d'olivo, per attizzare il fuoco. Ne prendo uno, il più grosso, e vado da quello là. Gli piazzo la faccia davanti agli occhi, per vedere se mi riconosceva, e invece no. Il nome non potevo dirglielo, se no andava subito dai civiles. *Allora gli faccio:*

«Ridi, ridi un po', ma non con tutta la bocca».

Credeva che fossi diventato matto. La moglie si mette a piangere e io la zittisco.

«Ridi come uno che ride per conto suo, o ti sparo».

Lui fa certe facce che a ridere quella volta ero io, ma era così grudasso che alla fine sì che si mette a sorridere davvero per conto suo. E allora è stato come trovarmi di nuovo lì, quando mi guardava in quel modo senza dir niente. Così faccio il giro da dietro e gli do una botta da una spalla all'altra che finisce col muso per terra. Poi mi chino e gliene do un'altra ben forte lungo la schiena. La croce, gli ho fatto. Francisco, dalla porta, era rimasto a guardare senza aprir bocca, poi dice:

«Andiamo?».

Prendo il mio fagotto e lo seguo. Non parlavamo, stavamo con le orecchie tese a sentire i cani che abbaiavano e la massara che gridava. E li abbiamo sentiti ancora per un pezzo. Io dico a Francisco:

«Ci conviene muoverci, meglio che stanotte torniamo nella grotta, è più sicuro».

Lui fa di sì con la testa, e dopo un po' mi chiede:

«Ma cosa ti è preso con quello là?».

«Cose di quand'ero giovane».

Lui non disse nient'altro. Magari la curiosità gli era rimasta, ma sapeva tenersela. Da quando ero entrato nel maquis *era sempre stato così: domande sulla mia vita non me ne facevano. Sarà stato per questo che con loro prendevo tutto sul serio e stavo bene. Per loro, per i partigiani, io non ero mai stato una donna. Nessuno si era mai permesso uno scherzo, nessuno mi aveva dato fastidio con stupidaggini, nessuno cercava di far lo spiritoso. Mi avevano trattato sempre con così poco rispetto tutti quanti, che non mi abituavo alla buona educazione dei compagni.*

Arrivammo alla grotta che non era ancora chiaro, coi piedi a pezzi. Io mi sentivo meglio, ma Francisco non era abituato a camminare in montagna di notte, e si era preso qualche storta. Si buttò sul suo paglione e non lo sentii più.

Neanche le scarpe si era levato. Ma io mi spogliai e mi misi una camicia lunga di flanella che teneva caldo. Però, era strano, non riuscivo a dormire. Avevo la testa sveglia e piena di pensieri. Ricordarmi di Juan della masseria Gabino, che me l'ero dimenticato non so perché, era come essere di nuovo in mezzo alla vita di prima. Non che mi spiacesse di avergli dato quelle botte. Anzi. Però mi domandavo come mai mi aveva fatto tanta rabbia rivederlo. Mi pagava una miseria per la legna, cercava sempre di tirare sul prezzo, ma non era questo. Quel che non potevo sopportare era il sorriso da cretino che faceva quando mi vedeva. Era di quei sorrisi che non puoi dire che uno fa qualcosa di male, ma che sono anche peggio. Era come sentirsi dire: una pecora vale più di te, una gallina vale più di te, perfino i vermi valgono di più. Se la rideva. Mi giravo e rigiravo sul paglione. Mi venne da pensare che tanti mi avevano fatto degli scherzi anche più brutti, e forse adesso potevo vendicarmi. Mi venne da pensare che magari quello là facevo meglio ad ammazzarlo. Francisco sì che lo avrebbe ammazzato. Alla fine, quando il sole era alto che quasi scaldava, mi dissi adesso quello che è fatto è fatto, ma la prossima volta saprò come comportarmi, non è il caso di farsi venire il sangue cattivo. E mi addormentai.

Passammo tutto l'inverno e tutta la primavera nella grotta. Da mangiare ne avevamo, io mi arrangiavo bene e Francisco si era abituato a stare abbastanza tranquillo. Dormiva tanto e pensava poco, e questo è un buon modo di resistere. Non scendemmo fino all'estate, era il 7 luglio del '52, lo so perché Francisco aveva un calendario. Quel giorno gli feci una sorpresa:

«Che te ne pare se facciamo un colpo, che i viveri cominciano a scarseggiare?».

«Quasi quasi mi sono scordato come si fa. A starmene nascosto qui per tanto tempo sono diventato come un animale».

«Te lo dico io come dobbiamo fare. Scendiamo al mio paese e andiamo a fare una visita, come dici tu, a un certo mio cugino».

«A un tuo cugino? Accidenti, Pastora, adesso sì che non ti capisco».

«Dopo mi capirai».

Erano passati tanti mesi, ma ancora mi girava in testa la stessa idea: avevo dimenticato tutto e non mi ero vendicato di chi dovevo. Però adesso che i colpi non li facevamo in nome della rivoluzione ma soltanto per noi, era ora di aggiustare i vecchi conti. Adesso o mai più, e già che c'eravamo ci riempivamo il magazzino.

«Cosa ti ha fatto quel tuo cugino?».

«Rideva di me».

«Ma è passato tanto tempo, no?».

«Lo sai cosa dicono: ride bene chi ride ultimo. E fino adesso l'ultimo è ancora lui».

Lui mi guardava, gli veniva da ridere e scuoteva la testa.

«Sei proprio un bel tipo, Pastora! Sembra che ti fai i fatti tuoi e non ci pensi, e invece sì che ci pensi, altroché».

«La testa è rotonda e dentro le cose girano. Sembra che sono sparite e invece no, sono ancora lì».

«Ti avverto che ci servono viveri e anche un po' di soldi, che più avanti dovremo pur comprare qualcosa. Se è solo per una vendetta perdiamo del tempo».

«Non preoccuparti, che la masseria di José è di quelle buone».

«Si chiama José, tuo cugino?».

«Sì».

«Be', speriamo che José abbia la cassa piena perché se no gli facciamo la festa».

«Che ce l'abbia piena o vuota, la festa gliela facciamo lo stesso».

Faceva caldo e le giornate erano lunghe, ma non c'era bisogno di arrivare col buio, bastava essere lì alle otto di sera. Manco a farlo apposta, erano tutti a casa, meno la nuora che era l'unica da salvare in quella casa, perché mi aveva sempre trattata bene. Lei era fuori con le pecore e non era ancora tornata.

Entriamo con le armi spianate. Francisco dice che siamo partigiani e che veniamo a riscuotere una multa in nome della rivoluzione... Io lo interrompo, vado dritto da José e gli faccio:

«Non mi conosci?».

Lui al principio non mi riconosceva. Poi rimase lì a guardarmi ogni pezzo della faccia come se una cosa così non l'avesse mai vista. E alla fine, con gli occhi fuori dalla testa, mi dice:

«Teresa, sei tu? Me l'avevano detto che eri salita in montagna vestita da uomo. Ma chi poteva saperlo se era vero?».

«Sta' zitto, che mi dai il voltastomaco».

Chiamo Francisco, senza dire il nome davanti a loro, e gli dico che dobbiamo legare la moglie e anche il figlio, che si chiamava Conrado. Lui va a prendere una corda e li leghiamo per bene alle sbarre del letto, che non si po-

tevano muovere. José no, José ci serviva lì con noi, perché vedesse bene cosa ci portavamo via e ci aiutasse a mettere tutto nel sacco. Ci aiutava perché era obbligato, mica per gusto. Ci disse dov'erano i prosciutti, la roba da vestire, l'olio, il vino buono, il cognac. Ci eravamo preparati per portare via tutto, tutto. Anche la farina, il sale, la pasta, che per prendere il buono non bisogna scordare l'essenziale.

Poi viene il momento di parlare di soldi, che è sempre la parte più rognosa. Francisco gli chiede dove li tiene. Lui dice che neanche a parlarne, che già ci portavamo via tutta quella roba, e poi di soldi in casa sua non ce n'erano perché erano tempi brutti. Allora io spingo da parte José e lo faccio sedere. Mi siedo anch'io. Lui faceva il duro. Mi dice:

«Senti, Tereseta, o come diavolo ti chiami adesso: mi avete già ripulito la casa, non so cosa mangeremo nei mesi a venire, mi avete spaventato la moglie e il figlio. Me li avete legati come cani. Non siamo parenti io e te? Perché non ti accontenti di quello che ho da darti?».

Subito non gli rispondo. Il tempo è lungo e prima o poi tutti dobbiamo morire. Passa un bel pezzo e lo guardo sempre dritto in mezzo agli occhi. Lui cominciava ad agitarsi. Gli parlo con calma:

«Ti faccio ridere, José?».

«Non so cosa stai dicendo».

«Se ti dico che adesso mi chiamo Florencio magari ti viene da ridere».

«Senti, Teresa, o Florencio, o come vuoi farti chiamare, io con te non ce l'ho, e anche se vi portate via tanta

roba ti giuro che dalle guardie non ci vado. Te lo giuro, quindi finiamola qui».

«A me quello che mi giuri tu non interessa niente. Quello che voglio è sapere se ti faccio ridere o no».

Adesso sì che era agitato, gli tremavano le mani, e la faccia gli era venuta bianca come un lenzuolo perché capiva che la faccenda non era finita.

«No, non mi fai ridere».

«E invece quand'ero Tereseta ti facevo ridere eccome. O era Teresot il nome che mi davi? Cos'hai tra le gambe, Teresot? Pensa che me ne ricordo ancora».

Francisco rideva, ma mio cugino, mio cugino, capite, si era messo a tremare come una foglia, aveva la bocca tutta storta e gli occhi fuori dalla testa. Gli ficco la canna del fucile nel collo e lo spingo contro la spalliera della sedia. Allora lui non ce la fa più e mi dice:

«Nel lavatoio, cugino, nel lavatoio sotto una mattonella che balla, ci sono venticinquemila pesetas, te lo giuro su Dio, te lo giuro su quello che vuoi».

Francisco corre fuori. Io non mi muovo. Il cugino José a quel punto era lì che piangeva, ma a me non faceva né caldo né freddo. Dopo un po' Francisco torna contento come una Pasqua.

«È vero, compagno, è vero! Tuo cugino ci fa un bel regalo così siamo a posto per un pezzo».

Sbatteva la mazzetta dei biglietti di banca sulla coscia. Ma nemmeno allora mi sono alzato dalla sedia. Ci avevo preso gusto a tenere mio cugino col fucile nel collo. Era da vedere la faccia che ha fatto quando gli ho detto:

«E perché ti facevo tanto ridere quand'ero ragazzina? Su, sei mio cugino, a me puoi dirlo!».

Si mise a urlare come un ossesso:

«Lasciami, lasciami! Non ho più niente, niente! Cos'altro vuoi da me? Cosa?».

Quella volta avevo già un bastone pronto. Ho cominciato a dargliene di quelle tante: alle gambe, alle reni, alle braccia, nella pancia. Lui è caduto per terra, e io giù col bastone: sui piedi, sulle mani, sul culo... Viene Francisco e mi ferma.

«Senti, compagno, o gli spari o ce ne andiamo, che qui sta passando troppo tempo, la nuora non si è fatta viva e rischiamo che finisce male».

Spararglì, non volevo. Mi piaceva di più che si ricordasse di me finché viveva e gli servisse da lezione. Be', no, questa è una bugia, e a voi le bugie non le voglio raccontare: che gli servisse da lezione non me ne importava, volevo solo fargli entrare bene in testa che se ridi di qualcuno che non può far niente per difendersi, viene un giorno che quel qualcuno ti fa del male per davvero. Tutti possono farti del male, anche un povero pastore che non si sa nemmeno se è un uomo o una donna.

Si aspettavano che il clima invernale rendesse meno belle quelle terre, ma ai primi di dicembre capirono di essersi sbagliati. Gi alberi non avevano bisogno di foglie e di verzura per alzarsi e torcersi disegnando forme drammatiche nel cielo. Solo gli olivi rimanevano come sempre, come se le stagioni per loro non passassero. Nourissier era estasiato dalla loro immutabilità centenaria, ma amava anche i carrubi dall'aspetto orientale e i pini mediterranei agresti e profumati. Infante preferiva i tronchi dei pioppi, pelati d'inverno. Nourissier si abbandonava a uno stato d'animo malinconico che lo conduceva a un'inattività prima di allora impensabile per lui. Sembrava disinteressarsi del lavoro in generale, e della ricerca della Pastora in particolare. Passeggiava, leggeva molto e pensava, quasi sempre in solitudine. Infante, invece, era l'opposto, non stava mai fermo, girava per il paese, andava al bar, parlava con tutti azzardando ogni tanto qualche domanda, ma soprattutto incontrava assiduamente il maestro. L'intuito, che lui considerava una delle sue principali virtù, gli diceva che seguendo i passi di quel ragazzo sarebbe arrivato a qualcosa. Spesso i due si davano appuntamento dopo la scuola e passeggiavano per la campagna. Qualche sera si trovavano al bar e parlavano davanti a un boccale di birra. Joaquín Cuevas voleva sapere tutto di Barcellona: della vita in una grande città, dei teatri e dei cinema, di cosa faceva la gente che riempiva le strade a ogni ora del giorno e della notte. Fra lui e Infante si era creata un'amicizia dettata dalla mancanza di altre distrazioni. La possibilità che il giovane maestro fosse una spia franchista appariva sempre più remota. E tuttavia Infante non abbandonava la prudenza e cercava di non fare passi falsi. Fu il maestro, un giorno, a introdurre nella conversazione un accenno che gli parve significativo.

«Ci sono poeti di cui, purtroppo, non posso neppure parlare ai miei alunni. García Lorca, o Antonio Machado, tanto per fare due esempi» aveva detto, e poi era rimasto eloquentemente in silenzio.

Quell'uscita estemporanea non permetteva di mettere subito sul tavolo certe questioni, ma Infante la tenne a mente, e non appena poté invitò il ragazzo a salire in camera sua per bere qualcosa. Lui ne fu felice. Per il momento era meglio che il francese non sapesse di quella visita. La sua presenza avrebbe guastato l'atmosfera di confidenza che quell'incontro doveva avere.

Era una notte molto fredda, e il giovane maestro rimase sbalordito della riserva di alcolici che il suo ospite gli mostrava.

«Incredibile!» esclamò con l'ingenuità che gli era solita. «Tutte queste bottiglie solo per te?».

«Lo vedi anche tu che non è così» rispose Infante. «Mi piace condividerle con gli amici».

Con i bicchieri colmi, sedettero l'uno di fronte all'altro. Ormai era necessario mettere da parte la prudenza senza aspettare che il ragazzo fosse completamente sbronzo.

«Forse ti domanderai, vedendo tutte queste bottiglie, se sono un alcolizzato o qualcosa del genere».

«Non mi permetterei mai di pensare male di te».

«Fai bene. Non sono un alcolizzato. Il fatto è che questo lavoro per il professore mi mette in gravi difficoltà, e a volte ho bisogno di tirarmi un po' su».

«Hai dei problemi con lui?».

«No, lui è una brava persona, è gentilissimo. Solo che si occupa di un argomento terribile: la malattia mentale».

«Ti capisco. I pazzi deprimono anche me. Il fatto è che per molti di loro non si può fare nulla».

«Può darsi. Però ce ne sono tanti che passano per sani e non lo sono, solo che nessuno lo sa».

Il maestro annuiva giudiziosamente, come se quei discorsi non gli interessassero. Infante continuò:

«Il professor Nourissier è convinto che molti criminali siano pazzi a cui non è ancora stata diagnosticata la malattia; ma che se fossero ritenuti tali e curati, smetterebbero di fare del male».

«Non ci avevo mai pensato, però mi pare ragionevole. Certo».

Infante lo guardò negli occhi, e tentò la domanda più rischiosa:

«Da che parte stava la tua famiglia durante la guerra?».

Il ragazzo abbassò gli occhi. Era arrossito fino alle orecchie. Tossicchiò.

«Do per scontato che io e te siamo amici e che quel che dirò rimarrà fra noi».

«Ti dà fastidio che ti faccia questa domanda?».

«No, però lo sai come vanno le cose in questo paese. È sempre meglio essere prudenti».

«Sono prudentissimo».

«Il mio è un caso un po' speciale, ma nemmeno troppo. La guerra ha separato molte famiglie».

«Lo so».

«Mia madre veniva da una famiglia di militari e aveva ricevuto un'educazione molto rigida. Non che fosse veramente di destra, ma era credente, andava a messa... sai quello che voglio dire. Mio padre, che faceva il professore di latino in un liceo, si era innamorato di lei e aveva voluto sposarla, senza grande opposizione da parte delle due famiglie. E tutto andò bene fino alla guerra. Fu lì che le cose si complicarono. Mio padre decise che avrebbe difeso la Repubblica...».

«Si separarono?».

«Insomma, sì» balbettò il ragazzo come se ammettesse qualcosa di indecoroso. «Non legalmente, però. Mio padre se ne andò di casa, o mia madre lo buttò fuori, questo non l'ho mai saputo. I miei fratelli ed io rimanemmo con lei e non lo rivedemmo più. Alla fine della guerra abbiamo saputo che era caduto sul fronte dell'Ebro».

«Terribile».

«Terribile, sì».

«Ma queste sono storie del passato, e dobbiamo augurarci che non si ripetano mai più».

«È quello che penso anch'io».

Infante versò ancora da bere al ragazzo, che vuotò subito il bicchiere. Bevve anche lui, con una certa ansia, dopo quello che aveva sentito. Era venuto il momento di giocare il tutto per tutto.

«Joaquín, tu hai mai sentito parlare della Pastora?».

Con sua sorpresa il maestro annuì senza battere ciglio.

«Sì, mi hanno raccontato qualcosa i miei alunni. Girano delle voci, dicono che è ancora viva e si nasconde quassù da qualche parte».

«Noi la stiamo cercando» dichiarò Infante a bruciapelo.

Il ragazzo alzò la testa bionda e disse, spaventato:

«Io non so dove sia».

«Ma certo, certo che non lo sai. Però vorrei che mi ascoltassi e valutassi una proposta che desidero farti. Sei una persona di cultura e credo che mi capirai benissimo. Il professor Nourissier vuole incontrare quella donna, parlarle, farsi un'idea di come funziona la sua mente».

«Ma è un'assassina ricercata dalla Guardia Civil».

«Nourissier non è un giudice, è un medico. Se riuscirà a incontrarla, non la consegnerà alle autorità. Le parlerà soltanto, e poi lascerà che il destino faccia il suo corso. Nessuno lo verrebbe a sapere».

«E io cosa dovrei fare?».

«Tu potresti cercare di sondare i tuoi alunni e i loro genitori, quelli da cui ti sono arrivate quelle voci. Con discrezione, naturalmente».

«Dubito che sappiano dove si trova La Pastora».

«Dicevi che quella gente sa molte cose. Anche un piccolo dettaglio o episodio della vita di quella donna potrebbe esserci utile».

«Questo è già più facile».

«Aiutaci, Joaquín; per noi è importante e tu sei nostro amico, la sola persona istruita che abbiamo incontrato qui, il solo che possa capire che cos'è una ricerca scientifica. Lo farai?».

Lui sorseggiò per un po' il suo whisky con lo sguardo perso nel vuoto. Infante lasciò passare un po' di tempo senza dir nulla.

«Va bene» disse alla fine il ragazzo. «Ci proverò».

Infante lo guardò bene in faccia, cercando di trarre dalla sua espressione, da ogni suo minimo gesto, un indizio sulle sue vere intenzioni. Li avrebbe aiutati? Li avrebbe traditi? Era abbastanza furbo da saper ottenere delle informazioni senza destare sospetti? Quest'ultimo dubbio era cruciale, quello su cui si appuntarono le critiche di Nourissier quando seppe di quell'incontro.

«Non sono certo che sia un bene coinvolgere quel ragazzo, Carlos».

«Non abbiamo alternative. Quel ragazzo potrebbe arrivare a sapere molte cose. Si trova in una posizione privilegiata».

«Sì, ma dirgli proprio tutto...».

«Di che cosa hai paura?».

«Della storia familiare che ti ha raccontato. Con un passato del genere, può essere capace di comportamenti imprevedibili».

«Non vedo il nesso».

«Quel ragazzo si porta dietro un trauma importante. Il conflitto fra il padre e la madre, il peso di quest'ultima nella sua vita, il senso di colpa per la morte del padre... Tutto in lui è condizionato dalla vicenda di questo paese, Carlos, tutto: l'amore, il senso della famiglia, l'amicizia, la coscienza morale... Forse non è così affidabile».

Infante non riuscì a trattenere un sussulto. Si accorse di arrossire. Con voce improvvisamente collerica, rispose:

«Non condivido la tua dotta opinione, professore, mi dispiace. Per me un uomo non rimane menomato per sempre a causa di quel che gli è successo in questa maledetta guerra. Non sarà che hai paura, piuttosto?».

«Ma, Carlos, perché questa reazione?».

«Non sono uno stupido. Per motivi che ignoro hai smesso di interessarti alla Pastora. Benissimo, il capo sei tu. Ma sappi che a partire da questo momento non accetto più una sola peseta da te. Troverò quella donna da solo, e se rischio di farmi arrestare, non importa. In fin dei conti a te cosa vuoi che capiti? Al massimo ti buttano fuori dal paese. E te ne torni a casa tua a discettare su quanto siamo sfortunati noi spagnoli, con la psiche rovinata dalla guerra».

Poi gli voltò le spalle e se ne andò. Nourissier sentì sbattere la porta della sua stanza. Non lo richiamò indietro né cercò di parlargli. Scese le scale e uscì, verso i campi. Soffiava il vento di montagna tipico di quei posti e splendeva il sole. Sedette su una pietra, si riempì le nari dell'odore di timo e rosmarino. Chissà perché, quelle fragranze lo tranquillizzavano. Non si conosce mai nessuno fino in fondo, ogni essere umano è in continua evoluzione. Ma Infante non stava cambiando a poco a poco, aveva subito una drastica metamorfosi da quando si erano incontrati per la prima volta a Barcellona. Tutto quello che prima in lui era indifferenza e cinismo, pareva essersi trasformato in passione. O era solo cocciutaggine? Non è sempre facile distinguere fra le due cose. Ma se Infante era cambiato in fretta, neppure lui era rimasto uguale a se stesso.

Dov'era, ormai, l'uomo metodico, sereno e ponderato che era partito da Parigi? Se ora si esaminava non vedeva altro che un essere dispersivo, contraddittorio e pieno di confusione. Avrebbe dovuto preoccuparsene, e invece no, gli andava bene così. Si rifiutava di restaurare nel suo animo le virtù perdute. L'autocontrollo di cui era sempre andato fiero adesso gli metteva addosso una stanchezza infinita. Se uno si mette ad analizzare le cose fino in fondo, nulla ha davvero un senso. Paradossalmente, il clima di paura che aveva trovato in Spagna lo confortava. Forse perché il dolore lì sembrava un fenomeno generale, condiviso, e forse per questo più tollerabile. Un risultato mostruoso, ma tangibile. Nel suo studio di Parigi incontrava i suoi pazienti a uno a uno, e loro gli snocciolavano le loro ossessioni, le loro esperienze traumatiche, le vicende funeste della loro sofferenza psicologica. E non di rado quella sofferenza gli era parsa piccina, inconsistente, purulenta e privata come un foruncolo. Invece in Spagna la guerra aveva trasformato in tragedia i dolori dell'anima. Qui le sofferenze erano concrete, generali, comprensibili: morti, mutilazioni, fame, umiliazione, paura e povertà. Il singolo individuo non poteva far nulla di fronte a un simile stato di cose. Lì la sua scienza era perfettamente inutile. Eppure non se ne curava, tutto sembrava molto meno importante, adesso: continuare a lottare contro la malattia mentale, continuare a essere l'uomo che era stato. Desiderava solo vivere fino in fondo quel breve intervallo di assoluta libertà che mai più sarebbe stata sua. Gli restava appena un mese.

Ormai era sicuro che nella grotta nessuno ci avrebbe trovati. Quella era la nostra casa, anche se Francisco si tormentava all'idea che non saremmo mai usciti di lì per tornare a vivere come la gente normale. Ogni tanto bisognava scendere a fare qualche colpo, perché altrimenti i viveri finivano, però io credo che lo facevamo soprattutto perché Francisco aveva bisogno di muoversi. Dopo un po' che stavamo lì senza far niente, gli prendeva una smania come se avesse le formiche addosso. Mi ripeteva che quella era una vita da animali, rintanati dentro una grotta, senza mai vedere un essere umano. Alla famiglia ci pensava meno, ma magari no, magari ci pensava di continuo e teneva la bocca chiusa per non darmi fastidio. Io tiravo avanti, e dato che in montagna c'è sempre tanto da fare, non mi annoiavo mai. Mi dispiaceva solo di non avere qualche pecora, e un cane o due, quello sì. Delle pecore sentivo la mancanza, forse perché erano l'unica cosa di cui poteva sentire la mancanza uno come me. Di notte, adesso che avevo più tempo per pensare, mi tornavano in mente tante cose della mia vita che non mi ero mai fermato a pensarci con calma. Pensavo che mi era mancato quello che avevano tutti, dei figli e una moglie. Pensavo che avevo lavorato sempre come una bestia. Pensavo che entrare nei partigiani era stato bello per tanti motivi, brutto per altri. Bello, perché avevo trovato dei compagni veri, perché avevo potuto essere un uomo, finalmente, bello perché avevo imparato a leggere. Brutto, perché la rivoluzione alla fine non c'era stata e perché le cose che avevo imparato mi facevano male al cuore. Adesso sapevo cos'era la dignità della persona, sapevo che abbiamo dei diritti e che c'è lo sfruttamento. E tutto questo mi faceva pensare che la mia vita era stata uno schifo, dura che di più non si poteva, senza niente di quello che un uomo dovrebbe avere. Non è che ci perdevo il sonno, no, ma mi immaginavo come sarebbe stato se fosse andata diversamente. Se mia madre non si fosse vergognata di me e non mi avesse obbligato a essere una donna. Se invece di lavorare sempre fin da piccolo avessi potuto andare a scuola. Se fossi riuscito ad avere una masseria tutta mia. Mi faceva male al cuore pensarci di notte, chiuso dentro la grotta, e allora prendevo la coperta e andavo fuori, all'aria aperta, che facesse caldo o freddo era lo stesso. Mi sdraiavo lì e guardavo il cielo, come quando ero pastore. Se c'era sereno e si vedevano le stelle mi sentivo già meglio. Mi dicevo che certe cose che avevo io non tutti le avevano avute: poter dormire così, sotto il cielo, da solo, libero come un uccel di bosco. Il povero compagno Raúl mi raccontava che nelle città come Barcellona gli operai lavorano nelle fabbriche, che sono come dei magazzini grandissimi dove non entra mai il sole. E lì passano ore e ore sempre chiusi. Poi devono abitare in appartamenti piccoli come scatole di sardine, senza nemmeno un cortile. Quella sì che è una disgrazia, perché allora sei come in prigione, e io non lo avrei mai sopportato. Avrei preferito morire, di sicuro. Mentre qui in montagna hai tutto per te e nessuno te lo può togliere, basta che te ne stai lì e ti guardi intorno. Non sei come un agnello nel recinto. Delle volte penso che sarebbe meglio se la Guardia Civil mi ammazzasse, molto meglio così che essere preso vivo e finire dietro le sbarre. Io non la sopporterei la prigione, non la sopporterei.

Per Francisco, stare come stavamo noi era già una prigione. A lui la campagna e le stelle non dicevano niente. Sembrava un lupo in gabbia, delle volte. Quando la Guardia Civil batteva i sentieri diventava nervoso, diceva che sarebbero arrivati fin lì dov'eravamo e ci avrebbero arrestati. Una notte che nessuno dei due riusciva a dormire e me ne ero andato fuori, dopo un po' arriva anche lui.

«E se andassimo in Francia, Pastora?».

«E come ci andiamo? A piedi?».

«Mica abbiamo fretta, e un po' alla volta ce la facciamo. Io qui mi sento soffocare, non sopporto più di stare in questa tana. Ci prendiamo due soldi e partiamo. Cammina, cammina, arriveremo fino in Francia. Se stiamo qui, io e te non combineremo mai niente. La mia famiglia non posso rivederla, ormai questo lo so, quindi cosa ci resto a fare su queste montagne? In Francia saremo liberi, i compagni ci aiuteranno, magari ci troveranno perfino un lavoro».

«Tu devi essere matto, Francisco. I compagni non ci sono più. Prima trovameli, che chissà dove sono finiti, in Francia. E anche se li troviamo, credi che ci riceveranno a braccia aperte? Noi siamo dei disertori. Sono capaci di

farci un processo, o di ficcarci una pallottola in mezzo agli occhi. Di motivi per farlo ne avrebbero. E poi lo sai quant'è pericoloso passare il confine? Poco ma sicuro che ci prendono».

«E allora andiamo ad Andorra».

«Ad Andorra a far cosa?».

«Miseria, Pastora, mi sembri scemo! E cosa dobbiamo fare? A lavorare! C'è tanta gente che se ne va ad Andorra a cercare lavoro. Lì hanno bisogno di gente per le piante del tabacco, ho sentito dire che pagano bene, non come in questo schifo di paese».

«E le guardie? L'hai visto anche tu quante sono. Mettono le caserme anche nei posti piccoli, e non la smettono di fare su e giù per i sentieri. E lo sai quanto ci vuole per andare ad Andorra?».

«Perché, tu lo sai?».

«Io non lo so mica bene dov'è Andorra».

Allora lui prese una cartina che avevamo e mi fece vedere. Mi spiegò che anche se non era più grande di una valle di qua, era proprio un paese straniero. E allora capii che diceva sul serio e mi misi a pensare come si poteva fare per arrivarci e quanto tempo potevamo metterci.

«Almeno due mesi e mezzo» dissi. Lui mi guardò, e da come mi guardava si capiva che era meno di quel che pensava, perché era contento, si mise a ridere, perfino.

«Appunto! Siamo in aprile, e per l'estate siamo ad Andorra; è d'estate che c'è bisogno di gente per il tabacco. Che ne dici, eh? Che ne dici del mio piano?».

«Mi sembra pericoloso».

«Una volta non eri così coniglio».

«Non sono un coniglio, è che non mi va di morire».

«Allora ci vado da solo. Tu stattene qui nel tuo buco come un coniglio. Non ho bisogno di te, non credere. Me la cavo benissimo da solo».

Ma non era vero, da solo non se la cavava, in giro per le montagne lui si perdeva. Se ne tornò nella grotta, arrabbiato. Io rimasi fuori ancora un po', a pensare. Non me la aspettavo un'idea del genere. E adesso dovevo decidere se andare con lui o rimanere. Per me, sarei rimasto dove stavo, ma cosa potevo fare senza Francisco? Una volta che uno si abitua alla compagnia, poi non può farne senza. E così entrai dentro anch'io e gli dissi che per me andava bene, che quando voleva ce ne andavamo ad Andorra.

Partimmo alla fine di quel mese di aprile. Quasi tutte le armi e le munizioni le avevamo nascoste lì vicino, con noi avevamo solo una pistola per me, e la mitraglietta Sten per Francisco, che neanche per tutto l'oro del mondo l'avrebbe mollata. Non fu tanto difficile arrivare, eravamo bravi tutti e due a camminare in montagna. Camminavamo da quando usciva il sole a quando il sole andava giù, poi ci fermavamo, mangiavamo quello che avevamo portato e cercavamo un riparo per dormire. Per fortuna quell'anno non pioveva quasi mai, così riuscimmo a fare anche più in fretta di quanto avevamo pensato. Avevo detto due mesi e mezzo, in due mesi eravamo già lì. Il 18 giugno eravamo ad Andorra la Vella, e per strada, neanche una guardia. Francisco era felice, mi abbracciava, mi dava pacche sulle spalle, diceva che ero la guida migliore del mondo, e se non era per la nostra condizione potevo diventare famoso in tutta la Spagna per come sapevo orientarmi e andare dapper-

tutto. Io gli dissi che la mia parte l'avevo fatta, toccava a lui, adesso, perché di tutta quella storia del lavoro tanto ben pagato io non ci capivo niente. E bisogna dire che lui il suo dovere lo fece, e quello che aveva detto, che c'era bisogno di tanta gente per raccogliere il tabacco, prepararlo e metterlo a seccare era la pura verità. Ci presero come stagionali tutti e due. Mi davano seicento pesetas al mese, a Francisco qualcosa di più, perché sapeva far di conto e segnava quante balle di tabacco trasportavamo. In più ci davano da mangiare, da dormire e anche qualcosa da vestire. Si dormiva dentro a dei capannoni, come delle caserme, e questo per me era la cosa più brutta, perché come avrete già capito io a stare al chiuso non mi ci trovo. Ma andava bene lo stesso, di notte ero talmente stanco che come toccavo il letto mi addormentavo.

La cosa più bella era che lì la Guardia Civil non ci cercava. A noi che eravamo abituati a vivere come volpi nel bosco, sempre con le orecchie dritte, sempre con un occhio aperto e una mano alla pistola, stare così tranquilli ci sembrava una cosa nuova, ci veniva perfino da ridere. Documenti non ne avevamo, ma nessuno ce li chiedeva. Servivano braccia forti, e noi eravamo delle rocce. Delle volte passavano i gendarmi francesi, e anche i poliziotti di Andorra, ma non ci guardavano nemmeno. Secondo me lo sapevano che agli stagionali era meglio non fare troppe domande.

Tornare a vivere come una persona, con un lavoro, un tavolo e una sedia per mangiare, e una branda col materasso per dormire, era una cosa che mi piaceva. Se pensavo a quand'ero pastore e prendevo una paga per star die-

tro alle pecore, e riuscivo perfino a mettere via qualcosa, mi veniva la malinconia. Ma non valeva la pena di starsi a tormentare, perché la vita di ciascuno è quella che è. E poi non c'era nemmeno il tempo di farci troppo l'abitudine. Ai primi di ottobre ci mandavano via. Il lavoro finiva e non servivamo più.

Quel giorno Francisco ed io andammo al bar a prendere un caffè con le paste. Non sapevamo che cosa avremmo fatto, ma non sembrava neanche che gli dispiaceva di aver perso il lavoro. Disse che tanto lui lo sapeva già, che erano tempi brutti da tutte le parti, non solo in Spagna. Disse anche:

«Guarda, io per me ero già stufo. Non credere che mi piaccia stare a sentire ordini tutto il giorno e dover sopportare. Tanto più che qui non siamo a casa nostra, e il tuo paese prima o poi ti manca sempre».

«Ma nel nostro paese nessuno ci vuole, Francisco, quello che vogliono è toglierci di mezzo».

«Non è vero! Non ci vorranno i franchisti, i venduti, i fascisti, quelli della Falange e la Guardia Civil, ma quelli non sono mica il paese, quelli sono i ladri che se lo sono preso come se fosse un loro diritto».

«E va bene, ma sono loro che comandano adesso».

«Che comandino o non comandino, io me ne frego, il mio paese è la Spagna e io non sono meno spagnolo di nessuno».

Non potevo certo dirgli il contrario, ma la storia che il paese prima o poi ti manca sempre voleva dire una sola cosa: che voleva tornare. Io invece non ero tanto sicuro di voler tornare. E per cosa? Per nascondermi di nuovo ed essere ricercato e far le rapine nelle masserie?

«Perché non andiamo in Francia, invece? Già che siamo qui...» gli dissi. «Magari riesco a trovare mio fratello e lui ci dà una mano a trovare un lavoro...».

«Ma, Pastora, se fino adesso non siamo andati in Francia è perché è difficilissimo!».

«Non c'è niente che non si possa fare».

«Ti sbagli. Sul confine francese la vigilanza c'è, eccome! Non è mica come venire qui ad Andorra. E poi i francesi non ti fanno lavorare senza documenti».

«Ma noi siamo partigiani! Tanti altri sono stati accolti in Francia».

«Questo era prima, adesso no. Se ci prendono ci consegnano alle autorità di Franco, e allora sì che non vai più da nessuna parte. E poi, tu lo parli il francese, Pastora? Perché magari lo parli benissimo e io non l'ho ancora saputo».

«Lo sai che non lo parlo».

«E allora spiegami cosa diavolo ci andiamo a fare in Francia. Dimmi un po': c'è qualche posto al mondo, Francia o non Francia, dove tu sai muoverti come ti muovi sulla Sierra de Benifassá?».

«Potrei imparare».

«Benissimo, ma allora in Francia ci vai da solo».

«Senti, io non lo so se in Francia andiamo a stare meglio, però lo sai cosa vuol dire tornare? Di nuovo nascondersi, scappare dalle guardie, starsene rintanati da qualche parte senza dormire, mangiando quello che capita... Non lo so se è una vita da persone».

«Quello che so io è che una persona non è più una persona se non può vedere la sua famiglia».

Gli si era spezzata la voce mentre lo diceva, e si coprì gli occhi con la mano perché gli era venuto da piangere. Gli passò subito, però stava lì a guardare per terra tutto triste.

«Allora vuoi che andiamo a vedere i tuoi, Francisco?».

Fece di sì col mento. Non voleva parlare per non rimettersi a piangere. Ma poi gli passò e mi disse a bassa voce:

«Voglio vederli anche solo una volta, Pastora, solo una volta. Le bambine, mia moglie. Magari le bambine non si ricordano nemmeno che hanno un padre, pensa un po'. Non sanno nemmeno chi sono».

«Non dire sciocchezze, su».

Ecco. Avevo sempre avuto paura che succedesse ed era successo. Tanto Francisco la famiglia non se la dimenticava. Io credo che nessuno di quelli che hanno una vera famiglia se la dimenticano tanto facilmente. Soprattutto se sono stati obbligati a lasciarla, se non se ne sono andati perché lo volevano loro, e se l'hanno vista di nascosto qualche volta senza mai poter stare insieme come tutte le famiglie normali. Sarebbe stato diverso se Francisco si fosse innamorato di qualcuna, come quelli che andavano in America, ce n'erano stati tanti di Vallibona, che si sposavano di nuovo e avevano altri figli laggiù. Però lui no. Lo consolai come potevo, che altro c'era da fare?

«E perché non mi dicevi che volevi vederli? Hai passato tutta l'estate a lavorare qui senza dire una parola. Come potevo sapere che ce li avevi sempre in testa?».

«Tu andrai in Francia, Pastora?».

«No che non ci andrò. E dove vuoi che vada? Abbiamo cominciato insieme e insieme andremo avanti. Tanto

a me non mi aspetta nessuno, né in Francia né in Spagna. Torniamo, andiamo a Castellote, e vediamo di trovare il sistema di farti andare a casa».

«Sei un bravo compagno, Pastora, sei il migliore».

«Sono il migliore perché non ne hai altri».

«Anche se ne avessi cento, anche se ne avessi mille, sai? Tu saresti sempre il migliore!».

«In cento o in mille, a girar per le montagne, la Guardia Civil vi beccherebbe di sicuro».

Gli venne da ridere, e anche a me. Mentre finivamo le paste pensai che era meglio se me le ricordavo bene, perché chissà quando ne avrei mangiate ancora di paste così, con lo zucchero sopra, fatte al forno col burro fresco.

Infante non era tranquillo, dalla sera di quell'accordo con Joaquín Cuevas gli sembrava che il tempo si trascinasse con una lentezza esasperante. L'inattività cui si vedeva costretto finiva per influire sul suo umore rendendolo stranamente ansioso. Spesso si ritrovava a girare intorno alla scuola come un cane randagio, facendo il possibile perché il maestro lo vedesse. Un paio di volte andò perfino ad aspettarlo alla fine delle lezioni per chiedergli se fosse riuscito a scoprire qualcosa. Cuevas si mostrava cauto, ma non pareva mai scontento di vederlo o di parlare con lui. Gli raccontava delle esche che andava seminando fra i suoi alunni per poter raccogliere qualche informazione, e lo invitava ad avere pazienza, a fidarsi dei suoi buoni uffici.

Dopo una settimana, fu lo stesso Joaquín a cercare Infante alla pensione.

«Credo di aver trovato qualcosa che vi può interessare. Ci sarebbe una vedova, che ha due bambini a scuola da me. Dice di aver visto La Pastora e il suo complice quando rapinarono una masseria a Herbés».

«Quanto tempo fa?».

«Nell'inverno del '53».

«Ne è passata di acqua sotto i ponti».

«Questo è quello che mi ha detto. Per il momento non c'è altro».

«E la vedova non sa dove possa trovarsi adesso La Pastora?».

«No, non credo proprio. Sono sicuro che se avesse sentito delle voci me ne avrebbe parlato, non sembrava si facesse troppi scrupoli».

Infante chinò la testa pensieroso. La sua delusione era così evidente che il ragazzo si sentì tenuto ad aggiungere:

«Devi avere un po' di pazienza e di fiducia in me. Qualcosa mi arriverà all'orecchio».

«Come fai a esserne così convinto?».

«Carlos, convinto no, non posso esserlo. Quello che voi volete sapere è segreto, e molto pericoloso. Lo capisci? Pericoloso davvero. Quindi la gente preferisce non aprir bocca. Ma io mi dico sempre che se La Pastora si nasconde da queste parti, non è possibile che nessuno ne abbia la minima notizia. Nessun massaro si sarà visto portar via la frutta o la verdura dall'orto? Nessun pastore l'avrà avvistata, anche solo da lontano? Mi stupirebbe. E se così è stato, figurati se quell'incontro o quell'avvistamento non l'hanno raccontato, e se il racconto non si è diffuso in tutti i paesi vicini. Abbi fede, te ne prego. Basterà tirare un filo e tutta la matassa si scioglierà».

«Di te mi fido, però sono stanco, non mi piace stare qui a far niente».

«Volete parlare con quella donna, intanto?».

«Le parleremo, non si sa mai».

Nourissier fu d'accordo, anche se da qualche tempo sembrava che nulla gli interessasse. Perfino i suoi quaderni di minuziose annotazioni rimanevano chiusi da giorni. Infante aveva creduto che all'avvicinarsi del termine stabilito Nourissier avrebbe raddoppiato le sue insistenze per avere dei risultati, e invece era come se per lui la ricerca si fosse già conclusa.

«Non so se abbia senso incontrare quella signora» disse Infante, confessandogli il suo scetticismo. «Più o meno sappiamo già tutto quello che potrà dirci: che i due erano entrati nella masseria verso sera, che uno era rimasto di guardia sulla porta e l'altro aveva minacciato i massari per farsi dare cibo, abiti, denaro. A seconda dell'umore di quella sera, o dello svolgersi dei fatti, i massari erano stati maltrattati, legati o picchiati. La Pastora era vestita da uomo, sembrava tranquilla e non aveva quasi parlato. È una storia che sappiamo a memoria, ormai! Non credo che una nuova testimonianza possa darci qualche sorpresa».

«Chissà!» disse il francese languidamente.

«Andiamo all'appuntamento giusto per non offendere Joaquín. Il ragazzo ha preso a cuore la cosa e si è dato tanto da fare. E poi è così convinto che troveremo La Pastora che è difficile non prenderlo sul serio».

«Mi sembra perfetto».

«Sì, e se avessi detto il contrario, ti sarebbe sembrato altrettanto perfetto. Ho la sensazione che tutta questa storia non ti interessi più un fico secco».

«Non dire così».

«Ti sei completamente dimenticato del perché sei venuto in Spagna. Mi domando cosa diresti alla Pastora se potessi parlare con lei domani mattina».

«Ah, be', mi presenterei al suo cospetto e direi: "La Pastora, *I presume*"».

«Ma va' all'inferno!» esclamò Infante, e si allontanò sghignazzando.

Nourissier rimase solo a riflettere. Il cinico che due mesi prima scivolava lentamente su tutto come se niente potesse toccare la sua persona, si era trasformato in un uomo d'azione. Bene, formavano un tandem perfetto, capace di riequilibrarsi da sé, perché ora lui non si sentiva affatto propenso ad agire. Sarà anche stato spento e malinconico, ma finalmente era in pace. Vedeva tutto da lontano, con la strana pacatezza di chi ha già ripetuto tante volte un tragitto di andata e ritorno che ormai procede senza curarsi di nulla. La vita è fatta di tante cose, si disse, ma un uomo da solo non riesce ad abbracciarle tutte, non deve neppure provarci. Lui, che per tanti anni era vissuto come se fosse al centro del mondo, ora finalmente capiva che il suo era stato un posticino minuscolo, un recinto chiuso, la cima di un monticello neppure troppo elevato dalla quale poteva distinguersi soltanto un orizzonte parziale. E che cosa fa un uomo quando prende coscienza che il suo regno si riduce a un granello di sabbia? Va avanti come se niente fosse? Evidentemente no, ma il numero delle possibilità che gli si dispiega davanti è immenso. Che cosa gli garantiva di avere scelto quella giusta? Niente. Nessuna scelta esistenziale era assoluta e necessaria, tutte tendevano a dimostrare che l'inutilità è come una forza cui è impossibile sottrarsi. Sospirò. Almeno lui se ne era accorto.

Proprio in quel momento vennero ad avvertirlo che c'era una chiamata da Parigi. Per fortuna il telefono era in un angolo appartato, dove nessuno poteva ascoltare quello che diceva. Alzò il ricevitore e udì la voce di sua moglie.

«Lucien, lo sai chi sono?».

«Ma certo, cara. Come stai?».

«Non ti ho chiamato per dirti come sto, ma per chiederti se sai che giorno è oggi».

Il tono tagliente di sua moglie lo sorprese. Cercò nella memoria qualche ricorrenza familiare che cadesse in quei giorni, ma non la trovò. Decise di non perdere la calma.

«È il dodici di dicembre».

«Esatto. Fra pochi giorni sarà Natale e spero che tu ti stia preparando per tornare a casa».

«La scadenza è prevista per...».

«La scadenza. Ma quale scadenza, posso sapere di quale scadenza mi stai parlando? Sei partito per un tuo presunto lavoro con un obiettivo preciso. A questo punto mi pare di capire che questo obiettivo non l'hai raggiunto. Che cosa intendi fare? Rimanertene lì a lasciar passare il tempo? E per cosa? Questa è la mia domanda: per cosa?».

«Proprio ora ho ragione di credere che un avvicinamento all'obiettivo sia più che probabile».

«Non voglio più stare a sentire queste storie, Lucien.

Basta. Sei rimasto lontano da casa due mesi ed è ora che tu torni e ti assuma le tue responsabilità».

«Évelyne, sei troppo nervosa. Non credo sia il momento giusto per parlare».

«E quando sarebbe il momento giusto? Non chiami più, non scrivi, sembra che di noi non te ne importi più nulla, come se tu non fossi più tu, come se ci fosse qualcun altro al tuo posto. Le bambine cominciano a chiedermi meno spesso di te, verrà il giorno che ti dimenticheranno».

«Mi dimenticheranno per quindici giorni di assenza in più? Per l'amor di Dio, cara, questo è ridicolo! Si tratta solo di aspettare un paio di settimane».

«No, basta, non ho nessuna intenzione di fare la parte della stupida che sta ad aspettare mentre il marito finisce di divertirsi! Hai colmato la misura, Lucien».

«Non c'è niente di divertente in quello che sto facendo qui, te lo assicuro. Anzi, sto attraversando un periodo psicologicamente molto duro».

«Non me ne importa. Voglio che tu mi risponda: torni immediatamente o no? Perché se non torni...».

Nourissier la interruppe, ormai su tutte le furie:

«È inammissibile che tu mi faccia di questi ricatti, lo capisci?».

«In questo caso, addio».

Sentì il clic della linea bruscamente interrotta. Deglutì. Risalì in camera con passo stanco. E ora? Poche volte aveva sentito sua moglie arrabbiata. Évelyne era una donna tranquilla, comprensiva, che non si permetteva mai di dare sfogo ai sentimenti negativi. Con le bambine era paziente, ferma, mai autoritaria. E con lui..., tante volte si era detto che se non fosse stato per l'infinita comprensione di sua moglie non avrebbe mai fatto tanti passi avanti nella carriera. Ma questa volta non aveva retto la lontananza, l'aveva vissuta come un abbandono, una mancanza di interesse da parte sua. Cercò di vedere il problema dai due punti di vista. Da una parte, Évelyne aveva percepito che lui era ormai immerso anima e corpo in un nuovo ambiente. Se pure questo era vero, si trattava indubbiamente di uno stato transitorio. E tuttavia lui stesso doveva ammettere che il suo mondo ormai gli appariva lontano, quasi estraneo, e che sua moglie apparteneva a quel mondo. D'altra parte, però, non appena si voltava indietro, vedeva fino a che punto lui fosse stato docile, come marito; al punto che appena si manifestava in lui un minimo accenno di ribellione o di cambiamento, sua moglie non esitava a biasimarlo. Docile e conformista, questi erano gli aggettivi che esprimevano bene il suo comportamento fino a quel giorno. Era stato un ragazzo studioso e compito, un figlio rispettoso e attento, un marito impeccabile, un padre amorevole. Nella professione aveva seguito la via tracciata da suo padre, distinguendosi sempre per la sua onestà e abnegazione. Tutto questo andava molto bene, ma poteva anche essere detto in un altro modo: aveva fatto sempre, assolutamente e senza eccezione, quello che gli altri si aspettavano da lui. Non una delle convenzioni sociali che il suo ambiente imponeva era stata da lui trasgredita, aggirata, neppure messa in questione. Era diventato il prodotto perfetto della sua classe sociale, del suo piccolo mondo borghese. Quel pensiero non lo tranquillizzava; anzi, lo faceva sentire profondamente a disagio. Era giusto che neppure una volta nella vita potesse concedersi il tempo di approfondire, di conoscere altre realtà, di riflettere sul senso della sua esistenza? Non era eccessivo, forse, che una donna, alla quale aveva dato tutto il suo cuore, mancasse della generosità necessaria per concedergli una pausa nel cammino? Forse la scelta esistenziale che aveva fatto Carlos Infante non era poi così cinica ed egoista. Lasciare scorrere gli eventi senza assumersi degli impegni né lasciarsi coinvolgere era più una conseguenza che un punto di partenza. Nulla e nessuno ha il diritto di possedere la volontà di una persona: né i genitori, né i coniugi, né il lavoro, nessuna forma di società. Chi poteva sapere che tipo d'uomo sarebbe diventato, lui, Lucien Nourissier, se non si fosse attenuto a tutti i suoi doveri? Sarebbe stato come uno di quei contadini spagnoli che avevano dato la vita per difendere un ideale? Ormai era impossibile saperlo; si era lasciato trascinare dal destino senza opporre la minima resistenza.

Decise che avrebbe richiamato sua moglie il giorno dopo, o quello dopo ancora, quando la sua mente avesse trovato un po' di pace.

Joaquín Cuevas salì in macchina subito fuori del paese, alle sette di sera. Avrebbe fatto loro da guida fino alla casa nei pressi di Vallibona dove abitava la vedova. Sembrava che per lui quel breve viaggio fosse una gita di piacere. Era entusiasta, e durante il tragitto non la smise un attimo di raccontare piccoli aneddoti sulla vita della brava gente cui stavano andando a far visita, fantasticando sui risultati di quell'incontro per lui fondamentale.

Il quadro che si presentò loro all'arrivo non era nuovo. Una donna di mezz'età con tre figli maschi, tutti schierati a guardarli con tanto d'occhi. Cuevas, volenteroso, fece la sua parte. Li presentò, cercò di tranquillizzare gli animi e cominciò lui stesso a fare le domande.

«Su, Mercedes, racconti a questi signori che cos'è successo quella volta che è andata al *mas* di Herbés».

La donna non era spaventata, doveva essere stata adeguatamente istruita dal giovane maestro. Annuì, allontanò i bambini per prudenza, e invitò gli ospiti a entrare nella cucina, che doveva essere la stanza più grande della masseria. Lì aveva già disposto sul tavolo dei bicchieri, una bottiglia di vino dolce e un vassoio di *pastissets*. Una volta assolti tutti i doveri dell'ospitalità, la donna cominciò a raccontare quello che aveva visto in un lontano giorno di novembre.

«Entrarono che già veniva sera. Io ero lì dalla mia amica Josefa fin dalla mattina. Le avevo portato certi semi per l'orto che mi aveva chiesto. Stava preparando la cena quando sentimmo delle voci fuori. Erano loro, i partigiani che interessano al professore».

«Il professore vuole sapere soprattutto della Pastora, spero che se ne ricordi bene. La Pastora è la cosa più importante per questi signori» la interruppe Joaquín. La donna fece di sì con la testa e continuò:

«Questo l'abbiamo saputo solo dopo, quando ce l'hanno detto le guardie, che uno dei due era La Pastora. Quando l'abbiamo vista noi era vestita da uomo, con i capelli tagliati da uomo. Era malmessa, con una giacca a righe bianche e nere che le stava grande. E dei pantaloni di un colore come li portano i soldati, calze bianche e sandali. Portava il basco in testa. L'altro si presentava meglio, con un vestito di velluto a coste tutto nero e con le scarpe. I vestiti erano vecchi, ma non erano sporchi. Ci siamo spaventate perché erano armati».

«Si sarebbe detto che erano stanchi, che avevano fame?» domandò Nourissier.

«Sì, e per il freddo che faceva non erano abbastanza coperti. Avrebbero fatto anche pena, se non fosse che erano gente cattiva. E poi erano magri come chiodi, e la prima cosa che hanno chiesto era da mangiare. La Josefa si è messa a fare una *tortilla de patatas*. E intanto che l'altro andava in giro per la casa, La Pastora ci teneva lì col fucile puntato. Faceva paura, non parlava, ci guardava soltanto con certi occhi che ti tagliavano i vestiti addosso».

«Le parve che fosse spaventata, o forse anche disperata?» domandò di nuovo Nourissier.

La donna si strinse nelle spalle, fece un cenno col mento, come a dire che non lo sapeva. Il maestro volle aiutarla.

«Il professore vuole sapere se per come l'ha vista lei, sembrava che non ce la facesse più, come se non si aspettasse più niente dalla vita».

«Questo non saprei dirlo, aveva un fucile e doveva stare attenta a due cose insieme. Che noi non ci muovessimo e che non arrivasse nessuno da fuori. Agitata no, non sembrava. Saremo rimaste così per quasi un'ora, mentre quell'altro faceva avanti e indietro. Radunava in cucina tutta la roba che volevano portarsi via. Avevano preso da vestire: una tuta da lavoro, un vestito, roba di lana... E anche da mangiare: pane, prosciutto, vino... E mi ricordo che avevano preso anche i fiammiferi, tutti quelli che c'erano in casa».

«Soldi non ne hanno chiesti?» domandò Infante.

«No, di soldi non hanno parlato. Tanto che mi era sembrato perfino strano. Ma si vede che avevano capito che la casa era povera. Però volevano un fucile, e si sono stupiti che il marito di Josefa non ce l'avesse. Lì sì ho avuto paura che se la prendessero con lei, però non successe niente. Secondo me, se come dicevano le guardie erano in montagna da tutto quel tempo, di guai non ne volevano, volevano solo mangiare e andarsene».

Il maestro tentò di farla parlare ancora. «Racconti al professore qualcos'altro della Pastora».

«Ho detto tutto quello che mi ricordo, signor maestro. Se ci fosse dell'altro, glielo direi, lo sa che di lei mi fido».

«Ci pensi bene, chissà che non le venga in mente una cosa che non ha detto».

Infante si alzò di scatto e si diresse verso la porta. Disse:

«Non credo che sappia altro. Vi aspetto fuori».

Nourissier e Joaquín, sorpresi, provvidero rapidamente a ringraziare e a congedarsi. Quando salirono in macchina, capirono che Infante era su tutte le furie:

«Ti è parso poco interessante, Carlos?» chiese il maestro, preoccupato.

«Le so a memoria le cose che ha raccontato: La Pastora che non apre bocca, Francisco che mette la casa sottosopra. L'unica differenza, da una storia all'altra, è il bottino: una volta pane, un'altra prosciutto. Per il resto, nessuna novità dal fronte».

«Mi spiace, Carlos. Io posso solo convincerli a raccontare la loro esperienza. Ma non posso sapere se quello che diranno vi sarà utile o no».

«Certo, ma se questo è tutto quello che puoi ottenere, dubito molto che abbia senso continuare. Stai rischiando la tua reputazione per niente».

«Abbi un po' di pazienza. Sono convinto che qualcuno prima o poi ci metterà sulla pista giusta».

«Come puoi esserne così sicuro?».

«Mi basta vedere che faccia fanno i genitori dei miei alunni, quando accenno loro la cosa. Mi basta vedere come si guardano l'un l'altro».

«Noi non abbiamo più tempo per i presentimenti, lo capisci?».

Nourissier gli posò una mano sul braccio che stringeva il volante:

«Lascia stare».

Per il resto del viaggio rimasero in silenzio tutti e tre. In un silenzio afflitto, Cuevas; in un silenzio seccato, Infante; mentre il silenzio di Nourissier sembrava piuttosto preoccupato. Alla fine il maestro scese dall'auto con un breve saluto.

«Sei stato molto ingiusto con lui» disse lo psichiatra non appena lui e Infante furono soli.

«Non mi interessa. Quello si dà solo delle arie, ci fa perdere tempo inutilmente».

«Io credo che faresti bene a calmarti».

«E invece io credo di no. Stavamo andando avanti così bene, mentre adesso siamo fermi e nel buio più assoluto».

Nourissier non rispose. Forse Infante aveva ragione, ma lui non aveva più voglia di prendersela. Anche se tutto sembrava volgersi contro di loro, il suo stato d'animo era unicamente riflessivo. Questo e non altro era quel che voleva fare: riflettere sulla sua vita, su se stesso.

Arrivati alla pensione, troppo presto per la cena, si incamminarono ciascuno verso la propria stanza. Ma non erano passati cinque minuti, che Infante bussò alla porta di Nourissier.

«Vado a fare un giro in campagna. Ti va di venire?».

«A quest'ora?».

«Ho preso una torcia elettrica, e c'è una luna piena spettacolare».

«Non farà freddo?».

«Ho pensato anche al riscaldamento». Aprendo il giaccone imbottito, mostrò una bottiglia di cognac.

«Aspetta, mi metto addosso qualcosa e vengo».

Lasciarono il paese di buon passo, senza parlare. L'aria era fredda ma asciutta. Nourissier respirava con piacere.

«È stata una grande idea questa passeggiata serale. Sei ancora di cattivo umore?».

«Un buon cicchetto e mi passerà».

Giunsero su un'aia abbandonata, che la luce intensa della luna faceva apparire come un lago.

«È magnifico qui!» esclamò lo psichiatra. «Mi ci hai portato apposta?».

«A volte ci vengo, mentre tu ti dedichi alla scienza nella tua stanza».

Sedettero nel cerchio argentato. Infante tirò fuori la bottiglia, bevve a canna, la passò a Nourissier.

«Sono giorni che non mi dedico alla scienza» disse questi, prima di portare la bottiglia alla bocca.

«Non lavori più? E che cosa fai sempre chiuso in quella maledetta pensione?».

«Penso».

«Perbacco! Da psichiatra mi diventi filosofo!».

«Sarebbe bello».

«E sei giunto a qualche conclusione?».

«Per pensare ci vuole serenità; per arrivare a delle conclusioni, pazienza; e per metterle in pratica, coraggio, direi».

«Io non ho nessuna di queste tre cose. Perciò preferisco non pensare».

Risero e bevvero a turno un altro lungo sorso. Sentendo che l'alcol cominciava a scaldargli le vene, Nourissier si sentì meglio.

«Tu sei un uomo fortunato, Carlos» disse.

«Si può sapere perché?».

«Perché sei libero, fai sempre quello che vuoi».

Infante si fece serio, guardò la luna, e poi il suo compagno.

«A volte penso che la libertà sia fare quello che devi, non quello che vuoi».

Nourissier lanciò un grido acuto e applaudì.

«Non ci posso credere! Sei diventato un moralista!».

«Ho imparato da te».

Avevano preso gusto a passarsi la bottiglia l'un l'altro. Nourissier ruppe di nuovo il silenzio:

«Perché sei andato a letto con quella donna?».

«Non lo so. Mi andava di farlo. Era molto tempo che non stavo con una donna. Ma perché mi tiri fuori questo, adesso? Ne avevi voglia anche tu e ti è mancato il coraggio?».

«Non ci ho nemmeno pensato. Ecco qual è il punto. Ci sono cose che non ho mai fatto e non mi pongo neppure il problema. Mi pare che non mi si addicano e basta».

«E come lo sai che cosa ti si addice e cosa no?».

«Questo è un altro problema: non lo so. Probabilmente l'ho imparato da piccolo, me lo hanno detto, l'ho visto fare ad altri... È mediocrità, la mia, pura mediocrità...».

«Non farla così grave. Dài, bevi».

«Ho ascoltato storie terribili in questo paese, le ho toccate con mano, le ho sentite sulla mia pelle. Non credo di poter continuare a vivere come prima. Mi pare di essere stato sempre un bambino viziato e non voglio esserlo più».

«Mi fa piacere che tu te ne sia accorto; in effetti la

vita è uno schifo, ma non rovinarmi la serata, per favore. Bevi».

«Non ce n'è quasi più».

«Ottimo. Allora finiamo la bottiglia e la usiamo come bersaglio. La mettiamo laggiù, d'accordo? E facciamo una gara di tiro del sasso. Accetti la sfida?».

«Accetto».

Bevvero gli ultimi sorsi. Poi Infante si alzò, un po' barcollante, e si avvicinò alla boscaglia cercando un punto in cui posare la bottiglia. A un tratto intravide un'ombra nel buio, vicinissima. Invece di lanciare un grido o fermarsi, fece ancora qualche passo, scostò i rami e distinse chiaramente il volto del ragazzo che già altre volte li aveva seguiti. Si lanciò verso di lui con l'intenzione di acciuffarlo, ma incespicò e cadde. Il ragazzo saltò di lato e fuggì. Malgrado l'ubriachezza, Infante si rialzò immediatamente e gli corse dietro. Passarono entrambi a tutta velocità accanto a Nourissier, che ancora sedeva in mezzo all'aia senza capire nulla.

«Carlos, dove stai andando?» domandò con voce impastata.

Infante, che correva senza riuscire a ridurre la distanza fra sé e la preda, si mise a gridare:

«Fermati, disgraziato! Si può sapere perché stai sempre a spiarci, eh?».

Bastò lo sforzo di quel grido per far crescere il vantaggio del ragazzo, che presto sparì. Senza fiato, e con un forte dolore al petto, Infante si lasciò cadere in ginocchio sull'erba. A poco a poco, ritrovò il ritmo del respiro, finché riuscì a rialzarsi e tornare sull'aia. Là,

Nourissier, completamente vinto dall'alcol, stava per addormentarsi, ma quando lo vide, gli disse, con sforzo:

«Carlos! Ma dov'eri andato?».

Infante era furibondo, pieno di stizza per essersi lasciato seminare a quel modo, e quando si accorse di avere ancora la bottiglia in mano, la scagliò a terra facendo saltare i cocci in tutte le direzioni. Nourissier quasi non si mosse.

«Carlos, che cosa fai? E adesso cosa beviamo?».

«Berremo il sangue degli innocenti».

«E allora moriremo di sete, perché di innocenti qui non ce n'è neanche uno».

Infante si lasciò cadere accanto a lui e si mise a ridere. La sua era una risata metallica, forzata, che risuonò nella notte come un'eco spettrale.

«Non ridere così forte, che non riesco a dormire».

«Dormi, dormi, francesino bello, tu che hai la coscienza di un angelo».

L'aria trasparente prese a muoversi in raffiche di vento, dapprima quasi impercettibili, che si andarono intensificando sempre più fino a trasformarsi in una bufera che scuoteva le chiome degli alberi, trascinava foglie e ramoscelli secchi, e agitava i capelli dei due uomini addormentati.

Ci rimettemmo in viaggio, che per noi voleva dire camminare e camminare, su e giù per le montagne, facendo lunghi giri prima di prendere per Castellote, perché la Guardia Civil era sempre all'erta, e dappertutto vedevamo passare le camionette delle guardie come se non avessero niente di meglio da fare. Fino a quando ci avrebbero cercati? Non si sarebbero stancati finché non fossimo stati sottoterra? Eravamo rimasti solo noi, di partigiani non ce n'erano altri, e di sicuro pensavano che fossimo allo stremo delle forze. E invece no. Noi potevamo farcela, sapevamo nasconderci e volevamo vivere. Certo, non era più come prima, quando c'erano i compagni e avevamo i nostri punti d'appoggio. Adesso dovevamo arrangiarci giorno per giorno. E ricominciammo a rubare. Perfino due agnelli, rubammo! Di notte, quando non c'era il pastore. Mica andavamo a chiedere rifornimenti in nome del popolo e della libertà. Ma voi lo sapete cosa vuol dire rubare un agnello? Bisogna ammazzarlo, spellarlo, aspettare che il sangue coli via tutto e poi portarlo su per i sentieri fino al campo. Un lavoraccio. Arrivammo che era quasi mattina, morti di fatica, senza neanche la forza per accendere il fuoco e farli arrostire. Ci addormentammo così com'eravamo.

Io avevo sangue d'agnello dappertutto, mescolato al sudore: sembrava mi avessero sparato alla schiena. Però chi stava peggio era Francisco, che aveva portato l'agnello più piccolo, ma dato che non aveva tutta la forza che avevo io, era scivolato tante di quelle volte che era tutto rotto. Io, per me, li avrei presi vivi e li avrei tenuti con noi per avere un po' di compagnia, ma Francisco diceva che ero pazzo, e aveva ragione; bisogna essere pazzi per fare una cosa del genere. Però erano cose che anche senza volerlo io le pensavo, perché quel che volevo era starmene fermo in un posto e fare una vita normale.

Niente, solo miseria ci toccava, ormai eravamo dei miserabili senza nessuno al mondo. E Francisco pensava solo a rivedere i suoi, senza neanche farsi la domanda di cosa sarebbe successo dopo. Io sì, invece, me la facevo, sapevo che non sarebbe cambiato niente, che saremmo andati avanti come prima, a nasconderci e a rubare da mangiare un po' qui un po' là, a portar via due soldi a qualche massaro quando si poteva. Era una battaglia persa in partenza, ma a Francisco non importava e io ero d'accordo a fare quel che voleva lui, perché era amico mio, e se Francisco voleva andare a Castellote, benissimo, ci andavamo tutti e due. A un certo punto, a metà strada, lui si ferma e mi dice:

«Senti, Pastora, se vuoi vado da solo e tu mi aspetti in un posto sicuro. È pericoloso e non voglio mettere di mezzo anche te».

Gli dissi di lasciarmi in pace, che io andavo dove volevo, che tanto tutto era pericoloso alla stessa maniera, andare come restare. Dappertutto potevano ammazzarci, a tutte le ore. Quindi era meglio se risparmiava il fiato, che parlare di certe cose portava anche sfortuna.

Finalmente arrivammo dalle parti di Castellote, ed era già il mese di maggio. Ormai mi conoscete abbastanza per sapere che non sono tipo da esagerare tanto per vantarmi; quindi quello che vi dico potete prenderlo sul serio: io sono un uomo coraggioso, e coraggioso lo ero anche quand'ero una donna. Sarà stato tutto il tempo che avevo passato da solo, e l'esser cresciuto quasi come una bestiolina, insieme agli agnelli su in montagna; ma paura paura, quella non l'avevo avuta mai. Però quel giorno, a Castellote, sì che mi venne. Era come entrare nella tana del lupo, e il lupo da un momento all'altro poteva mangiarci. Di guardie ce n'erano una quantità. Certo, con tutto il tempo che era passato, la casa di Francisco non era più sorvegliata, però non era facile avvicinarsi per andare a dire che eravamo arrivati. Lui mi disse:

«Potresti vestirti di nuovo da donna e scendere fino a casa di mia madre, che almeno non è in mezzo al paese».

«Toglitelo dalla testa, perché io da donna non mi vesto mai più, tanto meno adesso che mi possono sparare addosso. Cosa vuoi, che muoia travestito? No, io morirò da uomo, che è quello che sono» gli risposi.

Alla fine decidemmo che era meglio fare la cosa più semplice, l'unica che si poteva fare, scendevo io, di notte, a dire che lui era nell'ovile dove si era fermato l'altra volta. La madre poi andava ad avvisare sua moglie, che saliva fin su con le figlie.

Feci così, e poi, come sempre, mi misi da parte, per non essere di disturbo. Vidi venire per il sentiero tutta la fa-

miglia, portando tutto quello che potevano portare, poveri com'erano. Poi andarono via, e tornò la moglie da sola, credo per fare le loro cose di marito e moglie.

Quando andò via anche lei, e andai a cercarlo, pensavo di rivederlo come le altre volte che doveva lasciare i suoi, con gli occhi rossi dal piangere, e invece no, li aveva asciutti, ma era come un pezzo di legno tagliato, lì fermo a guardare nel vuoto. Secondo me lo sapeva che era l'ultima volta, che si erano detti addio per sempre anche senza dirselo, e perciò ormai piangere o non piangere non cambiava niente. Era così, e infatti poi, quando siamo andati via da Castellote, ha voluto che andassimo a Villarluengo, a trovare due vecchi, marito e moglie, con una figlia pazza, che erano gli zii di sua moglie. Cenammo lì con loro, e anche loro ci diedero tanta roba da portar via. Al momento di andare successe la stessa cosa, tutti lo baciavano e piangevano, ma lui no, lui era duro come la pietra. Ormai non voleva piangere più. Allora, io pensavo che di sicuro saremmo andati lontano, per molto tempo, così pensavo.

Quella mattina Infante era uscito di buon'ora per fare una passeggiata in montagna. Lo faceva spesso, negli ultimi giorni, per placare l'ansia. Ormai aveva perso la speranza che qualcuno in paese potesse lasciar cadere casualmente, in una banale chiacchierata, qualche indicazione su dove si trovasse La Pastora. Ma anche in quel buio assoluto, Infante continuava a procedere a tentoni, convinto che la teoria del maestro avesse un senso. Non era possibile che nessuno degli abitanti della zona avesse mai visto La Pastora, sia pure di sfuggita, se davvero era nascosta nei dintorni. La sola spiegazione era che tacessero per evitare dei guai. In questo caso era più che probabile che prima o poi Joaquín Cuevas riuscisse nel suo intento. Non per nulla era tanto sicuro del successo. Restava da vedere con quale zelo il maestro si applicasse al compito che si era assunto. A volte si aveva l'impressione che la tirasse per le lunghe di proposito, come se già sapesse dov'era quella donna e non volesse dirlo per motivi non chiari.

Percorrendo i sentieri, salendo e scendendo per i pendii, Infante si domandava dove mai potesse trovarsi l'ultima partigiana di Spagna. Ogni volta che scorgeva una grotta gli batteva forte il cuore. Faceva di tutto per raggiungerla, vi si affacciava, e nel buio l'aria umida e fredda lo colpiva in faccia. Chi mai avrebbe potuto vivere in un posto simile per due anni, e in perfetta solitudine? Come avrebbe potuto difendersi dal freddo e sopravvivere alle lunghe notti? In che modo poteva procurarsi cibo e acqua? Che cosa poteva fare quando aveva mal di denti o pensava di aver bisogno di un medico? E soprattutto, che tempra doveva avere una persona per rimanere così a lungo senza vedere anima viva, senza parlare con nessuno, senza il minimo scambio con altri esseri umani? Eppure quei disagi non erano nulla, in confronto all'assenza di un futuro. Tutti ormai erano consapevoli che il regime franchista non era una condizione transitoria, destinata a mutare in un breve volgere di tempo. Quali prospettive poteva avere una fuggiasca intrappolata sulle montagne? Se non poteva far altro che sopravvivere, presto avrebbe finito per trasformarsi in una bestia selvatica. Questo pensiero gli riportava alla mente le storie, reali o inventate, di certi bambini allattati da lupe, allevati da scimmie o orsi, cresciuti nella totale incuria, lontano dalla civiltà. A volte gli pareva che tutta quella vicenda non fosse che una favola letta in un libro, o una diceria priva di fondamento.

Rientrando in paese, ancora immerso nelle sue riflessioni, fu alquanto sorpreso nel vedere un taxi con la targa di Barcellona fermo davanti alla pensione. Fu colto dallo strano impulso di tornare sui suoi passi. Poi, vergognandosi di quella reazione assurda, spinse la porta ed entrò. Si imbatté subito nella padrona:

«E quel taxi...?». Prima ancora che avesse finito di parlare, la signora lo informò, emozionata da quel fatto insolito:

«È venuta una signora francese. Io direi che è la moglie del professore, perché è salita in camera da lui. Il tassista ha lasciato qui la macchina ed è andato al bar».

Infante andò di sopra in preda a un'incontenibile curiosità. Voleva sapere finalmente come fosse la moglie di Nourissier, ma dovette frenarsi. Passando davanti alla camera dell'amico sentì le voci oltre la porta e non gli parve educato bussare. Decise di aspettare in camera sua. Quando li avesse sentiti uscire, sarebbe andato loro incontro.

Nourissier, pur nel pieno della discussione con sua moglie, sentì i passi di Infante nel corridoio. Certamente il suo amico sarebbe stato sorpreso della presenza di Évelyne come lo era stato lui vedendola comparire un'ora prima. Quando aveva aperto la porta era rimasto immobile, incapace di reagire; solo la voce di lei l'aveva spinto a riscuotersi da quello stato di sbalordimento e a prenderla fra le braccia. Baci, carezze, nuovi abbracci... Erano caduti sul letto stretti l'uno all'altra, e prima ancora di scambiare una parola, avevano fatto l'amore, con desiderio ma anche con un affetto traboccante. Poi avevano riso, sorpresi e felici per avere anteposto le gioie fisiche a ogni altra considerazione. Si erano rivestiti, e solo allora avevano cominciato a parlare. Lui, esultante, si domandava come avesse potuto vivere per tutto quel tempo senza di lei.

«Che cosa ti ha spinta a venire qui, quando mancava così poco al mio ritorno?» le aveva domandato.

«Volevo farti una sorpresa».

«E che sorpresa! Come stanno le bambine?».

«Hanno tanta nostalgia di te!».

«E io di loro. C'erano giorni che temevo di trovarle così cambiate, dopo tre mesi, da non riconoscerle più».

«E a me non ci pensavi?» aveva detto lei, vezzosa.

«A ogni ora, a ogni istante. Ma non mi ero reso conto di quanto mi mancassi. Adesso sì, adesso so quanto avevo bisogno di te».

«Per fortuna, adesso è passato. Torneremo a casa insieme e non ci separeremo più».

«Pensi di rimanere fino allo scadere del periodo?».

A queste parole, lei si tese. Non rispose subito, lo trafisse con lo sguardo.

«La scadenza l'hai stabilita tu. Non è vero, Lucien? Nessuno, né il tuo preside, né un giudice, né un medico, nessun tipo di autorità o impegno ineludibile ti obbliga a rimanere qui per altre due settimane».

Il volto di Nourissier si era incupito.

«Certo, la scadenza l'ho stabilita io e credo di doverla rispettare».

«Ma perché? Pensi davvero che in quindici giorni riuscirai a fare quello che non hai fatto in due mesi e mezzo?».

«No, è molto probabile che tu abbia ragione, è probabile che non ci riuscirò, ma si tratta di una specie di... non so come chiamarlo, una specie di impegno che ho preso con me stesso, qualcosa che ha il valore di un simbolo».

Lei aveva alzato la voce, acuta, alterata:

«Un simbolo? Un simbolo di cosa, Lucien?».

«Un simbolo della mia libertà».

Tutta la tranquillità di cui Évelyne aveva dato mostra fino a quel momento era scomparsa in un attimo, le emozioni avevano preso il sopravvento. Le labbra le tremavano, il suo sguardo era feroce.

«Esatto, l'hai detto! Ecco che viene fuori il tuo vero volto. Da quando siamo sposati non hai pensato ad altro che alla tua professione, ai tuoi pazienti, al tuo sacro dovere, a te stesso! Io e le bambine siamo un di più, la famiglia ti serve da ornamento, ti fa sentire una persona rispettabile, ma in fondo per te noi non contiamo niente».

«Come puoi dire una cosa simile, Évelyne? Lo sai che non è vero, lo sai che per me non c'è nulla di più importante di voi tre, io vi adoro».

«Allora torna con me a Parigi oggi stesso. C'è un taxi qui fuori che ci porterà a Barcellona. Ho due biglietti aerei per il volo di domattina».

«A quanto vedo, questa è una specie di sfida. Per te l'importante non era venire per starmi vicino, ma per costringermi a tornare. Posso domandarti perché?».

«Perché in questi mesi ho avuto tempo per riflettere, e adesso ho bisogno di una prova che tu non anteponi il tuo mondo alla tua famiglia».

«Mi spiace, non intendo seguirti in questo gioco. Tornerò tra quindici giorni, come era stabilito, e se tu fossi veramente una donna matura lo capiresti e non mi imporresti questa assurda condizione».

«Tu sì che puoi giocare, vero? Tu giochi a fare l'eroe dei poveri e dei disperati di questo maledetto paese, fai lo scienziato che cerca il bene dell'umanità, ma in fondo sei solo un bambino viziato, egoista fino al midollo. Me ne vado, Lucien. Torna pure quando ti pare, ma anche se rimarremo marito e moglie, sappi che niente sarà più come prima, niente».

E pronunciate precipitosamente queste parole, uscì, sbattendo la porta dietro di sé. Solo un attimo dopo si accorse di aver lasciato la borsetta dentro la stanza. Rientrò a prenderla e uscì di nuovo. Nourissier la seguì. In quel momento, Infante, avvertito dallo sbattere della porta, uscì anche lui in corridoio. Si avvicinò con un sorriso tendendo la mano alla signora. Nourissier tentò una presentazione:

«Évelyne, questo è Carlos Infante, il mio compagno di viaggio».

Lei lo guardò dall'alto in basso con una smorfia di infinito disprezzo e voltò le spalle a entrambi senza dire una parola. Poi raggiunse rapidamente le scale e scomparve. A Infante parve una donna bellissima: alta, bruna, con la pelle bianchissima e un volto pieno di spiritualità. Ma evidentemente qualcosa non andava. Rivolgendosi a Nourissier, che era rimasto come paralizzato, cercò di essere discreto. Disse:

«Scusa, ci vediamo dopo».

Nourissier lo fermò e lo pregò a voce bassa:

«Entra».

Lui obbedì. Sedette sulla poltrona che solo un attimo prima aveva occupato la bella signora. Rimase in silenzio.

«Sai cosa dice mia moglie? Dice che ha avuto tempo per riflettere e si è accorta che sono un essere egoista che pensa solo a se stesso. E sai che cosa penso io? Che ha ragione».

«Non dicevi così l'altro giorno».

«Ti sbagli. Che io abbia fatto sempre quello che ci si aspettava da me non ha cambiato l'ordine delle priorità. E la famiglia non ha mai occupato il primo posto. Al primo posto ci sono sempre stato io, il mio lavoro, la mia carriera, il mio mondo».

«È venuta da Parigi per dirti questo?».

«È venuta da Parigi perché non ne poteva più e voleva una dimostrazione d'amore da parte mia: che tornassi a casa oggi stesso con lei».

«E non si può fare nulla?».

«No. Se oggi tornassi a casa con lei, mi piegherei una volta di più al ruolo che mi è stato assegnato. Se invece rimango, qualcosa di molto importante si spezza. È sempre così, la vita è complicata, vorresti tenere insieme tante cose, e a un certo punto tutto ti crolla intorno e diventi un essere indifeso che non sa a cosa aggrapparsi».

«I contadini di queste terre non hanno scelta, e neppure quelli che sono morti in guerra, l'hanno avuta, e nemmeno La Pastora. Però tu ce l'hai».

«Questo non fa che accrescere la mia consapevolezza di essere uno stupido».

«Ti stai tormentando inutilmente. Si paga sempre un prezzo, non lo sapevi? Anche poter scegliere è una cosa che si paga».

«Tu almeno hai avuto l'intelligenza di saper rinunciare a molte cose».

«Non parliamo di me. Che ne sai tu di me?».

«Quello che hai permesso che io sapessi».

«Troppo, forse. Lasciamo stare questi discorsi, adesso. Mi innervosiscono e non servono a niente. Come ti senti?».

«Non lo so».

«Vuoi che usciamo a fare due passi?».

«No, preferisco restare qui».

«Vuoi bere qualcosa?».

«No, meglio di no».

«Allora me ne vado. Ci vediamo».

«Grazie, Carlos».

Infante non rispose. Uscì dalla stanza, andò a mettersi il giaccone e uscì.

Me l'ero immaginato che niente sarebbe stato come prima dopo quella visita a Castellote, ma non sapevo che cosa avrebbe deciso Francisco, se tornare alla nostra grotta e rimanercene tranquilli lì, o continuare ad andare da una parte all'altra. Mi toccava aspettare. Prima sì che andammo alla grotta, fermandoci lungo la strada per comprare viveri. Ci arrivammo che sarà stato l'8 o il 10 di novembre. Faceva freddo, ero stanco, e così la grotta mi sembrava una vera casa. Accesi un bel fuoco e ci scaldammo. Era tutto come lo avevamo lasciato, perché è un posto dove non poteva arrivare nessuno. Le pelli da mettere sui paglioni, i lumi, le cataste di legna, i bottiglioni di vino, perfino un vasetto di miele, le armi e le munizioni... tutto come prima. Io in fondo una casa così ben sistemata non l'avevo mai avuta in vita mia. Però a Francisco non piaceva come piaceva a me, perché lui era vissuto in posti migliori. Imprecava, diceva che sembravamo lupi dentro la tana, o conigli nel loro buco. Io non me la prendevo e tutto mi andava bene. Però non credo fosse colpa del posto se si mise in testa di fare delle azioni. E nemmeno delle provviste, perché avevamo ancora tanta roba messa via. Lui voleva uscire perché non era tranquillo, e se stava fermo lì, un giorno dopo l'altro, si sentiva morire dalla disperazione. E poi sono sicuro che pensava sempre alla famiglia e non sopportava l'idea di non rivederla più. Muoversi, si capisce, aiuta a non pensare.

Il 26 novembre disse che aveva voglia di mangiarsi una buona frittata. Non ne poteva più di pane e prosciutto tutti i giorni. Scendemmo alla masseria di Arnau e una volta lì chiese veramente alla massara se poteva farci delle uova. Non voleva soldi, solo fiammiferi, pane, un po' di roba da vestire... poi tornammo su. Quel giorno me la presi con lui. Vedendo quel che ne avevamo cavato, gli dico a muso duro:

«Senti, Francisco, ma tu credi davvero che valga la pena di rischiare per questa miseria? Ti sembra una bella cosa se ci prendono per una frittata, per buona che sia?».

Non litigammo perché lui mi diede ragione.

«Tranquillo, Pastora, che adesso ce ne stiamo tappati qui tutto l'inverno. E se ci manca qualcosa scendo a prenderlo io. Non ci facciamo scoprire da nessuno, un furto senza che nessuno mi veda, e via».

E allora facemmo così, ce ne restammo per tutto l'inverno alla grotta, e lui scendeva qualche volta a Vallibona di notte a rubare la farina. Era dura mangiare tutti i giorni le stesse cose, ma io mi abituavo in fretta. Facevo perfino le minestre col pane e il grasso del prosciutto. Francisco non lo voleva dire, però gli piacevano.

Ma un bel gioco dura poco, dicono, e finì l'inverno e arrivò la primavera. In quei tre mesi di gelo Francisco era stato abbastanza tranquillo. Non aveva voglia di far niente e certo non era allegro, tutto il giorno a ruminare i suoi pensieri, ma tranquillo sì. Come arrivò marzo, però, già voleva mettersi in movimento. Ricominciammo con gli assalti. Ne facemmo tanti. Il brutto è che ci accorgevamo di come ci guardavano adesso i massari. Male. I compagni partigiani dovevano essere tutti in Francia, ormai, nessuno li aveva più visti, e niente era più come prima. Prima tanti erano contenti di aiutare i partigiani e di mettersi contro Franco. A nessuno fa piacere dar via la roba e i soldi per niente, però c'era sempre gente che era contenta di darti da mangiare. Adesso no, il tempo passava e tante cose erano dimenticate. Dovevamo minacciare i contadini con le armi, e tutti volevano vederci morti. E noi, io per primo, lo facevamo, perché, bisogna dirlo, non è che ci ricevessero bene, e ci veniva ancora più voglia di essere dei figli di puttana, scusate l'espressione.

In quegli assalti Francisco ogni volta rischiava di più, ma non per ricavarne qualcosa, perché in fin dei conti era sempre una miseria quel che ne veniva fuori, solo che ormai lui era diventato così: gli piaceva rischiare. E io gli andavo dietro, e anche davanti, se c'era bisogno. Finché un giorno capitò quel che doveva capitare. Alla masseria Blasco, me lo ricordo bene. Lì ci abitavano due famiglie: i due vecchi, marito e moglie, e il genero con la figlia, con cinque bambini. Arrivammo verso le dieci di sera, quando tutti andavano a dormire. Francisco aveva deciso che quella volta dovevamo farci dare dei soldi, era stanco della poca roba che prendevamo ogni volta. Voleva diecimila pesetas, disse che se non gliele davano ammazzava tutti, dal primo all'ultimo. Era una vendetta, diceva, per come lo avevano trattato tanti anni prima; quindi il vecchio lo dovevamo ammazzare in ogni caso, ma se ci avessero dato i soldi, gli altri li risparmiavamo. Lui gridava insulti su insulti, e maledizioni, e menava schiaffi e colpi col calcio della mitraglietta. Loro gridavano e piangevano. Ma lui, niente, non li ascoltava. Il genero si mise a dire che così tanti soldi in casa non li avevano, ma poteva andare a prenderli in paese. Francisco lo lasciò andare, dicendo che se non tornava entro tre ore, o provava ad avvisare i civiles, *noi ammazzavamo tutta la famiglia, tutta quanta, bambini compresi. E c'era da credergli, perché era da tanto che non lo vedevo così arrabbiato, sembrava che ogni minuto lo fosse di più.*

Non erano ancora passate le tre ore quando io, che stavo di guardia fuori, mi accorgo che a non più di cento metri c'era gente. Ci stavano circondando. Piano piano, mi avvicino e busso alla porta, che era il segnale se c'era pericolo. Poi scappo per un buon tratto, finché li vedo di spalle. Erano guardie e stavano nascosti in mezzo ai cespugli. Mi metto a sparare, ma in quel momento Francisco viene fuori dalla casa e loro cominciano a far fuoco contro di lui. Dovevo coprirlo, e non mi bastavano le munizioni che avevo. Francisco non aveva paura, fece partire delle raffiche e poi si arrampicò su un tetto e buttò due granate. Scese giù nel cortile di dietro, e lì sentii altre raffiche e grida. Da dov'ero, riuscivo a vederlo nel buio buttarsi nel campo di segale che c'era lì dietro e correre per venire dov'ero io. Si regolava dal rumore degli spari. Le guardie continuavano a far fuoco ma non lo prendevano, perché, come vi dico, era buio pesto. Gli faccio un segno, un fischio, e lui mi trova.

«Andiamocene, Pastora!» mi grida, e partiamo di corsa su per la montagna. Non ci seguivano, ma noi per quattro o cinque ore abbiamo corso senza fermarci, senza parlare. Alla fine ci buttammo per terra.

«Maledizione!» disse Francisco. «Anche gli zaini ci abbiamo rimesso, con tutta quella roba! Ma quella carogna del genero prima o poi me la paga. Torneremo».

«Lascia perdere. Cos'era tutto quel gridare dietro la casa?».

«Ho dovuto far fuori uno che non mi lasciava andar via».

«Ma non dicevi che c'erano solo i vecchi e il genero con la famiglia?».

«Quello veniva dai pascoli».

«Allora sarà stato il pastore».

«Vuol dire che adesso c'è un pastore di meno».

«Stavi per farti ammazzare».

«Non me ne importa».

«Questa storia dei sequestri non può più funzionare, Francisco, perché nessuno tiene i soldi in casa, e come mandi uno in paese, quello va subito dalla Guardia Civil. Poco ma sicuro. Non si può far uscire nessuno dalla casa, altrimenti siamo fritti».

«Hai paura, Pastora?».

«No».

«Allora smettila di seccarmi».

Smisi di seccarlo e continuammo con i sequestri. Come stavamo tranquilli qualche giorno alla grotta, lui subito non stava più nella pelle, e dovevamo uscire «di pattuglia», anche se da mangiare e da vestire ne avevamo. I pericoli se li andava a cercare. Così gli sembrava di fare qualcosa e il tempo gli passava più in fretta, tutto il giorno a sor-

vegliare le masserie per vedere chi entrava e chi usciva... e se per lui era meglio così, io lo accontentavo.

Facemmo diversi assalti nella provincia di Teruel, uno anche alla masseria Colela, vicino a Morella. Sequestrammo le nipoti dello zio Valero, per vendicarci di quello che aveva fatto quando aiutava i compagni dell'Agla. Da tutte le parti menavamo botte e ce ne andavamo con diecimila pesetas, che era il massimo che potevamo chiedere. Alla fine tutti ci denunciavano, e ogni volta dovevamo scappare con la Guardia Civil che ci inseguiva, ma non so come non ci pigliavano mai. Eravamo bravi, conoscevamo il terreno, e le guardie saranno state furiose di non riuscire mai a farcela pagare.

Io ce la mettevo tutta, a gridare e a pestare, non avevo più compassione di nessuno. Forse che qualcuno aveva mai avuto compassione di me? Però non diventavo mai cattivo come Francisco, che a guardarlo sembrava che tutti avessero colpa dei suoi mali. Insomma, a fare quella vita ci arrangiavamo, e Francisco non si tormentava troppo, almeno c'era questo di buono. Solo una volta, in una masseria di Fontanete, tutto stava per andare storto. Eravamo arrivati col buio e la massara era in cucina a preparare la cena. Il marito e i figli erano ancora in campagna, anche i bambini. E così siamo rimasti lì ad aspettarli, e man mano che entravano, li mettevamo da una parte, seduti per terra. Comincia la solita storia: «Vogliamo diecimila pesetas». «Non le abbiamo», e via così per quasi un'ora. A un certo punto, Francisco guarda una delle bambine come se fosse ammattito. La guardava fisso, sembrava che se la volesse mangiare. E dice:

«Che male al cuore mi fa! Io ho una figlia della stessa età e non la posso rivedere».

La madre tremava dalla paura, tremava proprio. La vedo che mette un braccio intorno alle spalle della bambina e dice:

«La lasci stare, in nome di Dio».

E mentre lo diceva piangeva con lacrime grosse così.

«Sta' zitta, che io non ne ammazzo di bambini».

Però non era vero, io lo avevo visto sparare a dei bambini, per questo avevo paura anch'io, anche più di loro. Ma meno male che quella volta gli passò subito.

Alla fine il padre partì per andare a prendere i soldi, mentre noi aspettavamo. Ci portò settemila pesetas, le altre tremila le lasciammo perdere. Poi andò anche lui a fare denuncia, ma per fortuna noi eravamo già lontani.

Per strada Francisco non smetteva di pensare alla bambina, e divenne di nuovo triste come tutte le volte che pensava alla sua famiglia, ma quella volta di più. Gli dissi che magari potevamo fermarci a mangiare sotto un pino molto bello che c'era lì. Tirammo fuori pane e pancetta. Ci passavamo l'otre di vino. Ma nemmeno col vino gli andava via dalla testa quella bambina. Disse:

«Pastora, la vita è fatta così, e guarda che la nostra vita è stata brutta, brutta come poche. Di tutte le cose per cui ho lottato non è rimasto niente, e le poche persone che amavo non posso vederle mai più».

Io, quando faceva così, facevo finta che quel che diceva non era vero e gli dicevo di non preoccuparsi, che tutto si sistemava, che un giorno di sicuro sarebbe tornato a casa, da sua madre, sua moglie, le sue bambine... ma quella volta no. Rimasi zitto. Perché lui parlava sul serio, lo sapeva che non c'era niente da fare e sembrava che forse stavolta si sarebbe rassegnato. Cosa potevo dirgli io?

«Ma adesso, Pastora, mi sono abituato all'idea e non m'importa più niente di niente. Siamo perduti. Ma non ho intenzione di fare il vigliacco. Io non chiudo gli occhi. Ormai i giochi sono fatti e le cose stanno come stanno. Faccio quel che devo ma non mi racconto bugie: le mie figlie non le vedrò crescere, né le vedrò donne fatte. Le mie figlie io non le vedrò mai più. Questo è».

Io pensavo a tante storie che avevo sentito: di uomini che s'impiccavano a una trave perché avevano perduto tutto, di altri che s'infilavano la canna del fucile in bocca e si sparavano perché sapevano che doveva capitargli qualcosa di brutto e preferivano morire. Allora mi venne paura che a Francisco gli girasse di fare una cosa del genere e si facesse saltare il cervello. Eppure, a guardarlo, sembrava così sereno! Così a posto! Non sapevo cosa dire, e rimasi in silenzio. Lo lasciavo parlare.

«Vedrai, Pastora, faremo grandi cose da oggi in poi. Basta con la miseria. Gliela faremo vedere a quelle carogne di cosa siamo capaci. Balleranno la nostra musica, le guardie e i capitalisti. Tanto, una cosa ormai è chiara, le mie bambine io non le vedrò mai più».

Tutto quel che disse quel giorno era vero: si era messo in testa di fare le cose in grande e le sue bambine non le rivide mai più, mai più.

I giorni che seguirono all'inaspettata visita di Évelyne ebbero per Nourissier un sapore amaro, che però non era disposto a riconoscere. Dal ritmo lento che aveva impresso alle sue giornate, passò all'inattività più completa. Se ne stava perennemente chiuso in camera, per uscirne solo alle ore dei pasti, quando scendeva per mettersi a tavola. In quei momenti non si mostrava depresso, ma assente. Partecipava alla conversazione con un sorriso un po' mesto senza badare a nulla di ciò che lo circondava, come se galleggiasse in uno stato di coscienza superiore. Infante, che rispettava quella sua reazione in apparenza così civile, si sentiva sempre peggio. Gli dispiaceva di lasciar passare il tempo a quel modo, per giungere a un finale che già si profilava incompleto e deludente. Eppure non osava parlare chiaro, temendo di riuscire inopportuno di fronte a quella che aveva tutta l'aria di essere una rottura sentimentale. Assurdamente bloccato su quelle montagne, aveva la sensazione di aver passato tutta la sua vita a quel modo: muto, inattivo, roso dallo scontento ma incapace di fare un passo per cambiare le cose.

I suoi incontri con Joaquín Cuevas si ripetevano, assidui quanto improduttivi; ma era ingiusto farne una colpa al ragazzo, che in fondo non faceva che offrirgli nuovi possibili testimoni. Sembrava che tutti i genitori dei suoi alunni fossero stati rapinati da quella donna, o si fossero trovati nei paraggi quando lei aveva compiuto uno dei suoi misfatti, o avessero sentito raccontare episodi di cui lei era stata protagonista. Ma era Infante a declinare ogni possibile incontro. Nulla di nuovo poteva venirgli da quelle storie sempre uguali. E poi, aveva deciso di non dire più nulla a Nourissier. Per quanto sostenesse di essere interessato a quel che avevano da raccontare i testimoni, negli ultimi tempi aveva mostrato totale indifferenza.

E questo non era poco per Infante. Progressivamente, quella sensazione di paralisi e inutilità si andava accentuando. Invano si diceva che tutto sommato gli conveniva così. Presto il periodo concordato si sarebbe concluso e Nourissier gli avrebbe versato una somma più che onorevole. Lui non doveva far altro che accettare quel denaro e tornare alla sua vita di sempre. Eppure, proprio quest'ultimo aspetto, che doveva rappresentare una meta desiderata, accentuava il suo disagio. Il solo pensiero di tornare a quella che era stata la sua vita quotidiana a Barcellona lo metteva di cattivo umore. Aveva orrore di tutto quel che avrebbe ritrovato: la solitudine in una casa che cadeva a pezzi, il lavoro estemporaneo e mal pagato in cui non credeva, e soprattutto il suo stato d'animo di sempre: il rovello di una mente ossessiva, il disprezzo di sé, i pensieri dolorosi che lo tormentavano di continuo. Non gli sarebbe servita a nulla una maggiore disponibilità di denaro. Era arrivato alla fine di qualcosa, ma ancora non riusciva a immaginare che cosa avrebbe rappresentato per lui quella conclusione.

In un pomeriggio scuro e freddo, con il cielo che minacciava pioggia, il tedio cominciò a trasformarsi per lui in disperazione. Chiuso nella sua stanza, stanco di cercare un sollievo nel bere, provò l'impulso di scappare. L'avventura era giunta al suo termine, era ora di muoversi, di affrontare la vita in modo diverso. Non lo animava nessuna speranza, solo il desiderio di sottrarsi al mondo soffocante che aveva costruito intorno a sé. Forse una soluzione c'era: lasciare la Spagna, cercarsi un lavoro da qualche altra parte, dimenticare. Altri orizzonti lo avrebbero aiutato a chiudere col passato. Uscì con decisione da camera sua e andò a bussare alla porta di Nourissier.

Il francese lo ricevette col sorriso malinconico che ultimamente aveva sempre sulle labbra. Lo invitò a entrare. Era chiaro che non stava lavorando. Tutti i suoi libri e quaderni erano ordinatamente impilati a un lato del tavolo. Il copriletto in disordine dimostrava che aveva passato ore sdraiato.

«Dobbiamo andarcene, Lucien; qui non concludiamo niente».

«Cosa ti prende?».

«Niente, mi prende; quello che penso è che a questo punto è meglio lasciar perdere. Saluta la tua Pastora, tanto di sicuro nel poco tempo che ci resta non la troveremo. Il divertimento è finito».

«Ti dai per vinto?».

«Sì».

«Allora va' pure. Ti pago stasera stessa. Io rimango fino al giorno stabilito».

«Non ho bisogno di soldi. Quello che mi hai dato come anticipo mi basta. Ma posso chiederti come mai vuoi rimanere qui, in questo disgraziato paese, senza far altro che lasciar passare il tempo?».

«Non lo so esattamente. Voglio pensare. Questa terra mi piace e ci sto bene».

«Piantala con le sciocchezze! A casa tua ti aspettano, nel tuo studio ti aspettano. Qui non c'è niente che ti riguardi. Questo non è il tuo mondo, e i problemi di qui non sono i tuoi. Fai i bagagli, che domattina partiamo».

«No, parti tu, Carlos. Io qui sto benissimo».

Infante colpì il muro con un pugno. Poi guardò negli occhi un Nourissier sbalordito.

«E va bene, se resti tu, resto anch'io. In fondo si tratta solo di sbronzarsi ancora per qualche giorno».

E uscì, su tutte le furie, lasciando la porta spalancata. Nourissier si precipitò in corridoio, lo chiamò un paio di volte, ma ormai lui era già sparito giù per le scale.

Si diresse a passi precipitosi verso la scuola, imprecando fra i denti. Quando fu lì, vide dalle finestre che il maestro stava ancora facendo lezione. Spinse ugualmente la porta senza bussare. Entrando lo investì l'odore di gesso e di tutti quei ragazzini ammassati. Joaquín Cuevas, dietro la cattedra, si alzò in piedi come un automa. Pallido, smarrito, sorrise con la sua aria angelica.

«Fra mezz'ora abbiamo finito, potresti aspettarmi fuori?».

Infante non gli badò. Fece scorrere lo sguardo sopra le teste della classe attonita e disse:

«No. Devo parlarti adesso».

Il maestro, imbarazzato, si rivolse agli alunni:

«Copiate tutta la pagina ventidue del libro di storia della Spagna. Devo parlare con questo signore».

Uscì e richiuse la porta dietro di sé. Guardò Infante con occhi innocenti.

«È successo qualcosa, Carlos?».

«Noi ce ne andiamo prima del previsto, Joaquín. Sono venuto a dirti che non ho più bisogno dei tuoi testimoni. Il professore considera chiusa l'indagine».

Il volto del maestro si contrasse per la sorpresa.

«Adesso? Non è possibile! Proprio ora ho saputo una cosa che non potete perdervi, finalmente la pista che ci porterà fino alla Pastora».

Infante gli balzò addosso, lo prese per il bavero della giacca, e con la faccia vicinissima alla sua disse fra i denti:

«E te la stavi tenendo per te, non è vero, brutta carogna?».

«Calmati, Carlos, per favore. Tutta la classe ci sta guardando».

Effettivamente, assiepati alle finestre, i bambini seguivano attoniti quella scena sorprendente. Infante si staccò da Cuevas e gli fece cenno di seguirlo dietro la scuola. Questi gli obbedì e raggiunsero un piccolo orto. Una volta lì, senza neppure lasciarlo parlare, Infante sferrò al maestro un pugno alla mandibola.

«Dimmi quello che sai e non farmi perdere tempo!».

«No, aspetta, cerca di stare calmo».

Il pugno di Infante tornò a schiantarsi sul mento del ragazzo.

«Dimmelo o te ne torni in classe con la faccia rovinata».

«Te lo dico, te lo dico dov'è quella donna, smettila però».

«Come? Cos'hai detto? Spiegati meglio, per favore».

«La madre di uno dei miei ragazzi è una mezza parente sua. Una volta si sono incontrate e sa dov'è. Ha paura e non mi ha detto una sola parola, ma di me si fida, ci spiegherà come arrivarci. Non vuole che sappiate nulla di lei».

«E da quando lo sai?».

«Da un paio di giorni, solo un paio di giorni, ti do la mia parola».

«E si può sapere perché sei stato zitto?».

«Perché ho paura, lo capisci? Ho davvero paura. È pericoloso. Se ci vede, La Pastora è capace di spararci addosso prima ancora di chiederci chi siamo. Se invece scappa, si ricorderà le nostre facce e verrà a cercarci per ucciderci. La madre del mio alunno dice che fa sempre così. La Pastora ormai non ha paura di niente, sa di essere invincibile, sa che la Guardia Civil non è mai riuscita a prenderla e non ci riuscirà. E poi, le guardie possono scoprire che siamo andati a cercarla, e allora...».

«Basta, adesso. Va' a lavarti la faccia e torna in classe. Stasera verrai a prenderci alla pensione e andremo a fare un giretto. Studieremo un piano».

«Però sei ingiusto, mi hai trattato come un cane! Credevo fossi un amico».

«Mi dispiace».

«Dopo tutto quello che ho fatto per te!».

«Ti ho detto che mi dispiace! Cos'altro posso fare? Sono stanco, sono tre mesi che mi sto dannando per questa storia, e voglio finire quanto prima. Mi dispiace di averti picchiato, se tu non avessi abusato della mia pazienza non sarebbe successo».

«E va bene. Verrò stasera alla pensione».

Il maestro si allontanò strofinandosi il mento. Infante lo guardò senza la minima pietà. Un paio di giorni! Figuriamoci, quello lo sapeva da chissà quanto tempo. Ed era probabile che se non l'avesse preso con le cattive, non l'avrebbe mai detto. Tanto per rendersi interessante gli bastavano quelle storie degli assalti. E quando quella donna gli aveva fatto la rivelazione cruciale, ne era stato così terrorizzato che aveva deciso di star zitto. Povero diavolo, pensò. Disposto a tutto pur di sentirsi indispensabile, pur di essere qualcuno o far finta di esserlo. Detestava quel tipo di gente. Adesso la sua stessa stupidità lo aveva gettato nell'occhio del ciclone; ma avrebbe fatto il suo dovere, eccome se lo avrebbe fatto! Di questo si sarebbe occupato lui personalmente.

Si affrettò a tornare alla pensione, e fatti pochi metri stava già correndo. Salì i gradini quattro a quattro e aprì la porta della stanza di Nourissier senza nemmeno bussare.

«Sappiamo dov'è La Pastora!».

Nourissier era nella stessa posizione in cui lo aveva lasciato, e parve metterci qualche secondo a capire. Alla fine il volto gli si illuminò e balzò a sedere sul letto.

«Cosa?».

«Proprio così. La madre di un alunno di Joaquín sa dove si nasconde. È una sua lontana parente».

«E tu credi che sia vero?».

«Non lo so, ma mi stupirebbe se qualcuno mentisse su una cosa del genere. Non è detto che stia sempre lì, ma se è scomparsa da tanto tempo, è abbastanza probabile che non si sia mai mossa da dov'è. In poche parole: abbiamo altissime probabilità di trovarla».

Nourissier chinò la testa, nascose la faccia tra le mani.

«Dio, mi sembra di impazzire!».

«Vedi di rinsavire subito perché dobbiamo fare un piano. Mi servi lucido e nel pieno possesso delle tue facoltà».

«Lo sarò».

«Mi fa piacere. Ultimamente sembravi un'anima in pena. Andiamo a bere qualcosa?».

«Sì, ho bisogno di tirarmi fuori da questa stanza».

Esaltati dalla notizia, andarono al bar e ordinarono due birre. Esaminarono una per una tutte le possibilità che potevano presentarsi. Nourissier pareva aver dimenticato la sua malinconia e Infante il suo malumore. Sembrava incredibile che potessero trovarsi di nuovo a parlare a quel modo.

«Cuevas si fida di quella donna?».

«Dubito che me ne avrebbe parlato se non fosse così, è terrorizzato».

«E ha ragione. Gli diremo che una volta individuato il posto, potrà andarsene. Tanto più che uno come lui rischia di compromettere tutto con qualche sciocchezza. E tu, ti fidi di lui?».

«Lucien, lui ha avuto tutto il tempo per denunciarci, se avesse voluto, e non lo ha fatto. Per di più, adesso è nostro complice. Terrà la bocca chiusa. Comunque è un debole, quindi converrà muoversi al più presto».

«Hai deciso quando?».

«Sì, domani stesso».

«Mio Dio!» mormorò Nourissier.

«Ti sembra di nuovo di impazzire?».

«No, credo di essere completamente pazzo».

Scoppiarono a ridere e poi si scambiarono un'occhiata piena di interrogativi.

Joaquín Cuevas arrivò agitatissimo, quella sera. Evidentemente era già pentito di essersi prestato a collaborare. Infante temette perfino che potesse tirarsi indietro.

«Tu sai già dov'è il posto?».

«Sì, ma non posso dirlo. L'ho giurato a quella donna. E poi saperlo non vi servirebbe a nulla, se non sapete come arrivarci».

«E quella donna verrà con noi?».

«Neanche per sogno. Si fida solo di me. Però mi ha spiegato bene la strada».

Parlava quasi in un sussurro e sgranava gli occhi a ogni parola. Nourissier cercò di tranquillizzarlo.

«Calmati, Joaquín. Come la madre del tuo alunno si fida di te, tu devi fidarti di noi. Noi non abbiamo nessuna intenzione di denunciare La Pastora, e nemmeno la sua parente. Ma questa signora avviserà La Pastora che vogliamo parlarle?».

«No, professore, lei sa soltanto dov'è, e una volta l'ha incontrata, ma questo non significa che possa andarla a trovare come si fa visita ai parenti».

«Certo. Non c'è nessun problema, mi avvicinerò gridando parole amichevoli e porterò una bandiera bianca, se necessario».

«E se ci ferma la Guardia Civil?».

«Ti prometto che non diremo niente su chi ci ha informati».

«Sì, per me va bene, ma può darsi che appena ci avviciniamo quella donna ci spari».

«Tu non dovrai accompagnarci fino in fondo. L'ultimo tratto lo faremo da soli».

«D'accordo. Mi sembra la cosa più giusta».

«E quando partiremo?».

«Domenica all'alba, prima che il resto del paese si svegli».

Intervenne Infante, che fino a quel momento era rimasto pazientemente in silenzio.

«Vorrei solo qualche precisazione. Quali frasi amichevoli pensi di usare: "Non spari, per favore, vorremmo solo fare una chiacchierata"? È assurdo, Lucien, non si fa così. Abbiamo bisogno del nome di quella parente. Il solo modo di avvicinarsi è gridarle che veniamo da parte di quella donna».

«Ma io non posso dirvelo, ho promesso di mantenere il segreto».

«Non essere stupido, Joaquín. Cosa cambia se noi sappiamo se si chiama Pepa o Lola?».

«Ma...».

«Basta, te l'ho già detto e te lo ripeto! Non ho intenzione di sopportare ancora le tue fesserie».

Alzò la mano sul volto del ragazzo, che si ritrasse spaventato. Nourissier, inorridito, gli mise una mano sul braccio e disse:

«Carlos, per favore...».

«Lasci stare, professore, non sarebbe la prima volta che le prendo. E poi ha ragione. La donna si chiama Juanita la dels Cavalls, La Pastora saprà perfettamente di chi si tratta se dite questo nome. È una sua cugina, originaria di La Pobla de Benifassá».

«D'accordo. Ti aspettiamo dopodomani all'alba. E smettila di preoccuparti, il professore manterrà la sua parola su tutto».

«Del professore mi fido».

Si allontanò, avvilito e triste. Quando lo videro sparire nel buio, Nourissier disse:

«Credevo foste amici, che non l'avessi forzato».

«L'ho fatto solo alla fine, quando ha cominciato ad accampare scuse».

«Ti avevo pregato di stare attento ai metodi, di non usare la violenza in nessun caso».

«Non saremmo arrivati fin qui senza i miei metodi. E poi non è stato niente, un paio di cazzotti per fargli passare la paura».

«Un paio di cazzotti che forse hanno ottenuto l'effetto opposto. Il ragazzo potrebbe non comparire più».

«Ne dubito, ormai c'è dentro quanto noi».

«Carlos, credimi, l'ultima cosa...».

«Lo conosco il discorso: tu detesti la violenza, e noi spagnoli siamo tutti barbari abituati a esercitare la forza, perfino a uccidere, se necessario. Questo è un paese di merda, vero? Sfondi una porta aperta, Lucien. Sono perfettamente d'accordo con te, peccato che qui le cose stanno così. Dicevi che ti eri innamorato di questa terra, no? Bene, questa terra è fatta in questo modo, e non come piacerebbe a noi».

E dette queste parole si girò e si allontanò, lasciando lo psichiatra in una confusione profonda, qualcosa di molto simile a un dolore.

Non voleva più tornare alla grotta, e questo mi fece paura. Per lui non valeva la pena tornare, tanto non avrebbe resistito neanche una settimana. Non stava fermo un momento e di notte dormiva male; io lo sentivo che si girava e rigirava, si alzava a fumare, tornava a sdraiarsi. Aveva sempre la testa da un'altra parte, era di cattivo umore, non parlava. Tirava calci alle pietre quando camminava. Malediceva le zanzare e le mosche, malediceva il caldo. Da Fontanete andammo a Chert, e poi dalle parti di Rossell. Restammo quattro giorni fra i carrubi, diceva che doveva pensare. Il quarto giorno mi disse che voleva parlare; aveva avuto un'idea.

«Così non va, Pastora, così non si può andare avanti, a rubare quattro soldi per volta, o due pezzi di pancetta, per nasconderci come bestiacce sottoterra e poi ricominciare. Qui bisogna fare un assalto serio, ci vogliono dei soldi veri, un mucchio di soldi».

«E per cosa?».

«Andremo in Francia, e che sia finita. Non è quello che hai sempre voluto? Lì ricominceremo da capo. Senza famiglia, cosa importa. Chissà, magari col tempo potrò far venire anche loro a stare in Francia con me».

«Andare in Francia non è facile, ci vogliono i documenti... Non eri tu che me lo dicevi, quando volevo andarci io?».

«I soldi comprano tutto, Pastora: un passaporto, un nome nuovo, tutto quello che vuoi. E io so dove ci sono i soldi».

«Dove?».

«Alla villa dei Nomen, a Els Reguers. Lo sai chi sono i Nomen?».

«Io so che vendono riso».

«Vendono riso! Tu non hai proprio idea, ragazzo! I Nomen lo coltivano, il riso, lo impacchettano, lo mandano in tutto il paese. Sono fra gli industriali più ricchi di Spagna, se non i più ricchi. E d'estate vanno in villeggiatura alla villa di Reguers, una masseria come non ce ne sono altre qui intorno. Me lo diceva El Catalán, che conosceva bene quei posti. Anche se attaccare i Nomen, i compagni partigiani non hanno mai avuto il coraggio di farlo».

«E noi questo coraggio lo avremo?».

«Noi sì. Noi abbiamo molta pratica e siamo solo in due».

«Siamo messi peggio, allora».

«No. Tu non hai fatto i corsi di preparazione tattica, prima di entrare nella banda, io sì. Per mesi abbiamo studiato le tecniche della guerriglia con quelli del partito. E una delle cose più importanti che dicevano è che un piccolo commando ben addestrato può mettere in scacco un esercito. Con queste precise parole me l'hanno detto. E più addestrati di noi, chi vuoi che ci sia? Noi non c'è nemmeno bisogno che parliamo, ciascuno sa quello che deve fare e ci basta uno sguardo per capirci».

«È vero, però non avremo davanti un esercito, ma una casa con un muro intorno, con porte e finestre, e dentro non sappiamo cosa ci troveremo».

«Ma tu credi che arriveremo lì impreparati? Neanche per sogno. Domani ci portiamo su Tortosa e ci fermiamo nei pressi di Els Reguers. Lì montiamo il campo in un posto tranquillo e ogni giorno andiamo in ricognizione alla masseria. Ci staremo il tempo che ci serve, a tutte le ore, per giorni. Sapremo tutto: quanta gente ci abita, se c'è servitù, se ci sono dei guardiani, a che ora entrano ed escono, a che ora pranzano e cenano, a che ora vanno a dormire. Tu non devi preoccuparti perché il colpo lo prepariamo per bene».

«Non avevamo mai tentato una cosa così grossa».

«Hai paura? Stavolta, se hai paura, dimmelo. Voglio la verità».

«La paura si ha o non si ha, secondo».

«Non capisco cosa vuoi dire».

«Be', che se proprio una cosa la devi fare, la fai e basta, non c'è paura che tenga. Però se puoi evitare...».

Allora Francisco si alza dalla roccia dov'era seduto e mi viene vicino. Non era arrabbiato, ma aveva gli occhi fuori dalla testa e una faccia da pazzo che faceva impressione. Mi viene vicinissimo e mi mette una mano su un ginocchio.

«Ma non lo vedi come viviamo, Pastora? Credi che quella che facciamo è una vita decente per due uomini come noi? E un domani cosa faremo, ci hai pensato?».

«Io da quando sono nato non ho mai pensato al domani. Siamo vivi, no?».

«E per cosa vivi, se non hai una casa, non hai amici, non hai parenti? Non puoi nemmeno entrare in un bar a prenderti un bicchiere di vino e a fare due chiacchiere. Non puoi andarti a comprare un pacchetto di sigarette, non puoi sederti a tavola con la tua famiglia. Siamo come appestati: nessuno vuole avere a che fare con noi, vogliono solo ammazzarci. Vivere tanto per vivere è una cosa da animali. Io preferisco la morte, piuttosto che stare così. Lo capisci, vero?».

«Sì, certo che ti capisco».

«Comunque, anch'io capisco le tue ragioni, quindi magari è meglio se mi aiuti a tener d'occhio la casa, poi il colpo lo faccio da solo. Tu te ne vai e mi aspetti».

«Ti ha dato di volta il cervello per l'aria di montagna o hai preso troppo sole sulla testa? Io non me ne vado da nessuna parte. Il colpo lo faccio con te, come ho sempre fatto».

«E allora non parliamo più della morte. Parliamo dei soldi che ricaveremo, invece, che saranno tanti».

E così della morte non si era parlato più. Prendemmo per Tortosa con un caldo che spaccava le pietre. Era il 26 luglio, sto parlando sempre di due anni fa, e in poco tempo arrivammo a Reguers. Lì si stava bene, perché c'era tanta acqua, e poi tirava un venticello che rinfrescava, e montammo l'accampamento. Avevamo dei sacchi di paglia per dormire, acqua da bere e per lavarci, da mangiare in abbondanza, avevamo portato tutto quanto, anche da fumare... Non ci mancava niente, che io a montare gli accampamenti ero sempre stato in gamba.

Andai a cercare un posto da dove si vedeva bene la masseria. Mi bastò guardarmi intorno per trovarne uno che an-

dava bene. C'erano poggi e colline dappertutto, così fare la sorveglianza è facile, e poi capisci se ti puoi avvicinare e come.

Stavamo lì per ore e ore. Francisco faceva sempre i turni più lunghi, sembrava che non si stancasse mai. Avevamo un binocolo nuovo, che lui si portava sempre dietro, l'avevamo rubato a un massaro dopo aver perduto il nostro. Vedevamo entrare quelli della famiglia: due più vecchi, due più giovani, i figli piccoli...

C'era anche gente di servizio, saranno state tre o quattro persone. I due Nomen padre e figlio entravano e uscivano in automobile, sempre. Le provviste arrivavano con un furgone. A mezzogiorno mangiavano dentro casa, ma di sera cenavano al fresco, in giardino. C'era un tavolo di pietra, rotondo e grande, si mettevano tutti lì e una ragazza li serviva.

Fuori dalla villa c'erano le case dei lavoranti e quella del massaro, che era vicino al cancello. Da dove guardavamo noi sembravano lontane dalla casa dei padroni. Una masseria così bella io non l'avevo mai vista.

Dopo una settimana eravamo pronti. Ormai sapevamo a memoria come e quando si muovevano tutti quelli della casa. Francisco disse che non bisognava più aspettare un solo giorno. Per cosa? Non c'era neanche bisogno di fare un piano, perché il piano ce l'avevamo, era quello solito: andavamo lì all'ora di cena, tranquilli, lui con lo Sten e io col mio fucile. Avevamo anche delle granate, caso mai le cose si mettessero male. L'idea era di chiedere duecentocinquantamila pesetas. Se in casa non ce le avevano, sceglievamo un ostaggio da sequestrare. E se qualcosa anda-

va storto, sparavamo. Ma Francisco era sicurissimo che sangue non ce ne sarebbe stato, quelli erano ricchi e la vita potevano pagarla cara senza fare storie.

Il pomeriggio del 2 agosto ci lavammo ben bene col sapone. Io tagliai i capelli a Francisco, a lui piaceva averli sempre corti. Ci facemmo la barba tutti e due che sembravamo usciti freschi dal barbiere. Lui si mise i pantaloni di velluto a coste e una camicia da miliziano che aveva. Io, un vestito nero. Ci eravamo portati anche due paia di scarpe di corda nuove. Invece cha a un assalto, sembrava che andassimo a un ballo.

Aspettammo che andasse giù il sole e scendemmo al punto di osservazione. Lì ci mettemmo ad aspettare. Da bere avevamo portato solo acqua, perché quando si fa un colpo bisogna avere la testa lucida. Finalmente venne il buio. Loro cenavano sempre alle dieci, ma quella sera cominciarono un po' più tardi, va' a sapere perché. Quando Francisco vide che portavano fuori dalla casa i primi piatti, disse: «Andiamo», e scendemmo, fin sul vialetto d'ingresso. Avevamo deciso di stare calmi come se fosse un assalto normale, come tanti che avevamo fatto. Però qualche pensiero strano ci girava per la testa, perché nessuno dei due diceva una parola.

Quando passammo il cancello abbaiarono i cani, ma dovevano essere chiusi da qualche parte perché non si facevano vedere. Camminavamo con le armi imbracciate. Il primo che trovammo fu il massaro. Sapevamo che era lui perché aveva sempre una camicia bianca che portava fuori dei pantaloni. Francisco gli punta la mitraglietta in faccia e dice: «Portaci dal tuo padrone, e digli che vogliamo parlargli».

Entrammo nel giardino dietro di lui, che era sempre sotto tiro e non aveva aperto bocca. La aprì solo quando arrivammo al tavolo di pietra dove cenava la famiglia. La ragazza serviva il secondo. Il massaro allora parlò e disse come gli aveva detto di dire Francisco. «Signor Nomen, questi signori vogliono parlare con lei». Però lo vedevano tutti benissimo che i signori eravamo noi, che entravamo armati di fucile e mitraglietta, con le granate appese alla cintura.

Nomen figlio si alzò in piedi. Era giovane, poco più di vent'anni. Francisco gli disse di stare seduto.

«Nessuno si muova. Tutti zitti. Non voglio che ci siano morti ammazzati».

Stavano mangiando pesce, e bevevano il vino in certi calici che così belli non ne avevo mai visti. La bambina più piccola si era messa a tremare come una foglia, avevo paura che le prendesse un attacco o qualcosa del genere. Ma sua madre le mise una mano sulla spalla e lei si calmò.

La prima cosa che fece Francisco fu legare le mani al vecchio, da dietro, e ben strette. Io dovevo perquisirli tutti, anche le donne. Facevano la faccia schifata, più che spaventata, quando le toccavo, ma si vedeva che avevano paura. Addosso non avevano niente. Allora Francisco disse che andava con Nomen a fare un giro dentro la casa a vedere se c'erano delle armi nascoste. Io nel mentre restavo a tener d'occhio tutta la famiglia, con l'orecchio alzato nel caso arrivasse qualcuno da fuori. La signora più anziana sospirava: «Ah, Dio mio!» e io le dissi di star zitta.

La casa era grande, avevo capito subito che Francisco non poteva guardare dappertutto, ma se c'erano dei fuci-

li da caccia, quelli sì che li avrebbe trovati. Tornarono dopo mezz'ora con una pistola.

Nomen non era agitato. Disse a Francisco che era meglio se ci sedevamo a parlare da gente civile per trovare un accordo, perché parlando ci si capisce e tutto si può sistemare. Nemmeno Francisco era agitato, e rispose che infatti era proprio così che volevamo fare, parlare e trovare un accordo che andasse bene per tutti. Magari si diceva in giro che eravamo degli assassini senza pietà, e invece non era vero, facevamo quello che facevamo costretti dalle circostanze e dal franchismo, così disse lui. Ma poi continuò e disse che avevamo sorvegliato la casa, quindi sapevamo tutto quel che succedeva lì, quante persone ci abitavano e cosa facevano. «Non provate a fregarci che la pagherete col sangue» disse, e perfino a me vennero i capelli dritti per come l'aveva detto.

Allora il signor Nomen, il vecchio, gli disse di stare calmo, che ci sedevamo tutti quanti, anche il massaro, perché lui era uomo di parola e potevamo fidarci. Ci sedemmo. Ed era vero che ispirava fiducia. Allora Francisco disse che volevamo duecentocinquantamila pesetas.

«Ma lo sai che cosa stai chiedendo? È una cifra enorme. Come vuoi che io tenga una cifra simile in una casa di villeggiatura, dove stiamo solo d'estate? Nemmeno nella casa di Tortosa abbiamo mai tanto denaro contante. Su, cerca di essere ragionevole, per favore».

Così cominciò il solito tira e molla che avevo già sentito mille volte. Ma Nomen parlava adagio, tutto tranquillo, come se in fondo le cose te le dicesse per il tuo bene. Però Francisco non si lasciava incantare dalle belle paro-

le e teneva duro. «Lei è ricco». «Che io sia ricco non vuol dire che disponga di contanti. E poi sono ricco perché nella mia vita ho sempre lavorato». «A me questo non interessa» rispondeva Francisco, «anch'io ho sempre lavorato come un mulo, e non ho neanche gli occhi per piangere». E così passarono quasi due ore, ma a me la cosa non cambiava niente perché lo sapevo già che quella notte sarebbe stata molto lunga.

Alla fine Nomen dice a Francisco: «Guarda, ragazzo, in questa storia rischiamo di perderci tutti. Anche voi, perché se domani mattina io vado in banca a ritirare duecentocinquantamila pesetas senza dare spiegazioni al direttore, di sicuro qualcuno sospetterà che ci sia sotto qualcosa, e allora può capitare un guaio che non farà piacere né a me né a te. Invece io ti propongo una soluzione pratica e veloce: cerco tutto il contante che abbiamo in casa, quello che c'è nei portafogli di tutti quanti, che sarà sulle tre o quattromila, e ve ne andate tranquilli. Io non faccio nemmeno denuncia». Però Francisco di tre o quattromila non voleva neanche sentir parlare, perché con quello, secondo lui, non si andava in Francia, né si cominciava una nuova vita, non si faceva niente di niente. «No, sono sicuro che qui in casa c'è molto di più. Di tre o quattromila non ce ne facciamo niente». «Mi è venuta un'idea» dice Nomen, «vi posso dare, oltre ai soldi, un cavallo giovane che ho appena comprato, bellissima bestia, mi è costato un capitale. Non ha prezzo, è la cosa più costosa che ho qui. Cosa ne dici?». «Io le dico di no; di un cavallo non so cosa farmene, e venderlo è complicato. Ma per farle capire che le vengo incontro, le abbasso la cifra.

Lei mi dà centocinquantamila subito e noi ce ne andiamo, non avrà più fastidi. Parola d'onore». «Ma benedett'uomo, perché non mi credi? Non ho contanti in casa. Come non ne ho duecentocinquantamila, non ne ho neanche centocinquanta, né cento, neppure cinquantamila». «E allora vorrà dire che passeremo all'azione. Lei non mi lascia altra scelta».

Francisco si alzò e si mise a girare intorno al tavolo. Di colpo si fermò dietro la sedia della bambina.

«Di chi è questa bambina?».

«È la mia figlia più piccola» rispose Nomen.

«Bene, la prenderemo in ostaggio intanto che lei va a cercare i soldi. Duecentocinquantamila, non un centesimo di meno. Mi è passata la voglia di mettermi d'accordo. Ha capito?».

«Non ti agitare, figliolo».

«Non mi sto agitando, ma voglio che sia chiara una cosa: noi non abbiamo paura di ammazzare, di ammazzarvi tutti. Se solo prova a far denuncia alla Guardia Civil o ad avvertire qualcuno... o qualche manovra strana, la prima a pagare è la bambina. Poi magari ci toccherà scappare, però torneremo. È già capitato tante volte che siamo tornati a vendicarci, lo chieda al compagno se non ci crede. Mai nessuno è rimasto coi conti da pagare, da quello che ci ha denunciati a quello che si è permesso una brutta parola. Tutti hanno pagato. E anche voi pagherete. Se lei ha una fabbrica, gliela bruceremo; se ha due case, bruceranno anche quelle. Noi torniamo sempre, la Guardia Civil non ci ha mai fermati. Quindi ci pensi bene e decida cosa le conviene di più. Veda lei».

«Figliolo, questa storia sta prendendo una piega che non va bene. Perché non torni qui a sederti e discutiamo con calma la cifra che volete? Però con calma, con serenità. Potrei essere tuo padre e sono disarmato. Perché non mi sleghi le mani? Le corde mi tagliano i polsi, così non riesco a pensare. È molto che siamo qui a parlare, e preferirei che ci rilassassimo tutti, anche il tuo compagno, magari facciamo portare dei pastissets *e ce li mangiamo in pace, con le mani libere. E ne riparliamo più tranquilli».*

Francisco accettò. Slegò il vecchio, che rimase a strofinarsi i polsi per un pezzo. Poi mi fece cenno di andarmi a sedere vicino a lui. La signora aveva detto alla ragazza di portare i pastissets *e lei li portò. Ci mettemmo a mangiare. Erano così buoni che non riuscivamo a smettere di mangiarli, dopo tanto tempo che non assaggiavamo niente di dolce. A quel punto il figlio più grande si alza da tavola.*

«Vado a prendere del vino dolce» dice, ed entra in casa.

Il padre si rimise a parlare.

«Bene, adesso si ricomincia. Bisogna che arriviamo a un accordo, prima lo facciamo, meglio è. Un accordo ben fatto, che nessuno ne esca troppo a mal partito».

Allora si accende una luce dentro la casa, che era alle nostre spalle. Mi volto. Vedo che il figlio aveva in mano una pistola e diceva alla serva: «Spegni, cretina, spegni la luce!». La ragazza era in piedi dentro la casa, ferma come una statua vicino all'interruttore. Do una spinta a Francisco e mi butto per terra. In quel momento cominciano a piovere colpi. Saltavano in aria i bicchieri, i piatti. Gridava tutta la famiglia, un pandemonio. Ma quel matto del figlio non la finiva di sparare, rischiava di beccare qualcuno dei suoi. «A terra, tutti sotto il tavolo!» gridava il padre. Saltavano le lampadine, non si vedeva più niente, ma gli spari continuavano, i suoi e i nostri. C'era un rumore tale che credevo di restarci sordo. Mi trascino verso il cancello senza smettere di fare fuoco. Francisco veniva dietro, e intanto sparava raffiche di mitraglietta. Passa un po' di tempo, un bel po' di tempo, ma il fuoco incrociato continuava, anche se sparavamo senza vedere l'obiettivo, alla cieca, una cosa da pazzi. Ormai ero quasi al cancello. Era il momento di togliersi di lì, di mettersi a correre e sparire su in montagna.

«Andiamo?» dico a Francisco. Ma lui non mi risponde. Mi volto e vedo che è rimasto indietro, che si trascina malamente. Aveva smesso di sparare, e smetto anch'io. Di colpo si fa silenzio, nemmeno i cani abbaiavano, nemmeno i grilli si sentivano. Di sicuro quel disgraziato aveva finito i colpi della sua pistola, ma ormai di tornare dentro non se ne parlava più. Quando Francisco arriva dove sono io, gli dico: «Andiamo, tanto qui non c'è più niente da fare».

E in quel momento ci resto secco perché Francisco fa una smorfia e mi dice:

«Mi ha beccato, Pastora, mi ha beccato».

«Cosa dici, dove ti ha beccato?».

«Alle reni» sento che dice nel buio, e intanto sento che qualcuno si muoveva fra le piante del giardino. Allora non aspetto più, lo aiuto ad alzarsi, lo prendo da sotto le ascelle e mi metto a camminare come posso. Un po' lo trascinavo, un po' il braccio mi si addormentava e facevo camminare lui. Quando arrivammo un po' più in là, accesi un cerino e lo guardai in faccia. Era tutto sudato, tremava.

«Stai bene, Francisco, come stai?».

«Io non ce la faccio a camminare, Pastora. Rimango qui. Vai tu».

«Non dire sciocchezze. Siediti un momento».

«Ci prenderanno».

«Non ci segue nessuno e c'è tempo prima che arrivino i civiles. *Siediti».*

«Perdo molto sangue. Lo sento scendere lungo le gambe».

«Lo vedo. Adesso sistemiamo».

Mi tolgo la camicia e la faccio a pezzi. E gli bendo le ferite nella schiena. Gli usciva un mare di sangue, tanto che avevo le mani bagnate. Aveva lasciato sangue tutto dove eravamo passati, così non si poteva continuare, ci avrebbero trovati subito. Il sangue delle ferite l'avevo più o meno fermato, però ne usciva ancora. Allora prendo due strisce della camicia e gli stringo il fondo dei pantaloni così non poteva scendere di lì. Almeno per un po' potevamo spostarci. Poi col coltello taglio il ramo di un albero che gli facesse da stampella.

«Bene, compagno» gli dico. «Adesso ci si rimette in marcia. Abbiamo mai fatto altro nella vita, io e te, che camminare?».

Lui mi guarda con certi occhi torbidi come acqua di uno stagno, e fa di no con la testa, non riusciva neanche a parlare. Non gli do retta e cerco di tirarlo su.

«Non ce la faccio» mi dice.

Mi sono messo a gridare:

«Ce la fai, eccome se ce la fai!».

«Va' via, Pastora, lasciami qui».

«Ti ho già detto che andarmene, non me ne vado, e non

me lo ripetere più! Se non ce la fai a camminare ti prendo in spalla come prendo in spalla gli agnelli».

Allora, tirando fuori quel poco di forza che gli restava, si è messo in piedi, ma come è stato dritto, ha girato la testa da una parte e si è messo a vomitare. Poi non aveva più niente dentro e sputava bile.

«Mi sento male» diceva.

«Ti sentirai meglio. Appena arriviamo al campo ti faccio una zuppa calda. E fra poco, quando siamo fuori da Reguers, ci fermiamo e ci riposiamo. Su, forza, resisti ancora un po'».

E lui ha resistito quasi mezz'ora, ma poi, di colpo, si è lasciato cadere, si è sdraiato per terra con la faccia al cielo. Mi sono messo vicino. Aveva due borse nere sotto gli occhi, e brividi forti dappertutto.

«Ho freddo, Pastora».

Gli ho preso le mani e le aveva come il ghiaccio.

«Adesso accendo subito un fuoco, un fuoco di quelli grandi».

I brividi sono passati ma il petto gli faceva come dei salti, sembrava ci fosse qualcuno che gli dava delle botte da sotto. Poi si è messo a respirare come se russasse. Poi non ha respirato più.

Non dissi niente, non lo chiamai, non gridai, perché sapevo che era morto, morto per sempre. Questo è la morte. Mi guardai attorno. Non sapevo cosa fare. Seppellirlo non potevo, dovevo scappare. Pensai di mettergli dei rami sopra per coprirlo un poco, ma per cosa? Allora vidi lo Sten buttato lì. Lo raccolsi e glielo misi vicino. Gli restavano un mucchio di cartucce da sparare. Gli lasciai an-

che le granate. E poi ricominciai a camminare, senza guardarmi indietro.

Passai dal torrente della Vall Servera e continuai sempre dritto, non potevo fermarmi. Dovevo arrivare fino alla grotta. Quando cominciava a far chiaro arrivai in cima a una collina e mi fermai a guardare il cielo. Da una parte veniva su il sole, dall'altra c'era ancora la luna. Guardali bene, mi son detto, perché quelli d'ora in poi sono gli unici compagni che avrai. Sei rimasta sola, Tereseta, non c'è più nessuno! Allora mi lasciai cadere in ginocchio, mi coprii la faccia con le mani e mi misi a piangere. Era la prima volta che piangevo da quando avevo smesso di essere una donna.

Si alzarono alle sei del mattino e uscirono senza fare colazione. Infante, sempre previdente, si era fatto preparare dei panini la sera prima. Ironizzò con Nourissier:

«Propongo di mangiarli prima di arrivare a destinazione, forse sarà il nostro ultimo pasto».

«Mi sembra impossibile che riusciremo a parlare con lei».

«Pensi che moriremo?».

«No, penso solo che qualcosa potrebbe andare storto».

«È più che probabile. È stato tutto troppo lento prima, e troppo precipitoso alla fine. Troppo difficile e al tempo stesso troppo facile. Quel ragazzo ha voluto mettersi in mostra, e magari non ha in mano nulla di sostanziale».

«Mente, secondo te?».

«Non credo, ma dà per scontata quella che forse è solo una possibilità. Ad ogni modo, ormai non possiamo non provarci».

«Certo, e forse dovremmo anche smettere di parlarne».

Infante sorrise. Nourissier aveva detto bene. Nessuno dei due era un uomo d'azione, e ogni loro passo era preceduto da troppe elucubrazioni. Ma il momento cruciale era arrivato: quali che fossero i risultati, l'avventura si avvicinava alla fine. Si abbottonò per bene il giaccone prima di uscire nella mattina fredda e buia. Anche Nourissier era ben coperto, e da una tasca sporgeva il suo quaderno di appunti. Infante invece portava il sacco con i panini. Si scambiarono uno sguardo, e riconoscendosi come due ragazzini pronti per una gita, risero nervosamente. Poi si incamminarono a passo vigoroso.

A una svolta che distava un paio di chilometri dal paese, Cuevas li stava aspettando come convenuto. Avvolto in un cappotto logoro, era pallido di freddo oltre che di paura. A Infante fece quasi pena: se la donna che gli aveva fatto la soffiata avesse deciso di tradirli o avesse commesso una sciocchezza, fra tutti sarebbe stato lui a pagarla più cara. Per prima cosa gli avrebbero tolto il posto di insegnante, e poi chissà cos'altro gli sarebbe toccato subire. Sorrideva con un sorriso vigliacco, da topo.

«Buongiorno» disse con poca convinzione, e poi, come per apparire un po' meno pavido, aggiunse: «Fa freddino a quest'ora, vero?».

Nourissier rispose cortesemente, ma Infante non aveva voglia di parlare.

«Mettiamoci in marcia, che si fa tardi».

Camminarono in silenzio, si udivano solo i loro passi sulla terra battuta. Procedettero lentamente per un paio d'ore, percorrendo sentieri nella boscaglia. Non si vedevano campi arati, nessun genere di coltivazione, né capanni dei pastori. Giunto in una forra piena di pietre erose dall'acqua, il maestro si fermò.

«Ormai siamo vicini. Io mi fermo qui. Continuate dritti per questo canalone, poi salite su per la collina. Di lì vedrete una donna che vi aspetta. Per un pezzo vi accompagnerà lei. Il resto è sotto la vostra responsabilità».

«La Pastora non dovrebbe accoglierci con una raffica di mitra. Vero, Joaquín?».

«La madre del mio alunno mi ha giurato che è una brava persona, e che se è ancora lì sarà disposta a parlare. Ma io preferisco non vederla. Mi sento più sicuro così».

«Hai già fatto abbastanza» disse Nourissier. «Troveremo il modo di ricompensarti. Te lo prometto, Joaquín».

«Non ho bisogno di alcuna ricompensa. Spero solo che la fortuna vi assista».

«Tanto ci vediamo dopo» disse Infante.

Il ragazzo li salutò un po' smarrito, poi se ne andò. Loro proseguirono come lui aveva detto. Dopo un quarto d'ora di cammino, Nourissier ebbe sete. Infante gli passò la borraccia che aveva portato. Mentre il francese beveva, si guardò intorno. Erano in un luogo dimenticato da Dio, solo le aquile avrebbero potuto vederli. Era in un posto così che quella donna si nascondeva da due anni? Come aveva fatto a sopravvivere? Come poteva essere ancora un essere umano?

Nourissier si era messo a osservare certi minuscoli fiorellini.

«Hai visto questi fiori?» gli disse. «Se li guardi con attenzione ti accorgi di quanto siano complessi nella loro piccolezza: sembrano orchidee lillipuziane».

«Lascia perdere la botanica e andiamo».

Si voltò, e allora lo vide, nascosto fra le piante. Immobile come un animale mimetizzato nella vegetazione. In un attimo capì chi era e andò dritto verso di lui, con stupore di Nourissier, che non aveva idea di cosa stesse succedendo.

«Adesso sì che non mi scappi. Fermo dove sei!».

Gli si gettò addosso e gli immobilizzò le braccia, ma subito si rese conto che il ragazzo non faceva alcun tentativo di sfuggirgli. Lo guardava con calma.

«Cosa cerchi? Cosa vuoi da me? Perché ci segui continuamente?» gridò Infante.

Il ragazzo, che tante volte li aveva seguiti, e se l'era sempre data a gambe nel vedersi scoperto, se ne stava lì con sguardo inespressivo. Disse soltanto:

«Dietro la collina c'è la Guardia Civil che vi aspetta».

Infante agì prima ancora di capire, addirittura prima di ascoltare. Lo prese per la camicia e lo strattonò violentemente.

«Cosa dici? Di cosa stai parlando? Si può sapere chi sei?».

Nourissier si mise fra lui e il ragazzo.

«Lascialo, Carlos, per favore. Lascialo parlare». Poi si rivolse al ragazzo: «Dicci chi sei e perché sei venuto».

«Mi chiamo Diego. Sono amico della Pastora. Lei mi conosce da quando sono nato. Volevo dirvi che il maestro vi ha traditi. La Guardia Civil è là dietro».

«Come possiamo sapere se è vero?».

«Vi faccio vedere. Venite con me».

«E se invece fossi tu a mentire? Perché ci hai seguiti per tutto questo tempo, eh?» sbraitò Infante.

«Volevo sapere come mai cercavate La Pastora, se volevate farle del male. Adesso so che non le farete niente. Venite a vedere, basta che saliamo un po'».

Infante, agitato, non sapeva cosa fare. Fu Nourissier a prendere la decisione di seguire il ragazzo, che cominciò ad arrampicarsi svelto su per il pendio. Quando furono quasi in cima, lo videro far cenno di chinarsi, di nascondersi fra i cespugli. Sulla sommità, si sdraiarono a terra.

«Guardate» disse il ragazzo. «Ecco che cosa vi aspettava. Quello là, che sembra una donna vestita di nero, è una guardia. Gli altri sono là dietro quegli alberi, vicino al camion».

Bastò uno sguardo per capire che non mentiva. Una donna vestita di nero vagava da sola fra i cespugli. Più in là, dietro un folto macchione si nascondeva un camion, e diversi uomini in divisa stavano in attesa, fumando e chiacchierando fra loro.

«Maledizione!» mormorò Infante. «Il maestro era sorvegliato».

«No» disse il ragazzo. «Fin dal principio lavorava per i *civiles*. Ve l'hanno mandato apposta per prendervi con le mani nel sacco. Ho seguito anche lui, è dal giorno che siete arrivati che lo seguo. Tutte le volte che parlava con voi, poi andava in caserma a riferire. Ha aspettato finché vi siete fidati e poi vi ha portati dove potevano arrestarvi».

Rimasero in silenzio, come ipnotizzati dal pericolo che avevano corso.

«Mio Dio!» disse Nourissier sottovoce.

«È meglio che ce ne andiamo. Quelli, come vedranno che ci mettete troppo, entreranno in azione, batteranno tutta la zona. La volete ancora vedere La Pastora?».

«Sì, però...».

«Anche lei vuole vedervi, vuole che la gente sappia la sua vera storia. Vi aspetta in un posto che abbiamo deciso io e lei. Venite, non abbiate paura, che non vi tradisco».

Fu Nourissier il primo a seguirlo. Infante, con una certa riluttanza, prese a scendere dietro di loro, gettando un ultimo sguardo agli uomini in divisa che ormai aspettavano inutilmente.

Camminarono senza parlare per più di un'ora. Infante e Nourissier si domandavano dove fossero, come fosse possibile che nel mondo esistessero luoghi così privi di ogni traccia di vita umana.

«Siamo quasi arrivati» disse finalmente la loro guida. Infante si voltò verso Nourissier e domandò, parlandogli quasi all'orecchio:

«Sei disposto a morire sotto i colpi di una criminale?».

«Sono disposto ad andare fino in fondo. Tu fermati pure. Torna indietro».

«Devi essere matto se pensi che io faccia una cosa simile. No, la curiosità è un'ottima ragione per morire».

Raggiunta la sommità di un'ultima collina, si aprì davanti a loro una distesa di prati giallastri. Nel mezzo c'era un capanno diroccato, appena tre muri smozzicati sull'erba secca. Seduto su una pietra c'era un uomo. Si avvicinarono. Il ragazzo alzò il braccio in un cenno di saluto. L'uomo si alzò in piedi. Mentre percorrevano gli ultimi metri poterono vederlo bene. Era alto, magrissimo, con i capelli neri piuttosto lunghi. La pelle molto chiara. Indossava un vestito di velluto a coste logoro, non aveva nient'altro per ripararsi dal freddo. Aveva gli occhi più tristi che Nourissier avesse mai visto. Non sorrise, non si mosse. Semplicemente rimase lì ad aspettarli. In mano aveva un fucile quasi distrutto, con il calcio ridotto a quattro aste di metallo che a stento riuscivano a dargli una forma.

«Sedetevi» disse con un filo di voce, e mostrò due pietre piatte come un padrone di casa invita i suoi ospiti ad accomodarsi in salotto. Poi si rivolse al ragazzo: «Tu stai di guardia caso mai arrivasse qualcuno, figliolo».

Fu obbedito all'istante. Il ragazzo si allontanò e scomparve alla vista. Nourissier e Infante erano muti, paralizzati, col fiato sospeso, quasi travolti dall'emozione che provavano, insieme a molte altre sensazioni: dubbio, curiosità, repulsione e attrazione al tempo stesso, incredulità e fascinazione.

«Quel ragazzo è come un figlio per me» disse l'uomo. «Ci siamo visti poco da quando mi sono nascosto, e non ci siamo quasi mai parlati. Troppo pericoloso. Ma lui ogni tanto viene a cercarmi, anche solo per vedere da lontano se sono ancora vivo».

Infante si schiarì la gola, tentando di riscuotersi dallo stordimento, per domandare:

«Lei è Teresa Pla Meseguer?».

«Sì, mi chiamavo Teresa quando ero una donna. Adesso sono un uomo e il mio nome è Florencio. Florencio Pla Meseguer, nome di guerra Durruti, anche se i compagni partigiani mi chiamavano quasi tutti Pastora. E come La Pastora mi conosce la gente dei paesi qui intorno. Anche i *civiles*. Per loro io sono ancora una donna e vado in giro vestita da uomo solo per nascondermi meglio».

«Molto onorato di conoscerla» disse Nourissier, con sorprendente disinvoltura. Poi si presentò e presentò Infante.

«Diego vi ha seguiti dappertutto. Mi ha detto che volete solo parlare con me e non mi metterete nei guai».

«È così. Vogliamo solo parlare con lei».

«E direte la verità su di me? Dovrete dire a tutti che io non ho mai ammazzato nessuno».

«Diremo quello che lei vorrà raccontarci».

«Vi racconterò tutto. La storia della mia vita, dal principio alla fine. Avete da mangiare in quel sacco?».

«Panini e un po' di vino».

«Panini di cosa?».

«Di *chorizo* o di formaggio, non lo so bene. Ce li hanno preparati alla pensione».

«Posso chiedervi di offrirmene un po'? Diego non può portarmi da mangiare, è troppo pericoloso. Ed è tanto che non assaggio dei salumi».

«Ma certo, ci mancherebbe!».

«Io ho dei fichi secchi, possiamo fare cambio, se siete d'accordo».

Lui mangiò i panini e loro mangiarono i fichi secchi per non metterlo in difficoltà. Nourissier gli guardava le mani magre e nervose. Osservava ogni particolare di quell'uomo, ogni gesto ed espressione del viso. Quando ebbe finito il primo panino bevve un sorso di vino, poi acqua, e finalmente parve pronto a cominciare il racconto per il quale era venuto a incontrarli. Sospirò profondamente e disse:

«Non riesco a parlare bene ma mi passerà appena mi sarò abituato. Sono due anni che sto da solo e non so cantare, così sono due anni che non sento la mia voce. E poi cantare è pericoloso anche perché potrebbero sentirmi. I lupi non parlano e non cantano, per questo riescono a vivere da soli in montagna...».

Finì il suo racconto quando cadevano le prime ombre del pomeriggio. Era afono, stanco e triste. Nourissier non aveva mai smesso di prendere appunti, di annotarsi le sue parole, di scarabocchiare simboli che lo aiutassero più tardi a ricordare tutto. Era esausto anche lui. Infante guardava a terra, o nel vuoto, e spesso gli occhi gli si erano riempiti di lacrime. In cielo brillò un lampo.

«C'è odore di temporale. È meglio se ve ne andate. Adesso di me sapete tutto. Diego vi accompagnerà fino al sentiero che vi porterà sulla strada. Io me ne torno alla mia grotta».

Nourissier gli posò una mano sul braccio, lo guardò intensamente negli occhi.

«Florencio, fino a quando pensa di continuare a vivere così? Forse noi possiamo aiutarla, darle del denaro, fare in modo che possa andare in Francia».

«Non resterò nascosto qui ancora per molto. Adesso che ho parlato con voi mi sa che è venuto il momento di muovermi. Però non potete aiutarmi. Farò da me, come ho fatto quasi tutto nella vita. Datemi solo un po' di soldi per andarmene dalla Spagna».

«Di noi può fidarsi».

«Io non posso fidarmi di nessuno. Il giorno che mi fiderò di qualcuno, quel qualcuno mi tradirà».

«Noi...».

Si alzò in piedi, e prese il fucile che aveva tenuto sempre accanto a sé.

«C'è troppa gente che mi odia. Ho troppi conti in sospeso» disse, e s'incamminò senza una parola di saluto.

Lo videro allontanarsi a passi lunghi e leggeri, come un alce. In un attimo era scomparso nel folto e non lo rividero più. Da un altro punto del bosco, come per incanto, comparve Diego, che li raggiunse e li invitò a seguirlo con un cenno della testa. Partirono in silenzio. Per quasi un'ora camminarono sotto il cielo che minacciava temporale. Giunti vicino al punto da cui avevano visto le guardie, il ragazzo domandò:

«Siete capaci di tornare in paese da qui? È facile, sempre dritto da quella parte».

Poi scomparve come era scomparso La Pastora, mimetizzandosi fra la terra e i cespugli, ormai invisibile nel paesaggio in penombra. Ripresero a camminare e finalmente parlarono. Infante per primo:

«Missione compiuta» disse.

Nourissier aveva gli occhi vitrei tanto era immerso nei suoi pensieri.

«Davvero credi che non abbia mai ucciso nessuno?».

Infante alzò le spalle.

«Chi lo sa! Sembra addirittura strano che in mezzo a tanta violenza non abbia mai ucciso, ma c'è qualcosa che non sia strano nella vita che ci ha raccontato?».

«Hai ragione».

Un tuono possente rimbombò fra le montagne e il cielo si fece buio come a notte fonda. Cominciò a piovere con furia. Infante si mise a correre verso una sporgenza di roccia e Nourissier lo seguì. Sotto quel riparo rimasero a guardare l'acqua che scorreva ai loro piedi.

«Mi è venuta fame» disse Infante.

Nourissier mise una mano in tasca e tirò fuori il sacchetto di fichi secchi che gli aveva dato Florencio. Li mangiarono con vero appetito.

«Adesso siamo quasi come La Pastora» disse Infante sorridendo.

«Come Florencio, vorrai dire».

«Solo lui sa chi è veramente».

«Che cosa ci capiterà adesso, arrivando in paese? Troveremo la Guardia Civil pronta ad arrestarci?».

«Tu no. Non c'è niente contro di te. Noi non abbiamo fatto altro che un'escursione in montagna».

«E contro di te c'è qualcosa?».

«Presto ci sarà».

«Non ti capisco».

Infante sorrise tristemente, come tante volte aveva visto fare a Nourissier.

«Io non torno con te alla pensione, Lucien. Vado direttamente a costituirmi alla caserma della Guardia Civil».

«Che cosa dici?».

«Lo hai sentito, mi costituirò e dirò che sono andato in cerca della Pastora, che l'ho trovata e l'ho aiutata a fuggire. Racconterò che tu ti sei perso per strada, che ti ho lasciato indietro. Ad ogni modo, non avendoti colto sul fatto, tutt'al più potranno provvedere alla tua espulsione. Ti conviene andartene prima».

«Scusami, ma non sono in grado di apprezzare questo scherzo».

Infante cavò dall'interno del giaccone una bottiglia di whisky da mezzo litro.

«Ah, non mi aspettavo quest'arma di emergenza! Per fortuna sei riuscito a salvarlo dalle grinfie di Florencio».

Infante non rispose e bevve un lungo sorso sotto lo sguardo interdetto di Nourissier. Poi gli passò la bottiglia e lo guardò seriamente.

«Io sono un traditore, caro amico. Sì, sono un traditore. Hai presente che cos'è un traditore? Scommetto che non ne hai un'idea molto chiara, ma io sì, ce l'ho chiarissima. Quando mi hai scritto al giornale, mi sono messo immediatamente in contatto con la polizia. Lì mi hanno detto di lasciarti fare. Poi, quando ci siamo visti e mi hai esposto il tuo piano, è stata la polizia stessa a chiedermi di starti dietro, e di portarti fuori strada. Che facessi pure le tue ricerche, l'importante era che non ne venisse fuori nulla. Era il modo migliore per non creare uno scandalo. Bastava che ti facessi girare come un babbeo per poi rispedirti in Francia ignaro e contento. E lo sai qual è stata l'unica condizione che ho posto? Che mi permettessero di percepire un compenso e di tenerlo per me. Questo era quel che mi interessava».

Nourissier ascoltava in silenzio. Sentiva nella nuca la stretta di una tenaglia, e in gola un nodo grosso e doloroso che gli impediva di deglutire. Prese la bottiglia e cercò di bere. La pioggia batteva sulle pietre, l'acqua ruscellava aprendo solchi nella terra.

«E questa storia è andata avanti per tutto il tempo?» domandò, facendo uno sforzo per parlare.

«No!» rispose Infante, quasi gridando. «No, Lucien, te lo giuro! Mi sono ribellato fin dall'inizio, e ho deciso di cambiare completamente i miei piani quando quel figlio di puttana di un tenente mi ha mollato un pugno. Lì è finita la mia connivenza con la Guardia Civil. Puoi anche non credermi, ma commetteresti un errore. Di lì in poi ho avuto un solo obiettivo: trovare La Pastora e aiutarti davvero. Per questo hanno deciso di tenerci d'occhio, per questo hanno preparato la trappola del maestro per beccarci con un motivo valido. Devi credermi! Prima è stato tutto falso, falso, capisci? Guarda, ti spiego: te lo ricordi lo zio Tomás d'en Baix? È stata tutta una montatura. Le botte che gli ho dato erano finte, una recita. L'agente della Guardia Civil che voleva fare lo scrittore? Tutte balle. Quel che ci ha raccontato era vero, ma non serviva a niente. Lui...».

«Basta, Carlos, non è il caso. Non voglio sentire altre menzogne né altre verità. Dimmi soltanto quale doveva essere il finale che mi avevate riservato».

«Semplice, te l'ho già detto: ti accontentavi delle quattro frottole che ti avremmo dato in pasto, e ti avremmo impedito di arrivare dove volevi. Poi tu te ne tornavi in Francia tranquillo e continuavi la tua vita».

«Astuto. E prendevi dei soldi anche dalla polizia?».

«No».

«Molto signorile da parte tua».

«Puoi esser cinico quanto vuoi, me lo merito; ma anche se non mi credi, posso assicurarti che ho rotto i miei rapporti con la polizia per amicizia, perché per me eri diventato un amico. E perché ero sempre più consapevole dell'orrore che andavamo scoprendo, di quanto fosse terribile tutto. Tu, con il tuo atteggiamento, mi hai mostrato che non si può rimanere immersi nel fango per tutta la vita».

«La mia bontà è stata semplice stupidità. E se vuoi un consiglio, puoi anche fare a meno di costituirti. Non me ne importa nulla di quello che farai o non farai. Noi non ci rivedremo mai più. E continua pure con i tradimenti, in fondo è il ruolo che più ti si addice. Ti do tutto quello che ti devo e tanti saluti».

Ci fu un momento di silenzio. Poi Infante rispose, ma la sua voce era del tutto priva di veemenza, piena soltanto di rassegnazione.

«Sì, hai ragione, sono un traditore, lo sarò sempre. La vuoi sapere una storia meravigliosa? Non te ne importa nulla, lo so; però te la voglio raccontare lo stesso. Io ho consegnato i miei genitori alla polizia franchista. Dopo la guerra erano entrambi condannati a morte per le loro attività nel Partito comunista. Si nascondevano in casa di un amico, nell'attesa di poter varcare il confine. La polizia mi prese, mi interrogò, e io dissi dov'erano senza opporre alcuna resistenza. In cambio di cosa? Non andai in carcere né subii alcun tipo di rappresaglia. Mi permisero perfino di lavorare come giornalista, malgrado fossi figlio loro».

Nourissier lo fissava inorridito.

«E poi come andò a finire?».

«Li fucilarono, Lucien, li fucilarono, e ti assicuro che da allora non c'è mai stato un solo giorno nella mia vita in cui io non mi sia disprezzato. Ho annegato l'angoscia nell'alcol ogni notte, ma la colpa non si cancellerà mai dalla mia mente finché vivo. Per questo vado a costituirmi, forse in carcere riuscirò a dormire senza fantasmi».

Lo psichiatra chinò la testa, si coprì la faccia con le mani.

«Questo è un paese terribile, mio Dio, terribile» sussurrò.

Il temporale si era placato, ma pioveva ancora. Infante si riscosse.

«Dobbiamo rimetterci in marcia, si sta facendo notte».

Nourissier lo seguì. Camminarono schivando pietre e pozze di fango, senza rivolgersi mai la parola. Due ore più tardi, nel buio più completo, giunsero a un bivio fuori del paese. Infante si sarebbe diretto a sud, verso la caserma della Guardia Civil. Nourissier avrebbe proseguito verso la pensione. Il primo non si fermò neppure un istante, tirò dritto per la sua strada dicendo a voce bassa:

«Addio, Lucien».

Il francese, fermo sotto la pioggia, lo lasciò andare per qualche decina di metri, poi lo chiamò:

«Carlos!».

Andò verso di lui. Quando furono l'uno di fronte all'altro, si fermarono entrambi per un momento; poi si abbracciarono aggrappandosi agli spessi giacconi zuppi di pioggia, stringendosi forte, con disperazione. Infante si mise a piangere a brevi singhiozzi liberatori; Nourissier aveva la faccia coperta di lacrime.

«Che cosa farai?» domandò Carlos.

«Non lo so, forse tornerò presto qui, forse mi metterò a fare il medico di campagna, lavorerò per chi ne ha bisogno..., è un'idea che mi attira, però non lo so. Quello che vedo chiarissimo è che non posso più vivere come ho sempre fatto, perché non sono più lo stesso, ormai».

«Torna a casa, Lucien, dimentica quello che hai visto, cerca di essere felice».

«Impossibile, sarebbe come soppiantare un'altra persona».

Infante annuì. I loro volti rigati di pianto si sforzarono di sorridere. Si sciolsero dall'abbraccio.

«Ci incontreremo di nuovo, vero?» domandò Lucien.

«Ma certo, ma certo» rispose Carlos, e riprese a camminare. Il francese si avviò dalla parte opposta, e i passi di entrambi, prima esitanti, acquistarono forza e decisione via via che si allontanavano. Nessuno dei due aveva tentato di dare consigli all'altro. Forse entrambi sapevano che il destino di ciascuno finisce inesorabilmente per compiersi, anche se nessuno sa in che cosa consista né dove lo attenda.

Finzione e realtà

Tutti gli episodi narrati dal personaggio della Pastora nel suo monologo provengono dalla sua vera biografia. Allo stesso modo, tutte le vicende che la riguardano in altre parti del romanzo sono autentiche.

Per me «la realtà» è rappresentata dal libro del giornalista José Calvo, *La Pastora. Del monte al mito*, frutto di cinque anni di ricerche «sul campo», che raccoglie ogni genere di documenti, testimonianze e interviste. Questo prezioso materiale è stato una base indispensabile per il mio romanzo.

La nota che segue racconta che cosa accadde all'uomo chiamato Teresa Pla Meseguer a partire dal 1956 (l'anno in cui è ambientata la mia storia) fino alla sua morte.

I personaggi di Infante e Nourissier non sono mai esistiti, sono puramente letterari, e di conseguenza non hanno mai incontrato La Pastora.

Teresa Pla Meseguer negli anni Quaranta.

Nota finale

Il 19 settembre del 1956 La Pastora abbandona il suo rifugio del Forat de l'Áliga, sulla Sierra de l'Espadella, non lontano dal sentiero che unisce i comuni di Chert e Vallibona. La sua meta è nuovamente il principato di Andorra. Per arrivarci rifarà la stessa via percorsa con Francisco quattro anni prima. Suo solo bagaglio è uno zaino, e i suoi risparmi ammontano a dodicimila pesetas. Impiegherà appena dieci giorni per giungere a destinazione.

Una volta lì, trovò lavoro in una masseria di Sant Julià de Lòria. Lavorava nei campi e durante l'estate riprendeva il suo amato mestiere di pastore, conducendo il gregge nei pascoli d'alta montagna. Guadagnava duemilacinquecento pesetas al mese, più il vitto, l'alloggio e il vestiario. Arrotondava la paga dando una mano nel trasporto delle foglie di tabacco. Ma si sa che si diede anche al contrabbando, trafficando con calze di nylon e sigarette. Non solo, lavorò come uomo di fiducia di un contrabbandiere su larga scala, montando la guardia a un magazzino dove venivano depositati i carichi da portare oltre confine.

Grazie a questi guadagni, e alla sua frugalità, riuscì in quattro anni ad accumulare una piccola fortuna.

Conosce un certo Maño al quale consegna, affinché lui la custodisca, la somma di ottantamila pesetas, ma questi fugge col denaro. Trovandosi in difficoltà, gli torna in mente di avere prestato una somma molto meno cospicua a Francisco el Personada, uno dei contrabbandieri con cui ha a che fare, e decide di riscuotere il debito. Il 19 aprile del 1960, La Pastora si presenta a casa del debitore e chiede la restituzione di quel denaro. El Personada rifiuta. La Pastora minaccia di denunciarlo alla polizia andorrana, e lui ne ride, dicendo che senza documenti di identità difficilmente potrà farlo. Allora La Pastora ritrova il suo spirito bellicoso e giura che tornerà a tagliargli la gola. Questo spaventa molto il contrabbandiere, che decide di recarsi a sporgere denuncia.

Il 5 maggio del 1960, alle otto e mezzo del mattino, tre agenti in uniforme si presentano presso la masseria dove lavora La Pastora. Gli intimano di seguirli in quanto persona ricercata dalla giustizia spagnola. Lo conducono ad Andorra la Vella dove viene rinchiuso in camera di sicurezza. Alle sei del pomeriggio dello stesso giorno, i tre poliziotti lo accompagnano al confine. Gli restituiscono il portafogli con il denaro che conteneva al momento del fermo, trattenendo centocinquanta pesetas per le spese di detenzione. Poi procedono all'espulsione ufficiale dal principato.

In territorio spagnolo La Pastora viene preso in custodia da due agenti della Guardia Civil appartenenti al Comando 224 della sorveglianza di frontiera, dai quali viene dichiarato in arresto e condotto all'acquartieramento di La Seu d'Urgell. Quello stesso giorno, alle nove di sera, un capitano e un sergente lo interrogano per la prima volta. A costoro, il fermato dichiara di chiamarsi Florencio.

L'identificazione è il primo problema che si trovano ad affrontare gli uomini della Guardia Civil. L'opinione generale, in base alle testimonianze, è che La Pastora è una donna dall'aspetto mascolino che nella latitanza ha adottato un abbigliamento maschile. La sola fotografia di cui dispongano gli agenti mostra, in effetti, una donna pettinata secondo la moda dell'epoca e vestita con una certa eleganza. E il detenuto che hanno di fronte è un uomo di complessione robusta. Un tenente colonnello di Castellón sente dire che una delle guardie del suo comando ha conosciuto La Pastora. Lo fa chiamare e gli chiede un ritratto verbale della Pla Meseguer da inviare a La Seu d'Urgell. I tratti forniti da quest'ultimo disegnano una donna molto mascolina, ma pur sempre una donna. Tuttavia la guardia improvvisamente ricorda che La Pastora aveva una cicatrice alla bocca (dovuta all'intervento chirurgico per il labbro leporino), e questo segno particolare si rivela decisivo per la sua identificazione.

Il detenuto rimane tre giorni a La Seu, senza che gli vengano tolte per un solo momento le manette. Poi viene tradotto alla prigione provinciale di Lleida, dove rimane per venti giorni. Di lì viene temporaneamente trasferito nel carcere di Tarragona, per essere infine inviato al carcere femminile di Valenza in qualità di «detenuta in attesa di giudizio». Da tempo gli avevano impedito di radersi, ma gli diedero ugualmente una gonna troppo corta e una camicetta da donna così stretta che quasi le impediva di respirare. Lì rimase in cella di isolamento per otto giorni. Riceveva i pasti attraverso un'apertura nella porta.

Il 9 giugno deve raggiungere la questura di Valenza, per essere sottoposto agli accertamenti dei medici militari. Poiché il suo aspetto è ridicolo con quell'abbigliamento, gli vengono forniti degli indumenti maschili. Al termine della visita torna in carcere, dove gli viene nuovamente imposto di indossare abiti da donna finché i medici non avranno «risolto» il caso.

Giunge finalmente la lunga relazione sottoscritta dai due medici: un urologo e un ginecologo. Questa si riassume in tre punti:

1. Il soggetto esaminato è di sesso maschile.

2. La conformazione degli organi genitali è difettosa. Si rileva ipospadia perineale e scroto bifido, che congiuntamente alle ridotte dimensioni del pene permettono la classificazione del soggetto fra i casi di pseudoermafroditismo maschile.

3. In considerazione del suo sesso gonadico, il soggetto non può essere recluso in un carcere femminile essendone pericolosa la convivenza con individui del sesso opposto.

Dopo questa categorica conclusione, La Pastora viene recluso come uomo e non tornerà mai più a vestirsi da donna.

Gravato dalle imputazioni di banditismo e terrorismo, il 12 dicembre del 1960 compare davanti a un primo consiglio di guerra a Tarragona per i delitti commessi in tutta la regione. Suo difensore d'ufficio è Manuel López González.

Quando La Pastora si presenta davanti alla corte militare ha un aspetto serio e abbattuto, e un contegno dignitoso. Indossa un abito marrone scuro di buon taglio e porta la cravatta. Ha i capelli in ordine e pettinati all'indietro. L'impressione che produce sui presenti è che non prenda emotivamente parte a ciò che avviene attorno a lui.

L'ufficiale dell'accusa gli imputa ventinove omicidi, sovversione politica e banditismo, e chiede la pena di morte. Il principale testimone è Enrique Nomen, il giovane che aveva ucciso il suo compagno Francisco. Questi riferisce con voce sicura tutti i fatti avvenuti nel corso dell'assalto alla casa di campagna di proprietà di suo padre.

Il difensore usa come circostanze attenuanti la scarsa preparazione culturale dell'imputato, il difetto fisico che da sempre ne ha condizionato il carattere, le condizioni di estrema povertà della sua infanzia. Aggiunge che l'imputato non si è mai reso direttamente colpevole di alcun delitto di sangue, e chiede una pena detentiva in condizioni di massima sicurezza.

Il presidente della corte, colonnello Menchén Pérez, tuona, alla fine del processo: «Teresa Pla Meseguer, si alzi in piedi!». La Pastora obbedisce e, quando gli viene concessa la parola, balbetta che non ha mai ucciso nessuno e che, nei diversi assalti ai quali riconosce di avere preso parte, il suo compito era di vigilanza. A questo punto, la seduta è tolta. Si attende una sentenza.

Il secondo processo alla Pastora ha luogo a Valenza, il 21 febbraio del 1961. Le accuse sono di «banditismo e sovversione sociale nelle province di Castellón e Teruel». Gli vengono imputati anche gli omicidi commessi nel corso di alcuni assalti.

L'accusa chiede la pena capitale; la difesa, il carcere, adducendo le stesse attenuanti del precedente processo di Tarragona.

L'imputato attenderà la sentenza recluso nel braccio riservato ai detenuti politici del carcere di Valenza. Verrà condannato alla pena di morte, poi commutata in trent'anni di reclusione in regime di massima sicurezza grazie a un decreto del 2 maggio 1961.

Rimarrà nel carcere di Valenza per otto anni, durante i quali la sua condotta fu valutata positivamente. Al principio subì il rifiuto dei compagni di reclusione, ma in seguito fu pienamente accettato. I testimoni di quel periodo lo ricordano come un uomo un po' assente e poco socievole, forse per i lunghi anni trascorsi in solitudine. In carcere verrà chiamato unicamente per cognome: Pla.

Un funzionario della prigione, Marino Vinuesa Hoyos, si interessa al suo caso e parla frequentemente con lui. Acquistando a poco a poco fiducia, La Pastora finisce per raccontargli tutta la sua storia, dalla quale il funzionario è profondamente commosso. A partire da quel momento Marino Vinuesa provvederà a consigliarlo sui suoi diritti di detenuto e a proteggerlo con dedizione fino a compiere nei suoi confronti i gesti di rara generosità che vedremo più avanti.

Nel 1968, il detenuto, che ormai ha cinquantun anni, viene trasferito a El Dueso, istituto di pena di Santoña, non lontano da Santander, dove il regime è assai meno duro che nel primo periodo franchista. In occasione del trasferimento, il medico del carcere di Valenza effettua una seconda visita al detenuto allo scopo di confermarne l'identità sessuale. Il referto conferma la diagnosi precedente e descrive minuziosamente i genitali della Pastora: «Si constata scroto scisso in due metà all'interno delle quali sono alloggiate due gonadi che per dimensioni, mobilità, forma e consistenza appaiono come testicoli normali... Il pene è di dimensioni ridotte e si trova parzialmente nascosto dalle due metà dello scroto. Il glande, di dimensioni assai maggiori rispetto a una clitoride, è proporzionato al pene... Il soggetto riferisce di provare attrazione per il sesso femminile e di avere avuto eiaculazioni». La Pastora ammise inoltre di essersi masturbato per un certo periodo con frequenza quasi giornaliera.

Nel corso della sua permanenza a El Dueso si dimostra, stando ai documenti, un detenuto modello. Ottiene uno sconto della pena grazie all'impegno con cui lavora all'interno del carcere, prima come addetto alle pulizie e poi come fabbro in un laboratorio che realizza oggetti in ferro battuto. Nell'insieme la sua pena risulterà ridotta di sei anni, otto mesi e undici giorni. Il funzionario Marino Vinuesa di Valenza si recherà più volte a fargli visita.

La cartella clinica del carcere registra due soli episodi in cui fu richiesta assistenza medica per il detenuto: in un'occasione fu lui stesso a chiedere una visita oculistica per abbassamento della vista, che gli viene concessa. Nell'altra viene ricoverato d'urgenza all'ospedale di Valdecilla per un supposto collasso circolatorio, del quale non risultano conseguenze.

Per tutta la durata della carcerazione, non riceve altre visite che quelle di Vinuesa, il suo protettore; e come corrispondenza, unicamente un vaglia postale da parte di sua sorella Vicenta. Questa gli comunica di aver venduto le ultime cinque pecore di sua proprietà e gli invia il ricavato della transazione. Ma La Pastora, che dispone ancora di una piccola somma in contanti, ritiene che la sorella possa aver bisogno più di lui di quel denaro e restituisce l'intero importo.

Vinuesa non lo abbandona. È lui infatti ad avviare le pratiche necessarie per la rettifica del sesso anagrafico, che risulta ancora femminile. Inoltre, in data 31 marzo 1977, stende a nome del detenuto la domanda che verrà presentata alle autorità militari catalane per chiederne la scarcerazione definitiva. Il documento, a firma di Teresa Pla, specifica che dei trent'anni previsti dalla sentenza, ne sono stati scontati diciassette, che sommati alla riduzione ottenuta grazie al lavoro, ammontano ormai a ventitré anni e ventitré giorni di reclusione ininterrotta. Contemporaneamente, nel caso la domanda dovesse essere respinta, Vinuesa scrive al re di Spagna chiedendo l'indulto per La Pastora. Spiega che il suo interessamento è giustificato dall'«assenza di familiari in grado di interessarsi alla sorte di una persona così bisognosa di perdono e comprensione», e adduce, a sostegno della sua richiesta, i lunghi anni di detenzione, la buona condotta e la singolarità del suo caso. Si dichiara perfino pronto ad accoglierlo nella propria abitazione, dal momento che difficilmente un datore di lavoro potrebbe assumerlo per via dell'età.

Tre mesi dopo La Pastora viene rimesso in libertà. La domanda ai Tribunali militari di Valenza e della Catalogna è stata accolta, e Vinuesa serberà sempre la convinzione che il re avesse esercitato la sua influenza affinché ciò potesse avvenire.

La Pastora ha sessant'anni. Il funzionario gli offre la sua casa nell'eventualità che non sappia dove andare. Una sera, uscendo dal lavoro, se lo trova davanti con una valigia in mano. La Pastora gli dice:

«Don Marino, eccomi qua».

Lui risponde:

«E allora non se ne parli più». E lo porta a casa sua, a Olocau, in provincia di Valenza.

Il 25 marzo del 1980 viene accolta la domanda per la rettifica del sesso anagrafico e il cambio di nome. Da quel giorno La Pastora non si chiamerà più Teresa Pla Meseguer, ma Florencio Pla Meseguer.

Florencio rimane legato alla famiglia Vinuesa fino alla fine della sua vita. I Vinuesa hanno un giardino con una casetta in cui può sistemarsi. Dorme lì, ma consuma i pasti con gli altri membri della famiglia nella casa principale. Riceve una piccola pensione dallo Stato e trascorre placidamente i suoi giorni. Si incontra spesso con gli abitanti del paese, anche se non frequenta le loro case. Non gli piace la televisione. Va a dormire e si alza molto presto. Ha due cani che adora: Betty e Tuna. Nella sua ultima conversazione con José Calvo, che ha raccolto la maggior mole di documentazione su di lui, racconta:

«Le cagnette mi seguono dappertutto. Adesso Tuna è cieca, e anche diabetica. Dovrei portarla dal veterinario perché le faccia l'iniezione. In questi giorni stavo riparando il pollaio e lei è stata tutto il tempo appiccicata a me. Se andavo a prendere un'asse, lei mi seguiva. Sempre dietro di me. Mi giro, non me ne accorgo, e a momenti mi fa cadere; perché anch'io non ci vedo più tanto da un occhio».

Nel corso di quello stesso incontro, Calvo gli chiede:

«Ha ancora incontrato qualcuno dei suoi compagni partigiani?».

E lui risponde:

«No, mai, in nessuna prigione, da nessuna parte».

«Crede che siano stati uccisi?».

«La maggior parte andò in Francia».

Quest'idea della Pastora non corrisponde alla realtà. Solo Carlos el Catalán raggiunse il territorio francese nel 1949. Il resto dei membri del suo gruppo furono tutti uccisi negli anni Cinquanta. Lui fu l'unico sopravvissuto.

Morì il 1° gennaio del 2004. Stava finendo di cenare e sbucciava una pera. La donna che si occupava di lui lo trovò morto.

Fu portato al cimitero di Valenza, in una giornata gelida. Un dipendente dell'agenzia di pompe funebri ricorda che il corpo era vestito con un gran numero di indumenti sovrapposti. Fu cremato il giorno 4 di gennaio. Le sue ceneri sono depositate nella Piramide del Jardín de los Recuerdos di quello stesso cimitero, dove il giorno successivo venne apposta una targa col suo nome.

La gente di Olocau che l'ha conosciuto lo ricorda come un uomo incurvato dal peso degli anni, una bravissima persona, grande amante dei cani che portava a passeggio lungo il fiume chiamato *barranco* del Carraixet. Conduceva una vita semplice, si alzava sempre all'alba.

Alla sua morte, l'immaginazione popolare partorì una nuova leggenda. Si diffuse la voce che La Pastora avesse lasciato un tesoro sepolto, frutto delle sue innumerevoli rapine; naturalmente ciò non poté mai essere confermato.

I consigli di guerra che lo processarono non riuscirono ad accertare la sua colpevolezza per nessuno dei ventinove omicidi che gli erano imputati. La gente che lo conobbe afferma che era incapace di uccidere, ma nemmeno questo potrà mai essere provato. Visse solo, morì solo; questa è la sola evidenza.

Vinaroz, settembre 2010

Indice

Questo volume è stato stampato
su carta Palatina
delle Cartiere Miliani di Fabriano
nel mese di luglio 2014
presso la Leva Arti Grafiche s.p.a. - Sesto S. Giovanni (MI)
e confezionato
presso IGF s.p.a. - Aldeno (TN)

La memoria

Ultimi volumi pubblicati

601 Augusto De Angelis. La barchetta di cristallo
602 Manuel Puig. Scende la notte tropicale
603 Gian Carlo Fusco. La lunga marcia
604 Ugo Cornia. Roma
605 Lisa Foa. È andata così
606 Vittorio Nisticò. L'Ora dei ricordi
607 Pablo De Santis. Il calligrafo di Voltaire
608 Anthony Trollope. Le torri di Barchester
609 Mario Soldati. La verità sul caso Motta
610 Jorge Ibargüengoitia. Le morte
611 Alicia Giménez-Bartlett. Un bastimento carico di riso
612 Luciano Folgore. La trappola colorata
613 Giorgio Scerbanenco. Rossa
614 Luciano Anselmi. Il palazzaccio
615 Guillaume Prévost. L'assassino e il profeta
616 John Ball. La calda notte dell'ispettore Tibbs
617 Michele Perriera. Finirà questa malìa?
618 Alexandre Dumas. I Cenci
619 Alexandre Dumas. I Borgia
620 Mario Specchio. Morte di un medico
621 Giorgio Frasca Polara. Cose di Sicilia e di siciliani
622 Sergej Dovlatov. Il Parco di Puškin
623 Andrea Camilleri. La pazienza del ragno
624 Pietro Pancrazi. Della tolleranza
625 Edith de la Héronnière. La ballata dei pellegrini
626 Roberto Bassi. Scaramucce sul lago Ladoga
627 Alexandre Dumas. Il grande dizionario di cucina
628 Eduardo Rebulla. Stati di sospensione

629 Roberto Bolaño. La pista di ghiaccio
630 Domenico Seminerio. Senza re né regno
631 Penelope Fitzgerald. Innocenza
632 Margaret Doody. Aristotele e i veleni di Atene
633 Salvo Licata. Il mondo è degli sconosciuti
634 Mario Soldati. Fuga in Italia
635 Alessandra Lavagnino. Via dei Serpenti
636 Roberto Bolaño. Un romanzetto canaglia
637 Emanuele Levi. Il giornale di Emanuele
638 Maj Sjöwall, Per Wahlöö. Roseanna
639 Anthony Trollope. Il Dottor Thorne
640 Studs Terkel. I giganti del jazz
641 Manuel Puig. Il tradimento di Rita Hayworth
642 Andrea Camilleri. Privo di titolo
643 Anonimo. Romanzo di Alessandro
644 Gian Carlo Fusco. A Roma con Bubù
645 Mario Soldati. La giacca verde
646 Luciano Canfora. La sentenza
647 Annie Vivanti. Racconti americani
648 Piero Calamandrei. Ada con gli occhi stellanti. Lettere 1908-1915
649 Budd Schulberg. Perché corre Sammy?
650 Alberto Vigevani. Lettera al signor Alzheryan
651 Isabelle de Charrière. Lettere da Losanna
652 Alexandre Dumas. La marchesa di Ganges
653 Alexandre Dumas. Murat
654 Constantin Photiadès. Le vite del conte di Cagliostro
655 Augusto De Angelis. Il candeliere a sette fiamme
656 Andrea Camilleri. La luna di carta
657 Alicia Giménez-Bartlett. Il caso del lituano
658 Jorge Ibargüengoitia. Ammazzate il leone
659 Thomas Hardy. Una romantica avventura
660 Paul Scarron. Romanzo buffo
661 Mario Soldati. La finestra
662 Roberto Bolaño. Monsieur Pain
663 Louis-Alexandre Andrault de Langeron. La battaglia di Austerlitz
664 William Riley Burnett. Giungla d'asfalto
665 Maj Sjöwall, Per Wahlöö. Un assassino di troppo
666 Guillaume Prévost. Jules Verne e il mistero della camera oscura
667 Honoré de Balzac. Massime e pensieri di Napoleone
668 Jules Michelet, Athénaïs Mialaret. Lettere d'amore
669 Gian Carlo Fusco. Mussolini e le donne
670 Pier Luigi Celli. Un anno nella vita

671 Margaret Doody. Aristotele e i Misteri di Eleusi
672 Mario Soldati. Il padre degli orfani
673 Alessandra Lavagnino. Un inverno. 1943-1944
674 Anthony Trollope. La Canonica di Framley
675 Domenico Seminerio. Il cammello e la corda
676 Annie Vivanti. Marion artista di caffè-concerto
677 Giuseppe Bonaviri. L'incredibile storia di un cranio
678 Andrea Camilleri. La vampa d'agosto
679 Mario Soldati. Cinematografo
680 Pierre Boileau, Thomas Narcejac. I vedovi
681 Honoré de Balzac. Il parroco di Tours
682 Béatrix Saule. La giornata di Luigi XIV. 16 novembre 1700
683 Roberto Bolaño. Il gaucho insostenibile
684 Giorgio Scerbanenco. Uomini ragno
685 William Riley Burnett. Piccolo Cesare
686 Maj Sjöwall, Per Wahlöö. L'uomo al balcone
687 Davide Camarrone. Lorenza e il commissario
688 Sergej Dovlatov. La marcia dei solitari
689 Mario Soldati. Un viaggio a Lourdes
690 Gianrico Carofiglio. Ragionevoli dubbi
691 Tullio Kezich. Una notte terribile e confusa
692 Alexandre Dumas. Maria Stuarda
693 Clemente Manenti. Ungheria 1956. Il cardinale e il suo custode
694 Andrea Camilleri. Le ali della sfinge
695 Gaetano Savatteri. Gli uomini che non si voltano
696 Giuseppe Bonaviri. Il sarto della stradalunga
697 Constant Wairy. Il valletto di Napoleone
698 Gian Carlo Fusco. Papa Giovanni
699 Luigi Capuana. Il Raccontafiabe
700
701 Angelo Morino. Rosso taranta
702 Michele Perriera. La casa
703 Ugo Cornia. Le pratiche del disgusto
704 Luigi Filippo d'Amico. L'uomo delle contraddizioni. Pirandello visto da vicino
705 Giuseppe Scaraffia. Dizionario del dandy
706 Enrico Micheli. Italo
707 Andrea Camilleri. Le pecore e il pastore
708 Maria Attanasio. Il falsario di Caltagirone
709 Roberto Bolano. Anversa
710 John Mortimer. Nuovi casi per l'avvocato Rumpole
711 Alicia Giménez-Bartlett. Nido vuoto

712 Toni Maraini. La lettera da Benares
713 Maj Sjöwall, Per Wahlöö. Il poliziotto che ride
714 Budd Schulberg. I disincantati
715 Alda Bruno. Germani in bellavista
716 Marco Malvaldi. La briscola in cinque
717 Andrea Camilleri. La pista di sabbia
718 Stefano Vilardo. Tutti dicono Germania Germania
719 Marcello Venturi. L'ultimo veliero
720 Augusto De Angelis. L'impronta del gatto
721 Giorgio Scerbanenco. Annalisa e il passaggio a livello
722 Anthony Trollope. La Casetta ad Allington
723 Marco Santagata. Il salto degli Orlandi
724 Ruggero Cappuccio. La notte dei due silenzi
725 Sergej Dovlatov. Il libro invisibile
726 Giorgio Bassani. I Promessi Sposi. Un esperimento
727 Andrea Camilleri. Maruzza Musumeci
728 Furio Bordon. Il canto dell'orco
729 Francesco Laudadio. Scrivano Ingannamorte
730 Louise de Vilmorin. Coco Chanel
731 Alberto Vigevani. All'ombra di mio padre
732 Alexandre Dumas. Il cavaliere di Sainte-Hermine
733 Adriano Sofri. Chi è il mio prossimo
734 Gianrico Carofiglio. L'arte del dubbio
735 Jacques Boulenger. Il romanzo di Merlino
736 Annie Vivanti. I divoratori
737 Mario Soldati. L'amico gesuita
738 Umberto Domina. La moglie che ha sbagliato cugino
739 Maj Sjöwall, Per Wahlöö. L'autopompa fantasma
740 Alexandre Dumas. Il tulipano nero
741 Giorgio Scerbanenco. Sei giorni di preavviso
742 Domenico Seminerio. Il manoscritto di Shakespeare
743 André Gorz. Lettera a D. Storia di un amore
744 Andrea Camilleri. Il campo del vasaio
745 Adriano Sofri. Contro Giuliano. Noi uomini, le donne e l'aborto
746 Luisa Adorno. Tutti qui con me
747 Carlo Flamigni. Un tranquillo paese di Romagna
748 Teresa Solana. Delitto imperfetto
749 Penelope Fitzgerald. Strategie di fuga
750 Andrea Camilleri. Il casellante
751 Mario Soldati. ah! il Mundial!
752 Giuseppe Bonarivi. La divina foresta
753 Maria Savi-Lopez. Leggende del mare

754 Francisco García Pavón. Il regno di Witiza
755 Augusto De Angelis. Giobbe Tuama & C.
756 Eduardo Rebulla. La misura delle cose
757 Maj Sjöwall, Per Wahlöö. Omicidio al Savoy
758 Gaetano Savatteri. Uno per tutti
759 Eugenio Baroncelli. Libro di candele
760 Bill James. Protezione
761 Marco Malvaldi. Il gioco delle tre carte
762 Giorgio Scerbanenco. La bambola cieca
763 Danilo Dolci. Racconti siciliani
764 Andrea Camilleri. L'età del dubbio
765 Carmelo Samonà. Fratelli
766 Jacques Boulenger. Lancillotto del Lago
767 Hans Fallada. E adesso, pover'uomo?
768 Alda Bruno. Tacchino farcito
769 Gian Carlo Fusco. La Legione straniera
770 Piero Calamandrei. Per la scuola
771 Michèle Lesbre. Il canapé rosso
772 Adriano Sofri. La notte che Pinelli
773 Sergej Dovlatov. Il giornale invisibile
774 Tullio Kezich. Noi che abbiamo fatto La dolce vita
775 Mario Soldati. Corrispondenti di guerra
776 Maj Sjöwall, Per Wahlöö. L'uomo che andò in fumo
777 Andrea Camilleri. Il sonaglio
778 Michele Perriera. I nostri tempi
779 Alberto Vigevani. Il battello per Kew
780 Alicia Giménez-Bartlett. Il silenzio dei chiostri
781 Angelo Morino. Quando internet non c'era
782 Augusto De Angelis. Il banchiere assassinato
783 Michel Maffesoli. Icone d'oggi
784 Mehmet Murat Somer. Scandaloso omicidio a Istanbul
785 Francesco Recami. Il ragazzo che leggeva Maigret
786 Bill James. Confessione
787 Roberto Bolaño. I detective selvaggi
788 Giorgio Scerbanenco. Nessuno è colpevole
789 Andrea Camilleri. La danza del gabbiano
790 Giuseppe Bonaviri. Notti sull'altura
791 Giuseppe Tornatore. Baarìa
792 Alicia Giménez-Bartlett. Una stanza tutta per gli altri
793 Furio Bordon. A gentile richiesta
794 Davide Camarrone. Questo è un uomo
795 Andrea Camilleri. La rizzagliata

796 Jacques Bonnet. I fantasmi delle biblioteche
797 Marek Edelman. C'era l'amore nel ghetto
798 Danilo Dolci. Banditi a Partinico
799 Vicki Baum. Grand Hotel
800
801 Anthony Trollope. Le ultime cronache del Barset
802 Arnoldo Foà. Autobiografia di un artista burbero
803 Herta Müller. Lo sguardo estraneo
804 Gianrico Carofiglio. Le perfezioni provvisorie
805 Gian Mauro Costa. Il libro di legno
806 Carlo Flamigni. Circostanze casuali
807 Maj Sjöwall, Per Wahlöö. L'uomo sul tetto
808 Herta Müller. Cristina e il suo doppio
809 Martin Suter. L'ultimo dei Weynfeldt
810 Andrea Camilleri. Il nipote del Negus
811 Teresa Solana. Scorciatoia per il paradiso
812 Francesco M. Cataluccio. Vado a vedere se di là è meglio
813 Allen S. Weiss. Baudelaire cerca gloria
814 Thornton Wilder. Idi di marzo
815 Esmahan Aykol. Hotel Bosforo
816 Davide Enia. Italia-Brasile 3 a 2
817 Giorgio Scerbanenco. L'antro dei filosofi
818 Pietro Grossi. Martini
819 Budd Schulberg. Fronte del porto
820 Andrea Camilleri. La caccia al tesoro
821 Marco Malvaldi. Il re dei giochi
822 Francisco García Pavón. Le sorelle scarlatte
823 Colin Dexter. L'ultima corsa per Woodstock
824 Augusto De Angelis. Sei donne e un libro
825 Giuseppe Bonaviri. L'enorme tempo
826 Bill James. Club
827 Alicia Giménez-Bartlett. Vita sentimentale di un camionista
828 Maj Sjöwall, Per Wahlöö. La camera chiusa
829 Andrea Molesini. Non tutti i bastardi sono di Vienna
830 Michèle Lesbre. Nina per caso
831 Herta Müller. In trappola
832 Hans Fallada. Ognuno muore solo
833 Andrea Camilleri. Il sorriso di Angelica
834 Eugenio Baroncelli. Mosche d'inverno
835 Margaret Doody. Aristotele e i delitti d'Egitto
836 Sergej Dovlatov. La filiale
837 Anthony Trollope. La vita oggi

838 Martin Suter. Com'è piccolo il mondo!
839 Marco Malvaldi. Odore di chiuso
840 Giorgio Scerbanenco. Il cane che parla
841 Festa per Elsa
842 Paul Léautaud. Amori
843 Claudio Coletta. Viale del Policlinico
844 Luigi Pirandello. Racconti per una sera a teatro
845 Andrea Camilleri. Gran Circo Taddei e altre storie di Vigàta
846 Paolo Di Stefano. La catastròfa. Marcinelle 8 agosto 1956
847 Carlo Flamigni. Senso comune
848 Antonio Tabucchi. Racconti con figure
849 Esmahan Aykol. Appartamento a Istanbul
850 Francesco M. Cataluccio. Chernobyl
851 Colin Dexter. Al momento della scomparsa la ragazza indossava
852 Simonetta Agnello Hornby. Un filo d'olio
853 Lawrence Block. L'Ottavo Passo
854 Carlos María Domínguez. La casa di carta
855 Luciano Canfora. La meravigliosa storia del falso Artemidoro
856 Ben Pastor. Il Signore delle cento ossa
857 Francesco Recami. La casa di ringhiera
858 Andrea Camilleri. Il gioco degli specchi
859 Giorgio Scerbanenco. Lo scandalo dell'osservatorio astronomico
860 Carla Melazzini. Insegnare al principe di Danimarca
861 Bill James. Rose, rose
862 Roberto Bolaño, A. G. Porta. Consigli di un discepolo di Jim Morrison a un fanatico di Joyce
863 Stefano Benni. La traccia dell'angelo
864 Martin Suter. Allmen e le libellule
865 Giorgio Scerbanenco. Nebbia sul Naviglio e altri racconti gialli e neri
866 Danilo Dolci. Processo all'articolo 4
867 Maj Sjöwall, Per Wahlöö. Terroristi
868 Ricardo Romero. La sindrome di Rasputin
869 Alicia Giménez-Bartlett. Giorni d'amore e inganno
870 Andrea Camilleri. La setta degli angeli
871 Guglielmo Petroni. Il nome delle parole
872 Giorgio Fontana. Per legge superiore
873 Anthony Trollope. Lady Anna
874 Gian Mauro Costa, Carlo Flamigni, Alicia Giménez-Bartlett, Marco Malvaldi, Ben Pastor, Santo Piazzese, Francesco Recami. Un Natale in giallo
875 Marco Malvaldi. La carta più alta
876 Franz Zeise. L'Armada
877 Colin Dexter. Il mondo silenzioso di Nicholas Quinn

878 Salvatore Silvano Nigro. Il Principe fulvo
879 Ben Pastor. Lumen
880 Dante Troisi. Diario di un giudice
881 Ginevra Bompiani. La stazione termale
882 Andrea Camilleri. La Regina di Pomerania e altre storie di Vigàta
883 Tom Stoppard. La sponda dell'utopia
884 Bill James. Il detective è morto
885 Margaret Doody. Aristotele e la favola dei due corvi bianchi
886 Hans Fallada. Nel mio paese straniero
887 Esmahan Aykol. Divorzio alla turca
888 Angelo Morino. Il film della sua vita
889 Eugenio Baroncelli. Falene. 237 vite quasi perfette
890 Francesco Recami. Gli scheletri nell'armadio
891 Teresa Solana. Sette casi di sangue e una storia d'amore
892 Daria Galateria. Scritti galeotti
893 Andrea Camilleri. Una lama di luce
894 Martin Suter. Allmen e il diamante rosa
895 Carlo Flamigni. Giallo uovo
896 Maj Sjöwall, Per Wahlöö. Il milionario
897 Gian Mauro Costa. Festa di piazza
898 Gianni Bonina. I sette giorni di Allah
899 Carlo María Domínguez. La costa cieca
900
901 Colin Dexter. Niente vacanze per l'ispettore Morse
902 Francesco M. Cataluccio. L'ambaradan delle quisquiglie
903 Giuseppe Barbera. Conca d'oro
904 Andrea Camilleri. Una voce di notte
905 Giuseppe Scaraffia. I piaceri dei grandi
906 Sergio Valzania. La Bolla d'oro
907 Héctor Abad Faciolince. Trattato di culinaria per donne tristi
908 Mario Giorgianni. La forma della sorte
909 Marco Malvaldi. Milioni di milioni
910 Bill James. Il mattatore
911 Esmahan Aykol, Andrea Camilleri, Gian Mauro Costa, Marco Malvaldi, Antonio Manzini, Francesco Recami. Capodanno in giallo
912 Alicia Giménez-Bartlett. Gli onori di casa
913 Giuseppe Tornatore. La migliore offerta
914 Vincenzo Consolo. Esercizi di cronaca
915 Stanisław Lem. Solaris
916 Antonio Manzini. Pista nera
917 Xiao Bai. Intrigo a Shanghai
918 Ben Pastor. Il cielo di stagno

958 Alessandro Robecchi. Questa non è una canzone d'amore
959 Gian Mauro Costa. L'ultima scommessa
960 Giorgio Fontana. Morte di un uomo felice
961 Andrea Molesini. Presagio
962 La partita di pallone. Storie di calcio
963 Andrea Camilleri. La piramide di fango
964 Beda Romano. Il ragazzo di Erfurt
965 Anthony Trollope. Il Primo Ministro
966 Francesco Recami. Il caso Kakoiannis-Sforza
967 Alan Bradley. A spasso tra le tombe
968 Claudio Coletta. Amstel blues
969 Alicia Giménez-Bartlett, Marco Malvaldi, Antonio Manzini, Francesco Recami, Alessandro Robecchi, Gaetano Savatteri. Vacanze in giallo
970 Carlo Flamigni. La compagnia di Ramazzotto